Mary Wyllt

Mondfestsaga

Lughnasad

Inhaltswarnung

Dieses Buch enthält Darstellungen von physischen und psychischen Verletzungen sowie Schilderungen häuslicher Gewalt.

Mary Wyllt

Mondfestsaga

Teil 2

Lughnasad

Bibliografische Information der Deutschen Nationalbibliothek: Die Deutsche Nationalbibliothek verzeichnet diese Publikation in der Deutschen Nationalbibliografie; detaillierte bibliografische Daten sind im Internet über dnb.dnb.de abrufbar.

1. Auflage
© Maria Weber 2024
Rathausstraße 1, 35232 Dautphetal
Lektorat: Alina Schüttler (Lektorat Kalliope)
Korrektorat: Isabel Dinies, https://phantastismus.de
Buchsatz: © Anna-Theresia Dersch (Thesi-Design)
Umschlag: Jaqueline Kropmanns – Design, https://jaqueline-kropmanns.de unter Verwendung von Bildmaterial von shutterstock und depositphotos.
Herstellung und Verlag: BoD – Books on Demand, Norderstedt
Kapitelzierden: © Maria Weber
ISBN: 9-783759-722799

Für alle,
die ihr Schicksal selbst
bestimmen wollen

Lughnasad

Als eines der vier großen Feste im keltischen Kalender, wurde Lughnasad um den 1. August herum gefeiert. Es markierte den Beginn des Herbstes, den Zeitpunkt der Ernte und war ein Fest der Dankbarkeit.

prolog

Noah

4 Jahre zuvor

Der Vollmond hüllte die Ebene in einen silbernen Schleier, als Noah über das torfige Grasland stapfte. Das Rauschen des Meeres füllte seine Ohren. Er wickelte sich tiefer in seine Regenjacke, um den Wind abzuschirmen. Ohne das Licht seiner Taschenlampe hätte er sich auf dem Weg vom Parkplatz zu seinem Zelt gnadenlos verlaufen. Die riesigen Silhouetten der Stones of Stenness hoben sich dunkel vom Nachthimmel ab. Nur drei Megaliths, zweimal so groß wie er selbst, waren von dem einstigen Steinkreis über die Jahrtausende übriggeblieben.

Zweimal klopfte Noah an die Zeltwand, bis sich im Inneren etwas rührte. Zuerst hörte er das Geräusch eines Reißverschlusses, dann streckte Lucas Shaw seinen Kopf hinaus. Seine Mundwinkel verzogen sich zu einem breiten Lächeln. »Na endlich! Hast du auf dem Weg hierher noch ein Schläfchen gehalten? Dachte schon, du hättest dich aus dem Staub gemacht.« Der Highlander-Akzent war so unverwechselbar und einzigartig wie die Steine ein paar Meter weiter.

»Wo denkst du hin? Ich würde das hier um nichts in der Welt verpassen wollen«, sagte Noah.

Lucas steckte seinen Kopf zurück in das Zelt und Noah kroch gebückt durch den Eingang. Der Platz reichte neben der Ausrüstung gerade so für zwei Schlafsäcke und Luftmatratzen.

»Hast du das Silberwasser?«, fragte Lucas.

Noah knipste die Zeltlampe an, öffnete seinen Rucksack und ließ ein kleines Fläschchen und eine Packung Tampons auf Lucas' Schlafsack fallen. »Ich habe alles von der Liste besorgt, obwohl mir nicht klar ist, was eine Packung Tampons dazu beitragen soll, dass wir die heutige Nacht überleben.«

Er versuchte nicht daran zu denken, was alles passieren könnte. Vermutlich würde er dann auf der Stelle kehrtmachen und zurück zum Auto rennen.

»Das ist meine Aufgabe. Du kümmerst dich um einen guten Schuss«, sagte Lucas und drückte ihm das Gewehr in die Hand. Noah betrachtete die Waffe.

»Ein Luftdruckgewehr aus der Tiermedizin. Normalerweise wird damit auf Rinder geschossen, aber bei einem anderen Ziel ist es bestimmt auch wirksam. Probleme bekommen wir nur, wenn das bis übermorgen nicht zurück in der Uni ist.« Lucas' Worte wurden begleitet von dem Rascheln seiner Hände in einer Tasche. Die nächsten Gegenstände, die er hervorzog, waren drei Pfeile, die man für die Narkose von Tieren einsetzte, und ein Nachtsichtgerät. »Diese Schätzchen sind gefüllt mit Hellabrunner Mischung, dosiert auf einen Schimpansen. Das dürfte sie zumindest ein paar Stunden außer Gefecht setzen.«

Noah beäugte die Pfeile in seiner Hand skeptisch. »Ist das die richtige Menge für eine Fee? Die sind schließlich größer als ein Schimpanse.«

Der Professor zuckte mit den Schultern. »Manche Dinge muss man erraten. Diese Dosierung schickt einen Menschen ins tiefe Reich der Träume oder schlimmer, also triff bitte nicht dich selbst. Es wird hoffentlich reichen, damit eine Fee zumindest nicht mehr Herr aller Sinne ist. Den Rest erledigt das Silberwasser.« Seine Worte brachten die brodelnde Unruhe in Noahs Bauch nicht zum Erliegen, im Gegenteil: Er zweifelte stark an der Erfolgsquote des Plans. »Warum schießt du nicht?«

»Weil ich selbst nach regelmäßigem Schießtraining ein hoffnungsloser Fall im Zielen bin und nicht einmal den Mülleimer neben meinem Schreibtisch treffe. Du warst Mitglied in einem Schützenverein.«

»Vor zehn Jahren!«, protestierte Noah.

Lucas ging nicht darauf ein. »Ich habe sogar einen Laser an das Gewehr gebaut, um dir den Schuss in der Dunkelheit zu erleichtern. Wenn du sie siehst, zögere nicht. Du hast womöglich nur einen Schuss. Wenn sie uns sieht und ihre Kräfte einsetzt, sind wir am Arsch. Hast du dein Pentagramm?«

Noahs Atem flatterte, als er das Gewehr zurück auf seinen Schoß legte. »Ja.« Seine Hand wanderte zu der Silberkette mit dem Pentagramm um seinen Hals.

Lucas nickte. »Gut. Hoffen wir, dass das Glück es gut mit uns meint und uns tatsächlich eine ins Netz geht.«

Noah seufzte. Er glaubte nicht daran. Mit jedem Jahr, das verstrich, wurden Fees Kräfte stärker. Er sah seine Tochter innerlich mit ihnen kämpfen. Niemand wusste, wie lange sie noch standhalten würde. Bei dem Gedanken, dass sie an diesen Fähigkeiten zu Grunde gehen würde, wie so viele andere Kinder vor ihr, ohne dass Noah eine Chance bekam, ihr zu helfen, krampfte sich sein Herz zusammen. In den letzten Jahren hatte er jedes Buch über die keltische Mythologie, Sidhe und Wechselbälger gelesen, das ihm in die Finger gekommen war. Doch die Bücher halfen nicht weiter. Deshalb saß er nun irgendwo auf den Orkneys in einem viel zu kleinen Zelt und hielt eine Luftdruckpistole in der Hand.

»Wie hoch war gleich noch mal die Wahrscheinlichkeit?«, fragte er.

Lucas kratzte sich an seinem dünnen Bart. »Wenn meine Berechnungen stimmen, um die fünf Prozent.«

Der Wind heulte über das Zelt und ließ die dünnen Wände aus Polyester erzittern, als wollte er sie auslachen. Noah antwortete nicht. Fünf Prozent erschien ihm wie ein Hauch von Nichts, doch selbst ein Atemzug wäre für ihn mehr als genug, wenn es seiner Tochter half. Er fuhr sich mit der Hand durch seine ungestümen Locken, die dringend eine Dusche vertragen konnten.

In drei Tagen ging sein Flug zurück nach Deutschland. Dann blieb ihm noch genau eine Woche, um Zeit mit Fee zu verbringen, bevor sie zurück in die Schule musste.

»Ich habe sie einmal gesehen«, durchbrach Lucas die Stille, während er sein Schlaflager richtete. »Das erste Mal, als ich mich vor dem Steinkreis auf die Lauer legte. Sie stand plötzlich da und war genauso schnell wieder in der

Dunkelheit verschwunden. Hätte ich mir damals nicht furchtbar den Arsch abgefroren, würde ich es heute nicht glauben.«

»Wie sah sie aus?«, fragte Noah mit von Ehrfurcht erfüllter Stimme.

»Groß. Das war alles, was ich im Dunkeln erkennen konnte. Ich kann nicht sagen, ob das Wesen biologisch männlich oder weiblich war, wenn diese Einteilung von Geschlechtern bei ihnen überhaupt in dieser Form existiert. Es war wie ein Schatten, angepasst an die Nacht.«

Wie soll ich einen Schatten mit einem Betäubungspfeil treffen? Verzweifelt fuhr Noah sich durch die Haare.

Eine Stunde verstrich und nichts geschah. Das Piepsen von Noahs Armbanduhr, das Mitternacht ankündigte, lag bereits gefühlte Tage zurück. Der erste August war angebrochen.

Lucas hockte am Zelteingang und starrte angestrengt auf das Feld. Die einzigen Geräusche waren das Flattern der Zeltwände und das gelegentliche Rascheln, um eingeschlafene Gliedmaßen aufzuwecken. Allmählich begann Noah mit seinen schweren Lidern zu kämpfen.

Noah schreckte auf, als das erste Sonnenlicht durch die Zeltwände drang. Verwirrt blinzelte er gegen die Farben um ihn herum, bis sein Verstand begriff, dass der Tag angebrochen war.

Stöhnend rieb er sich den schmerzenden Nacken und kreiste die steifen Schultern. Er bewegte die Beine und das Gewehr rutschte von seinem Schoß.

Sein Blick fiel auf Lucas. Für einen Moment dachte er, der Mann säße immer noch am Zelteingang und starrte hinaus. Dann erkannte er, dass auch sein Kopf nach unten gefallen war. Noah hörte leises Schnarchen. Der Professor musste eingeschlafen sein, bevor er die Chance hatte, Noah zur Ablöse zu wecken.

Er streckte einen Fuß aus und trat gegen Lucas' Bein. Das Schnarchen stoppte abrupt und der Kopf des Professors schoss in die Höhe. »Ist es soweit?«

»Nein. Wenn eine da war, haben wir sie verschlafen.« Seine Stimme klang dumpf vor Enttäuschung.

Lucas legte seinen Kopf in den Nacken und schloss laut stöhnend die Augen. »Scheiße!«

Noah suchte in seinem Rucksack nach der Wasserflasche. Seine Kehle kratzte. Ein weiteres Mal würde er mit leeren Händen zurück nach Deutschland fliegen.

»Die Sonne geht auf. Das Portal ist geschlossen«, meinte Lucas.

Noah nahm die Wasserflasche von seinen Lippen. »Dann ist unsere nächste Chance Samhain.«

»Samhain«, bestätigte Lucas. »Lass uns etwas essen.«

Aus der Ecke des Zeltes holte Noah den Campingkocher. Plötzlich hörte er von draußen Stimmen.

Er runzelte die Stirn. Lucas schien einen ähnlichen Gedanken zu haben. Sein Kopf schnellte herum. »Kinder!«, entfuhr es ihm.

Noah lehnte seinen Kopf hinaus. Vier an der Zahl marschierten an der Straße entlang. Er schätzte sie auf ein Alter zwischen sechs und zwölf Jahren. Sie alle besaßen dieselbe braune Haarfarbe, vermutlich waren sie Geschwister. Der Älteste rief den anderen etwas Unverständliches zu und deutete nach vorn. Die anderen folgten ihm. Nur der Jüngste blieb zurück und untersuchte einen großen Stein auf dem Boden. Mit gesenktem Kopf stolzierte er im Kreis um den Stein herum, versunken in ein Spiel, das nur er kannte.

Wie Feli in dem Alter. Ein Lächeln stahl sich auf Noahs Lippen. Gebannt von dem Kind, bemerkte er nur aus den Augenwinkeln die Gestalt, die sich aus dem Schatten der drei Megaliths löste.

Die Brücke zwischen den Welten hatte Noah sich immer wie ein großes Licht vorgestellt. Ein Blitz vielleicht, der das Portal öffnete, oder ein Erdbeben. Andererseits erklärte dieses unspektakuläre Nichts, warum kein Mensch bisher seltsame Vorgänge bemerkt hatte. Das Wesen könnte bereits mehrere Stunden dort im Schatten sitzen, lauernd auf den perfekten Moment.

Noah sprang aus dem Zelt, kaum dass es einen Schritt in Richtung des Jungen setzte. Er rannte auf das Kind zu. Panik durchschoss ihn, kalt wie ein Eimer voll Eiswürfel. Dieser unschuldige Junge würde Fees Schicksal nicht teilen. Er legte das Gewehr an und schoss.

Der Feenmann stieß ein hohes Fauchen aus, als der Pfeil in seinem Arm landete. Das Wesen zog ihn aus seiner Haut, und Noah hoffte, dass genug der Mischung seinen Blutkreislauf erreicht hatte, oder was auch immer durch seine Adern floss. Jetzt hob auch der Junge den Kopf, schrie auf und rannte mit den anderen Kindern davon.

Noah erwiderte den Blick der rostbraunen Iriden. In dem Moment gewann der Wind um ihn herum an Stärke. Zum

Weglaufen blieb keine Zeit. Er schloss die Augen und bereitete sich darauf vor, durch die Luft gewirbelt zu werden.

Der Knall einer Pistole kam ihm vor, wie ein Geräusch aus einer anderen Welt. In derselben Sekunde ebbte auch der Wind ab. Noah öffnete die Augen und sah gerade noch, wie die zwei Meter große Gestalt der Fee sich eine Hand auf die Schulter presste und zu Boden fiel. Keuchend schaute Noah in die Richtung, aus der der Schuss gekommen war. Zehn Meter hinter der Fee stand Lucas mit erhobener Waffe und grinste ihm hämisch entgegen.

Noah verzog das Gesicht zu einer Grimasse. Seine Beine zitterten. »Regelmäßiges Schießtraining, hm?«

Lucas ließ die Waffe sinken und trat auf die reglose Fee zu. »Ich wollte nur sehen, ob du es auch kannst, aber scheinbar brauche ich mir keine Gedanken zu machen. Guter Schuss!«

Noah presste seinen Kiefer Kieferknochen aufeinander und starrte ihn an. Sein Herz raste immer noch.

»Was ist?«, fragte Lucas. »Ich war direkt hinter dir! Als du wie von einer Wespe gestochen aus dem Zelt ranntest, wusste ich, dass das nicht gut geht.«

»Du Bastard! Ich habe mir fast in die Hose gemacht«, rief Noah. »Ich glaube nie wieder ein Wort, das aus deinem Mund kommt.«

Lucas schmunzelte. »Denkst du, ich sitze viermal im Jahr allein hier draußen und warte auf Feen, ohne zu wissen, wie man mit einer Pistole umgeht? Den Mülleimer neben meinem Schreibtisch treffe ich aber wirklich nicht!«

»Davon war ich bereits Zeuge«, brummte Noah.

Gemeinsam starrten sie auf die bewusstlose Fee. Der Professor ging neben dem schlaffen Körper in die Hocke. »Das ist ein historischer Moment.«

»Ihr Blut ist rot«, stellte Noah fest. Gebannt starrte er auf die rote Flüssigkeit, die aus der Schusswunde quoll. »Sie bluten, wie wir.« Die Feststellung war mehr ein Hauchen als ein gesprochenes Wort.

»Das heißt leider auch, dass sie sterben können wie wir«, meinte Lucas. Er stellte das mitgebrachte Erste-Hilfe-Set auf das Gras und legte eine Kompresse auf die Wunde, um die Blutung provisorisch zu stoppen. Seine schnellen Bewegungen verrieten, dass er das nicht zum ersten Mal tat.

Der Körper des Feenmannes wirkte langgezogen. Drahtige Muskeln und Sehnen zogen sich über seine dünnen Arme und Beine und zeugten von einem Leben mit einer Menge körperlicher Betätigung. In dicken Locs fielen ihm die ockerfarbenen Haare über das weiße Gesicht. Das Auffälligste an seiner Gestalt waren jedoch die spitz zulaufenden Ohren, die deutlich sichtbar, mit einer Länge von circa fünf Zentimetern, die Haarsträhnen in zwei Hälften teilten.

Oft hatte Noah versucht, sich die Wesen anhand von Felis Beschreibungen vorzustellen. Die Realität übertraf seine Vorstellung. Zwei weiße Streifen, brüchig von Schweiß und Wetter, zogen sich über die Nase des Wesens und verschwanden an den Wangen im Nichts.

»Lass und verschwinden, bevor jemand die Polizei holt«, sagte Lucas.

Noah fasste die Beine der Fee, Lucas ihre Arme. Ächzend und schwitzend trugen sie den Körper bis zum Parkplatz und legten ihn behutsam auf die Rückbank von Lucas' Auto. Der Professor tunkte einen Tampon in das Silberwasser und steckte ihn der Fee in die Nase.

»Bleib bei ihm und überprüfe regelmäßig seinen Puls. Wenn er schwächer wird, ruf mich an. Ich baue schnell das Zelt ab.«

Noah nickte und sah Lucas nach. Die Finger auf der Halsschlagader der Fee, hoffte er, dass das Silberwasser tatsächlich die gewünschte Wirkung entfaltete. Er starrte auf die blasse Gestalt. Räuspernd strich er sich mit den Fingern durch die Haare, während er versuchte, sich einzureden, dass sie das Richtige taten und nicht einfach ein unschuldiges, wehrloses Lebewesen entführten.

Einige Stunden später saß Noah auf der schwarzen Couch im Wohnzimmer von Shaws Ferienhaus und verschlang hungrig einen Teller Rührei. Ihre fragile Fracht lag, die Hände und Füße zusammengebunden, auf dem Sofa gegenüber von ihm und schlief immer noch. Es würde kein angenehmes Erwachen für ihn werden, gefesselt, blutend und ohne seine Fähigkeiten, die das Silberwasser ihm geraubt hatte.

Wie würde wohl Feli reagieren? Wäre sie den Fähigkeiten der Fee genauso schutzlos ausgeliefert gewesen wie Lucas und er, oder wäre sie immun gegen deren Einfluss? Würde die Fee ihre eigenen Fähigkeiten in Feli erkennen? Es gab so viele Fragen, auf sie keine Antworten wussten. So viel, was sie in Erfahrung bringen mussten.

Lucas trat aus dem Badezimmer die beiden Stufen in das Wohnzimmer hinab und trocknete sich die Haare mit einem Handtuch. Er trug eine Jeans und ein einfaches schwarzes T-Shirt. In der freien Hand hielt er eine Tasse Tee sowie eine Zeitung und hatte ein dünnes Buch in die Armbeuge gepresst.

Seufzend warf er das Handtuch auf Noahs Sofa und ließ sich in den breiten Sessel nebenan fallen. Genüsslich lehnte er sich zurück und trank einen Schluck aus der dampfenden Tasse.

»Irgendwelche Veränderungen?«

Noah schüttelte den Kopf.

Die dunklen Augen von Lucas fokussierten ihn mit unergründlicher Miene. Noah betrachtete den Glastisch vor ihm.

»Also, warum erzählst du mir nicht in der Zwischenzeit, warum du heute Morgen jegliche Beherrschung verloren hast?«, fragte Shaw und gab vor, sich nebenbei brennend für die Zeitung zu interessieren.

Noahs Herz begann zu klopfen. Er hatte geahnt, dass Lucas Fragen zu seiner Reaktion stellen würde. Gleichzeitig hatte er gehofft, der Mann würde es in dem Trubel von heute Morgen vergessen. Bisher hatte er ihm nichts von Feli erzählt.

»Ich habe die Fee getroffen und du hast mir den Arsch gerettet. Viel mehr gibt es nicht zu sagen. Du warst dabei«, antwortete Noah betont gleichgültig.

Shaws Stirnrunzeln machte deutlich, dass er ihm kein Wort glaubte. Räuspernd holte er das dünne Buch aus der Spalte zwischen Oberschenkel und Sessel hervor und legte es auf den Tisch. Mit trockener Kehle starrte Noah auf den karierten Einband.

»Der Tartan der Isle of Skye. Du hast Geschmack, ehrlich. Passend zu unserer Forschung, auch was den Inhalt des Buches angeht.« Er stellte die Tasse neben das Buch, schlug die erste Seite auf und begann zu lesen: »Liebe Feli … Deine Tochter, vermute ich?«

Noah riss das Buch aus seiner Hand und klappte es zu. »Ja, ist sie, und das ist mein Eigentum. Unser Privatleben geht den anderen nichts an. Wir arbeiten rein wissenschaftlich zusammen. So war es von Anfang an vereinbart!«

»Das war die Abmachung«, bestätigte Lucas. Er lehnte sich erneut in den Sessel zurück. »Allerdings nicht, wenn das Privatleben des anderen ein Geheimnis enthält, das von bedeutender Wichtigkeit für die Forschung ist. Deine Reaktion heute Morgen hat meine Ahnung bestätigt. Wie lange schon?«

Er weiß es! Noah schloss die Augen und fuhr sich durch die Haare.

Tief atmete er durch und sandte eine stumme Entschuldigung an Amanda, bevor er die Augen wieder öffnete. »Acht Jahre. Sie besitzt die Fähigkeiten, seit sie sechs ist.«

»Acht«, sagte Lucas ehrfürchtig. »Nur wenige halten so lange durch. Sie ist gesund?«

»Ja, aber wie lange noch?« Erneut spürte er den dicken Kloß der Verzweiflung in seiner Kehle.

»Bist du deshalb hergekommen?«

Noah nickte.

»Hast du es ihr gesagt?«

»Sie ist noch ein Kind!«, erwiderte Noah scharf.

»Sie hätte es von Anfang an wissen müssen!«, rief Lucas.

»Ich musste zuerst sichergehen, dass sie wirklich das ist, wovon die Legenden handeln«, entgegnete Noah.

Lucas musterte ihn mit scharfem Blick. »Du hast zu lange gewartet. Mit jedem Jahr, das sie überlebt, steigt die Gewissheit, dass die Feen sich ihr zuwenden.« Er zeigte auf den bewusstlosen Feenmann wie ein Straßenprediger, der den Weltuntergang prophezeite. »Sie werden kommen! Die Sidhe werden sie zu sich holen, und wenn sie dann nicht weiß, was sie ist und welche Rolle sie zu spielen hat, schwebt die ganze Menschheit in Gefahr!«

Kapitel 1

Annie

Geht es ihm gut?« Feli stand neben dem Stuhl, auf dem die Beine des Professors lagen. »Er sieht ziemlich käsig aus. Sollte das Blut nicht eigentlich in den Kopf fließen, wenn man die Beine hochlegt?« Mit gerunzelter Stirn schaute sie auf den Mann hinab.

Annie betrachtete den Mann und umfasste mit kalten Fingern ihre Halskette. Drei Minuten waren vergangen, seit Professor Shaw vor ihren Augen zusammengebrochen war. Ab wann wurde eine Bewusstlosigkeit lebensgefährlich? Die Brust des Professors hob und senkte sich regelmäßig. Schwach konnte sie seinen Puls am Hals spüren.

»Wenn er in zwei Minuten nicht aufwacht, rufe ich einen Krankenwagen«, sagte Annie und holte ihr Handy aus der Hosentasche.

»Und wie willst du ihnen erklären, was passiert ist?«, fragte Feli.

Annie zuckte mit den Schultern. »Kreislaufkollaps. Sowas kommt vor. Ich meine, ich fühle mich geschmeichelt, gleich in Ohnmacht hätte er bei meinem Anblick trotzdem nicht fallen müssen.«

Feli verdrehte die Augen. »Netter Versuch, aber wegen dir hat er sicher nicht das Bewusstsein verloren.«

»Weißt du das …«

Ein gedämpftes Stöhnen beendete ihren Satz abrupt. Ein zweites, lauteres Stöhnen folgte gleich darauf. Mit einer Hand vor dem weißen Gesicht blinzelte Shaw gegen die Sonnenstrahlen, die durch das große Fenster in den Raum fielen.

Annie trat einen Schritt vor. »Geht es Ihnen gut?«

Der Professor versteifte sich beim Klang ihrer Stimme und murmelte einige unverständliche Worte. Die langen Beine fielen holprig vom Stuhl, während er sich aufrecht hinsetzte.

Sein Blick glitt abwechselnd von Feli zu ihr und zurück.

»Für einen Moment hatte ich gehofft, Sie beide sind ein böser Traum.«

»Die Freude ist ganz auf meiner Seite«, erwiderte Annie spöttisch und erntete dafür Felis Ellenbogen in ihren Rippen.

»Gib ihm eine Chance, sich zu sammeln!«, zischte sie.

Annie schnaubte. Sie rieb sich über ihre schmerzende Seite und ließ ihren Blick durch das Büro schweifen. Sollte Feli sich um ihn kümmern. So lange er die Respektlosigkeit ihnen gegenüber aufrechterhielt, sah Annie keinen Grund, sich wegen ihm die Finger schmutzig zu machen.

Durch die große Fensterfront an der Längsseite gegenüber fiel ausreichend Tageslicht, dass die Lampen an der Decke überflüssig wirkten. Raumhohe, dunkle Holzregale säumten die restlichen drei Wände, die nur von der Eingangstür unterbrochen wurden. Bis zur Decke stapelten sich darin Ordner, Bücher und Büromaterial. Annie entdeckte dicke Ledereinbände, die beinahe auseinanderfielen, neben Lehrbüchern aus dem einundzwanzigsten Jahrhundert. Schnitzereien aus Holz von seltsamen, ineinander verschlungenen Ornamenten dekorierten manchen Fächer. Eine Triskele stand neben einer Reihe von Büchern. Die Namen der anderen Symbole kannte sie nicht.

»Möchten Sie etwas trinken oder essen? Ein wenig Traubenzucker vielleicht, oder soll ich lieber jemanden holen?«, erkundigte sich Feli höflich.

»Danke sehr, aber mir geht es gut.« Shaw hob ablehnend die Hände und stand auf. Mit einer Hand zupfte er seinen Anzug gerade und korrigierte das violette Einstecktuch. Er musterte sie, als wäre sie eine verwelkte Topfpflanze, die es schleunigst zu entsorgen galt. Annie erwiderte trotzig seinen Blick.

»Vielleicht möchten Sie beide mir erklären, warum Sie aus heiterem Himmel vor meiner Bürotür auftauchen und mich belauern wie eine Katze ein Mauseloch. Soll ich den Sicherheitsdienst rufen?«

Der Mann starrte sie an.

»Okay«, durchbrach Annie die angespannte Atmosphäre. »Ich schlage vor, wir beginnen noch einmal mit unseren Namen. Ich bin Annie. Das ist Felicia.«

»Shaw«, antwortete der Professor kurz angebunden.

Nicht, dass wir den schon wüssten …

Der Professor wandte sich um und nahm den Deckel von der Karaffe mit Whisky auf dem Schreibtisch. In der Vitrine links von ihm standen dutzende Flaschen. Hinter diesem Glas musste sich ein Wert von mehreren hundert Euro befinden. Das hier war kein billiger Fusel, den man im Supermarkt bekam und am besten mit Cola mischte, um ihn geschmacklich ertragen zu können.

Millimetergenau schüttete der Professor den Whisky in das Glas daneben, doch anstatt ihn zu trinken, hielt er ihn Feli hin.

»Oh, danke, aber ich trinke nicht.« Ihre Freundin betrachtete das Glas mit großen Augen.

»Das ist nicht zum Trinken. Zeig es mir!«

Seine Worte klangen wie ein Befehl. Verschwunden war die höfliche Anrede.

Annie löste sich von der Tischkante des Schreibtisches. *Er weiß es!*

Feli warf ihr einen unsicheren Blick zu. Die Schultern ihrer Freundin spannten sich an. Der Griff um das Notizbuch ihres Vaters verhärtete sich.

»Was soll ich zeigen?«

»Wenn Sie aus dem Grund hier sind, den ich glaube, wissen Sie, was ich meine«, antwortete Shaw kühl.

Deutlich bewegte sich Felis Kehlkopf unter ihrer Haut, während sie schluckte. Sie nahm das Glas entgegen und stellte es auf die Fensterbank.

»Willst du das wirklich durchziehen?«, flüsterte Annie.

»Ohne Beweise wird er uns nichts erzählen, oder?« Die junge Frau schob ihre Schultern zurück, als wollte sie eine Verspannung in ihrem Nacken lösen und konzentrierte sich auf das Glas.

Annie hielt den Atem an.

Eine kleine goldbraune Säule hob sich langsam über den Rand des Glases hinaus. Zitternd schwebte sie in der Luft, bevor sie zurück in das Glas schwappte. Das silberne Flackern in Felis grauen Augen verblasste.

»Mit Whisky ist es schwieriger«, meinte sie, als müsste sie sich für die Kunst ihrer Fähigkeiten entschuldigen. Sie hielt ihren Blick weiterhin auf das Glas geheftet.

»Ich kann nicht glauben, dass ich diesen Tag erlebe.« Shaws Stimme war kaum mehr als ein Flüstern. Seine Mundwinkel verzogen sich langsam zu einem breiten Lächeln. Plötzlich wirkte er wie ein Erstklässler, der endlich seine Schultüte öffnen durfte. Annie hätte nicht gedacht, dass dieser Mann zu einem Lachen fähig war.

Der Professor holte sein Handy aus der Hosentasche. »Diana? Cancele meine Termine für heute. Ja, auch die Vorlesungen. Es ist etwas Privates dazwischengekommen. Sag Charly, er soll die übernehmen. Die Unterlagen hat er schon.« Er ging zu seinem Schreibtisch und kritzelte etwas auf einen Notizzettel. Dann steckte er das Handy zurück in die Hosentasche und wies mit leuchtenden Augen auf die beiden Stühle vor dem Schreibtisch. Dessen schmale Tischplatte stand kurz davor, sich zu biegen, unter der Masse an Blättern, die auf ihr lagen.

»Bitte, setzt euch! Und nennt mich Lucas.«

Schnaubend folgte Annie Felis Beispiel und nahm auf dem dunklen Holzstuhl Platz. Misstrauisch musterte sie Shaws Gesicht. Von dem hochnäsigen, griesgrämigen Professor von vor ein paar Minuten fehlte jede Spur. Stattdessen waren seine Augen mit kindlicher Aufregung erfüllt.

Feli umklammerte das Notizbuch ihres Vaters vor ihrer Brust. »Sie … Du kanntest meinen Vater Noah?«

Shaw nickte. »Darf ich?«

Sie reichte ihm zögerlich das Buch.

Andächtig nahm Shaw es entgegen und strich mit zwei Fingern über den Einband. Melancholie füllte seine Augen. »Es ist lange her, seit ich dieses Buch das letzte Mal in den Händen hielt. Ich dachte, ich sehe es nie wieder. Dein Vater war ein bemerkenswerter Mann. Einen Kollegen wie ihn hatte ich noch nie. Seine Forschungen haben mich sehr beeindruckt. Ich konnte durch ihn sogar einige Lücken in meinen eigenen Aufzeichnungen füllen. Ich verdanke ihm viel. Sein Tod ist eine Schande.« Er sah Feli an. »Dein Vater hat dein Geheimnis gehütet wie eine Schatzkiste.«

»Dann kannst du mir sagen, wie er gestorben ist?«, fragte Feli mit rauer Stimme.

Shaw schüttelte den Kopf und gab ihr das Buch zurück. »Die Nachricht von seinem Tod erreichte mich erst am nächsten Tag.«

»Weißt du, was er am Ring of Brodgar wollte?«

Shaw schüttelte erneut den Kopf. »Diese Frage stelle ich mir heute noch, auch warum er allein gefahren ist oder mir nichts von seinem Vorhaben erzählt hat.«

»Wovon handelten diese Forschungen?«, fragte ihre Freundin mit gesenkter Stimme.

»Diese Dinge sind eigentlich nur für wenige Ohren bestimmt.« Shaws Blick wanderte zu Annie.

»Annie bleibt!«, erwiderte Feli bestimmt. »Diese Informationen sind genauso für ihre Ohren bestimmt wie für meine.«

Annies Mundwinkel zuckten unter dem Hochgefühl, das bei Felis Worten in ihr aufstieg.

»Wie ihr wollt.« Shaw nippte an dem Whisky.

»Mein Fach ist die Ur– und Frühgeschichte, wie ihr wahrscheinlich schon wisst. Spezialisiert habe ich mich auf die Kelten und vor allem deren Mythologie. Die, wie wir alle wissen, einige Funken Wahrheit in sich hält. Noah und ich haben nach Beweisen gesucht, die das bestätigen.«

»Und seid ihr fündig geworden?«, fragte Annie.

Lucas lächelte. »Der größte Beweis sitzt gerade vor mir. Du trägst Feenmagie in dir. Wie lange bist du schon im Besitz der Kräfte?«

»Seit meinem sechsten Geburtstag.« Feli betrachtete ihre Hände, während sie sprach. »Das sind jetzt zwölf Jahre.«

»Was kannst du noch kontrollieren, außer Wasser?«, fragte Lucas unter einem Anflug von Ehrfurcht in der Stimme.

»Luft und möglicherweise Feuer. Da bin ich mir nicht sicher. Das letzte Mal hätte ich beinahe jemanden verletzt. Außerdem kann ich die Gefühle anderer Menschen sehen, vorausgesetzt sie tragen kein Silber.«

Bei der Erinnerung an den Vorfall kurz vor Inverness presste Annie die Lippen zusammen.

Shaws Augen leuchteten. »Faszinierend. Welchen Einfluss hat Silber auf dich?«

Einen Moment lang suchte Feli nach Worten und legte den Kopf schief. »Es ist wie eine Barriere oder eine undurchdringliche Sturmwolke, die sich vor dem Kopf eines Menschen zusammenbraut und jedes Gefühl dahinter versteckt. Es ist unmöglich, den Schleier zu durchdringen.«

»Erstaunlich«, wiederholte Shaw. »Hast du Symptome, die eventuell auf Krankheiten hindeuten? Fühlst du dich schwach oder hast du Schmerzen? Du musst nicht antworten, wenn du nicht möchtest.«

Verwundert schaute Feli ihn an und schüttelte den Kopf.

Der Professor klatschte euphorisch in die Hände, sodass Annie die Stirn runzelte und Feli zusammenzuckte.

»Es ist wahr!«

»Was ist wahr?«, fragte Annie.

Shaws Blick wechselte zwischen ihnen hin und her. Seine Mundwinkel verzogen sich zu einem leichten Schmunzeln. »Ich sehe, ihr habt viele Fragen. Welche Fragen brennen euch am meisten auf dem Herzen?«

»Zu viele«, meinte Annie schnaubend.

Sein Telefon klingelte energisch. Ein schriller Ton. Ärgerlich schnaubte Shaw.

»Warum habe ich keine Antwort auf meine E-Mail bekommen?«, begann Feli.

»Ich schätze, Postfach voll akzeptiert ihr nicht als Antwort?« Die Stimme des Professors klang schuldbewusst.

Gleichzeitig schüttelten die beiden die Köpfe.

»Nun …« Shaw trank einen weiteren Schluck Whisky. »Ich habe deinen Namen gelesen und wusste, wer du bist. Oder habe es vielmehr geahnt. Ehrlich gesagt habe ich mich gewundert, dass du nicht schon früher mit mir Kontakt aufgenommen hast, nachdem ich euch die Kiste mit Noahs Eigentum gesandt habe. Die Jahre verstrichen und ich dachte, dass die Angelegenheit womöglich … nicht mehr aktuell ist oder … nun … keinen Lösungsbedarf mehr besitzt …« Er räusperte sich verlegen.

Mit anderen Worten, dass Feli in der Zwischenzeit an ihren Kräften gestorben ist.

»Als ich dann deine E-Mail sah, war ich, vorsichtig ausgedrückt, erstaunt. Ich wollte es nicht wahrhaben. Ich wusste nicht, dass du den ganzen Weg hierherkommen würdest.«

»Und du dachtest, du lässt es einfach drauf ankommen? Was, wenn ich, anstatt höflich zu fragen, den Hörsaal zerlegt hätte?«, fragte Feli.

»Nun, jeder Hörsaal besitzt Fluchtwege und ein Löschsystem.« Shaw grinste schief.

Annie runzelte die Stirn. »Du hast also die Mail nicht beantwortet, weil du Angst hattest.«

»Natürlich!«, erwiderte Shaw, ohne zu blinzeln. »Ich weiß, wozu jemand wie du im Stande ist, Felicia. Ich habe es schon einmal gesehen.«

»Das habe ich auch und trotzdem habe ich keine Angst«, erwiderte Annie.

Shaw musterte sie unverhohlen. »Oh, ich glaube, die hast du. Vielleicht nicht direkt vor ihren Kräften, aber vor dem, was das alles bedeutet. Und damit hast du vollkommen recht.«

Annie ließ den Stein ihrer Kette durch ihre Finger gleiten. Unter ihrer Haut beschleunigte sich ihr Herzschlag. Sie hatte Angst! Angst, was diese Kräfte für Feli bedeuteten; Angst vor den Sidhe; Angst, wohin dieser Weg sie noch führte und letztendlich auch Angst, wie diese Straße für sie selbst enden würde. Sie ließ sich in die Lehne des Stuhls fallen. »Kannst du etwa genauso Gedanken lesen?«

Shaw lächelte. »Nein, aber Felicia ist nicht die erste Person mit besonderen Fähigkeiten, die meinen Weg kreuzt. Ich kenne diese Ängste, denn ich habe sie selbst schon einmal geteilt.«

In diesem Moment klopfte es an der Tür. Ohne eine Antwort von Shaw abzuwarten, kam eine Frau mittleren Alters herein. »Entschuldigt die Unterbrechung. Charly benötigt noch wichtige Details zu Folie 20 der Vorlesung. Er versucht die ganze Zeit, dich zu erreichen.«

»Sag ihm, ich rufe ihn gleich im Auto an«, erwiderte Shaw ungeduldig.

Die Frau nickte und zog sich zurück.

Nachdem Shaw das Whiskyglas geleert hatte, stand er auf. »Ich glaube, wir sollten diese Konversation an einem ungestörteren Ort weiterführen. Wenn ihr nichts dagegen habt, treffen wir uns vor meinem Haus. Meine Sammlung ist der perfekte Ort. Dort befinden sich viele Dinge, die euch ebenfalls interessieren könnten.«

Shaw kritzelte etwas auf einen Zettel und reichte ihn Feli. Annie warf einen Blick auf Feli, die das Papier mit der Adresse langsam zusammenfaltete. Sie traute diesem Mann nicht weiter, als sie springen konnte. Bei der Vorstellung, ihm in sein Haus zu folgen, stellten sich ihre Nackenhaare auf. An der Grimasse, die Feli zog, sah Annie, dass sie sich mit der Idee ebenfalls nicht anfreunden konnte. Die Möglichkeit, dass Shaw noch viele weitere Antworten auf ihre Fragen besaß, war jedoch zu verlockend.

Sie folgten Shaw durch das Treppenhaus auf den Parkplatz. Der Professor blieb vor einem nachtschwarzen Mustang Cabrio stehen, der zwischen den anderen grauen, blauen und weißen Kombis, Caddys und Familienautos wirkte wie Johnny Depp in einer U-Bahn.

Natürlich fährt er einen verdammten Oldtimer, dachte Annie. Ihr Blick glitt über das windschnittige Heck des Autos. Diese Konstruktion war Kunst auf vier Rädern.

Dieser Mann hatte Style und lebte ihn. Davon war Annie bis auf die Knochen überzeugt, als sie Betsys röhrenden Motor auf Shaws Hof abstellte. Die moderne Villa lag abgeschirmt zwischen hohen Bäumen am Stadtrand von Inverness. Circa einhundert Meter die Straße herunter befand sich der nächste Nachbar.

Das Haus bestand aus mehreren zusammengefügten, gleichmäßigen, rechteckigen Formen, wie Bauklötze, die jemand in die Landschaft gesetzt hatte. Im Sonnenlicht schimmerte die weiße Fassade. In den großen Fensterscheiben spiegelte sich das Grün der Umgebung. Ein Weg aus dunklen Steinplatten führte vom Hof über das gleichmäßig kurze Gras bis zur Haustür. Die Tür aus schwerem Eichenholz erinnerte eher an den Eingang in eine Burg. Annie warf einen Blick nach oben und entdeckte mehrere Kameras an der Wand.

»Deine Kräfte funktionieren einwandfrei, oder?«, flüsterte sie Feli zu.

Shaw schloss die Tür auf.

»Ja, warum?«

»Nur für alle Fälle«, murmelte Annie, bevor sie Feli in das Haus folgte.

Die Bodenfließen des geräumigen Flurs besaßen dieselbe Farbe wie die Steinplatten vor der Tür. Feli blieb immer wieder stehen, um die verschiedenen Kunstwerke zu bewundern, die Rahmen an Rahmen die lange Wand säumten. Seltsame rechteckige Figuren mischten sich mit farbenfrohen Fingermalereien und realistischen Land-schaftsbildern.

Nicht bloß Wissenschaftler, sondern auch Kunstliebhaber und hat womöglich einen Batzen Geld auf dem Konto, dachte Annie. Sie presste die Lippen aufeinander, als Shaw begann, die Treppe in den Keller hinabzusteigen. Seit jenem schicksalshaften One-Night-Stand, bei dem sie in einem BDSM Keller gelandet war, lösten Kellertreppen in ihr einen Fluchtinstinkt aus. Feli schien damit kein Problem zu haben. Mit unbekümmerten Schritten folgte sie dem Professor.

»Wenn er eine Leiche in seinem Keller versteckt hält, schreie ich«, zischte Annie ihr zu.

Shaw drehte einen Schlüssel im Schloss einer zweiten Eichentür herum und schob sie leise knarrend auf.

»Willkommen in meinem Reich!«, sagte er feierlich.

Kapitel 2

fell

In diesem Keller kann man wunderbar eine Leiche verstecken. Mit großen Augen betrachtete ich von der Empore hinter der Eichentür die gewaltigen Ausmaße des Kellergewölbes.

Das erklärt die Kameras draußen.

Eine Treppe aus Holz führte hinab in ein Reich voller Geheimnisse. Während man in anderen Kellern gerade so stehen konnte, betrug die Höhe dieses Raumes mindestens drei Meter. Dunkle Regale säumten die Wände bis in den letzten Winkel des Gewölbes. Selten hatte ich so viele Bücher auf einem Haufen gesehen. Zwischen den Regalen entdeckte ich vereinzelt seltsame Skulpturen. Andere Objekte lagen in Vitrinen auf der rechten Seite des Raums; winzige Gegenstände, die ich von hier kaum erkennen konnte, bis zu einer ganzen Ritterrüstung oder Schilden mit Speeren, die doppelt so lang waren wie ich. Dieser Keller war ein Museum. Ein ganzer Tag würde nicht ausreichen, um alles zu besichtigen.

»Meine bescheidene, private Sammlung«, verkündete Shaw, als er neben mir an das Geländer trat.

»Bescheiden?«, fragte Annie von der anderen Seite. »Ich habe schon bescheidenere Milliardäre gesehen.«

»Du kennst einen Milliardär?« Abrupt wandte ich meinen Blick zum ersten Mal von der Sammlung ab.

»Nein. Mir ist kein besserer Vergleich eingefallen«, flüsterte Annie.

»Ursprünglich war das Gewölbe Lagerraum einer Destillerie. Das Gebäude darüber war schon längst abgerissen, als ich das Grundstück kaufte und das Haus darauf bauen ließ. Es hat ein gutes Jahrzehnt gebraucht, diese Sammlung aufzubauen. Die meisten Gegenstände und Bücher sind Erbstücke und Geschenke von Freunden und Familie und natürlich Nachbildungen und Abschriften. Die Originale befinden sich in Museen auf der ganzen Welt«, erklärte Shaw, während er die Treppe in das Gewölbe hinabstieg. »Mühsam habe ich mir die meisten Bücher und Zeitschriften selbst zusammengesucht.«

Bereits auf der Treppe roch ich das verstaubte Papier und die alte Druckertinte. Shaw drückte uns jeweils ein Paar Handschuhe in die Finger. Ich bekam den Handschuh nicht richtig zu fassen und er fiel zu Boden. Mit roten Wangen hob ich ihn auf und zog ihn an. Spätestens jetzt fühlte ich mich wie in einem Archiv.

»Und das hat alles mit den Kelten zu tun?«, fragte Annie.

»Oh nein. Die Literatur zu den Kelten befindet sich in den mittleren Regalen. Mit der Zeit habe ich meine Sammelleidenschaft über die Kelten hinaus erweitert. Zeitungsausschnitte, wissenschaftliche Arbeiten und Artikel aus dem

Internet findet ihr in den Fächern unter der Treppe, leider vollkommen durcheinander. Ich hatte nie die Zeit, sie zu ordnen. Ich glaube, ich muss mir dringend einmal einen Praktikanten suchen.« Shaw zog seinen Anzug gerade. »Auch einige Artikel von und über deinen Vater befinden sich dort.«

Am liebsten hätte ich sofort alle Fächer durchforstet. Mein Herz hämmerte. Ich stellte mir vor, wie mein Vater gemeinsam mit Shaw in diesem Keller gearbeitet hatte, aus dem Regal Bücher geholt oder womöglich einmal genau an diesem Fleck gestanden hatte. Es fühlte sich an, als würde er hinter einem der Regale stehen und gleich seinen Kopf herausstrecken.

»Was für Artikel?«, fragte ich neugierig.

»Hauptsächlich zu seinen Forschungen über Steinkreise«, antwortete Shaw. »Der Mann war kein Fremder für mich. Nachdem er mich anschrieb, war ich genauso aufgeregt darüber, mit ihm zu arbeiten wie er. Ich verfolgte seine Forschungen bereits … nun ja … seit die Medien ihn wegen seiner Äußerung bezüglich der Feen auseinandergenommen hatten.«

»Du besitzt also auch jeden Spottartikel über ihn in diesen Fächern?« Meine Neugier verwandelte sich in das Bedürfnis, die Treppe mitsamt Inhalt anzuzünden.

»Natürlich. Ohne die hätten wir nie zusammengearbeitet«, erwiderte Shaw unbekümmert.

Hättet ihr nie zusammengearbeitet, wäre mein Vater nie gestorben. Und hättet ihr nie zusammengearbeitet, hätte ich es nie hierhergeschafft.

Seltsam, wie sich die Schicksale in einem Leben zusammenfügten.

»Möchtet ihr euch zuerst umsehen oder wollen wir mit den Fakten fortfahren?«

»Fakten.« Ich drehte mich ein letztes Mal um die eigene Achse. »Deshalb sind wir gekommen. Für das Museum haben wir nachher noch Zeit.«

Der Professor nickte. »Das habe ich mir gedacht.« Er wies auf die Couchgarnitur neben dem Computerarbeitsplatz am Ende der Treppenstufen. Ich sah, wie Annie einen letzten, sehnsuchtsvollen Blick auf das Schwert mit dem vergoldeten Griff und der Beschriftung »Excalibur Duplikat« in der Vitrine warf. Dann ließ sie sich neben mir auf das Sofa fallen.

Shaw stellte einen Wasserkocher auf dem Schreibtisch an und holte drei Tassen aus dem kleinen Servierschrank daneben. In aller Ruhe goss der Professor zunächst Tee ein und stellte sogar ein Kännchen Milch dazu. Ich musste mit aller Kraft meine Beine stillhalten, um nicht nervös auf und ab zu wippen.

Räuspernd lehnte er sich in dem Schreibtischstuhl zurück und zupfte seinen Anzug gerade, obwohl keine Falte in dem edlen Stoff zu erkennen war. »Also, wo waren wir stehengeblieben?«

»Du sagtest, ich sei nicht die erste Person mit diesen Fähigkeiten, die deinen Weg kreuzt«, begann ich.

»Stimmt! Sie war dir gar nicht so unähnlich.« Shaw stellte seufzend die Tasse Tee auf den Tisch. »Ihr Name war Madeleine. Ich glaube, es war 1998 oder war es 99? Ganz genau weiß ich es nicht mehr. Damals hatte ich gerade meinen Lehrstuhl hier an der Universität angenommen und war kaum älter als einige meiner Studenten.« Er lächelte melancholisch. »Madeleine studierte Chemie. Sie war keine meiner Studentinnen, weshalb ich es für in Ordnung hielt, sie nach einem Date zu fragen. Wir gingen einige Male aus und die Beziehung begann ernst zu werden. Sie hat sich sehr für meine Forschungen interessiert. Rückblickend hätte ich mich eher fragen sollen, woher dieses Interesse kam.« Er runzelte die Stirn. »Es passierte auf unserem sechsten Date … oder war es das siebte? Wir saßen gemeinsam am Ufer des Ness und sie meinte plötzlich zu mir: *Was würdest du sagen, wenn ich die Fließrichtung des Flusses ändern könnte?* Ich habe laut gelacht und geantwortet, das sei unmöglich, aber wenn, würde ich ihr für immer jedes Essen im Restaurant bezahlen. Wie wenig ich damals wusste …« Shaw räusperte sich erneut. »Sie streckte die Hand aus und die Wellen vor uns änderten ohne jeglichen Widerstand ihre Richtung. Noch heute sehe ich das Bild des weißen Schaums vor mir, der entstand, als beide Fließrichtungen des Flusses zusammenprallten. Ich dachte zuerst, sie hätte mir etwas in mein Getränk gemischt. Dann erzählte sie mir ihre Geschichte, und mit dem, was ich bereits über die keltische Mythologie wusste, verschwand die Idee mit den Drogen. Madeleine war seit ihrem neunten Lebensjahr im Besitz dieser Kräfte. Sie war auf den Orkney Inseln großgeworden und zeltete jeden Sommer mit ihren Freundinnen in der Nähe der Stones of Stenness. Dort begegnete sie einer seltsamen Frau. Ich denke, den Rest der Geschichte hast du ebenfalls erlebt.«

Gänsehaut überzog meine Unterarme. Vor meinen Augen verwandelte sich Madeleines Geschichte in meine. Beide Bilder verschwammen zu einem gleichen Schicksal.

»Sie schlief vermutlich ein und wurde zwei Tage später von einer üblen Grippe befallen. Danach konnte sie die Gedanken der Menschen um sich herum lesen. Die Geschichte kommt mir vertraut vor«, ergänzte ich leise. »Ich bin ihnen in Pömmelte begegnet.«

Shaw nickte. »Madeleine war stark. Ihre Fähigkeiten waren gewaltig. Für ein ganzes Jahr war Madeleine meine Welt, doch am Ende wurden ihre Fähigkeiten selbst für sie zu stark.«

»Was ist passiert?«, fragte ich mit rauer Stimme.

Stille herrschte im Raum. So dick, dass man mit einer Nadel in die Luft stechen könnte.

Shaw blinzelte langsam. »Madeleine hat sich in ihnen verloren. Sie hat viel mit den Fähigkeiten experimentiert, meistens in Laboren. Ich nehme an, sie wollte herausfinden, wie genau sie funktionieren und ob sie weitere Stoffe und Elemente kontrollieren kann. Wir sahen uns kaum noch. Ich weiß nicht, zu welchem Ergebnis sie gekommen ist. Am Abend vor den Semesterferien rückte plötzlich die Feuerwehr an. Ich bekam einen Anruf von einem Kollegen und bin sofort zur Universität gefahren. Schon von weitem sah ich die Flammen aus einem der Chemielabore schießen. Die Feuerwehr konnte nichts mehr tun, als das Gebäude kontrolliert abbrennen zu lassen.«

Beinahe tonlos erzählte Shaw die Geschichte. Nichts in seiner Stimme deutete auf die Emotionen hin, die er mit seinen Worten verband. Trotzdem hing ich an seinen Lippen, als würde er mir einen Thriller vorlesen.

»Alle Abendkurse aus dem angrenzenden Gebäude konnten zum Glück evakuiert werden. Ich glaube nicht, dass Madeleine von der Explosion noch etwas gespürt hat. Später haben sie einige Überreste aus dem abgebrannten Gebäude geborgen.«

Shaw erhob sich und strich über seinen Anzug. Ich schaute zu Annie, deren Augen meinen eigenen Schock widerspiegelten. Tief in meinem Inneren hatte ich gewusst, dass die Geschichte nicht gut enden würde. Trotzdem hatte ich auf ein Happy End gehofft. Ein Ende, das mir zeigte, dass Geschichten wie Madeleines gut ausgehen konnten. Geschichten wie meine.

Der Professor ging zu dem Regal neben dem Schreibtisch und zog einen Ordner heraus. »Bei meinen Recherchen im Nationalarchiv bin ich auf eine Aufzeichnung von Wechselbälgern aus einem Kloster gestoßen, beginnend circa 700 nach Christus. Der letzte Eintrag war von 1684. Das Kloster hat sich seit Jahrhunderten die Mühe gemacht, die Namen und Daten aller bekannten Wechselbälger zu notieren, und deren Schicksale. Ich habe das Dokument abgeschrieben.« Er legte den Ordner auf den Tisch.

Gleichzeitig beugten Annie und ich uns darüber. Fein säuberlich wie in einem Kirchenbuch waren dort Namen aufgelistet.

Meine Kehle fühlte sich trocken an, als hätte ich einen ganzen Tag lang nichts getrunken. »Dann … dann sind Menschen wie ich tatsächlich Wechselbälger? Kinder, die den Menschen untergejubelt wurden und …«

Shaw schüttelte schnell den Kopf. »Was du meinst, ist der Aberglaube über Wechselbälger. Der hat jedoch mit Menschen wie dir wenig zu tun. Du bist genauso wenig eine Fee wie ich. Du trägst nur ihre Magie in dir, wie auch immer das möglich ist. Man hat sich nur nicht die Mühe gemacht, einen neuen Namen für Kinder wie dich zu finden.« Er runzelte missbilligend die Stirn.

War ich darüber erleichtert? Ich wusste es nicht. Meine eigenen Emotionen ließen mich im Stich. Ich hatte mich nie wirklich gefragt, ob ich eine Fee war. Doch jetzt, wo ich Gewissheit hatte, drängte sich mir die Frage auf: Was war ich dann? Wenn ich keine Fee war und auch kein richtiger Mensch, in welche Schublade konnte ich mich stecken?

Ich traute mich nicht, das Blatt zu berühren, obwohl es sich um eine Kopie handelte. Ich hatte Angst, die längst getrocknete Tinte würde verwischen oder das Blatt würde in meiner Hand zerfallen und die Namen meiner Vorgänger für immer im Wind zerstreuen.

In jedem Jahrhundert fanden sich mindestens zwei oder drei Namen. Vermutlich existierten weitaus mehr. Ein Kloster konnte natürlich nicht alle aufzeichnen. Eine seltsame Ruhe beschlich mich, als ich die Namen nacheinander durchging. Sie wirkten wie ein Teil von mir, denn sie teilten mein Schicksal. Ich war nicht allein unter acht Milliarden Menschen. Vielleicht in der Gegenwart, doch in der Vergangenheit hatte es immer wieder Menschen wie mich gegeben.

»Die meisten von ihnen haben nicht lange gelebt«, fuhr Shaw fort. »Viele von ihnen sind schon im Kindesalter an Krankheiten oder körperlichen Beeinträchtigungen gestorben. Nur wenige haben es gesund ins Erwachsenenalter geschafft. Trotzdem ist diese Liste der Beweis. Seit über tausend Jahren übertragen Feen ihre Fähigkeiten auf Kinder.«

»Aber wofür?«, fragte Annie kopfschüttelnd, während ich bloß dasaß und auf das Blatt starrte. Meine Gedanken wirbelten durcheinander. Genauso gut hätte sie nach dem Sinn des Lebens oder der Weite des Universums fragen können. Das Wofür war die Eine-Millionen-Euro-Frage.

»Alles, was ich daraus schließen kann, ist, dass die Feen für irgendwas einen Menschen mit ihrer Magie benötigen und dass der diese Aufgabe erst ab einem gewissen Alter erfüllen kann, vielleicht sobald dessen Fähigkeiten den höchsten Entwicklungsstand erreichen. Anders kann ich es mir nicht erklären, dass sie dir bisher so wenig Beachtung geschenkt haben. Keines dieser Kinder hat offenbar das gewünschte Alter erreicht, sonst würden die Sidhe nicht bis heute neue Wechselbälger erschaffen.« Shaws Blick fiel auf mich. »Aber das ist bisher nichts weiter als eine Theorie.«

Ich schaute stirnrunzelnd auf das Papier. »Warum bin ich gesund, während die anderen an den Folgen der Kräfte gestorben sind?«

»Oh, ich denke nicht, dass sie alle an den Folgen der Feenmagie in ihnen gestorben sind. Viele von ihnen fielen den Kriegen der letzten Jahrhunderte, Hunger oder Seuchen zum Opfer. Ich nehme an, dass die Kinder von Bauern wesentlich besser für die Feen zu erreichen waren als die des Adels. Die Kindersterblichkeit in den Familien der unteren Stände war jedoch sehr hoch. In Zeiten der Hexenverfolgung boten Menschen mit seltsamen Fähigkeiten vermutlich ebenfalls ein beliebtes Ziel. Was dich von ihnen unterscheidet ist schlicht das Glück, einen Körper zu besitzen, der sich mit Feenmagie verträgt und in einer aufgeklärten Zeit mit Menschenrechten, guter medizinischer Versorgung und Frieden geboren zu sein, die dir ein ungestörtes Aufwachsen ermöglicht«, antwortete Shaw unter einem Anflug von trockenem Humor.

»Was ist mit Madeleine?«, fragte Annie. »Ihre Kräfte waren genauso entwickelt wie Felis, wenn ich mir die Geschichte anhöre. Warum sind die Feen nicht zu ihr gekommen?«

»Vielleicht wollten sie das und der Unfall kam dazwischen«, überlegte Shaw.

Annie schüttelte ungläubig den Kopf. »Tauchen die Feen einfach irgendwann auf und erwarten, dass man ohne Murren mit ihnen geht, um einen Zweck zu erfüllen, von dem man nichts weiß? Wie stellen die sich das vor? Und wie passt die Bezeichnung mit dem Aberglauben an Wechselbälgern als Kuckuckskinder überein, wenn es sich dabei um etwas ganz Verschiedenes handelt?«

Shaw grinste schief. »Wenn du als Frau im elften Jahrhundert ein Kind vor dir hast, welches zwar das Gesicht deines eigenen Kindes trägt, über Nacht jedoch übermenschliche Fähigkeiten entwickelt, wärst du ebenfalls überzeugt, dass man dein Kind durch ein Feenkind ausgetauscht hat. In gewisser Weise sind sie das auch. Du trägst die Fähigkeiten einer Fee in dir, Felicia. Nur dein menschlicher Körper unterscheidet dich von ihnen. Ich bin überzeugt, dass sie bereits auf der Suche nach dir sind.«

Ich schloss die Augen und blockierte den Ruf, der wie auf Kommando blechern in meinem Kopf widerhallte.

Felicia … Bloß mein Name, flüsternd, kaum mehr als ein Windhauch, jedoch einschneidend, als würde jemand in meinem Gehirn Blechtrommeln aneinanderschlagen. Noch ein Grund, warum ein Treffen mit den Sidhe längst überfällig war. Je schneller sie mich fanden, desto besser. Ich konnte nicht ewig mit dieser Stimme in meinem Kopf leben.

»Alles in Ordnung?«, flüsterte Annie.

Ich blinzelte und vergrub meine Hände in meinem Schoß. »Wir reden später«, murmelte ich und bemühte mich um ein Lächeln.

»In den Jahren nach Madeleines Tod bin ich regelmäßig zum Ring of Brodgar gereist. Ich wollte herausfinden, was mit ihr geschehen ist und wie sie in Besitz dieser Fähigkeiten gekommen ist. Ich schätze, durch sie haben meine Forschungen über Steinkreise erst richtig Fahrt aufgenommen. Die meisten Megalithbauten wurden in der Jungsteinzeit errichtet. Über ganz Europa verteilt gibt es diese Bauten. Stonehenge ist wohl das Bekannteste, jedoch vergleichsweise jung. Der Ring of Brodgar ist circa fünfhundert bis eintausend Jahre älter als Stonehenge«, erzählte Shaw aufgeregt.

»Was ist mit Avebury?«, fragte Annie.

Shaw nickte anerkennend und fuhr sich über sein stoppeliges Kinn. »Dieser Steinkreis ist wohl der größte bisher entdeckte.«

»Wir glauben, dass es zwischen Avebury und Stonehenge eine Verbindung gibt«, sagte ich und echote damit die Idee meines Vaters und Sias.

»Wir glauben, dass es immer Zwillinge sind. Der Ring of Brodgar, die Stones of Stenness. Avebury und Stonehenge. Die Liste geht vermutlich endlos weiter«, ergänzte Annie.

»Ich bin beeindruckt«, lobte Shaw und nahm die Tasse Tee erneut zur Hand.

Ich realisierte, dass meine Tasse noch unangetastet auf dem Tisch stand.

»Diese Art von *Zwillingen* findet man oft. Sie stehen nie weit auseinander«, erklärte Shaw. »Steinkreise besaßen für die Menschen vermutlich dutzende Bedeutungen. Ich glaube, dass nicht alle Steinkreise zu denselben Zwecken genutzt wurden. Allerdings finde ich, dass eine spirituelle Nutzung am meisten Sinn ergibt. Von den Glaubensvorstellungen der Menschen der Jungsteinzeit ist nicht viel bekannt. Ein paar tausend Jahre später existiert in der keltischen Mythologie allerdings ein flüssiger Übergang zwischen dem Diesseits und dem Jenseits, der Anderswelt. Menschen konnten beabsichtigt oder aus Versehen lebendig in die Anderswelt und wieder zurück gelangen. Besonders an bestimmten Tagen im Jahr, den Jahreskreisfesten, glaubte man, dass dieser *Schleier* zwischen den Welten offenstand. Vielleicht sind diese Zwillings-Steinkreise Symbole für diese beiden Welten.«

Ich hörte das Blut in meinen Ohren rauschen. Symbole für zwei Welten, genau wie Sia vermutet hatte. Das mussten wir ihr nachher unbedingt schreiben.

»Vielleicht sind sie Marker, die die Zugänge in eine andere Welt ausweisen, wie Warnschilder. Sie sollten Menschen davor bewahren, ungewollt in die andere Dimension zu stolpern. Es sind Portale!«, verkündete Shaw euphorisch.

Langsam wandte ich den Kopf und mein Blick traf direkt Annies Augen.

Sie lehnte sich langsam nach vorn und stützte ihre Ellenbogen auf den Beinen ab. »Portale? Jetzt willst du uns auf den Arm nehmen. Sind wir in einem Marvel-Film? Ich hätte zwar nichts dagegen, wenn gleich Doctor Strange hier auftaucht, aber …«

»Ich fürchte, so funktionieren sie nicht«, entgegnete Shaw. Seine Mundwinkel zuckten.

»Ach so, klar! Jeder weiß natürlich, wie Portale funktionieren.« Annie drehte ihren Kopf. Ihre Augen begegneten hilfesuchend meinem Blick, als wollte sie verzweifelt eine Bestätigung, nicht die Einzige im Raum zu sein, die das für aus der Luft gegriffen hielt.

Leider war sie die Einzige.

»Ich kann mich mit dem Gedanken abfinden, dass es Feen gibt und übermenschliche Kräfte. Aber Portale?«

»Es ergibt Sinn«, erwiderte ich. Meine Stimme klang viel zu hoch vor Aufregung. »Die Feen müssen von irgendwo herkommen. Wenn sie in unserer Welt leben, hätten die Menschen sie längst entdeckt.«

»Dann befindet sich auf der anderen Seite wirklich das Jenseits?«, fragte Annie fassungslos und griff Sias Gedanken auf.

Shaw grinste über beide Backen. »Nicht das Jenseits.«

»Was dann?«

»Jetzt beginnst du, die richtigen Fragen zu stellen.« Der Professor stand auf und verschwand hinter den hohen Regalen, bevor er mit einem Buch zurückkehrte, das lose durch eine Ringheftung zusammengehalten wurde.

Er pustete den Staub von dem Buch und drückte es mir in die Hand.

Es folgten weitere Artikel und Hefte, mehr oder weniger gut erhalten, die er auf den Tisch legte.

»Wenn ihr mir eine halbe Stunde Zeit gebt, finde ich vermutlich noch mehr über die Anderswelt, aber ich denke, für den Anfang genügt das.«

Annie betrachtete das Buch in meiner Hand wie eine warzige Kröte.

Mein Herz flatterte. »Dann stimmt es, dass die Sidhe durch die Portale in unsere Welt gelangen können?«

Shaw nickte feierlich. »Sie tun es sogar regelmäßig an bestimmten Tagen im Jahr, wenn die Portale offenstehen.«

»*Imbolg, Beltane, Lughnasad* und *Samhain*«, murmelte ich.

Er setzte sich wieder auf den Schreibtischstuhl. »Der keltische Kalender unterteilt sich in vier Feste. Sie waren nicht nur wichtige Daten im Jahr für die Landwirtschaft, sondern auch Festtage.«

»Warum wissen die Menschen nichts von diesen Portalen, bei den vielen Touristen, die die Steinkreise jährlich besuchen? Warum ist noch nie jemand aus Versehen in die Anderswelt verschwunden?«, fragte Annie. Sie klang jetzt gefasster, als hätte sich der Gedanke an Portalen langsam in ihrem Kopf eingenistet.

»Die Portale sind für Menschen nicht mehr zugänglich. Leider sind wir allein an diesem Dilemma schuld. Wir haben uns den Zugang selbst verschlossen«, antwortete Shaw. »Diese Abschrift in deiner Hand, Felicia, ist womöglich die bedeutendste Kopie in meiner Sammlung. Das Original befand sich bis 1966 auf dem Index librorum prohibitorum, der Liste der verbotenen Bücher, und lag im Vatikan. Nur dank eines sehr guten Kontaktes und eines Vermögens, das ich auf den Tisch gelegt habe, bin ich da dran gekommen. Es ist eine Zusammentragung von Texten eines Mönchs namens Cerdic, der irgendwann im achten Jahrhundert gelebt haben muss. Über den Mönch selbst ist nicht viel bekannt, doch seiner Feder verdanke ich so gut wie mein gesamtes Wissen über Feen. Er war bei der Schließung des Portals dabei und hat das Erlebnis aufgeschrieben. Leider hat man ihn in den folgenden Jahrhunderten als verrückt abgestempelt und seine Erzählungen für unterhaltsame, aber erfundene Wahnvorstellungen. Seine Kopie war natürlich in Latein, deshalb habe ich sie für einen leichteren Lesefluss übersetzt und zu diesem Buch binden lassen.«

Ich versuchte nicht daran zu denken, welche sehr guten, geheimen und wahrscheinlich illegalen Kontakte der Mann zu möglicherweise sehr hohen Instanzen im Vatikan hatte, um an so ein Buch zu kommen, und schlug stattdessen die ersten Seiten der Abschrift auf.

»Wie hat man das Portal geschlossen?« Mit zittrigen Fingern blätterte ich auf die nächste Seite. Ich traute mich kaum, das Papier anzufassen, aus Angst, etwas zu zerreißen.

»Durch ein Menschenopfer«, antwortete Shaw nüchtern.

Annies Kinnlade fiel herunter.

»Ein Kind, um genau zu sein«, fuhr er fort. »Ein Wechselbalg.«

Das hätte ich sein können, dachte ich und strich über die Seiten.

»In Großbritannien gibt es zwei Portale in die Anderswelt, von denen ich sicher weiß. Stonehenge und der Ring of Brodgar. Ich kann mir gut vorstellen, dass es noch unzählige Portale dort draußen gibt und längst nicht mehr alle durch Steinkreise markiert sind oder nie waren, doch das spielt jetzt keine Rolle mehr. Der Zugang für Menschen ist für alle Zeit gesperrt«, sagte Shaw.

»Aber die Feen können weiterhin zu uns?«, fragte Annie verwirrt.

Shaw runzelte belustigt die Stirn. »Ist das eine rhetorische Frage?«

»Das ist … unfair«, sagte Annie.

Der Professor zuckte mit den Schultern. »Das Portal von unserer Welt in die Anderswelt wurde geschlossen. Der Weg von dort zu uns steht jedoch noch offen. Außerdem beherrschen sie die Elemente. Die Gesetze der Naturwissenschaft spielen für sie vermutlich keine große Rolle. Natürlich können sie weiterhin zu uns.«

»Was ist mit den anderen Menschen geschehen?«, fragte ich und löste meinen Blick von den Seiten. »Die, die ebenfalls bei der Schließung dabei waren?«

»Das ist nicht bekannt. Nach Cerdics Aufzeichnungen wurden sie kurz nach der Schließung von einer Gruppe Feen angegriffen. Ich vermute, viele haben diese Nacht nicht überlebt«, antwortete Shaw.

Dann hatten die Feen sie alle umgebracht? Ich schüttelte den Kopf, um die Vorstellung zu vertreiben, bevor sie vor meinem inneren Auge Gestalt annehmen konnte.

Er erhob sich und strich über seinen Anzug. Dann räusperte er sich, um die erdrückende Stille zu durchbrechen, die sich über den Raum gelegt hatte. Sein Blick fiel auf Annie. »Um deinen Satz von vorhin noch einmal aufzugreifen … Ich fürchte, ich habe tatsächlich eine Leiche im Keller.« Mit der Hand deutete er nach hinten in den Raum.

»Warum habe ich das starke Gefühl, dass das nicht als Metapher gemeint ist?«, flüsterte Annie dicht an meinem Ohr.

Kapitel 3

Annie

Annie hatte mit allen Horrorvorstellungen von zerstückelten Leichen und Skeletten gerechnet, nur nicht damit. In einem abgeriegelten Nebenraum des Kellers lag der gläserne Sarg.

Von hinten durch die Eingangstür fiel das Licht wie Strahlen der Sonne auf die Glasscheibe. Annie stand neben dem Sarg und schaute hinein. In ihrem Bauch mischte sich Faszination mit Ekel. Feli gegenüber von ihr hielt die Luft an, während Shaw am anderen Ende stand, die Hände in den Taschen seines Anzugs vergraben, ein geduldiges Lächeln auf den Lippen.

Die Fee in dem Sarg hielt ihre Augen geschlossen, als schliefe sie. Ihre weiße Haut spannte sich wie Pergament über die Knochen.

Schlaff wie zwei Gummischläuche lagen die Arme neben ihren dünnen Körper gebettet. Durch die Feuchtigkeit, die ihren Köper verlassen hatte, wirkte die Gestalt der Mumie eingefallen. Annie schätzte ihre Körpergröße auf mindestens einen Meter siebzig. Im Licht der Lampen wirkten die dünnen spitzen Ohrmuscheln durchscheinend..

Weder wollte Annie fragen, wie Shaw an diese Mumie gekommen war, noch ob es legal war, einen mumifizierten Körper im Keller zu lagern. Sie zweifelte nicht an einer … sachgerechten Unterbringung. Sie verzog bei dem Gedanken das Gesicht. Irgendwelche Behörden hatte Shaw vermutlich nicht kontaktiert, um eine Feenmumie in seinem Keller anzumelden.

»Leider konnte ich ihr Alter noch nicht bestimmen lassen. Es ist nicht leicht, jemand Diskretes zu finden, der die Leiche in meinem Keller untersucht.« Shaw schnitt eine Grimasse, und Annies Verdacht bestätigte sich.

Sie wandte sich von den salzigen Wimpern und hohlen Wangen der Mumie ab und schaute ihn an. »Wie kannst du nachts schlafen, mit dem Gedanken, einen Körper hier unten zu lagern?«

Die Augen des Professors funkelten amüsiert. »Zunächst war es ein wenig makaber, aber jetzt denke ich nicht mehr daran. Sollte es jemals in meinem Haus spuken, weiß ich immerhin, wovon.« Er lachte.

Diese Mumie war ein weiterer Schlag ins Gesicht, dass sie nicht bloß Geister jagten.

Feli löste ihren Blick von der Fee. »Ich frage mich, was in der Anderswelt noch alles existiert?«

Shaw seufzte. »Die Frage kann ich dir nicht beantworten. Ich bin leider selbst noch nie dort gewesen. Aber ich bin sicher, es überschreitet unsere wildesten Fantasien.« Er schüttelte ehrfürchtig den Kopf. »Ich würde sterben für einen Tag in dieser Welt.«

Schnaubend wandte Annie ihren Blick zurück auf den Sarg. *Sterben würdest du ganz sicher!*

Wenn die Feen an den Jahreskreisfesten in diese Welt gelangen konnten, welche Kreaturen konnten das ebenfalls? Ein kalter Schauder jagte über ihren Rücken bei dem Gedanken, dass das Monster unter ihrem Bett vielleicht nicht bloß eine Fantasievorstellung gewesen war. Die Präsenz von anderen Kräften dort draußen war real. Wie hatte sie jemals glauben können, dass es all das nicht gab?

»Vermutlich ist es besser so, dass sie zunächst weiter ungestört ruhen kann«, sagte Shaw und strich sich über das Kinn. »Die Menschen sind noch nicht bereit, von der Existenz dieser Wesen zu wissen. Eine Offenbarung würde für keine der beiden Welten gut enden.«

»Vielleicht können beide Seiten auch davon profitieren. Ein Zusammenleben hat doch schon einmal funktioniert«, meinte Feli.

Shaw schnaubte. »Menschen und Sidhe waren zu lange getrennt, dass ein unvorbereitetes Zusammentreffen funktionieren könnte. Ich fürchte allerdings, dass die Sidhe langfristig mehr darunter leiden werden. Man muss sich nur die Schicksale von indigenen Völkern auf der ganzen Welt anschauen, um zu wissen, wie diese Geschichte ausgeht. Ihre Kräfte mögen stark sein. Am Ende haben sie keine Chance. Der moderne Mensch verschlingt sie alle.«

»Du magst den modernen Menschen nicht sonderlich, oder?«, fragte Annie.

»Er lernt leider sehr wenig aus den Fehlern seiner Vergangenheit. Deshalb sollte die Existenz der Sidhe so lange wie möglich ein Geheimnis bleiben, vor der Öffentlichkeit.« Sein Blick richtete sich auf Feli. »Die Magie, die du in dir trägst, gehört nicht in diese Welt.«

Annie sah, wie Feli sich versteifte. Sie schaute auf ihre Hände und knetete ihre Finger. »Das klingt ja fast, als wäre ich eine Aussätzige.«

»Das nicht, aber durch deine Ahnungslosigkeit hast du eine unbewusste Enthüllung der Welt der Sidhe riskiert. Du hättest von Anfang an wissen müssen, wer du bist«, sagte Shaw eindringlich.

Feli hatte aufgehört, an ihren Fingern zu reiben. Stattdessen ballten sich ihre Hände zu Fäusten. Vorsorglich trat Annie einen Schritt zurück. Sie kontrollierte schnell, ob sich Risse im Keller befanden, die dessen Standhaftigkeit in Frage stellen konnten. Der andere Teil freute sich diabolisch auf das Bild, Shaw durch den Raum fliegen zu sehen.

»Und wie genau hätte ich davon erfahren sollen?«, fragte Feli scharf. »Mein Vater ist gestorben, bevor er die Chance hatte, mir irgendwas zu erzählen. Wie kann mir niemand sagen! Meine Mutter hat dieses Notizbuch jahrelang vor mir versteckt. Der Einzige, der mir helfen könnte, hält es noch nicht einmal für nötig, auf meine E-Mails zu antworten, sodass wir erst in sein Büro einbrechen müssen, damit er mir zuhört! Jeder warnt mich davor, wie gefährlich es ist, diese Kräfte zu offenbaren, aber niemand weiß, wie schwer es ist, einen Teil von sich einfach zu untergraben. Das geht so lange gut, bis man entweder zerbricht oder sich dieser Teil schreiend und in doppelter Stärke an die Oberfläche zwingt. Ich habe niemanden um diese Kräfte gebeten, trotzdem gehören sie zu mir und ich muss mich vor niemandem wegen meiner *Ahnungslosigkeit* rechtfertigen!«

Ihre Augen flackerten silbrig, als sie sich auf ihren Fersen umdrehte und auf die Tür zusteuerte. Ein schwacher und dennoch gezielter Windstoß wirbelte Annies Haare auf und ließ in der Bibliothek einige Bücher polternd aus einem Regal fallen. Oberhalb der beiden Treppenstufen zur Grabkammer drehte Feli sich kurz um und murmelte ein verlegenes: »T'schuldigung!«, bevor sie die Bibliothek verließ.

»Sie basieren tatsächlich auf Emotionen. Faszinierend!«, sagte Shaw.

Annie drehte sich kopfschüttelnd zu ihm um. Dieser Mann konnte froh sein, dass sich Felis Attacke gegen die Bücher und nicht gegen ihn gerichtet hatte, und er sah in ihr ausschließlich ein Objekt seiner Forschungen. »Du hast wirklich keine Ahnung, in welcher Situation ein Kommentar unangebracht ist, oder?«

Shaw schaute sie verwirrt an.

»Das war eine rhetorische Frage!«, antwortete Annie und beschleunigte ihre Schritte, um Feli einzuholen.

Die folgenden Tage entwickelten sich als zäher Brei. Sie schliefen in Shaws Gästezimmer. Tagsüber durchstöberten sie in jeder freien Minute die Bibliothek. Trotzdem spielte Annie jeden Abend mit dem Gedanken, wieder im VW-Bus zu schlafen. Nach mehreren Wochen dicht gedrängt in einem Camper wirkte Shaws Villa wie ein einziges Labyrinth ohne Ausgang. Nachts war ihr Gehirn überfordert von dem stetigen Ticken der Uhr über der Tür im

Gästezimmer oder dem Geräusch des laufenden Fernsehers, wenn Shaw auf dem Sofa eingeschlafen war. Der Fakt, dass sie praktisch über einer Leiche schliefen, sorgte ebenfalls nicht für einen ruhigen Schlaf.

Annie konnte sehen, dass es Feli ähnlich ging. Jede Nacht hörte sie das unruhige Wälzen ihrer Freundin. Die Hälfte der Nacht starrte Annie an die weiße Zimmerdecke oder schaute den Zeigern der Uhr beim Wandern zu. Gleichzeitig freuten ihre Beine sich über den neu gewonnenen Platz. Ihr Bauch freute sich über regelmäßige Mahlzeiten und der Rest ihres Körpers über eine Dusche und eine Toilette, die an ein Abwassersystem angeschlossen war.

Jede freie Minute, die Shaw nicht in der Universität verbrachte, half er ihnen bei der Recherche. Durch das Fenster des Gästezimmers sah Annie die Schreibtischlampe seines Büros täglich bis spät in die Nacht brennen. Pünktlich um acht Uhr morgens, drang das Röhren des Mustangs zu ihnen herauf. Annie fragte sich, ob dieser Mann jemals schlief. Vielleicht war er ein Vampir. Die blasse Gesichtsfarbe und die dunklen Ringe unter seinen Augen passten jedenfalls zu dieser Vermutung. Es war ein Wunder, dass er sie tagsüber überhaupt allein in seinem Haus ließ. Entweder hatte der Mann genug Geld, um sich vor gestohlene Gegenstände nicht zu fürchten oder jeder Gegenstand besaß eine Art Alarmanlage, die losging, sobald man sich mit ihm dreißig Meter vom Haus entfernte. Annie vermutete letzteres.

In weniger als vier Tagen war der einunddreißigste Juli. Bald mussten sie ihre Reise auf die Orkneys fortsetzen. Alle Zeichen deuteten darauf hin, dass ein Zusammentreffen mit den Sidhe dort am wahrscheinlichsten war. Das aufkommende Jahreskreisfest war ein zusätzlicher Wink mit dem Zaunpfahl.

»Wenn ich noch eine einzige bedruckte Seite sehe und den nächsten staubigen Einband einatme, kotze ich genau hier ins Regal«, sagte Annie am Nachmittag des vierten Tages in Shaws Haus. Ihr Kopf brummte, als hätte sie die letzte Nacht allein eine Weinflasche geleert. Sie wünschte, sie hätte es!

Felis Augen funkelten belustigt. Ihre Freundin blickte von ihrem Buch auf. Wie Feli ihre Zuversicht immer noch nicht verloren hatte, war Annie ein Rätsel.

»Ich glaube nicht, dass das deine Beliebtheit bei Shaw steigert«, erwiderte Feli.

»Ich frage mich, ob in den Ecken dieses Kellers überhaupt schon einmal geputzt wurde.« Annie warf einen angewiderten Blick in die dunklen Ecken hinter eines der Regale. »Wer weiß, welche Staubmonster dort im Dunkeln auf uns warten. Langsam fühle ich mich selbst wie eine Staubmaus. Ich vermisse eine Bar!« Sie seufzte theatralisch. »Mit echten Menschen und Alkohol.«

Feli legte ihren dicken Wälzer zur Seite.

»Shaw hat eine zweite Whiskysammlung«, antwortete sie. Die Aussage war als Scherz gemeint, doch die Idee war bereits gepflanzt.

»Wo?«, fragte Annie und schaute sich um.

»In einer der Vitrinen im Wohnzimmer. Hast du sie noch nicht gesehen? Ich bin tatsächlich an dem Punkt, wo ich ein Glas trinken würde. Mir raucht der Kopf.« Ihre Freundin massierte sich die Stirn.

»Habe ich auch Staub in den Ohren oder …?«

»Ja, ich würde auch etwas trinken«, sagte Feli und verdrehte die Augen.

Ein Grinsen breitete sich auf Annies Gesicht aus, als ein aufgeregtes Kribbeln durch ihren Magen jagte. »Ich habe Ewigkeiten auf die Gelegenheit gewartet, dich abzufüllen.«

»Ich sagte einen Schluck!«, protestierte Feli.

»Hmmh!« Eine würdige Challenge tat sich vor Annies Augen auf. Mit wenigen Schritten stand sie vor der Kellertreppe nach oben.

»Was hast du vor?«, rief Feli hinter ihr. »Wir können nicht einfach Shaws Whisky stehlen!«

Annie beachtete sie nicht. Sie eilte die Treppe hinauf und lauschte einen Moment, ob sie von draußen das Geräusch des Mustangs hörte. Hoffentlich kam Shaw nicht ausgerechnet heute früher von der Arbeit.

Atemlos erreichte Feli hinter ihr die beleuchtete Vitrine, die sie gut dreißig Zentimeter überragte. Die Sammlung war größer als in Shaws Büro. In dieser Vitrine mussten mehrere tausend Euro stehen.

Als hätte sie Blähungen, beäugte Feli den Whisky. »Zählt unerlaubtes Ausleihen unter die Rubrik Stehlen?«

Annie neigte den Kopf zur Seite. »Streng genommen …«

»Wir bringen ihn zurück, oder?«

»Eben. Wir suchen uns eine Flasche aus, trinken einige Schlucke und stellen sie wieder in die Vitrine. Shaw wird es nicht einmal merken.«

»Leihen ist nicht dasselbe wie stehlen.«

Feli grinste.

»Ganz genau!«

Abwechselnd musterte Annie die beiden Flaschen auf Augenhöhe in der Vitrine. Sie hatte keine Ahnung von Whisky. Sie schnappte sich die angebrochene und schloss die Vitrine wieder zu. Vielleicht fiel bei der Flasche weniger auf, wenn etwas fehlte.

Feli rannte bereits durch den langen Flur zurück, als könnte Shaw jeden Moment aus dem Nebenzimmer kommen. Den Whisky vor die Brust gedrückt, folgte Annie ihr zurück in den Keller.

»Was jetzt noch fehlt ist Musik«, sagte sie und stellte den Whisky auf den Tisch. Sie schraubte die Flasche auf und roch am Inhalt. Tränen stiegen ihr in die Augen.

»Siehst du die Kabel dort?« Feli deutete auf die Schlangen, die hinter dem Schreibtisch verliefen. »Sie führen direkt zu den beiden Lautsprechern unter der Treppe. Dabei handelt es sich bestimmt um ein erstklassiges Soundsystem. Darauf verwette ich jeden Schluck dieses vollkommen überteuerten Whiskys.«

»Ich schätze, selbst Mister Einsiedler wird die Stille hier unten manchmal zu viel«, sagte Annie. Sie ging zum Schreibtisch und schaltete den Lautsprecher an. Zwei kurze Töne kündigten an, dass ihr Handy sich mit dem Sound- system verbunden hatte.

»Warum du?!«, rief Feli empört.

»Weil ich von uns beiden definitiv den besseren Musik- geschmack habe«, antwortete Annie, ohne zu zögern. Sie schüttete den flüssigen Bernstein in die beiden Gläser und reichte eines davon Feli. Die Lautsprecher brachten die Zeitungen unter der Treppe zum Vibrieren, als Annie eine ihrer Rockhymnen startete.

»So ein Soundsystem hätte ich Shaw gar nicht zugetraut. Das kann es mit jeder Disco aufnehmen!« Annie versuchte, ihre Stimme gegen die Musik ankommen zu lassen.

»Und man hat so viel Platz. Hier ist niemand, der einem Bier über die Klamotten schüttet oder einen anrempelt, weil man zwei Schritte zu weit nach links gegangen ist!« Feli nippte an ihrem Glas.

»Du magst wirklich keine Discos.«

»Ich mag tanzen und Musik. Alles drum herum kann mir gestohlen bleiben.« Feli zog eine Grimasse.

Annie hätte sich jetzt mit Vorliebe auf irgendeine überfüllte Tanzfläche gestellt, zwischen lauter Musik und Neonlichtern.

Trotzdem blieb sie hier bei Feli.

Feli in ihrem gelben sackähnlichen Kleid, das ihr bis zu den Knien reichte. Darüber trug sie eine hellblaue Strickjacke, die so gar nicht zum Rest passen wollte. Feli, die in ihren bunt gestreiften Socken im Takt zur Musik wippte und die Hände, mit ihren grasgrünen Stulpen, in der Luft kreisen ließ. Ihre roten schulterlangen Locken flogen wie Wolle wild im Raum herum.

»Ist es nicht eine Schande, dass das alles hier einfach unangetastet rumliegt?« Ihr Glas stellte Feli auf den Schreibtisch und ging direkt auf einen Ständer zu, an dem die Einzelteile einer Art Rüstung hingen. Annie folgte ihr. Neugierig nahm Feli den Helm vom Kopfstück und klopfte gegen das Metall. Annie hätte Betsy verwettet, dass der Helm ihr im nächsten Moment aus der Hand glitt. Laut scheppernd fiel er zu Boden und übertönte selbst den Bass der Musik. Mit zusammengekniffenen Augen stand Feli stocksteif da und wartete, bis das Klirren erstarb. »Sorry!«, murmelte sie.

»Dir kann man nichts in die Finger geben«, erwiderte Annie und hob den Helm auf.

Andächtig strich sie mit den Fingern über das Metall. »Bronze«, murmelte sie. »So was mussten die Anführer der Kelten getragen haben. Siehst du die feinen Verzierungen auf dem Panzer?«

»Nerd!«

»Ja gut, ich bin ein Nerd. Zufrieden?«, brummte Annie.

Felis Augen glänzten. Ihre Freundin nahm ihr Glas und trank einen weiteren Schluck. »Sehr!«

Nach einem Blick in den Helm zog Annie ihn auf. Sofort spürte sie das Gewicht des Metalls auf ihrem Nacken.

»Leg das am besten zurück.« Feli riss die Augen auf.

Annie zuckte mit den Achseln. »Warum? Shaw hat selbst gesagt, dass alle Dinge hier Nachbildungen sind.«

Ein Grinsen huschte über Annies Gesicht. In ihrem Kopf nahm eine Idee Gestalt an.

»Wie wäre es mit einer kleinen Modenschau?«

Feli betrachtete sie, als hätte sie endgültig den Verstand verloren. Dann trank sie einen weiteren Schluck und murmelte: »Shaw wird uns umbringen!«

Entschlossen marschierte Feli zu einem zweiten Ständer und nahm sich ein Schild und eine dunkle Decke von der Couch. Mit den Worten: »Nicht gucken!« rannte sie die Treppe hinauf. Annie blieb mit gerunzelter Stirn im Kellergewölbe stehen.

Kurze Zeit später trat eine Gestalt auf die Empore. Auf ihren Schultern trug sie die Decke als viel zu langen

Umhang, der ihr wie ein Hochzeitsschleier folgte, und einen Schild in der Hand, der fast so groß war wie sie selbst.

»Knie nieder!«, rief die Gestalt und legte beide Hände auf das Geländer der Empore, wie eine Kaiserin, die ihr Reich überblickte.

Annie versuchte ihr Lachen zu unterdrücken, scheiterte jedoch kläglich. Laut schallend purzelte es über ihre Lippen. Der zu große Helm auf ihrem Kopf wackelte bei der Bewegung. »Was immer du sagst, Loki!«

Feli schob die Hand unter den Umhang und zog etwas hervor, das verdächtig nach den Pappresten einer Backpapierrolle aussah. Herausfordernd richtete sie die Rolle auf Annie. »Wer bist du, dass du die Autorität deiner Königin in Frage stellst?«

»Wenn sie aussieht wie die geschrumpfte Version von Captain America, immer!«, kommentierte Annie.

Majestätisch warf Feli ihren Umhang zurück und stolzierte die Treppe herunter. Eine zweite Papprolle flog durch die Luft. Kaum, dass Annie sie auffing, hatte sie auch schon Felis Schwert im Gesicht. Pappe prallte erbarmungslos auf Pappe, und das Geräusch hallte trotz der Musik hohl an der Decke der Bibliothek wider.

Felis Augen sprühten Funken, als sie ziellos auf Annies Rolle einschlug. Ihr Schild ruderte hilflos in der Luft, weil sie ihn aufgrund des Gewichts nicht richtig gehoben bekam. Annie beschleunigte ihre Schläge, sodass der gesamte Kampf sich in ein wildes Hämmern und Schlagen entwickelte. Feli taumelte zurück, der Schild fiel zu Boden und sie stieß mit den Füßen gegen die Couch hinter ihr. Stolpernd klappte sie nach hinten weg und landete weich auf den Federkernpolstern. Ein gezielter Schlag und ihre Papprolle fiel ihr aus der Hand und kullerte gegen ein Regal. Triumphierend richtete Annie ihre Rolle auf Feli. Ihr Kopf drehte sich vom Whisky und ihrem klopfenden Herzen. »Sieht ganz nach einem Thronsturz aus!«

Felis Brust hob und senkte sich atemlos. »Wenn ich nichts getrunken hätte, hättest du nicht den Hauch einer Chance.«

»Träum weiter, Thronfurzer!«

»Redest du so mit einer Königin?«

Annie schlug die Papprolle auf Felis Kopf. Quiekend hob sie die Hände über ihre Haare.

»Beweg deinen royalen Arsch!«

Feli rutschte ein Stück zur Seite, sodass Annie sich neben ihr auf das Sofa fallen lassen konnte. Sie lehnte den Schild an den Tisch und Annie nahm ihren Helm ab, um sich die Haarsträhnen von ihrer verschwitzten Stirn zu wischen.

»Glaubst du, Shaw kann mit einem Schwert kämpfen?«, fragte Feli. Sie starrte an die Decke.

»Keine Ahnung. Aber wahrscheinlich hätte er eben die Hände über dem Kopf zusammengeschlagen.« Annie schmunzelte.

Grinsend hob Feli den Kopf. »Nächstes Mal dann mit echten Schwertern?«

Annie legte ihre Füße auf Felis Oberschenkel und lehnte ihren Oberkörper zurück. »Bevor du in die Nähe eines echten Schwertes kommst, sollten noch einige Papprollen mehr das Zeitliche segnen.«

Feli streckte ihre Zunge raus.

»Außerdem hast du andere Wege, dich zu verteidigen.« Ein Gähnen entwich Annies Mund.

Ein zartes Lächeln huschte über Felis Gesicht. »Das stimmt!«

Annie lehnte ihren Kopf nach hinten und schloss die Augen. »Vertraust du ihm?«

»Nein, du?«

»Oh, gut, ich dachte, ich bin die Einzige, die findet, dass irgendwas an ihm gewaltig stinkt.«

»Definitiv! Sein Parfüm ist grässlich. Viel zu süß.« Gespielt würgte Feli.

Annie rollte mit den Augen und schaute sie an. »Du weißt, was ich meine.«

Kurz lachte Feli, doch der Glanz in ihren Augen wich schnell der Nachdenklichkeit. »Ja, obwohl ich gehofft habe, dass wir ihm trauen können.«

»Hast du gehört, was er gesagt hat? Der Mann ist mit Bestechung an irgendein verbotenes Buch aus dem Vatikan gekommen. Das ist nicht gerade vertrauenswürdig«, erwiderte Annie stirnrunzelnd. Sie wollte den Gedanken nicht weiterführen.

Wenn der Vatikan ein Buch über Feen besaß, und das zur Liste der verbotenen Bücher gehörte, welche hohen Instanzen wussten noch von der Existenz der Feen und der Anderswelt? Und welche Konsequenzen hatte es, wenn sie noch tiefer in der Welt der Mächtigen gruben?

Und wie, um alles in der Welt, konnte Shaw an so ein Buch kommen? Welche Kontakte hatte dieser Mann noch, und vor allem woher?

»Ich hatte gehofft, in ihm jemanden zu finden, dem wir uns ohne Bauchschmerzen anvertrauen können«, sagte Feli seufzend.

Annie nickte traurig. »Ich weiß, was du meinst. Es ist ziemlich schwer, zu entscheiden, wem man trauen soll und wem nicht.«

Feli zog ihre Beine in einen Schneidersitz, sodass Annie ihre Füße auf dem Boden abstellen musste. Mit den Händen umfasste ihre Freundin ihre Füße und betrachtete einen Moment irgendwas zwischen ihren Beinen. Dann hob sie den Kopf und schaute Annie direkt in die Augen. »Wir haben immer noch uns. Selbst wenn du niemandem vertrauen kannst, kannst du mir vertrauen.«

»Danke.« Annie lächelte. »Das weiß ich.«

Sie beobachtete, wie Feli den Knoten ihres Umhangs löste und die Decke zurück auf die Couch legte.

Viele Beziehungen hatte Annie in ihrem Leben bereits geführt. Längerfristige, ebenso wie kurze. Immer handelte es sich dabei um reine körperliche Anziehungskraft. Feli war anders. Nicht die Spur körperlicher Anziehungskraft empfand Annie für sie, trotzdem war da etwas. Etwas, das sie nicht verstand. Doch das machte ihr keine Angst. Es verwirrte sie auch nicht. Es war in Ordnung! Seltsamerweise fiel es ihr nicht schwer, diese Art von Anziehung zu akzeptieren.

Eine bedingungslose, tiefe, seelische Verbundenheit, die trotzdem nach keiner romantischen oder sexuellen Beziehung verlangte. Liebe war komplex. Manchmal war Liebe eine beste Freundschaft, nebeneinander aufwachen, gemeinsam lachen, tanzen und wachsen. Eine Person, der man sein Herz anvertrauen konnte, und von der man keine Angst hatte, sie zu verlieren, weil man tief in seinem Herzen wusste, dass sie immer da sein würde, hatten sich einmal ihre Wege gekreuzt. Das war ihre Liebe und sie war vollständig.

Kapitel 4

Noah

4 Jahre zuvor

Noahs Herz pochte wild in seiner Brust. Er beugte sich über den verknitterten Zettel auf dem Boden. Das Papier sah aus, wie einmal durch eine Badewanne gezogen. Eigentlich hatte Noah nur das Notizbuch auf den Schreibtisch im Wohnzimmer der Ferienwohnung legen wollen, als er beim Umdrehen mit dem Ellenbogen aus Versehen einen Stapel Bücher mitgenommen hatte, der auf der Ecke lag. Aus einem der Bücher war der Zettel herausgefallen.

Er war gefüllt mit schwarzen Strichen, die sich an einem langen Strich aufreihten, so schien es. Für Außenstehende ein Muster ohne Bedeutung, vielleicht das Gekritzel eines Kindes, aber Noah kannte diese Art der Linien. Die Schrift nannte sich Ogham. Mit gerunzelter Stirn hob er den Zettel auf. Er hatte die Schrift schon oft gesehen, auf kleinen Scheiben, Tonscherben, Steinen, allerdings nie auf Holzfaserpapier des einundzwanzigsten Jahrhunderts. Noah wusste, dass diese Striche Buchstaben und Worte bedeuteten, nicht nur, weil Shaw offenbar begonnen hatte, das Muster zu entschlüsseln.

Drei Muster standen auf dem Zettel, eines davon geschrieben mit Kugelschreiber. Die anderen Muster bestanden aus einer Art Tinte.

Jemand hatte nach dem Namen des Wechselbalgs gefragt und Shaw hatte geantwortet. Noah überflog die Botschaft auf dem Zettel ein zweites Mal. Er hatte sich nicht verlesen. Das zweite Muster der Antwort bildete Felis Namen. Heiße Wut durchschoss ihn, als er das dritte Muster las. Ein einziges Wort: Danke. Das hieß, wem immer diese Botschaft gegolten hatte, hatte sie erhalten. Wem hatte Lucas den Namen seiner Tochter verraten?

Noah kümmerte es nicht, dass Lucas den Zettel nachher vielleicht entdecken konnte. In seiner Hand knüllte er ihn zusammen und stellte sich vor, es wäre Shaws Hals. Er stopfte den Zettel in seine Hosentasche. Wie hatte dieser hinterhältige Teufel ihn so verraten können? Wer hatte diese Botschaft erhalten, und warum schrieb die Person in Ogham, einer längst vergessenen Schrift?

Schritte näherten sich und Shaw trat mit einer Tasse Tee in das Wohnzimmer. Nichts an ihm wirkte wie der Verräter, der er war. Noah spürte, wie sich sein Hals zusammenschnürte. Mit einer Hand stützte er sich an dem Schreibtisch ab, um nicht das Gefühl zu haben, in ein tiefes Loch zu stürzen. Wer kannte jetzt Felicias Namen?

»Alles in Ordnung?«, fragte Shaw und blieb stehen. Dunkle Augen musterten ihn besorgt. »Du siehst aus, als hättest du eine ban-sidhe gesehen, die Todesfee höchstpersönlich.«

Fassade, dachte Noah. *Nichts als Fassade! Und ich bin blind auf sein Schauspiel hereingefallen. Kümmert er sich um mich oder bin ich ihm egal? Ist dieser Mann überhaupt zu Gefühlen fähig?*

»Alles gut.« Seine eigene Stimme klang für ihn weit entfernt. »Die letzte Nacht steckt mir in den Gliedern.«

Shaw schnaubte. »Mir auch!« Er warf einen Blick auf die Fee.

Langsam löste Noah sich von dem Schreibtisch und bewegte sich auf die Couch zu. Es war besser, wenn er sich setzte. Auf keinen Fall durfte er sich etwas anmerken lassen. Das war seine einzige Chance, rechtzeitig zurück nach Deutschland zu kommen und Feli zu retten. Wer wusste, wozu dieses Ungeheuer im Stande war, wenn er erfuhr, was Noah wusste. Vielleicht endete er genau wie der arme Feenmann dort auf dem Sofa.

»Das war ein Fehler«, sagte Noah und betrachtete kopfschüttelnd das gefesselte Wesen. Seit es vor einer halben Stunde aufgewacht war, starrte es mit leerem Blick geradeaus.

»Schau, wie verängstigt er ist. Ich hätte nie gedacht, dass sie so … menschlich sind.«

Die glasigen Augen der Fee huschten zwischen Shaw und ihm umher. Noah wollte sich nicht ausmalen, wie er sich in diesem Moment fühlte. Gefesselt an einem fremden Ort, in einer fremden Welt, verletzt und seiner Kräfte beraubt mit dem Silberwasser in seinem Blutkreislauf.

Shaw musterte ihn von Kopf bis Fuß. »Ich glaube nicht, dass er Angst hat. Ich bin sicher, er plant gerade zwanzig

Wege, uns qualvoll umzubringen. Wir müssen ihn zum Sprechen bringen.«

»Welche Sprache spricht er überhaupt?«

»Viele Sprachen, die ihr Menschen längst nicht mehr sprecht.« Die Worte klangen wie ein raubtierhaftes Zischen. Wo hatte er modernes Englisch gelernt? Der Zugang zur Anderswelt war seit über tausend Jahren geschlossen. Sie mussten jemanden haben, der es ihnen beibringt; jemanden, aus dieser Welt der Kontakt irgendwie zu ihnen pflegte …

Noah begegnete Shaws Blick. Übelkeit ballte sich in seinem Bauch zusammen.

Shaw stellte seine Tasse Tee auf den kleinen Tisch hinter sich. »Gut, dann kannst du uns sicher ein paar Fragen beantworten. Warum bist du hier?«

Die Kieferknochen der Fee mahlten deutlich unter seiner Haut. Ohne Fesseln hätte sich das Wesen auf Shaw gestürzt. Keine Sekunde zweifelte Noah daran, dass er einen Menschen innerhalb von wenigen Sekunden umbringen konnte, trotz fehlender Kräfte. Ein letztes Mal rüttelte der Feenmann an seinen Fesseln an der Armlehne, bevor er in das Sofa sank und die Aussichtslosigkeit seiner Situation erkannte.

»Ihr gebt eure Kräfte an Kinder weiter, warum?«, fragte Noah.

Ein selbstsicheres Lächeln huschte über das Gesicht der Fee. »Wir nehmen nur, was uns gestohlen wurde.«

»Was wurde euch gestohlen?«, fragte Shaw.

»Tír na nÓg.« Die Fee spuckte den Namen geradezu aus.

Tír na nÓg, das Land der ewigen Jugend. In manchen Geschichten der irischen Mythologie diente der Name als andere Bezeichnung für die Anderswelt. In anderen war es ein ganz anderes Land.

»Was, glaubst du, meint er mit Tír na nÓg?«, flüsterte Noah.

»Erinnerst du dich an die Geschichte von Oisín?«, erwiderte Shaw.

Langsam nickte Noah. In einem irischen Kinderbuch war er zuerst auf die Geschichte von Oisín gestoßen. Oisín verliebte sich in Niamh, die Tochter des Königs von Tír na nÓg, bei der es sich sehr wahrscheinlich um eine Fee handelte. Beide lebten glücklich mit ihren Kindern im Land der ewigen Jugend, doch irgendwann sehnte Oisín sich danach, in die Welt der Menschen zurückzukehren. Dort waren bei seiner Ankunft bereits mehrere Jahrhunderte vergangen. Als Oisín einen Fuß auf den Boden setzte, alterte er innerhalb von Sekunden und starb.

Die zweite Geschichte, an die Noah sich erinnerte, war die von Bran dem Seefahrer. In vielerlei Hinsicht ähnelten sich beide Mythen. Bran gelangte mit seiner Mannschaft auf geheimnisvollen Wegen nach Tír na nÓg und lebte dort viele glückliche Jahre. Doch auch er bekam Heimweh und kehrte zurück. Als einer seiner Männer das Ufer betrat, zerfiel sein Körper zu Staub. Die Geschichte endete damit, dass Bran und der Rest der Männer zurück ins Land der ewigen Jugend fuhren.

Noah trat einen Schritt auf die Fee zu. »Welche Rolle spielen die Kinder zusammen mit Tír na nÓg?«

Zum ersten Mal erschien so etwas wie ein Lächeln auf den Lippen der Fee. Es war kein freundliches Lächeln. Im besten Fall konnte man es als triumphierend oder schadenfroh bezeichnen. »Ihr Menschen steht hier und glaubt, ihr könnt gegen uns gewinnen. Das konntet ihr noch nie. Ihr seid schwach. Schon bald werden wir euch zerdrücken wie die Würmer im Boden. Ihr glaubt, die Natur ist euch untertan. Dabei werdet ihr von Danu unterdrückt. Ihr lebt die Illusion der Kontrolle, doch wenn Rayanne kommt, wird sich keiner von euch verstecken können.«

Shaw schnaubte. »Sympathisch!«

»Klingt fast nach einer Verschwörung«, sagte Noah.

»Ein bisschen fanatisch, wenn du mich fragst«, erwiderte Shaw.

»Wer ist Rayanne?«, fragte Noah.

Die Fee blickte ihn an, als schaute er direkt in seine Seele. Unwillkürlich umfasste Noah sein silbernes Pentagramm.

»Rayanne sind die Feen und die Feen sind Rayanne«, antwortete er.

»Wie viele Feen gibt es?«, fragte Noah.

»Wie viele Menschen gehen in Grians Schatten und schlafen unter Gealachs Gesicht?«

Grian und Gealach waren die gälischen Worte für Sonne und Mond. Noah wünschte, er hätte mehr Zeit, sich der interessanten Info zu widmen, dass die Sidhe offenbar Sonne und Mond als Götter verehrten oder zumindest personifizierten. Der Inhalt dieser Botschaft war unverwechselbar. Über sieben Milliarden Feen und sie alle besaßen Fähigkeiten. Handelte es sich bei diesen Worten nicht bloß um die leeren Drohungen einer gefesselten und verängstigten Fee, konnte Noah durchaus auf diese dunkle Prophezeiung verzichten. Er fuhr sich mit der Hand durch die Haare.

»Was ist mit den Kindern? Wofür braucht ihr die Kinder?«

»Sie werden an unserer Seite kämpfen«, antwortete der Feenmann.

Ein stechendes Ziehen fuhr durch Noahs Bauch. »Warum sollten sie das tun?«

»Sie gehören nicht unter die Menschen«, erwiderte der Feenmann unverblümt.

»Wie weit entwickeln sich ihre Kräfte?«, wollte Noah weiter wissen.

Die Fee hielt seinen Blick gefangen mit ihren rostbraunen Augen. »Es ist dein Kind?« Die Worte klangen mehr wie eine Feststellung als eine Frage.

Schmerzhaft pochte Noahs Herz gegen seine Rippen. Er hätte sich nicht auf die Kinder fixieren dürfen. Er drehte sich zu Shaw um. »Ist es möglich, dass er doch meine Gedanken lesen kann?«

»Er braucht deine Gedanken nicht zu lesen, um zu sehen, dass das Thema für dich etwas Persönliches ist«, zischte Shaw zurück. Vermutlich konnte der Feenmann seine Worte trotzdem hören. Eigentlich spielte das keine Rolle mehr. Das Wesen hatte es ohnehin schon erraten … »Mach eine Pause und kühle deinen Kopf.«

Damit du deine Verschwörungen weiterspinnen kannst? »Mir geht's gut«, knurrte Noah.

»Sie wird niemals auf eurer Seite kämpfen!«, wandte Noah sich wieder an den Feenmann. Das war einfach unmöglich! Seine süße, kleine Fee, sein Sonnenschein konnte keiner Fliege etwas zu Leide tun. »Ich habe genug gehört«, sagte er angewidert. »Ich sage, wir setzen ihn aus.«

Shaw fasste seinen Arm.

Das überwältigende Bedürfnis, sich aus dem Griff dieses Verräters zu befreien, überkam Noah, bevor er sich an seine Fassade erinnerte. Er zwang sich, die Berührung zu ertragen.

»Die Fee weiß über deine Tochter Bescheid!«

»Er und vermutlich das gesamte Volk der Sidhe«, erwiderte Noah. »Was macht das für einen Unterschied?«

»Dann spielt es auch keine Rolle, ihn noch für eine Weile zu behalten.« Shaw warf einen unverhohlenen Blick in Richtung der Fee.

Noah konnte seine Fassade nicht länger aufrechterhalten. Angeekelt zog er seinen Arm aus Shaws Berührung. »Du kannst nicht ernsthaft darüber nachdenken, ihn bis Samhain an diesen Stuhl zu fesseln! Das ist Geiselnahme!«

»Ist es das?«, fragte Shaw. »Gelten die Rechte der Menschen für diese Wesen?«

»Er ist ein denkendes, fühlendes, zugegeben nicht sehr sympathisches, aber intelligentes Geschöpf mit einem Gewissen und einer Würde!«

»Und eine einzigartige Gelegenheit! Unser Wissen über die Anderswelt ist bloß ein Tropfen auf dem heißen Stein. Er kann diese Lücken füllen!« Seine Augen glänzten.

Dieser Mann ist wahnsinnig! Heftig schüttelte Noah den Kopf. »Nicht auf diese Art! Wir bringen ihn zurück. Das war die Abmachung, unter der ich dieser Unternehmung zugestimmt habe.«

»Er ist die Lösung zu all unseren Fragen! Er ist die Rettung für deine Tochter!«, rief Shaw.

Kein Wort aus dem Mund dieses Verräters glaubte Noah. »Ich werde kein Wesen - Mensch, Tier oder Fee - weiter geknebelt, verletzt und gequält verhören.«

»Wenn wir ihn jetzt freilassen, wird deine Tochter sterben, oder sie werden sie holen. Du weißt, was mit den anderen Wechselbälgern passiert ist …«

Noah zuckte zusammen. Wie könnte er diese grauenvolle Liste je vergessen?

Shaw richtete seinen Finger auf die Fee. »Er kann uns sagen, wie wir sie retten können.«

»Und wenn es keine Rettung gibt?« Bei diesen Worten krampfte sich Noahs Herz zusammen.

»Du kannst es herausfinden!« Der Professor sah ihn eindringlich an.

Noah presste die Kiefer aufeinander. Sein Blick glitt über den Feenmann, dessen vor Schmerzen glasige Augen ihn trübe ansahen. Der Verband an seiner Schulter hatte inzwischen die Farbe eines Granatapfels angenommen. Bestimmt schüttelte Noah den Kopf. »Ich sehe mir das keine Sekunde länger an.« Er wandte sich zum Gehen.

»Wolltest du nicht alles für deine Tochter tun?«, hörte er Shaws Stimme hinter sich.

»Ja, aber indem ich meine Menschlichkeit und Moralvorstellungen bewahre!«, antwortete Noah, ohne sich umzudrehen.

Sechs Stunden später saß er auf seinem Bett in Shaws Ferienwohnung, den Kopf in die Hände gestützt und beobachtete die dicken Tropfen, die an die große Fensterscheibe schlugen. Der Wind heulte um das Haus, als wären die Straßen gefüllt mit Gespenstern. In einem regelmäßigen Rhythmus tippte seine Hand auf die aufgeschlagenen Seiten seines Notizbuches.

Noah musste sich jetzt entscheiden. Übermorgen ging der Flug nach Hause. Sein Herz zog sich zusammen bei dem Gedanken, endlich Fee und Amanda wieder in die Arme zu schließen. Dann würde er Feli alles erzählen. Er durfte sich nicht länger in Schweigen und sein Wissen in eine Wolke aus Geheimnissen hüllen, besonders nicht nach seiner neuesten Entdeckung. Fee musste wissen, wer sie war. Ein Schauer jagte ihm über den Rücken, kalt wie der Sturm dort draußen, als er an die Worte des Feenmannes dachte. Wenn seine Prophezeiung der Wahrheit entsprach, drohte der Menschheit eine düstere Zukunft.

Rayanne wird kommen. Noah kritzelte den Namen in verschiedenen Schreibweisen gedankenverloren auf eine leere Seite des Notizbuches. Wer war Rayanne? Womöglich eine Göttin oder ihre Anführerin? Vielleicht handelte es sich auch um die Benennung einer Mission oder eines Ereignisses als eine Art Code. Wie Ragnarök als Bezeichnung für den Weltuntergang in der nordischen Mythologie. Vor allem quälte ihn die Frage, welche Rolle den Kindern bei diesem Spiel zugedacht war. Allein die Vorstellung von einem Krieg reichte, dass sich ihm der Magen umdrehte. Der Gedanke von Feli mittendrin übertraf seine Vorstellungskraft. Freiwillig würde sie diese Entscheidung nicht treffen. Es war Noahs Aufgabe, alles andere zu verhindern. Als erstes musste er verhindern, dass noch irgendwer zum Opfer von Shaws verdrehtem Spiel wurde. Blieb Noah untätig, klebte das Blut dieses Geschöpfes auch an seinen Händen.

Draußen herrschte bereits tiefe Nacht. Durch das Portal war keine Rückreise mehr möglich. Der Übergang war längst geschlossen, doch brachte er den Feenmann zurück zu den Steinen, war das Wesen immerhin frei und konnte problemlos an Samhain zurückreisen. Noah griff nach dem Messer und der Pistole auf seinem Nachttisch, zog sich seine Schuhe an und nahm seine Regenjacke auf den Arm. Langsam öffnete er die Tür seines Schlafzimmers. Shaws Schnarchen drang aus dem Nebenraum bis auf den Flur. Die Haare auf seinen Unterarmen standen ihm zu Berge, als er sich in das Wohnzimmer schlich. Kam es ihm nur so vor oder heulte der Wind in diesem Raum tatsächlich lauter?

Zwei Augen starrten ihm aus der Dunkelheit entgegen. Im Schein seiner Taschenlampe reflektierten die Pupillen wie die Augen einer Katze. Unwillkürlich fragte er sich, wie gut die Sidhe im Dunkeln sehen konnten.

Die Fee kniff die Augen zusammen, von der plötzlichen Helligkeit im Raum. Er beäugte jeden von Noahs Schritten argwöhnisch, sagte jedoch kein Wort.

»Ich bringe dich hier raus«, flüsterte Noah.

Das Gesicht der Fee blieb ausdruckslos. Er wehrte sich nicht, als Noah begann, seine Fesseln an den Handgelenken zu öffnen. Das war für Noah Bestätigung genug.

Sein Herz drohte ihm aus der Brust zu springen. Endlich löste sich das Band von den Handgelenken und offenbarte rote, aufgescheuerte Stellen.

»Ist sie am Leben?«

Im ersten Moment fragte sich Noah, ob er sich die Worte eingebildet hatte.

»Deine Tochter«, ergänzte der Feenmann. Sein Flüstern war kaum mehr als ein benommenes Nuscheln.

Noah fesselte seine Hände erneut, diesmal vor seinem Bauch. Seine Kräfte waren zwar noch immer außer Gefecht, glaubte er den Aufzeichnungen des Mönches Cerdic über die Wirkung von Silberwasser, doch bei diesem fast zwei Meter großen Mann wollte Noah es nicht darauf ankommen lassen. Er richtete die Pistole auf ihn und öffnete die Gartentür. Wind peitschte ihm ins Gesicht. Gänsehaut überzog seinen ganzen Körper.

»Spielt das eine Rolle?«, fragte er und deutete mit der anderen Hand nach draußen. Die Fee erhob sich. Seine Beine zitterten. Er hatte eine Menge Blut verloren.

»Sie lebt«, hauchte er. Seine Augen leuchteten, als stellte diese Tatsache seinen einzigen verbleibenden Lebenssinn dar.

Ein Schauer lief Noah über den Rücken.

»Was habt ihr mit ihr vor?«, fragte er. Er wollte beherrscht klingen, doch seine Stimme zitterte.

»Sie ist der Schlüssel zur Unsterblichkeit.« Der Feenmann lächelte. Sein Gesichtsausdruck war weich. Das Lächeln beinahe freundlich, hoffnungsvoll.

Ohne Widerstand zu leisten, ging er an Noah vorbei und setzte sich auf die Rückbank des Jeeps, als Noah die Tür öffnete. Noah schnallte sich an und drückte auf das Gaspedal. Der Mond wurde von den dunklen Wolken am Himmel verdeckt. Bei jedem Scheinwerfer eines entgegenkommenden Autos zuckte Noah zusammen, aus Angst, es könnte Shaw sein.

Nach einer Fahrt von einer halben Stunde in Totenstille, rollte der Jeep auf den geschotterten Parkplatz des Ring of Brodgar. Noah stieg aus dem Auto und richtete die Pistole auf den Feenmann. Hoch erhobenen Hauptes schritt er barfuß durch das nasse Gras, während Noah sich tief in seine Regenjacke vergrub, um sich vor dem beißenden Wind und dem Regen zu schützen.

Naserümpfend wischte er das Wasser aus seinem Gesicht, als die Steine in Sichtweite kamen.

»Warum hast du mich hergebracht?« Der Feenmann drehte sich um die eigene Achse.

»Um dich vor eine Wahl zu stellen«, verkündete Noah. »Du kannst gehen. Der Weg in die Anderswelt steht dir frei, sobald das Portal wieder geöffnet ist, sofern du keinem Kind mehr etwas zu Leide tust.«

»Sonst?«, fragte die Fee ruhig.

»Verweigerst du dieses Versprechen, drücke ich ab.« Noah hoffte, dass sie mit dem Handel einverstanden war. Seine Finger um die Pistole zitterten. Er wusste nicht, ob er dieses Geschöpf tatsächlich erschießen konnte.

»Der Handel ist fair. Ich wünschte nur, ich könnte ihn einhalten.« Die Stimme der Fee klang hohl im Wind. Er drehte sich zu Noah um. »Es gibt keinen Weg zurück.« Seine Augen blitzten. Jegliche Freundlichkeit war aus seinem Gesicht gewichen.

»Habt ihr euch nie gefragt, warum ich euch bereitwillig all diese Informationen gebe? Ihr Menschen habt die Brücke nach Tír na nÓg geschlossen. Kein Lebewesen, weder Mensch noch Sidhe, kann von dieser Welt zurück in die andere Welt gelangen.«

Auf Noahs Zunge breitete sich ein fader Geschmack aus. »Warum bist du hergekommen, wenn du all das wusstest?«

»Es war meine Mission«, antwortete die Fee kühl. »Ich hatte nie geplant, zurückzukehren.«

Eine Selbstmordmission. Es sind verdammte Märtyrer! Noah schloss die Augen, als die Erkenntnis über ihn schwappte wie der Regenschauer. Wie hatte er so dumm sein können? Wie hatte sein Mitgefühl ihn so verraten können? Er zweifelte nicht daran, dass Shaw ihm diese Information mit Absicht vorenthalten hatte.

»Es war ein Fehler, mich hierherzubringen!«

Ich fange an, das zu realisieren, dachte Noah. Langsam ging er zwei Schritte zurück. Sein Mitgefühl und sein Einfühlungsvermögen liebte Amanda an ihm. Jetzt bestand eine große Chance, dass seine Frau ihn aufgrund dieser Eigenschaften nie wiedersehen würde. Ein verzweifeltes Lachen, aufgrund dieser verbitterten Ironie, drang über seine Lippen. Er dachte an Amandas leuchtende Augen, wenn sie lachte, und an die blühenden Rosen im Garten im Sommer. Er dachte an Felis lebhafte Stimme und an das Notizbuch auf seinem Nachttisch in Shaws Ferienwohnung. Sein Herz krampfte sich zusammen. Sie würde es nie erhalten und alle Informationen, die drin standen.

»Ich werde mein Zuhause nie wiedersehen, aber es bringt mir tiefe Zufriedenheit, dass du das auch nicht tun wirst«, sagte die Fee. Noah schloss die Augen, als der Wind um ihn herum anschwoll.

Kapicel 5

feli

heuce

Wort für Wort fuhr ich mit dem Finger über die staubigen Seiten des Buches. Begabte Schriftsteller waren diese Mönche nicht gewesen, das Buch war trockene Kost. Ich kam langsam voran, doch wer immer dieser Cerdic gewesen war, ich war ihm und den Menschen, die seine Aufzeichnungen am Leben gehalten hatten, auf ewig dankbar. Sein Bericht über den Einfluss von Alkohol auf Feen lieferte alle Antworten, die ich brauchte. Feenmagie vertrug sich nicht mit Alkohol. Nicht, dass ich etwas in der Art nicht schon vermutet hatte, doch die Information schwarz auf fleckigem Weiß zu lesen, verschaffte mir Sicherheit. Seufzend stieß ich mich von dem Schreibtisch ab und drehte mich im Stuhl um meine eigene Achse. Ich stoppte, als die Kellerdecke vor meinen Augen verschwamm und mir übel wurde.

Felicia. Das Flüstern kam plötzlich und riss mich aus meiner Trance. Stöhnend legte ich meinen Kopf auf den

Schreibtisch, bis die Vibration aus meinem Schädel verschwand und mein Herzschlag sich wieder beruhigte. Dann nahm ich einen Kugelschreiber und addierte einen weiteren Strich auf die letzte Seite des Notizbuches. Fünf Striche über die letzten zwei Tage. Es gab keine Aufzeichnungen über ähnliche Symptome bei anderen Wechselbälgern. Über Menschen wie mich hatte Cerdic nur eine Todesliste verfasst. Keine besonders beruhigende Tatsache.

Mein Blick fiel auf Annies Feuerzeug an der Kante des Schreibtisches. Als sie zum Rauchen nach draußen gegangen war, musste sie es dort vergessen haben. Die kleine Flamme tanzte im Wind eines unsichtbaren Lufthauchs. Meine Fingerspitzen kribbelten. Langsam streckte ich meine zweite Hand aus. Bloß keine hastige Bewegung, sonst würde die Bibliothek am Ende in einem Inferno enden. Ich schloss die Augen und konzentrierte mich auf die kleine Flamme, stellte mir vor, wie sie sich bewegte und ich ihre Form und Größe änderte. Tausende kleine Energieströme huschten in der Flamme umher. Sie waren alle zu schnell für mich, ich bekam sie nicht zu fassen. Ich öffnete die Augen. Wie erwartet hatte ich keine Veränderung in den Energieströmen gespürt. Die Flamme hatte weder an Größe gewonnen, noch war sie erloschen. Sie flackerte weiterhin fröhlich auf dem Feuerzeug vor sich hin. Ich atmete laut aus und ließ mich zurück in den Stuhl fallen. Mein Körper mochte stark genug sein, um an der zerstörerischen Kraft von Feenmagie nicht zu Grunde zu gehen, doch ich war zu schwach, um das Feuer zu kontrollieren. Der Versuch fühlte sich an wie das Bestreben, einem Oktopus einen Strampler anzuziehen. Irgendein Arm entwischte immer. Wie sollte ich in drei Tagen den Feen gegenübertreten und Annie beschützen, wenn ich zu schwach war?

Felicia. Wieder kam die Stimme so unerwartet, dass ich mir reflexartig die Hände auf die Ohren presste. Leiser wurde sie dadurch nicht. Sie brachte meine Wirbelsäule zum Summen, als stünde ich neben zwei riesigen Bassboxen.

»Alles in Ordnung?« Annies plötzliche Stimme auf der Empore reichte aus, um mich aus meiner Trance zu schrecken und die Stimme verschwinden zu lassen.

»Es wird stärker«, murmelte ich.

»Das sehe ich«, erwiderte Annie mit einem Hauch von Zynismus in ihrer Stimme. Sie ging die Treppe herunter. Ihre Lederjacke roch nach Rauch. »Werden sie auch spezifischer?«

»Nein, sie flüstern nur meinen Namen. Nicht, dass ich den schon wüsste.« Mit Füßen weich wie Schaumstoff, stand ich auf. »Ich wünschte, wir hätten mehr Zeit. Das Feuer antwortet mir immer noch nicht.«

»Ich bin sicher, du schaffst das«, versicherte Annie, doch in ihren braunen Augen blitzte kurz die Angst. »Und wenn nicht, bin ich auch da.«

Genau davor habe ich Angst. Sollte ihr etwas zustoßen, würde ich mir das für den Rest meines Lebens vorwerfen. Wie bei Flora. Ein neuer Stich fuhr durch meine Magengrube, als ich an meine einst beste Freundin dachte, die vor einigen Monaten bei einem Autounfall ums Leben gekommen war. Einen Autounfall, an dem ich schuld war.

»Im schlimmsten Fall, versuche es nicht zu kontrollieren, sondern lass das Inferno brennen.« Ihre Augen funkelten fast schon leidenschaftlich.

Ich nickte.

»Was, denkst du, passiert in drei Tagen?«, fragte sie. »Treffen wir uns mit den Feen am Steinkreis und trinken eine Tasse Tee?«

»Ich weiß es nicht. Ich will einfach, dass die Stimmen aufhören. Ich habe keine Ahnung, wie ich mir das Aufeinandertreffen vorstellen soll.« Würden wir danach einfach weiterleben, als wäre nichts geschehen? Würden sich alle Fragen auf mysteriöse Weise auflösen?

Eine Falte bildete sich auf Annies Stirn, direkt über ihren Augen. »Dann haben sie dir nichts gesagt?«

Ich schüttelte seufzend den Kopf. »Romane könnten sie keine schreiben.«

Annie begann vor mir auf und ab zu gehen. Ihr gefielen die fehlenden Informationen genauso wenig wie mir. »Das heißt, wir fahren einfach zu dem Steinkreis und wissen nicht, was passiert.«

»Ich fürchte, das ist unsere einzige Möglichkeit«, flüsterte ich. Angst jagte durch meine Magengrube, als ich die Tatsache aussprach.

Annie antwortete nicht. Für einige unangenehme Sekunden stand sie auf der Stelle und schaute an mir vorbei. Ihr Gesicht war mit einem finsteren Ausdruck erstarrt.

»Okay«, sagte sie schließlich mit entschlossenem Gesichtsausdruck, zu dem ihre unsichere Stimme nicht passen wollte. »Wann brechen wir auf?«

Mein Blick wanderte zu meinen Händen. »Das … ähm … kommt vielleicht etwas plötzlich, aber denkst du, du kannst deine Sachen bis heute Mittag packen?«

Annies Gesicht hellte sich schlagartig auf. »Und ich dachte, du planst einen weiteren Tag zwischen den Büchern hier zu versinken«, antwortete sie erleichtert.

Ich lächelte kurz bei ihrer Reaktion. »Ne, auch ich habe genug Bücher gesehen.« Eigentlich hätte ich noch ein paar Tage hierbleiben können, doch ich spürte, wie sehr Annie dieses Haus verlassen wollte. Ich wollte sie nicht noch länger hinhalten. Außerdem rückte der erste August in riesigen Sprüngen näher.

Annie nickte. »Dann heute Mittag. Aber zuerst nimmst du eine Dusche.«

»Du auch.« Ich zeigte mit dem Finger auf ihre strähnigen Haare.

Annie lachte. »Okay.«

An diesem Mittag ging alles schnell. Als Shaw aus der Universität kam, hatten wir bereits unser Hab und Gut in Betsy verstaut.

Ich saß in der geöffneten Tür des Campers und fuhr mit den Fingern durch meine nassen Haare, während Annie eine weitere E-Mail an Sia schrieb, um sie mit den letzten wichtigen Informationen und unserem neuen Reiseziel zu versorgen.

»Damit jemand weiß, wo wir sind, falls etwas schiefgeht«, sagte Annie, als sie ihr Handy weglegte.

Es war verantwortungslos, meiner Mutter nicht von unserem Reiseziel zu erzählen. Zum dritten Mal hielt ich den geöffneten Chat in meinen Händen. Stattdessen schrieb ich, dass wir uns noch Glasgow anschauen wollten, und schaltete das Handy aus. Meine Fingernägel fanden automatisch den Weg zu meinem Mund.

»Schlechtes Gewissen?«, fragte Annie.

»Ich habe gerade meine Mutter angelogen … zum dritten Mal.«

»Und? Wer macht das nicht?«

»Nicht, wenn du nicht weißt, ob du zurückkommst«, erwiderte ich. »Aber wenn ich ihr die Wahrheit sage, dass wir an Lughnasad auf die Orkneys fahren, landet sie morgen mit einem Flieger in Inverness.«

Annie zuckte mit den Schultern. »Genau genommen sind wir nur Teil von vielen Touristen an diesem Tag.«

»Die anderen Touristen campen dort nicht. An Lughnasad.« Plötzliche Gänsehaut überzog meine Unterarme.

»An Lughnasad«, wiederholte Annie. Ihre Stimme spiegelte meine unheimlichen Gefühle wider.

Ich unterdrückte das Bedürfnis, erneut an meinen Fingernägeln zu kauen.

Shaw trat aus der Eingangstür und strich über seinen dreiteiligen Anzug, um einen imaginären Fussel vom Stoff zu pflücken. Ich fragte mich, wie viele Anzüge derselben Sorte ein Mann besitzen konnte. Ein Stück weit bereute ich es, nie einen heimlichen Blick in seinen Kleiderschrank geworfen zu haben.

»Ihr wollt schon fahren?«, fragte er und steckte die Hände in die Hosentaschen.

War das Bedauern in seinem Blick? Ich konnte seine Emotionen nicht richtig deuten.

»Die Fähre geht in fünf Stunden. Wir haben noch ein gutes Stück zu fahren«, meinte ich.

Shaw nickte. Er nahm die Hände aus den Taschen seiner Anzughose und rieb sich aufgeregt über den Stoff. »Ihr müsst mir nachher alles erzählen.«

»Wenn wir Glück haben, sehen wir nur einige reglose Steine«, erwiderte Annie trocken.

»Du könntest mitkommen«, sagte ich.

Annies Augen brannten sich in meinen Rücken.

Shaw lächelte. »Danke, aber ich habe übermorgen ein sehr wichtiges Meeting. So spontan kann ich leider nicht sein. Ich wünsche euch viel Glück.«

»Vielen Dank für die Gastfreundschaft. Tut uns leid, dass wir die nicht erwidern können«, sagte ich.

Shaw schüttelte den Kopf. »Dich kennenzulernen war Geschenk genug.«

Er reichte mir die Hand. Seine Haut fühlte sich schwitzig und kalt an. Ich unterdrückte das Bedürfnis, meine Hand an meinem Kleid abzuwischen, und stieg in den Bus.

Als Betsy rückwärts vom Hof rollte, warf ich einen letzten Blick zurück auf das Haus, das die letzte Woche unsere Wohnung gewesen war. Shaw stand vor der Eingangstür, die Hände in den Hosentaschen vergraben, und schaute uns lächelnd hinterher.

»Dich kennenzulernen war Geschenk genug«, äffte Annie Shaws Stimme nach, als das Haus hinter der nächsten Abbiegung verschwand. »Was für eine Schleimbacke!«

Ich lachte. »Eifersüchtig?«

»Ich bin froh, wenn wir diesen Mann nie wiedersehen müssen. Seine Bibliothek werde ich allerdings vermissen, auch wenn ich genug Bücher für den Rest meines Lebens gesehen habe.«

Schmerzlich dachte ich an die Bücher, die wir nicht entdeckt hatten und all die offenen Fragen, auf deren Antworten wir mit mehr Zeit vielleicht gestoßen wären.

Auf der Fahrt nach Thurso ließen wir die Highlands hinter uns. Das Land wurde flacher, je näher wir der Küste kamen. Es wirkte, als überquerten wir eine durchsichtige Grenze, je weiter wir in den Norden Schottlands fuhren. Nur wenige Autos kamen uns entgegen. Fernab der touristischen Hauptrouten Schottlands, passierten wir perlweiße Sandstrände wie in der Karibik, und grüne Wiesen, soweit das Auge reichte. Mehrmals mussten wir mitten auf der Straße stoppen, um eine Gruppe von Schafen nicht zu überfahren, die gemächlich auf die andere Seite wechselte. Gerade rechtzeitig erreichten wir den Hafen von Thurso, um auf die Fähre nach Orkney einzuchecken. Pünktlich um sieben Uhr abends legte das Schiff ab. Fast zwei Stunden dauerte die Überfahrt auf die Orkney Inseln. Annie und ich verbrachten die meiste Zeit essend auf dem obersten Deck. Die Seeluft verknotete mir die Haare und verwandelte sie in einen Dschungel aus undurchdringlichen Schlingpflanzen. Selbst jetzt in den Abendstunden brannte sie Sonne unermüdlich vom Himmel und brachte das blaue Wasser vor uns zum Glitzern. Orkney tauchte zunächst als eine winzige, schattige Linie am Horizont auf, die stetig wuchs. Wir legten an der Hauptinsel an und wurden von flachen, grünen Wiesen begrüßt. Auf der anderen Seite der Hafenbucht erhoben sich die dunklen Umrisse vom Wind abgeschliffener Berge gen Himmel. An diesem Abend blieben wir auf dem Hafenparkplatz des Städtchens Stromness stehen. Verschlafene graubraune Häuser reihten sich entlang der Hauptstraße auf, die aus dem Hafen herausführte. *The Old Port's Inn* war entgegen des Namens eine sehr junger Pub oder aufwendig restauriert. Bänke aus Holz reihten sich an moderne Metalltische des einundzwanzigsten Jahrhunderts. Die Bar war aus demselben grauen Stein gemauert wie die Hauswand. Dahinter stand eine große Vitrine, gefüllt mit Whiskys, Gin, Rum und mehr. An der Wand gegenüber der Bar hing ein großes Schiffsrad, glänzend lackiert. Der Raum war nicht größer als Shaws Wohnzimmer, doch bis zum Rand gefüllt mit Menschen.

Annie seufzte laut. »Riechst du das? Der Duft nach Menschen und nach Leben. Keine alten Bücher oder Keller mit Mumien!«

Die Bedienung, eine kräftige Frau, die ihre blonden Haare zu einem strengen Pferdeschwanz zusammengebunden trug, begrüßte uns und wies uns einen der letzten kleinen Tische unterhalb eines Fensters zu. Annie bestellte ein großes Glas Bier und ich eine Limonade. Sie trank, als hätte sie die letzte Woche nur Wasser und Brot bekommen.

»Was, wenn wir doch nicht am richtigen Ort sind? Stonehenge ist berühmt. Es gibt haufenweise Mythen und

Legenden um diesen Ort, aber der Ring of Brodgar? Hätte mein Vater ihn nicht gezeichnet, hätte ich nie von ihm gehört. Selbst wenn keine Menschen durch das Portal in die Anderswelt gelangen können, kann so etwas doch nicht ewig unentdeckt bleiben. Es hüpfen schließlich regelmäßig Feen auf unsere Seite«, meinte ich und ließ meinen Blick durch den Raum schweifen.

Annie schnaubte. »Die Feen haben dich praktisch angebettelt, hierherzukommen. Welche Bestätigung brauchst du noch?«

Ich nickte. Sie hatte recht, ich musste endlich die Zweifel in meinem Kopf ausschalten.

Wie ein Raubtier auf seine Beute heftete sich Annies Blick auf einen Punkt hinter mir. Ich drehte mich um und entdeckte einen jungen Mann in der Nähe der Theke. Er war bestimmt ein Meter achtzig groß, trug Wanderkleidung und seine Haare in einem Zopf gebunden.

»Dieser Typ ist ein Dessert!«, flüsterte sie.

»Aha …« Unbeeindruckt nippte ich an meiner Limonade.

»Schau ihn dir an. Die kräftigen Arme, die braun gebrannte Haut …«

»Du sabberst!«

»Eine Frau hat Bedürfnisse!«

»Musst du die unbedingt jetzt befriedigen?«

»Manchmal tut es gut, zur Abwechslung einmal von einem Menschen wertgeschätzt zu werden«, antwortete Annie zynisch.

»Ich weiß nicht, was du meinst«, entgegnete ich gelassen.

»Es ist eine Weile her, seit ich das letzte Mal geflirtet habe. Mal sehen, ob ich es noch kann.« Sie stand auf und zupfte ihr graues T-Shirt gerade.

Ich blinzelte. »Was? Jetzt?«

»Nein, in fünfzig Jahren, wenn ich alt und grau bin.«

»Aber wir waren doch gerade dabei …«

»Die Steinkreise laufen nicht weg. Diese Gelegenheit schon!«

»Aber ein Backpacker hier am Arsch der Welt. Der kann wer weiß was haben!«, protestierte ich.

Annie stieß ein gleichgültiges Geräusch aus. »Jeder Mensch kann wer weiß was haben. Dafür gibt es zwei Ks: Kommunikation und Kondome.«

»Wehe ich finde euch oder eure Hinterlassenschaften nachher in Betsy«, rief ich. »Wenn dieser Typ dich nicht umbringt, mach ich es sonst morgen früh!«

»Das wäre der perfekte Zeitpunkt, um den Deppen-Detektor zu testen.« Annie grinste.

»Vergiss es! Sieh es als Strafe, dass du mir nicht hilfst, einen grandiosen Plan auszuhecken.«

»Das ist mein grandioser Plan!«, erwiderte Annie.

»Was? Ein letztes Mal Sex, bevor wir untergehen?«

»Genau«, antwortete sie vergnügt. »Ist idiotensicher.«

Ich sah ihr hinterher, als sie sich auf ihre Beute zubewegte. Natürlich gab ich dem Mann einen Sicherheits-check. Er war safe! Bloß ein Backpacker, der ein Bier genießen wollte. Sollte das morgen in die Hose gehen, wünschte ich ihr die beste Nacht ihres Lebens. Ich konnte sie nicht überzeugen, umzudrehen, dafür war sie zu stur und zu abenteuerlustig, selbstlos und vielleicht auch einfach eine Spur zu lebensmüde. Ich hatte sie nicht verdient! Und doch war es ihre Wahl, hier zu sein. Eins wusste ich in diesem Moment genau: Die plötzliche Wärme in meiner Brust kam nicht von der eisgekühlten Limonade.

Ich werde alles tun, dass du diesen Ort morgen lebendig verlässt, dachte ich. *Das ist mein Versprechen!*

Kapitel 6

Fell

Mit tiefen Zügen atmete ich den Geruch der Heide ein. Schwer und nass.

Der Regen von letzter Nacht glitzerte noch auf dem Gras, obwohl bereits die Sonne über den Himmel kletterte.

Auf dem Stück Pappe neben mir breiteten sich zehn verschiedene Grüntöne aus, mit denen ich versuchte, die Farben der Orkneys einzufangen. Ich quetschte den letzten Rest aus der grünen Farbtube, um einen elften Ton zu mischen.

Meine Wirbelsäule knackte, als ich meine Sitzposition verlagerte und die Beine aus der Bustür streckte. Meine Füße berührten das feuchte Gras. Langsam ließ ich den Pinsel über das Blatt Papier gleiten, um nicht zu viel Farbe gleichzeitig aufzutragen. Begleitet wurde das Geräusch des Pinsels von dem Rauschen des Windes und dem Schrei einiger Möwen irgendwo über mir. Ich versuchte mir vorzustellen, dass der Streit der Vögel das Aufregendste war, das der heutige Tag zu bieten hatte. Dass heute nicht

Lughnasad war und ich heute Abend in einem Steinkreis stehen würde.

Sie warteten auf mich. Die Stille in meinem Kopf konnte ich mir nur durch ihre Euphorie bezüglich meiner Entscheidung erklären. Das erste Mal seit Wochen hatte ich traumlos geschlafen. Keine Stimme hatte mich heute Morgen geweckt, und auch jetzt, wo die Uhr fast Mittag anzeigte, herrschte nichts als wundervolle Stille in meinem Kopf.

Ein Blick auf mein Handy zeigte noch keine Antwort von Annie. Ich hoffte, sie könnte sich noch vor dem Nachmittag von ihrer Liebschaft losreißen. Wenn sie bis zum Mittag nicht aufgetaucht war, würde ich sie anrufen. Wenn sie nicht dranging, würde ich sie suchen gehen. Ich hatte den Gedanken an eine mögliche Entführung mit dem Einschlafen verdrängt. Annie wusste auf sich aufzupassen und sich zu verteidigen. Eher tat mir das beste Stück des Backpackers leid, sollte er sich entscheiden, ihr etwas anzutun. Ich war froh, sie gestern Abend nicht in Betsy gefunden zu haben. Der Anblick von nackten Körperteilen stand nicht unbedingt auf der Liste an Dingen, die ich aus Schottland mitnehmen wollte. Ich legte den Pinsel weg, als ich Schritte hörte, die von dem Teer des Parkplatzes auf das Gras wechselten. Den Block auf dem Schoß streckte ich den Kopf hinter Betsy hervor und grinste bei dem Anblick, der sich mir bot. Annie sah aus wie der Inbegriff einer Partynacht. Ihre Lederjacke hielt sie auf dem Arm. Der rechte Ärmel schliff fast auf dem Boden. Auf ihrem Gesicht lag ein seliges Lächeln und in ihrem Haaren hätten Vögel Nester bauen können.

»Oh, es lebt!«, rief ich ihr entgegen.

Annie blieb vor mir stehen. Wortlos warf sie ihre Lederjacke an mir vorbei auf das Bett. Sie seufzte verträumt Dann stellte sie sich auf ihre Zehenspitzen und streckte sich, sodass ihre Knochen knackten. »Gerade so. Ich glaube, ich habe mich verliebt!«

»So gut?«

»Besser! Die Dinge, die er tun konnte … phänomenal!«

Ich verzog das Gesicht, als die Vorstellung sehr detailliert vor meinem inneren Auge erschien. »Genug Kopfkino für heute Morgen. Ich habe dir Toast mit Ei übriggelassen, falls du etwas essen möchtest. Steht in der Spüle.«

Dankbar holte sich Annie den Teller und stopfte eine Gabel voll Rührei in ihren Mund.

»Komm fon«, murmelte sie undeutlich beim Kauen. »If hatte feit einer gefühlten Efigkeit keinen riftigen Fex mehr. Das mufft du mir gönnen.« Sie schluckte.

»Tue ich auch. Ich brauche nur keine Details deines sinnlichen Abenteuers.« Fasziniert beobachtete ich, wie schnell ein Mensch ein Toastbrot verdrücken konnte.

Annie zuckte mit den Schultern. »Es war bloß Sex.«

Ich blinzelte. »Bloß Sex? Da hast du dich aber eben anders angehört.«

Den Teller stellte Annie zurück in die Spüle und wusch sich die Hände. Anschließend beugte sie sich nach vorne und band ihre braunen Haare geschickt zu einem Zopf zusammen. »Hattest du schon mal einen Dreier? Dann weißt du, was ein sinnliches Abenteuer ist.«

Ich räusperte mich. »Nein, ich hatte noch keinen Dreier.«

»Wer hat dir denn schon mal so richtig den Kopf verdreht?«, fragte sie und ihre Augen glitzerten süffisant. Sie ließ sich neben mir auf die Türschwelle fallen.

»Ich hatte noch nie Sex …« Ich fühlte mich fast, als müsste ich ein Geständnis ablegen. Mein Sexleben war etwas, worüber ich mir nie Gedanken gemacht hatte. Ich hatte keinen Drang, weder zu Sex noch zu einer romantischen Beziehung.

Annie runzelte die Stirn. »Noch nie?«

Ich legte meine Zeichensachen endgültig zur Seite und stellte den Block zum Trocknen nach draußen, fester als beabsichtigt. Warum war die ganze Welt so versessen auf dieses eine Thema? Warum musste man sich immer dafür rechtfertigen? »Wie denn, wenn ich noch nie in einer Beziehung war?«

»Das eine muss mit dem anderen nicht zusammenhängen.«

»Nein, natürlich nicht. Ich finde die Vorstellung nur angenehmer, irgendwann das erste Mal mit einer Person zu haben, mit der ich bereits eine Weile zusammen bin.« Ich schaute auf meine Hände.

»Fair!« Ein Grinsen erschien auf ihren Lippen. »Ich bin neugierig. Wenn du die Wahl hättest, lieber mit einem Mann oder einer Frau? Oder beides?«

Ich zuckte mit den Schultern. »Eigentlich nichts. Ich denke, der menschliche Körper hat etwas wirklich Ästhetisches an sich, sowohl Männer als auch Frauen. Wie Kunst. Wenn ich ein Gemälde betrachte, kann ich es schön finden. Trotzdem möchte ich nicht damit schlafen. Dasselbe gilt für Liebe.« Ich seufzte. »Ich habe mich oft gefragt, wie sich diese *Verliebtheit* anfühlt, von der alle immer reden. Aber dann schaue ich auf mein Leben und finde so viel Liebe. Ich liebe die Menschen darin, Kunst, Filme, Tanzen, die Natur, gutes Essen, und damit bin ich zufrieden. Ich möchte schon jemanden finden, mit dem ich gemeinsam alt werden kann. Eine Person, die ich mein Zuhause nennen kann, aber ich glaube nicht, dass ich möchte, dass dieser Jemand mein romantischer Lebensgefährte ist.«

Annie betrachtete mich. Auf ihrer Stirn bildeten sich tiefe Furchen.

»Bin ich jetzt eine Außerirdische?«

»Nein, ich finde das beeindruckend. Danke, dass du mir das anvertraust.« Sie lächelte

»Was fasziniert dich an Sex?«, fragte ich.

»Ich mag das Körperliche, die vorübergehende Ekstase mit der Gewissheit, dass man am nächsten Morgen wieder auseinandergeht. Sex bindet nicht. Vielleicht war ich deshalb bisher immer so schlecht darin, wenn jemand aus Sex eine Beziehung machen wollte. Da springt der Funke einfach nicht über. Und wenn doch, landet er auf einer Red Flag, wie Marc.« Abrupt stand Annie auf und ging zum Bett. Sie öffnete den Stauraum darunter und holte einen kleinen schwarzen Koffer hervor. Ächzend warf sie ihn auf das Bett.

Mit runden Augen schaute ich das Behältnis an. »Was ist das?«

Der Koffer sprang auf und Annie holte eine Pistole heraus.

»Was denkst du?«, fragte sie.

»Ist die von Shaw?«

Wann hatte sie eine Pistole geklaut? Warum hatte ich davon nichts mitbekommen?

Annie nickte. »Ich zähle die Munition. Heute Nacht wird nichts dem Zufall überlassen. Du hast deine Kräfte, aber du kannst nicht überall sein. Einen gewissen Selbstschutz möchte ich haben, bevor sie mir die Haare zerzausen.«

»Das hat der Backpacker schon geschafft«, murmelte ich und konnte meinen Blick nicht von der Pistole abwenden. »Ist die geladen?«

Annie schnaubte. »Noch nicht. Aber ich habe nicht vor, die Sidhe damit zu kitzeln.«

»Wir können keine Waffen mit uns herumtragen!«, rief ich. »Wenn das jemand sieht! Weißt du überhaupt, wie man mit dem Ding umgeht?«

»Ich weiß, wo der Abzug ist und wo man treffen muss«, sagte Annie mit trockener Stimme.

»Du bist also bereit, Feen zu erschießen?« Meine Stimme klang höher als beabsichtigt.

»Nein, ich werde niemanden erschießen. Wenn es bei einer netten Konversation bleibt, bin ich die Letzte, die Gebrauch von dieser Waffe machen wird.«

Die Vorstellung, dass Annie jemanden erschießen konnte, ging zwar nicht in meinen Kopf hinein, doch diese Pistole erhöhte ihre Überlebenschancen immens, und das beruhigte mein Herz. »Wird Shaw nicht merken, dass du seinen Waffenschrank erleichtert hast?«, fragte ich nachdenklich.

Annie zuckte mit den Schultern. »Ich bin mir sicher, dass er das bereits gemerkt hat. Was kann er dagegen tun? Es steht schließlich auch in seinem Interesse, dass wir lebendig zurückkommen. Ich habe sie ja nur ausgeliehen, ungefragt, aber ich bringe sie zurück.«

Ich beobachtete, wie sie das Magazin durchging und die Waffe dann wieder sicher im Koffer verstaute. Zehn Schuss zählte ich. Jeder davon konnte tödlich sein.

Ich löste meinen Blick von dem Koffer. »Ich habe dich nie gefragt, wie du dich fühlst.«

Annie schaute auf. »Was meinst du?«

»Keiner von uns weiß, was heute Nacht geschehen wird. Für dich könnte es sogar noch gefährlicher werden als für mich. Trotzdem bist du fest entschlossen, mitzukommen. Ich habe dich nie gefragt, warum?«

»Ist es dafür nicht ein wenig zu spät?«, sagte Annie mit einem belustigten Schnauben.

»Ich weiß, ich kann dich nicht umstimmen, aber ich möchte nicht, dass du denkst, du hättest keine Wahl.«

Energisch stand Annie vom Bett auf. Betsy wippte unter ihrem Schwung, als sie aus dem Camper ins Freie trat. »Die habe ich auch nicht. Wenn heute Abend etwas schiefgeht, wen, glaubst du, suchen sie als nächstes? Ich habe genauso wenig die Chance auf ein normales Leben wie du, wenn wir heute Nacht nicht endlich herausfinden, was sie möchten.«

»Sie können dir nicht folgen, wenn du nicht mitkommst und sie nicht wissen, wer du bist«, entgegnete ich.

Annie hob entschlossen den Kopf. »Ich weiß, aber das ist das Schicksal, das ich für mich selbst wähle.«

Langsam nickte ich. Ihre ähnlichen Worte vor kaum mehr als zwei Wochen auf der Bank vor der Pension, begleitet von dem blauen Blinken der Polizeilichter, kamen mir wieder in den Sinn. Der Tag fühlte sich an, als wäre er eine Ewigkeit her.

»Ich war schon einmal ohnmächtig gegenüber jemandem, der mir drohte. Das möchte ich nie wieder fühlen«, fuhr Annie fort.

»Nils Vater?« Verblüfft runzelte ich die Stirn.

Nickend zog Annie ihre Schachtel Zigaretten aus der Hose und zündete sich eine an. »Es ist lange her. Ich war so dumm …« Sie hockte sich in das Gras und zupfte einige Halme ab. »Ich hatte nie einen Vater. Meine Mutter und ich besaßen, wie du weißt, noch nie ein rosiges Verhältnis. Ich war immer auf der Suche nach einem Teil von mir, der fehlte. Mit dem neuen Mann an der Seite meiner Mutter, dachte ich, den endlich gefunden zu haben. Einen Vater, eine Familie und ein richtiges Zuhause, mit Menschen, die mir das Gefühl geben, geliebt zu werden. Wie in diesen kitschigen Weihnachtsfilmen, wo alle unter einem Baum stehen und diese grässlichen Lieder singen. Diesen Mann habe ich sofort bewundert und mein Vertrauen in ihn gelegt, bis er begann, mich zu schlagen. Vielleicht weil ich das Kind eines anderen Mannes war, vielleicht weil er ein grenzenloser Sadist war, ich weiß es bis heute nicht. Über die körperlichen Wunden kam ich hinweg. Schlimmer waren die Risse, die er in meiner Fähigkeit, zu vertrauen, hinterließ. Er nutzte meine Ohnmacht gegen ihn aus.«

Sie wandte halb den Blick ab und schaute hinunter zum Hafen. Röte stieg in ihre Wangen, als schämte sie sich für ihre Worte. Ihre Augen glitzerten verdächtig.

»Du warst ein Kind. Du warst nicht dumm«, widersprach ich eindringlich.

Annies Augen zuckten, als eine Erinnerung an ihr vorbeizog. Sie zog ein letztes Mal an ihrer Zigarette und blies den weißen Rauch in die Luft.

»Ich weiß, doch ohne ihn wäre ich vielleicht ein anderer Mensch. Vielleicht hätte ich mein Zuhause bereits gefunden und wäre nicht immer noch auf der Suche danach. Deshalb möchte ich mein Schicksal selbst bestimmen, denn damals konnte ich es nicht. Außerdem, wie kann ich den Rest meines Lebens ohne Schuld leben, wenn dir etwas geschieht und ich nicht wenigstens versucht habe, zu helfen, nach allem, was wir inzwischen zusammen erlebt haben? Was mache ich, wenn du morgen früh nicht zurückkommst?« Ihr Blick hatte etwas Verzweifeltes. In meinem Herz zog sich etwas zusammen bei diesem Ausdruck. Im nächsten Moment lagen meine Arme auch schon um ihren Hals. Ich spürte, wie sie sich zuerst erschrocken anspannte, dann atmete sie aus und ich fühlte ihre linke Hand auf meinen Haaren. Ich atmete den rauchigen Geruch ihrer Haare ein und presste meinen Kopf an ihre Schulter. Keine Ahnung, ob sie das merkte. Am liebsten hätte ich sie einfach nicht losgelassen. Am liebsten hätte ich ihr gesagt, dass alles gut wird. Hätte ich doch bloß diese Gewissheit.

»Wir stehen das zusammen durch!«, sagte sie fest.

»Zusammen«, wiederholte ich leise.

Langsam löste ich die Umarmung. Annie räusperte sich verlegen und schaute zu Boden. Ich unterdrückte ein Lachen. Dass sie diesmal diejenige war, die mir nicht in die Augen sehen konnte, war fast schon ironisch. Und das nach einer Umarmung. Andererseits war diese Reaktion absolut Annie. Verwundbarkeit kratzte schließlich am Stolz.

Um nichts auf der Welt wollte ich sie bei dem Zusammentreffen mit den Sidhe missen. Ich hoffte nur, dass ihr Dickschädel robust genug war, um einen Zusammenstoß mit einem drei Meter hohen Felsblock auszuhalten.

Die Sonne ähnelte einem orangenen Ball. Die letzten Strahlen des dreißigsten Julis klammerten sich verzweifelt an den Horizont, als wir Betsy auf dem Touristenparkplatz des Ring of Brodgar abstellten.

»Er sieht genauso aus wie damals in meinem Traum«, sagte ich. Kaum zu glauben, dass meine Vision auf dem Feld bei Pömmelte erst drei Monate her war.

Von Osten wehte der Wind bereits die dunklen Wolken der Nacht über den Loch of Stenness. Auf der anderen Seite des Parkplatzes kräuselten sich die goldenen Wellen des Loch of Harray an das Ufer. Mit klopfendem Herzen schaute ich aus dem Fenster. Keine dreihundert Meter Fußweg vor uns erhoben sich die dunklen Umrisse des Steinkreises. Mein Hals fühlte sich an wie ausgetrocknet.

»Alles klar?« Ich fühlte Annies Blick auf mir. »Wir gehen nur so dicht ran, wie du kannst. Keine Sorge!«

»Ich … ich war noch nie hier. Der Ring of Brodgar begleitet mich jetzt seit Jahren, doch mit beiden Beinen hier zu stehen, wo er …« Ich schluckte hart.

Eine Hand legte sich sanft auf meinen Rücken. »Nur so dicht, wie du kannst«, wiederholte Annie.

»Man hat ihn am Morgen des ersten Augusts gefunden. Genau vor vier Jahren.«

Wenn Geister tatsächlich die Stelle ihres Todes heimsuchten, dann wusste ich, wer heute noch an diesem Ort sein würde. Ich hätte nichts dagegen! Vielleicht würde das Sterben mit ihm an meiner Seite leichter sein.

Annie öffnete die Fahrertür und glitt langsam aus dem Bulli, um sich zu strecken. Der heftige Wind wirbelte ihr Strähnen aus dem Pferdeschwanz. Mit zusammengekniffenen Augen ließ sie ihren Blick über das Gelände schweifen. »Bist du sicher, dass wir nicht eher an den Stones of Stenness warten sollten? Immerhin kommen sie von dort in unsere Welt.«

»Tadhg sprach vom Ring of Brodgar. Auch die Fee in meinen Träumen hat mehrmals diesen Steinkreis erwähnt. Außerdem ist das ihr Weg zurück. Sie müssen irgendwann an uns vorbei. Ich vertraue auf mein Bauchgefühl.« Mein Bauchgefühl, das im Moment alles andere als vertrauenswürdig war.

»Ist das dein Bauchgefühl oder eine Eingebung der Feenmagie?«, fragte Annie.

»Spielt das eine Rolle?«

»Vermutlich nicht.«

Auch ich musste meine Haare zu einem Zopf zusammenbinden, damit ich trotz Wind noch etwas sehen konnte. Sofort lösten sich die vordersten Strähnen wieder aus dem Haargummi und flatterten auf meiner Stirn herum. Die Sonne hatte den Kampf gegen die Dunkelheit verloren und wurde vom Wasser verschluckt. Letzte feurige Streifen verrieten die Anwesenheit irgendwo hinter den Wellen. War das mein letzter Sonnenuntergang? Die Vorstellung war zu bizarr! Ich fühlte mich seltsam leer, als fehlten meinem Gehirn die passenden Emotionen. Der Gedanke wollte in meinem Verstand nicht ankommen.

»Es ist ruhig«, stellte ich überflüssigerweise fest.

»Was hast du erwartet?« Annie war in Betsys Wohnraum verschwunden. Ihre Stimme klang gedämpft aus dem Inneren. »Jeder Mensch mit Verstand sitzt jetzt in einem Haus oder Garten und lässt es sich gutgehen.« Sie trat aus dem Bus und steckte die Pistole in den Holster an ihrer Hose, um sie mit ihrer Jacke zu verstecken, sollten wir doch einem Menschen begegnen. Ungeladen hoffte ich.

»Was macht dein Hokuspokus? Fühlst du dich fit?«

Mit einer Handbewegung lenkte ich die nächste Windböe direkt in Annies Gesicht, sodass ihr Zopf steil nach hinten flog. Sie schloss die Augen und blähte die Nasenlöcher. »Gut, das beantwortet meine Frage.«

Ich biss mir auf die Lippen, um nicht über beide Ohren zu grinsen.

»Sie haben dir nicht zufällig eine Uhrzeit genannt, wann sie auftauchen wollen, oder?«, fragte Annie.

Ich schüttelte den Kopf. »Sie schweigen bereits den ganzen Tag. Nicht, dass ich diese Stimme in meinem Kopf vermisse.«

»Das sieht ihnen ähnlich. Wenn es drauf ankommt, halten sie die Klappe.« Annie schnaubte verächtlich.

Langsam, als balancierte ich eine Porzellanvase auf meinem Kopf, ging ich los. Ein leichtes Ziehen in meinem Bauch kündigte meinem Bewusstsein die Anwesenheit eines Portals an.

»Du hast recht!« Ich blieb abrupt stehen, sodass Annie fast mit mir zusammenstieß. »Ich könnte das nicht ohne dich tun!«

Annies zog ihren Zopf fester und schob sich mit hoch erhobenem Kinn und einer Hand am Pistolenknauf an mir vorbei. »Ich weiß!«

Ich widerstand dem Drang, ihr von hinten einen Klaps auf den Schädel zu geben.

Kaum waren wir die letzte Stufe der geschotterten Treppe hinaufgestiegen, erfasste mich ein Sog, der tief in meinen Knochen widerhallte.

So musste sich eine Spinne fühlen, die in einen Staubsauger gezogen wurde, dachte ich. Schwer atmend blieb ich auf der obersten Stufe stehen, und deutete Annie, nicht weiterzugehen.

Wir setzten uns auf die oberste Stufe vor das Tor im Zaun, der den gesamten Steinkreis umspannte und ungebetene Touristen eigentlich fernhalten sollte. Annie öffnete den Rucksack und überprüfte den Inhalt. Wasser, etwas zu Essen, Taschenlampen, einen Verband und andere Erste-Hilfe-Utensilien, von denen ich hoffte, das sie nie zum Einsatz kommen würden.

Ich knipste eine der Taschenlampen an und leuchtete über die Steine, die sich wie lauernde Kreaturen von der aufkommenden Dunkelheit abgrenzten. Welcher von ihnen hatte meinen Vater tödlich verwundet? An welchem hatte er die halbe Nacht gelegen, allein, blutend und kalt? Ich zitterte, aber nicht von dem kühlen Wind.

Ich hatte nie den Sinn von Gruselgeschichten verstanden, bis jetzt. Hinter jeder Geschichte verbarg sich ein Schicksal. Vielleicht waren Geister genau das: Erinnerungen an Menschen, die noch nicht vergessen werden wollten, weil sie die Lebenden warnten.

Ich hoffte, die Erinnerung an meinen Vater konnte nach diesem Abend endlich Frieden finden, sollten wir ihn überleben.

Wir hatten die Nacht des Jahrhunderts erwischt, so schien es. Kaum eine Wolke schob sich vor die Sternenbilder. Ich erkannte sogar den nebligen Schleier der Milchstraße.

In unsere dicken Regenjacken gehüllt, starrten wir hinauf in den Himmel, wo das Licht der Sterne stetig stärker wurde. Annie reichte mir ein Sandwich. »Ich kann verstehen, warum die Menschen damals ausgerechnet diesen Platz gewählt haben, um einen Steinkreis zu bauen, mit oder ohne Portal.«

»Ich frage mich, ob die Menschen damals dasselbe gedacht haben wie wir, als sie die Sterne sahen.« Annie kaute hinter mir an einem Sandwich. Ihre Stimme war erfüllt mit Staunen.

»Magie?«, überlegte ich und drehte den Kopf. »Oder Glühwürmchen, die da oben feststecken im Himmel.«

Ich konnte sie in der Dunkelheit nicht sehen, doch ich wusste, dass Annie die Augen verdrehte. Ich nahm jede ihrer Reaktionen dankbar an, um die aufgeladene Luft um mich herum ein paar Sekunden verdampfen zu lassen.

»Das war eine ernste Frage, Timon«, sagte sie lachend.

»Du nimmst also freiwillig die Rolle von Pumba ein?«

»Das habe ich nicht gesagt. Aber Pumbas Aussage war von allen drei als einzige wissenschaftlich korrekt.«

Wir wandten unsere Blicke zurück in den Himmel, schweigend. Alle Worte waren gesagt.

Wie spät es war, wusste ich nicht, als ich das erste Mal einschlief. Sofort zuckte ich zusammen und schreckte auf.

Annie warf mir einen kurzen Blick von der Seite zu, sagte jedoch nichts. Sie passte auf. Wenn sie etwas sah oder selbst schlafen wollte, würde sie mich wecken. Erneut schloss ich die Augen.

Felicia! Das langgezogene Flüstern schickte Nadeln durch mein Gehirn und weckte mich zum zweiten Mal.

Wir warten auf dich!

Ich riss den Kopf hoch.

»Alles klar?« Annies Stimme klang gedämpft.

»Sie sind wieder da«, hauchte ich mit zitternder Stimme.

Felicia! Das war kein Flüstern mehr. Ich presste mir verzweifelt die Hände auf die Ohren. »Sie sind so laut!«

Annie knipste ihre Taschenlampe an. Ihr Blick huschten wild über die Ebene. »Siehst du irgendwas?«

Felicia!

Komm zu uns!

Komm … folge uns … Felicia! Die Stimmen redeten durcheinander wie Spatzen, schwollen an, bis ich nur noch Rauschen hörte, als stünde ich neben einem großen Wasserfall.

»Haltet die Klappe! Alle!«, schrie ich. Meine Oberkörper gab nach und ich sank auf die Knie, die Arme fest um meine Beine geschlungen.

Komm zu uns!

Hinter mir drehte Annie sich im Kreis, um ein unsichtbares Ziel zu erfassen, das sie nicht fand. »Wo seid ihr?! Wir sind hier! Zeigt eure feigen Ärsche!«

»Da muss man erst nach Orkney fahren, um euch nachts mitten im Nirgendwo zu finden.«

Die Stimme, die antwortete, gehörte zu keiner Fee. Doch sie brachte die Sidhe zum Schweigen. Zitternd löste ich mich aus meiner verkrampften Kugel und leuchtete mit der Taschenlampe den Schotterweg an. Ein Mann stand dort und hob schützend die Hand gegen den Lichtkegel. Er sah aus, als trüge er seit zwei Wochen dieselbe schmutzige Regenjacke und abgetragene Jeans. Sein langer roter Bart flatterte im Wind. Ich konnte schwören, ihn schon einmal gesehen zu haben. Mein Blick bleib jedoch an der Waffe hängen, deren Lauf direkt auf mich gerichtet war. Ein Klicken ertönte, als er sie lud.

»Ihr Mädchen seid gut!« Seine Gesichtszüge hatten sich zu einer hämischen Grimasse verzogen.

Annie, lebensmüde wie sie war, bewegte sich mit langsamen Schritten auf meine Höhe und schob sich mit der Schulter vor meinen Körper. Sie bewegte sich rückwärts, Stück für Stück, und trieb mich durch das Tor auf die Ebene des Steinkreises. Das Tor schloss sich quietschend, als auch Annie hindurchtrat. »Wer sind Sie?«, rief sie.

Der Mann hatte die erste Stufe erklommen. »Ich will mein Geld!«

Ich schluckte das paranoide Lachen in meiner Kehle herunter, als sich das Bild in meinem Kopf zusammenfügte. Das Kartenspiel, die verrückte Flucht durch Edinburghs Gassen …

»Das nenne ich mal Entschlossenheit«, spottete Annie. »Wo ist dein Partner?«, rief sie laut. »Der mit den epischen Haaren!«

»Nicht der beste Zeitpunkt für Spott«, zischte ich durch zusammengebissene Zähne in ihre Richtung.

Der Mann richtete den Lauf der Waffe auf Annie. Reflexartig gingen wir weiter zurück. Mit jedem Zentimeter, den ich in Richtung des Steinkreises getrieben wurde, wurden die Muskeln in meinen Beinen schwerer.

Wir warten auf dich!

»Annie …«, murmelte ich. Mein Herz raste.

Auch Annie bemerkte das Dilemma.

»Ihr gebt mir das Geld oder ich hole es mir, nachdem ich euch erschossen habe.«

Annie hob abwehrend die Hände. »Es ist im Bus, was davon übrig ist und was wir vorher schon hatten. Dort entlang, die Straße herunter. Du kannst alles haben!«

»Damit ihr mich wieder anlügen könnt und euch in der Zeit mitsamt dem Geld aus dem Staub macht?« Der Mann lachte bitter.

Ich fühlte mich, als säße ich nackt in einem Ameisenhaufen. Meine Haut kribbelte und brannte wie hundert beißende Insekten. Die Spannung in meinen Adern suchte verzweifelt nach einem Ausgang, um meinen Körper zu verlassen, bevor ich explodierte. Ich dachte an den Sturm in der Küche zurück. Der Steinkreis zwängte die ganze Kraft der Feenmagie aus mir heraus.

Nur noch ein paar Schritte!

Die Stimmen zischten beinahe ungeduldig. Wie konnte ein geschlossenes Portal so viel Wirkung auf mich erzielen? *Geschlossen für jeden Menschen.* Diesmal waren es nicht die Stimmen der Feen, sondern mein eigener Gedanke, der meine Haut zum Kribbeln brachte.

Ich war kein Mensch. Ich trug Feenmagie in mir. Wenn die Sidhe durch das Portal reisen konnten, konnte ich das auch. Die Erkenntnis traf mich so plötzlich, dass ich die Augen aufriss.

Wir warten auf dich!

Es brauchte bloß ein paar Schritte, um die Stimmen zu stoppen.

»Wir holen es, aber dafür brauchen wir Zeit«, entgegnete Annie und holte mich aus meiner Trance.

»Einverstanden. Sie ist solang meine Versicherung, dass du zurückkommst.« Seine Stimme besaß Ähnlichkeit mit einem Knurren. Er trat einen Schritt auf uns zu, als wollte er jeden Moment losrennen und mich packen.

»Dann geht sie und ich bleibe hier!«, rief Annie verbissen.

»Vergiss es! Beweg dich!« Der Mann richtete die Pistole zurück auf mich. Sein Gesicht verzog sich zu einer Grimasse. »Was hat sie?«

Annie nutzte den winzigen Moment seiner Unachtsamkeit und zog ihre eigene Pistole. Aus seiner Entfernung konnte er es unmöglich erkennen, doch ich sah, wie sie zitterte, als sie den Lauf auf seinen breiten Oberkörper richtete. Sie war nicht bereit, einen Menschen zu erschießen.

»Hast du Papas Spielzeug geklaut? Waffe weg!«, bellte der Mann.

»Annie, leg die Pistole weg!«, zischte ich.

»Damit er uns erschießt?«

»Du kannst nicht schießen!«

»Aber das weiß er doch nicht!« Annie senkte ihren Arm nicht.

»Hör auf deine Freundin, Mädchen, sonst nimmt diese Nacht ein böses Ende!«, grollte der Mann.

Ich ging noch einen Schritt zurück und stieß mit meinem Rücken gegen einen der Steine. Würgend beugte ich mich nach vorne.

Ein Teil der Spannung nutzte meinen Moment der Unachtsamkeit und sauste in einem pfeifenden Windstoß über das Feld.

Komm zu uns!

Felicia!

Zischend wie Schlangen schlichen die Stimmen durch die Dunkelheit.

Eine Hand tastete nach meiner Stirn und ein Arm umfasste meine Hüften, um mich langsam aufzurichten.

»Hey, sieh mich an!«

Ich hob den Kopf und sah, wie Annies Kehlkopf einen Sprung machte. Ich spürte nichts, doch ich wusste, dass meine Augen loderten.

»Geh!«, rief ich. Keuchend befreite ich mich aus ihrer Umklammerung. »Verschwinde von hier! Ich kann es nicht mehr halten!«

»Zusammen, erinnerst du dich?!« Annie brüllte, um gegen den Wind anzukommen.

Stammte all das von mir?

»Wir stehen das zusammen durch!«

»Ihr müsst beide von hier verschwinden, sofort!«, schrie ich.

»Ich hole dir dein Geld, okay?«, rief Annie dem Mann zu, ohne den Blick von mir abzuwenden. »Aber zuerst muss ich sie von hier wegbringen!«

Der Mann schnaubte. »Netter Versuch. Du hast zehn Sekunden, um dich in Bewegung zu setzen. Zehn …!«

Ich bezweifelte nicht, dass er schießen würde. Vielleicht war das sogar der einzige Weg, Annie zum Gehen zu bewegen.

Annie wandte sich an den Mann. »Du musst dich in Sicherheit bringen, solange du noch kannst. Merkst du den Wind? Hier wird es gleich um einiges schlimmer werden!«

»Fünf …!«

»Annie, lauf!«, schrie ich und sprang vor ihren Körper, als sie sich tatsächlich in Bewegung setzte.

Ich versuchte nicht, die zügellose Energie, die von der Waffe freigesetzt wurde, zu kontrollieren. Feuer existierte nicht, um eingesperrt zu werden. Die Pistole in der Hand des Mannes zersprang, löste sich auf, in eine glühende Wolke aus Metall und Feuer. In Annies weit aufgerissenen Augen spiegelten sich die Flammen, fraßen sich über die Kleidung des Mannes und durch seinen Bart. Er schrie, als er brannte.

Sein Schrei erfüllte die Nacht und drang durch jeden meiner Knochen. Angefacht vom Wind und der ungebremsten Energie gingen die Flammen auf die Heide über. Sie unterlagen nicht mehr meiner Macht. Ich konnte nur zur Seite springen, in den Steinkreis hinein. Das Feuer fraß sich von Megalith zu Megalith, bis der gesamte Steinkreis einen Ring aus Feuer bildete. Ich war eingeschlossen! Panik, heiß wie die Luft um mich herum, schoss in mir hoch.

»Feli!« Annies gellender Schrei ging im Knistern des Infernos unter. Ich sah sie nicht.

Für mich gab es nur noch einen Ausweg, um dem Feuer zu entkommen. Mit geschlossenen Augen stürzte ich auf die Mitte des Kreises zu.

Kapitel 7

Amanda

Amanda schüttelte ihre Hand, um das Kribbeln zu vertreiben. Das war ihr Los, doch sie nahm es gern in Kauf, wenn sie damit am Leben sein durfte. Die gelegentlichen Taubheitsgefühle würden sie begleiten, sie musste sich daran gewöhnen. Anfangs war es besonders hart gewesen. Sie musste neu lernen, ihre Finger zu bewegen, üben mit der anderen Hand die Waffe zu bedienen und zu schreiben. Amanda war froh über jede Herausforderung, die dazu beitrug, ihren normalen Alltag wiederherzustellen und ihr ermöglichte, weiterhin ihrem Beruf nachzugehen.

Langsam fuhr sie das Auto auf den geschotterten Parkplatz. Sie wusste nicht, warum sie heute zum zweiten Mal diesen Ort aufsuchte. Vielleicht, weil ihr Bauchgefühl irgendwas an der Sache komisch fand. Jeder Mensch hätte sich nach Feierabend mit einem Eis auf die Couch gelegt. Die Luft fühlte sich an, als wollte sie Amanda zurück in das Auto drücken. Schweißperlen bildeten sich auf ihrer Stirn, kaum dass sie aus dem Wagen stieg.

Der Fall hatte sich als Wildriss entpuppt. Die Kollegen vermuteten den Wolf, der in den Waldgebieten des Harzlandes gesichtet worden war. Ärgerlich für den Bauern, doch keine weiteren Maßnahmen wert, sollte das Tier in den nächsten Tagen nicht mehr Tiere reißen.

Vielleicht war es die Nähe des Ringheiligtums, warum Amanda trotz allem ihre Zweifel an dem Fall hatte. Vielleicht lag es auch daran, dass der Wolf nichts von seiner Beute mitgenommen hatte und die Schafe jämmerlich verblutet waren. Ein Wolf tötete, um zu fressen und geriet nicht in einen Blutrausch wie ein Fuchs. Und ein Fuchs tötete keine Schafe.

Amanda blieb neben dem Elektrozaun stehen und starrte auf das Ringheiligtum.

Vielleicht war der Wolf gar nicht der Grund, warum sie diesen Ort heute zum zweiten Mal aufsuchte. Feli hatte sich seit zwei Tagen nicht gemeldet. Amanda versuchte, das nagende Gefühl in ihrem Bauch zu beruhigen. Sie wollten sich noch Glasgow anschauen. Bisher hatte Feli jeden Tag kleine Nachrichten geschrieben oder Bilder geschickt. Anfangs hatte sie heimlich gewettet, wo sie als nächstes hinfahren würden und ihre Route verfolgt.

Inzwischen mussten sie bereits auf der Rückreise sein. Am Montag ging die Schule wieder los.

Vielleicht hatte sie schlicht vergessen zu schreiben, oder sie durchkreuzten gerade eine Gegend mit wenig Internet. Vielleicht war ihr Handy auch runtergefallen und kaputt gegangen. Es gab viele Gründe, warum ein Mensch nicht schrieb. Keiner davon musste einen schlimmen Hinter-grund haben. Amanda nahm einen tiefen Atemzug und schüttelte den Gedanken ab. Andernfalls machte sie heute Nacht wieder kein Auge zu.

Sie betrachtete die finsteren Pfosten des Ringheiligtums, die sich jetzt im Dunkeln kaum vom Nachthimmel abhoben. Viele Stunden hatte sie in ihrem Leben bereits hier gesessen und nachgedacht. Nach Felis Veränderung, nach Noahs Tod, Felis Autounfall … Die Liste wuchs stetig. Mit jedem Jahr kamen neue Gründe dazu. Vielleicht brachte Feli endlich Antworten von ihrem Gespräch mit Professor Shaw mit. Ein normales, ereignisloses Leben war naives Wunschdenken, doch Amanda würde sich mit einer simplen Antwort auf die Frage »Warum?« vollkommen zufriedengeben.

Unter der Aussichtsplattform hörte sie ein Rascheln. Amanda drehte sich um. Der Schein ihrer Taschenlampe ließ nichts zum Vorschien kommen. Schulterzuckend wandte sie sich ab. Auf diesen Feldern wimmelte es in der Nacht von Mäusen, Hasen und anderen Tieren.

Sie marschierte durch einen der beiden Eingänge des Ringheiligtums und warf den Blick zum Himmel hinauf. Die Archäologen hatten großartige Arbeit geleistet, diesen Ort anhand von Funden und Spekulationen wieder aufzubauen. Allein orientiert am Lauf der Sonne bot sich einem heute möglicherweise dasselbe Bild zwischen den aufgerichteten Baumstämmen wie vor tausenden Jahren. Die Touristen von gestern Abend und heute Morgen, die den Sonnenaufgang des ersten Augusts beobachten wollten, waren nun verflogen. Heute Nacht gehörte dieser Ort einzig Amanda und ihren vielen »Warums«, die sie stumm in den Himmel richtete.

Erneut raschelte es hinter ihr. Amanda lauschte angestrengt. Ihr Herzschlag beschleunigte sich. Sie hoffte, nicht gleich in die bernsteinfarbenen Augen eines Wolfes zu schauen. War das ein Schmatzen? Deutlich drang das Geräusch aus der Richtung der Aussichtsplattform zu ihr herüber. Stirnrunzelnd drehte sie sich um und verließ das Ringheiligtum. Es wäre nicht das erste Mal, dass sie eine Gruppe von Jugendlichen mit Drogen hier erwischte. Sie hatte sich ihren Feierabend anders vorgestellt, aber wenn sie eine Gruppe Minderjähriger auf die Wache bringen musste, würde sie das tun.

Der Schein der Taschenlampe erhellte die Plattform. »Hallo?«, rief Amanda. Zaghaft warf sie einen Blick auf den Eingang der Treppe, die zur Plattform hinaufführte, und sprang einen Satz zurück, als ein Paar gelber, reflektierender Augen ihr entgegenstarrte. Im nächsten Moment realisierte sie, dass dieses Wesen auf zwei Beinen lief. Ihr Blut rauschte ihr in den Ohren. Kein menschliches Auge reflektierte auf diese Weise den Schein von Licht. Amanda zog ihre Pistole und richtete sie auf das Wesen. Die Augen funkelten ihr unter den Holzbrettern entgegen.

»Komm raus!«

Sie wusste nicht, ob das Wesen sie verstehen, geschweige denn sprechen konnte.

Aus der Dunkelheit drang ein Schaben, wie von Krallen, die über Holz kratzten. Eine kleine, gedrungene Gestalt trat ins Freie. Sie reichte Amanda geradeso bis zur Hüfte. Amanda blinzelte verwirrt. Ihr Herz pochte weiter laut.

Das Wesen besaß Ähnlichkeiten mit dem hässlichen Gartenzwerg von Frau Hölzer. Selbst die große rote Kappe stimmte mit der Plastikfigur überein. Aus den tellerähnlichen Ohren sprießte jeweils ein Büschel weißer Haare. Unter den großen Augen thronte eine viel zu breite, knollige Nase. Das Wesen verzog die Mundwinkel zu einem schiefen Lächeln und entblößte seine rasiermesserscharfen Zähne. Zähne, die zweifellos einen Schafsbauch aufschlitzen konnten.

»Was glotzt du so?«

Amanda zuckte unter der rauen Stimme des Wesens zusammen. Sie hatte überhaupt keine Worte erwartet, geschweige denn Deutsch.

Um das Kribbeln zu vertreiben, schüttelte sie den Arm und nahm die Waffe in nur eine Hand. Verdammte Nerven!

»Du bist keine Fee!«, stellte sie fest. Lughnasad war keine vierundzwanzig Stunden her. Ob Noah den Namen dieser Kreatur gekannt hätte?

Das Wesen blinzelte langsam und neigte den Kopf zur Seite. »Ich finde mich persönlich viel schöner als diese langbeinigen Hirsche!« Es befeuchtete seine dünnen Lippen. »Und du bist ein Mensch. Das bedeutet, ich habe es tatsächlich auf die andere Seite geschafft. Du bist zwar nicht mehr jung, aber zarter als diese beiden alten Schafe, nehme ich an.«

Amanda trat einen Schritt zurück.

»Ach, stell dich nicht so an. Ich brauche nur ein wenig Blut für meine Mütze!«, knurrte es.

Es schien keine Angst vor der Pistole zu haben. Ein Mensch hätte inzwischen wenigstens einmal mit den Augen gezuckt. Entweder wusste es nicht, was ein guter Schuss anrichten konnte oder es war unverwundbar.

»Wie bist du hierhergekommen?«

»Habt ihr Menschen die frohe Botschaft nicht gehört?« Das Wesen grinste hämisch. »Irgendwelche Sidhe haben irgendwo in Alba einen lebendigen Wechselbalg gefunden. Die Brücke wird wieder geöffnet!«

Amanda verstand nur die Hälfte von dem, was die Kreatur sagte. Sie drückte den Abzug, bevor es einen weiteren Schritt in ihre Richtung machen konnte. Die Kugel traf es in den Arm. Mit schmerzverzerrtem Gesicht presste die Kreatur eine Hand auf ihren Arm und wich einen Schritt zurück. Ein Blutrinnsal quoll zwischen seinen runzeligen Fingern hervor.

»Was ist das?«, krächzte es.

Bevor das Wesen seinen Schreck überwinden konnte, trat Amanda vor und haute ihm die Pistole auf den Hinterkopf. Das Licht in den Augen der Kreatur erstarb. Es fiel zu Boden und seine Mütze landete vor Amandas Schuhen im Staub.

»Ich weiß nicht, was du bist, aber was blutet, kann sterben«, sagte Amanda. Sie stieß die Mütze mit einem Fuß an und verzog das Gesicht. »Was zum …«

Ein warmer, metallischer Geruch stieg von dem Stück Stoff auf. Amanda unterdrückte ein Würgen. Die Mütze war komplett in Blut getränkt und glänzte feucht im Schein der Taschenlampe.

Sie packte das Wesen am Kragen seiner schmutzigen Jacke. Es wog etwa so viel wie ein siebenjähriges Kind.

Ich werde heute noch lange keinen Feierabend finden, dachte sie grimmig, als sie die Kreatur zu ihrem Auto schleifte.

Kapitel 8

Annie

Annie sah die blauen Lichter, doch sie hörte die Sirenen nicht. Ihr Verstand fand kein Wort für die Menschen, die aufgeregt um sie herumliefen. Auf ihrer Haut spürte sie Hände und Gegenstände. Es hätte sie nicht weniger kümmern können.

Als die Flammen im Steinkreis langsam unter den Wasserfontänen schrumpften, fühlte sich ihr Blut trotz der sengenden Hitze an, wie durch Eiskristalle getauscht.

Wo war Feli?

Dumpfe Stimmen drangen an ihr Ohr. Jemand zählte bis drei. Ein Ruck ging durch ihren Körper und sie schwebte. Sie musste auf der Wiese gesessen haben. Sanitäter, das war das Wort!

Annie konnte sich nicht erinnern, wann die Kraft in ihren Beinen sie verlassen hatte. Eigentlich sollte sie inzwischen weit weg sein, denn diese Menschen würden Fragen stellen. Doch die Muskeln in ihrem Körper schrien vor Erschöpfung. Ihre Augen fielen zu und sie ließ sich vom Schlaf davontragen.

Annie erwachte in einem Krankenhausbett. Durch das Fenster drang das helle Licht des Morgens. Ein Rascheln von der Tür ließ Annie den Kopf drehen. Herein kam eine Pflegerin und schenkte ihr ein Lächeln. Braune Ringellocken fielen auf ihre Schultern. »Blary« las Annie auf dem Namensschild.

»Wie geht es Ihnen?«, fragte die Pflegerin freundlich.

»Welches Krankenhaus ist das?« Annie blinzelte beim Klang ihrer heiseren Stimme. Ihre Kehle fühlte sich an, als hätte auch dort ein Feuer gewütet.

»Balfour Hospital in Kirkwall«, antwortete die Krankenschwester. »Sie wurden orientierungslos und nicht ansprechbar in der Nähe des Ring of Brodgar gefunden. Sie hatten großes Glück, dass das Feuer sie nicht verletzt hat«, erzählte die Pflegerin in einem ruhigen und neutralen Ton, als würde sie eine Seite auf Wikipedia zusammenfassen.

Annie rieb sich die Stirn, um die Kopfschmerzen dahinter zu vertreiben.

»Welchen Tag haben wir heute?«

»Den Morgen des ersten Augusts. Ich sage den Ärzten Bescheid, dass Sie aufgewacht sind.«

Als die Krankenschwester die Tür hinter sich schloss, zuckte Annie zusammen. Flammen schossen vor ihrem inneren Auge in die Höhe. Eine Gestalt stand inmitten des Infernos, dunkel vor dem Hintergrund der Flammen. Mehrmals hörte sie ihre eigene Stimme Felis Namen schreien. Der Schatten brannte.

Mit einer Ärztin kam die Pflegerin zurück in das Zimmer.

Die Ärztin überreichte der Pflegerin eine Akte und kam zu ihr ans Bett. Sie nannte ihren Namen, doch Annie merkte sich den nicht. »Ihr Name ist Annie Winnecker?«, fragte sie höflich.

Annie beantwortete ihre Fragen, ob sie Schmerzen habe, ob sie irgendwelche körperlichen Auffälligkeiten feststellte, und ließ sich untersuchen. Bis auf einige Schrammen, die man bereits desinfiziert hatte und dutzend blaue Flecken von nächtlichen Toilettengängen im Bulli, die bereits verblassten, besaß sie keine Verletzungen.

Die Diagnose hieß mit dem Schock davongekommen.

»Können Sie mir sagen, wo ich Felicia Schwarz finde? Sie muss mit mir ins Krankenhaus gekommen sein. In welchem Zimmer liegt sie?«

Und können Sie mir auch sagen, wie schwer sie verletzt ist, ob sie überhaupt … Annie schluckte schwer. Sie brachte den Gedanken nicht zu Ende. Felicia ging es sicher gut. Es musste so sein!

Die Ärztin schüttelte den Kopf. »Tut mir leid. Sie sind die Einzige, die letzte Nacht eingeliefert wurde.«

Annie spürte die Hitze der Flammen auf ihrer Haut. Vor ihren Augen tanzten erneut die meterhohen Feuersäulen. Sie sah, wie die roten Haare der schwarzen Gestalt in der Mitte des Steinkreises Feuer fingen. Die Gestalt wirkte wie eine todbringende Feuergöttin, oder ein Phönix, der wiederauferstand.

»Ich ergänze nur einige Informationen. Möchten Sie etwas trinken?«

Die freundliche Stimme der Ärztin holte sie zurück in die Realität. Annie blinzelte mit klopfendem Herzen die Erinnerung weg und nickte. Ihr Magen knurrte laut.

»Sie kommen aus Deutschland? Aus Magdeburg?«

Annie nickte erneut. Sie trank das Wasser in wenigen Zügen leer.

Fleißig kritzelte die Pflegerin in ihre Akte.

»Waren Sie auf Urlaubsreise oder beruflich auf Orkney?«

»Urlaub.«

»Wie lange planten Sie ihren Aufenthalt?«, fragte die Ärztin.

»Ungefähr sechs Wochen.«

»Sie sind zwanzig Jahre alt?«

Annie murmelte etwas Zustimmendes.

»Sollen wir Familie oder Bekannte in Deutschland informieren?«

»Meine Mutter und meinen Bruder.«

»Haben Sie die Telefonnummern?«

»Ja, in meinem Handy.«

Ihre Lederjacke hing auf dem Stuhl gegenüber des Krankenhausbettes. Ihr Geldbeutel und ihr Handy lagen auf dem Tisch neben dem Bett, ordentlich übereinandergestapelt vor der Schachtel mit den restlichen Zigaretten. Der Rest ihres Rucksackes war spurlos verschwunden. Auch von der Pistole fehlte jede Spur. Annie sackte das Herz in die Knie. Sie konnte nur hoffen, dass sie die Waffe bei dem Steinkreis verloren hatte und die Ärzte sie nicht aus ihrer Hose geholt hatten.

Die Pflegerin reichte ihr das Handy.

Es machte keinen Sinn, dem Krankenhaus die Telefonnummern zu nennen. Ihre Familie würde es nicht kümmern. Welche Mutter war scharf darauf, ihre Tochter irgendwo in Schottland aufzu-sammeln, mit der sie sich im Streit trennte und die sich dann über einen Monat nicht meldete?

Doch wenn sie die fürs Protokoll haben wollten, sollten sie die bekommen.

Die Pflegerin notierte die Handynummern.

»Wie lange werde ich hierbleiben müssen?«, fragte Annie vorsichtig. Ein Teil von ihr fürchtete sich vor der Antwort, obwohl die Ärztin gesagt hatte, dass alles in Ordnung war. Je eher sie hier rauskam, desto eher konnte sie nach Feli suchen.

Eine tiefe Falte bildete sich auf der Stirn der Ärztin. »Nach Ihrem körperlichen Zustand könnten Sie entlassen werden. Wir möchten Sie aber gern noch über Nacht hier behalten, zur Beobachtung. Ruhen Sie sich aus. Das Essen wird gleich gebracht. Ich sehe heute Nachmittag nochmal nach Ihnen.«

Mit einem letzten freundlichen Lächeln verabschiedete sie sich und ging mit der Pflegerin zur Tür. Annie nahm dumpf wahr, wie die beiden das Zimmer verließen.

Sie nahm ihr Handy und öffnete Felis Chat. Die letzte Nachricht stammte von vor drei Tagen. Eine Einkaufsliste. Das Profilbild zeigte sie strahlend zwischen zwei grünen Bergen der Highlands. Es war keine zwei Wochen alt.

Annie wählte die Nummer. Die freundliche Stimme am anderen Ende der Leitung teilte ihr mit, dass der Gesprächspartner zurzeit leider nicht erreichbar ist.

Langsam ließ Annie ihr Handy sinken. Ein tiefes, dunkles Loch begann, sich in ihrem Bauch auszubreiten. Befand sich Feli in einem anderen Krankenhaus? War sie zu schwer verletzt, um zu antworten? Dann hätte man sie bestimmt aufs Festland gebracht. Vielleicht war ihr Handy auch in den Flammen kaputtgegangen.

Feli konnte die Elemente kontrollieren. Sie sollte davon nicht sterben. Trotzdem nistete sich der nagende Gedanke in ihr Gehirn wie die Eier eines Parasiten. Die Kerze auf der Fensterbank in Shaws Haus hatte Feli auch nicht kontrollieren können. Hätte sie das Feuer unter Kontrolle gehabt, hätte es nicht in diesem Inferno geendet. Kein Mensch konnte es überleben, inmitten von lodernden Feuerzungen zu stehen. Doch Feli war kein Mensch.

Vielleicht war die Krankenschwester nicht auf dem neuesten Stand. Vielleicht war Feli verletzt und orientierungslos über die Insel geflohen und man hatte sie erst am Morgen gefunden. Vielleicht konnte man ihr an der Information mehr sagen.

Annie schwang sich aus dem Bett und ignorierte das Pochen in ihrem Schädel. Mit zittrigen Beinen schwankte sie zur Tür.

Sie öffnete die Tür und ein muskulöser Arm blockierte auf Höhe ihrer Brust den Ausgang.

»Und wo möchten Sie hin?« Ein bedrohlicher Ton schwang in der ruhigen Stimme des Polizisten mit. Annie musterte den uniformierten Mann. In der Hand hielt er eine Lunchtüte, die darauf deutete, dass er bereits mehrere Stunden vor ihrer Tür saß und noch eine Weile dort sitzen würde.

»Zur Information«, antwortete Annie stirnrunzelnd und schob ein Bein aus der Tür hinaus.

Der Polizist stellte sich in einer schnellen Bewegung vor sie. »Tut mir leid. Sie dürfen das Zimmer nicht verlassen. Wenn Sie etwas benötigen, kann ich gerne jemanden kommen lassen.«

Ihm vor das Schienbein zu treten, war Annies erster Instinkt. Ihr zweiter Instinkt verlangte ihn zu fragen, ob er sich an der Tür verirrt hat. Stattdessen starrte sie ihm blinzelnd ins Gesicht.

»Bitte gehen Sie zurück auf das Zimmer.« Das war keine Bitte. Entweder ging sie zurück auf das Zimmer oder man sorgte dafür, dass sie ging, und zwar mit gebundenen Händen. Annie musterte den muskelbepackten Schrank und entschied, dass eine Weigerung nicht intelligent wäre. Langsam ging sie rückwärts zurück in das Zimmer. Ihr Herz hämmerte in ihrer Brust, als die Tür sich hinter ihr schloss.

Was ging hier vor?

Warum stand ein Polizist vor ihrer Tür?

Warum hielt man sie in diesem Zimmer fest?

Wo war Feli?

Annie presste die Lippen aufeinander und kämpfte gegen den immer größer werdenden Kloß in ihrem Hals. Warum wurde sie bewacht wie eine Verbrecherin?

Ihr Blick blieb an der Zeitung auf dem Tisch liegen.

Ein riesiges Bild des Ring of Brodgar sprang ihr entgegen. In fetten schwarzen Buchstaben prangte darunter die Überschrift: *Schauriges Inferno am Steinkreis.*

Annie setzte sich auf das Bett, während sie den Artikel las. Die Leiche eines Mannes war in der Nacht am Ring of

Brodgar gefunden worden. Komplett verkokelt wie ein flambierter Drehspieß. Der Schrei des Mannes hallte in ihren Ohren wider, und sie schloss die Augen. Sie sah die Flammen seine Haut zerfressen und schlug schnell die Augen wieder auf. Ob es sich um einen Unfall oder Mord handelte, ist noch unklar, las sie weiter. Die Polizei hatte bereits eine Verdächtige festgenommen. Eine junge Frau aus Deutschland, die gerade im Krankenhaus war.

Annie schluckte schwer. Kalte Klauen griffen nach ihrem Herzen, während sie die Worte las. Kein Wort über Feli. Kein Wort über eine dritte Person oder einer weiteren Leiche. Sie wusste nicht, was von beidem ihr mehr Angst machte. Die Frage, ob sie in den Flammen umgekommen war, oder dass es so wirkte, als hätte es sie nie gegeben.

Die Tür öffnete sich und sie lies die Zeitung sinken. Mit einem Tablett kam die Pflegerin herein.

»Bin ich die Verdächtige?«

Die Pflegerin musterte sie und stellte das Tablett mit Essen auf den Tisch. »Ich habe Ihnen etwas Toast mitgebracht.«

»Glauben Sie, dass ich es war? Glauben Sie an Mord?« Annie deutete auf den Zeitungsartikel.

Die Pflegerin zögerte.

»Diese Frage kann ich Ihnen nicht beantworten.«

»Es ist eine einfache Frage.« Annies Stimme brach.

»Und es ist keine einfache Antwort. Das wird die Polizei entscheiden.« Sie verschwand durch die Tür und ließ Annie mit ihrem Essen allein.

Ihr war nicht nach Essen zu Mute, obwohl ihr Magen sich anfühlte wie ein riesiges Loch.

Man hielt sie in Kirkwall in einem Krankenhaus fest.

Sie war die Hauptverdächtige in einem Mordfall.

Von Feli fehlte jede Spur.

Sie war unschuldig!

Die Einzige, die dieses Missverständnis aufklären konnte, war wie vom Erdboden verschluckt.

Was war mit Feli geschehen?

Kapitel 9

Annie

Die Polizei kam am nächsten Tag. Als das kalte Eisen der Handschellen sich um Annies Gelenke schloss, zuckte sie zusammen. Ihre Gedanken rasten. Egal, welche Szenarios sie in ihrem Kopf durchspielte, es gab kein logisches Entkommen aus dieser Situation. Sie durfte den Beamten auf keinen Fall von Feli erzählen. Sollte Feli noch irgendwo auf der Insel sein, war sie ihre einzige Chance. Sofort spielte sich in ihrem Kopf das Bild ab, wie Feli in die Polizeistation einbrach. Die hollywoodreife Vorstellung zerbrach, als einer der Beamten sie am Arm fasste und aus dem Zimmer führte.

Am Haupteingang wartete bereits ein Polizeiwagen auf sie. Die Türen des Autos schlossen sich. Annie schaute aus dem Fenster auf das Krankenhaus, und darüber hinaus zum Horizont, während der Wagen vom Parkplatz rollte. Sie klammerte sich an die Hoffnung, dass Feli irgendwo dort draußen war und versteckt die Szene beobachtete. Vielleicht hatte sie den richtigen Moment noch nicht gefunden. Sie musste einfach kommen! Diese Geschichte musste irgendwie positiv ausgehen. Alles andere, außer diese Hoffnung, sorgte dafür, dass die Wände des Autos immer näher rückten und der Anschnallgurt sie erwürgen wollte.

»Wo ist mein VW-Bus?«, fragte sie. Ihre Stimme klang hohl.

»Wir haben das Auto als Beweisstück in die Ermittlungen aufgenommen«, antwortete einer der Polizisten knapp.

Das ist kein Auto, hätte Annie fast zurückgezischt, doch sie biss sich auf die Lippen.

Vor der Polizeistation hielt der Wagen. Ein weißes einstöckiges Haus, nicht größer als ein Einfamilienhaus. Die helle Fassade mit dutzenden Fenstern wirkte modern und einfach. Sie hätte nichts dagegen einzuwenden, die Nächte in Betsys hartem Bett zu verbringen, doch der VW-Bus wurde im Moment durchleuchtet. Felis riesiger Stapel ungewaschener Socken war das einzig Kriminelle, das sie darin finden würden.

Wo sie dabei sind, können sie auch gleich die Fenster putzen und den Motor überprüfen lassen. Ich möchte in spätestens vier Tagen in Deutschland sein.

Es war eine dumme Hoffnung, an die sich ihr Verstand klammerte. Sie rieb den Stein ihrer Kette zwischen den Fingern, als sie hinter dem getönten Glas des Polizeiwagens in die Augen mehrerer Reporter starrte, die sich vor dem Eingang der Polizeistation sammelten. Langsam beschlich Annie die Ahnung, dass sie Deutschland für eine lange Zeit nicht sehen würde.

»Wenn Sie gleich aus dem Wagen steigen, bleiben Sie am besten nicht stehen. Gehen Sie direkt rein. Man wird Ihnen

Fragen stellen und Kommentare zurufen. Alles, was sie antworten, kann in den Medien gegen Sie verwendet werden.« Die Polizistin neben ihr gab ihr sogar einen Ordner, den sie sich vor das Gesicht halten konnte. Die alte Annie wäre ausgestiegen und hätte mit einem breiten Lächeln die Fragen der Reporter beantwortet. Die alte Annie hätte auch nie geglaubt, dass sich diese Fragen einmal um einen Mord drehen würden.

Der neuen Annie war die Aufmerksamkeit zu viel. Ihr Puls raste. Kalter Schweiß stand ihr auf der Stirn. Selbst in der BBC heute Morgen war der Name des Ring of Brodgars gefallen.

»Bereit?« Erwartungsvoll schaute die Polizistin sie an.

Nein, dachte Annie.

Am liebsten hätte sie sich hinter einem großen Bein versteckt, wie ein kleines Kind. Sie presste die Kiefer aufeinander. Keine Träne würde die Außenwelt von ihr sehen. Keine Emotionen. Nur einen schwarzen Ordner.

Sie war unschuldig. Sie brauchte nichts zu fürchten.

Annie nickte und öffnete die Tür.

Sofort kam Bewegung in die Reporter. Einer Welle gleich strömten sie mit Mikrofonen und gezückten Kugelschreibern auf den Wagen zu.

Als wäre er ihr Anker im Sturm, presste Annie sich den Ordner vor das Gesicht. Mit schnellen Schritten bewegte sie sich durch die Menschen auf den Haupteingang der Polizeistation zu. Den Blick auf ihre Schnürsenkel gerichtet. Sie zählte die Anzahl der Pflastersteine auf dem Weg.

»Was haben Sie an dem Steinkreis gemacht?«

»Handelte es sich um eine Art Ritual?«

»In welcher Beziehung stehen Sie zu dem Toten?«

Nicht die Fragen schnürten Annies Hals enger, sondern die Art, wie sie gestellt wurden. Vorwurfsvoll und verurteilend. Versessen darauf, einen Kommentar aus ihrem Mund zu locken und daraus eine Schlagzeile zu machen.

Der Haupteingang schloss sich hinter ihr und hüllte sie in kirchenähnliche Stille. Annie nahm den Ordner vom Gesicht und atmete zitternd aus.

Bis zu einem kleinen Zimmer begleiteten sie die Polizisten, in dem sie die nächsten vierundzwanzig Stunden in Untersuchungshaft verbringen sollte, bis man sich darauf geeinigt hatte, was man mit ihr anfing. Stöhnend ließ sie sich auf das kleine Bett fallen. Mit der Toilette in der anderen Ecke waren das die einzigen Möbelstücke in dem kleinen Raum. Annie brauchte auch nicht mehr.

Sie atmete erleichtert aus, als sie ihren Koffer neben dem Bett entdeckte. Ihr Koffer, gefüllt mit sauberer Kleidung, frischer Unterwäsche, einer Zahnbürste und Binden. Annie hatte schon angenommen, in den nächsten Tagen Klopapierrollen vollbluten zu müssen. Wie eine Katze rollte sie sich auf dem Bett zusammen, die Hände unter dem schmalen Kopfkissen vergraben. Die Erleichterung ging in ein Schluchzen über, begleitet von den aufgeregten Stimmen der Reporter, die durch das geöffnete Fenster zu ihr heraufdrangen.

Am nächsten Tag versuchte Annie auf dem harten Bürostuhl eine Sitzposition zu finden, bei der sich kein kaltes Eisen in ihre Oberschenkel bohrte. Die beiden Bürostühle auf der anderen Seite des Tisches waren stumme Vorboten für das, was sie erwartete. Durch das geöffnete Fenster drang die Nachmittagssonne in den Raum. Links neben dem Schreibtisch stand ein grauer Schrank, vor dem ein Schloss hing. Auf der weißen Arbeitsfläche des Schreibtischs lag ein einzelner Bleistift, als hätte ihn jemand dort vergessen.

Das erste Mal hatte sie mit fünfzehn in einem Polizeibüro gesessen, weil sie eine Kette in einem Schmuckgeschäft mitgehen gelassen hatte. Ihre Mutter hatte dem Händler die zweihundert Euro bezahlt. Das zweite Mal mit sechzehn wegen einer Brieftasche. Freilassung aufgrund fehlender Beweise.

Mit siebzehn hatte sie aufgehört, Dinge spontan mitgehen zu lassen. Die Strafen, die drohten, waren den Adrenalinkick nicht wert, und so »cool«, wie sie ihre diebischen Ausflüge einst empfunden hatte, waren diese lange nicht mehr. Dieses Büro unterschied sich nicht sonderlich von denen in Deutschland, stellte Annie neugierig fest. Vielleicht folgten alle Polizeibüros einer Art Norm. Weiße Wände, helle Fensterfronten, ein Schreibtisch in der Mitte …

Ihr Bein wippte unkontrolliert auf und ab. Das Bedürfnis flammte in ihr auf, noch eine Zigarette zu nehmen, obwohl sie draußen erst eine geraucht hatte. Das würde ihre Nerven beruhigen. Niemand hatte sich nach ihrem Wohlbefinden in der Zwischenzeit erkundigt. Sie erwartete nichts anderes von ihrer Mutter. Sie war noch nicht einmal mehr enttäuscht.

Doch Feli ... Warum hatte sie immer noch nichts von ihr gehört? Feli drückte sich gern vor Verantwortung. Trotzdem würde sie sie in dieser Situation nicht im Stich lassen.

Es sei denn, sie war ...

Annie schüttelte den Kopf. Wenn sie tot wäre, hätte man einen zweiten Körper gefunden oder menschliche Überreste. Bei dem Gedanken Feli blass und leblos vor sich liegen zu sehen, oder schlimmer, was von ihr übrig war, erbleichte sie.

Sie spielte mit ihrer Kette und lauschte den Bürogeräuschen, die aus dem Flur drangen, um sich abzulenken. Gedämpfte Stimmen, das Brummen eines Druckers, das Klingeln von Telefonen. Ließen die Beamten sie absichtlich hängen und warteten vor ihrer Tür? Ließ man sie rösten wie ein Dönerspieß, bis sie schön mürbe war?

Feli hätte es herausfinden können. Jeden Einzelnen von ihnen hätte sie von den Haarwurzeln bis zu den Fußnägeln analysieren können.

Die Tür zum Büro öffnete sich und zwei Gestalten kamen herein.

»Guten Tag, Ms. Winnecker. Mein Name ist Moore und das ist mein Kollege Lowe. Wir möchten Ihnen heute ein paar Fragen zum Vorfall am Ring of Brodgar stellen.« Die Frau begrüßte sie in dem Akzent der Highlands. Der Mann dagegen sprach deutlich in einem britischen Akzent. Die Polizistin trug ihre blonden Haare zu einem Dutt gebunden, und Annies Herz rutschte ein zweites Mal in die Hose, als sie an Amanda dachte.

Was zum Geier sollte sie ihr erzählen? Wie sollte sie ihr das Verschwinden ihrer Tochter beibringen?

Amanda würde sie lebendig häuten!

Feli durfte nicht tot sein. Vermutlich irrte sie bloß auf den Orkney Inseln herum und suchte nach Netz. Bald musste sie einen Hafen oder ein Dorf erreicht haben. Dann würde sie anrufen. Vielleicht wurde sie auch irgendwo von den Sidhe festgehalten. Bei dem Gedanken, was die Feen mit ihr anstellen könnten, während sie hier festsaß, drehte sich Annie der Magen um.

Die beiden Polizisten schoben die Schreibtischstühle zur Seite und setzten sich. Räuspernd legte der Mann eine Akte auf den Tisch. »Ihr Name lautet Annie Winnecker?«

Annie nickte.

»Sie sind ledig, deutsche Staatsbürgerin und Schülerin?«

Erneut nickte Annie.

»Sie sind Zeugin in der Ermittlung der Todesursache von Mr. Atkinson, als auch Verdächtige eines Mordes, Beihilfe zum Mord oder unterlassene Hilfeleistung«, sagte die Polizistin.

Annie nickte wieder. Zum ersten Mal hörte sie den Namen des Mannes, der vor zwei Nächten eine Pistole auf sie gehalten hatte. Seltsam, wie er plötzlich in ihrem Kopf als ein Mensch Gestalt annahm. Ein Mensch mit einer Geschichte, der jetzt tot war.

Es folgten die üblichen Floskeln über das Recht zu Schweigen und das Recht auf einen Anwalt. Sie hatte noch nicht einmal Ahnung vom deutschen Rechtssystem, geschweige denn vom britischen. Kein Anwalt würde ihre Geschichte glauben. Annie schwieg.

»In der Nacht vom einunddreißigsten Juli auf den ersten August erreichte uns ein Notruf von einem Feuer auf einem Feld in der Nähe von Stenness. Dort fand man Sie gemeinsam mit einem Brandopfer. Streiten Sie das ab?«

Der Mann schob Annie Bilder von einem entstellten Gesicht unter die Nase. Sie starrte darauf. Aus den Augenwinkeln sah sie, wie Moore sie beobachtete. Was für eine Reaktion erhofften sie sich? Annie empfand nichts außer Ekel, Betroffenheit und Entfremdung vor diesem Gesicht, das kaum noch als Mensch zu erkennen war.

»Erzählen Sie uns, was am 31. Juli vorgefallen ist?«

Das Herz schlug Annie bis zum Hals. »Ich hatte die Orkney Inseln dieses Jahr als Urlaub gebucht. An dem Tag wollte ich mir die beiden Steinkreise anschauen sowie die anderen historischen Sehenswürdigkeiten der Gegend. Es gibt schließlich eine Menge dort. Als ich zu meinem Camper zurückkehrte, wurde es bereits dunkel. Also entschied ich mich, auf dem Parkplatz zu schlafen und den Sonnenuntergang am Ring of Brodgar zu beobachten und den Abend zu genießen, wegen der besonderen Location. Ich hatte mich gerade entschieden, zurück zum Camper zu gehen, als dieser Irre eine Pistole auf mich richtete.«

Die Geschichte war nicht ausgereift, doch sie war alles, woran Annie in der Situation denken konnte.

Moore notierte sich etwas in ihre Akte. Annie musste alle Kraft aufwenden, um sich nicht nach vorne zu beugen und die Notizen zu lesen.

»Und das Feuer?«, fragte Lowe.

Annie zuckte mit den Schultern. »Es war auf einmal da. Es kam wie eine Explosion. Als hätte jemand das Gras vorher in Benzin getränkt.« Das war noch nicht einmal eine Lüge.

»Kannten Sie den Mann?«, fragte Moore.

»Ich habe ihn noch nie zuvor gesehen«, log Annie.

Lowe kramte erneut in seinem Aktenkoffer und zog ein Notizbuch hervor, eingeschlossen in einer durchsichtigen Hülle. Noahs Notizbuch. Diesmal konnte Annie sich ihre geschockte Reaktion nicht verkneifen. Am liebsten hätte sie dem Polizisten das Buch aus der Hand gerissen. Der Inhalt dieser Seiten ging ihn nichts an.

»Das hier hat man in Ihrem Bus gefunden. Der Inhalt grenzt an eine ziemlich verrückte Fantasiegeschichte. Beltane, Lughnasad …«, las er. »Das sieht in meinen Augen nach einer Art Ritual aus. Sie wären nicht die Erste …«

»Sie glauben, ich habe diesen Mann ermordet?«, fragte Annie mit hoher Stimme.

Weiter nach hinten setzen, erinnerte sie sich und lehnte sich mit dem Rücken an die Lehne. Wenn sie auf der Kante saß, machte sie das verdächtig. *Menschen, die unschuldig sind, setzen sich tief in den Stuhl, weil sie nichts zu befürchten haben.*

»Eine junge Erwachsene, die sich schwarz anzieht, welch Rarität. Die muss Satanistin sein!« Annie presste die Kiefer aufeinander, über ihre eigene unüberlegte Aussage. Das war nicht der beste Zeitpunkt, um der großen Klappe Raum zu geben.

»Vorsicht!«, meinte Lowe. Seine Augen verfinsterten sich.

»Ich habe Urlaub gemacht und wollte mir die Sehenswürdigkeiten der Gegend anschauen, als dieser Mann mich angriff«, erwiderte Annie ein zweites Mal. »Das ist alles!«

»In Ihrer Nähe hat man auch diese Pistole gefunden, mit Ihren Fingerabdrücken.« Moore legte die nachtschwarze 45er auf den Tisch.

Annie schloss die Augen. Ihr Herzschlag hörte sich plötzlich hohl an.

»Zusammen mit zwei Magazinen in Ihrem Camper. Haben Sie in Ihrem Urlaub gefährliche Zeiten erwartet?«

»Eine Frau in einem VW-Bus, allein auf Reisen, muss sich verteidigen können.« Zaghaft lächelte Annie.

Die Augenbrauen des Polizisten schossen in die Höhe. »Ohne Waffenschein?«

»Ich habe die Pistole von einem Freund bekommen. Er wollte nicht, dass ich ungeschützt allein durch die Highlands fahre. Aber es stimmt, einen Waffenschein habe ich nicht. Ich hatte auch nicht geplant, sie jemals zu benutzen«, entgegnete Annie. »Ich habe ihm gesagt, es sei illegal. Allerdings ist er eine sehr hartnäckige Person.«

»Können Sie mir den Namen Ihres Freundes nennen, damit wir Ihre Geschichte absichern und ihn gegebenenfalls bezüglich seines Verhaltens aufklären können?«, fragte Moore.

»Natürlich! Professor Lucas Shaw. Er unterrichtet an der Universität in Inverness.« Annie war bereits gespannt, was Shaw sich zu ihrer Geschichte einfallen ließ. Sollte er sie sitzen lassen, hatte sie nicht mehr zu verlieren als ohnehin schon. Für wenige Sekunden genoss Annie die glimmende Schadenfreude in ihrem Bauch, ihn in dem Fall zu involvieren.

»Wer ist Feli?«, fragte Lowe ohne Vorwarnung, und Annies Herz setzte zwei Schläge aus.

»Wer?«, hakte Annie mit rauer Stimme nach.

»Im Krankenhaus haben Sie nach einer Felicia Schwarz gefragt. In diesem Notizbuch lese ich mehrmals den Namen Feli. Der letzte Anruf von Ihrem Handy ging an einen Kontakt namens *Fee*. Ein Kosename für Felicia, nehme ich an?« Lowe betrachtete sie prüfend.

Du hast kein Recht, sie so zu nennen, wollte Annie schreien.

»Eine Freundin.« Sie räusperte sich. »In Deutschland.«

»Sie sind sicher, dass Feli Sie nicht begleitet hat? In Ihrem Bus fand man Beweise auf eine zweite Person«, entgegnete Moore.

»Sie … besuchte mich für zwei Wochen«, antwortete Annie.

»Hat Feli diesen Mann umgebracht?«, fragte die Polizistin.

Deutlich sah Annie ihre Augen vor sich, die glänzten wie Aluminium in der Sonne.

»Niemand hat ihn umgebracht. Der Mann hat mich angegriffen. Dann wurde er Opfer des Feuers, das er womöglich selbst vorbereitet hat.«

»Wo ist Feli jetzt?«, wollte Lowe wissen.

»Sagen Sie es mir! Ich habe sie seit dieser Nacht nicht gesehen.« Annie erkannte ihren Fehler und presste die Lippen zusammen. Ihr Herz klopfte ihr bis zum Hals.

Moore schrieb jedes ihrer Worte fleißig mit. Als sie den Stift zur Seite legte, räusperte ihr Kollege sich.

»Danke für Ihre Aussage, Ms. Winnecker. Leider haben die ersten Ergebnisse der Forensik keine Spuren von Benzin oder ähnlichen Substanzen vor Ort gefunden, die eine Vorbereitung des Feuers durch eine Person belegen könnten.«

»Sie glauben, dass ich lüge?« Ihre Empörung musste sie nicht spielen.

»Was die Anwesenheit einer dritten Person angeht, haben Sie zumindest gelogen«, entgegnete Lowe nüchtern. »Wir haben zwei mögliche Versionen der Geschichte, die zurzeit beide glaubhaft sind. Wenn wir Felicia nicht finden, sind Sie sowohl unsere einzige Zeugin als auch Tatverdächtige. Wir warten daher auf weitere Ergebnisse. Bis dahin müssen wir leider Ihre Personalien eingezogen lassen, damit Sie das Land nicht verlassen können. Wir können Sie nicht in der Polizeistation lassen, da unsere Zellen nicht für mehrere Tage ausgelegt sind, und die nächste Justizvollzugsanstalt befindet sich auf dem Festland. Daher werden wir Sie für den Übergang in einem Hotel unterbringen. Die Einzige, die Licht ins Dunkel bringen kann, ist Ihre Freundin Felicia. Wenn Sie irgendeine Idee haben, wo sie sich befinden könnte, wären wir dankbar für jeden Hinweis, damit wir ihr einige Fragen stellen können.« Ihre Worte klangen fast schon wie eine Bitte.

»Als Zeugin oder Verdächtige?«, fragte Annie.

»Sagen Sie es uns!« Lowe erhob sich vom Tisch.

Ein schreckliches, bitteres Lachen stieg in Annie auf. Die Polizistin runzelte die Stirn. Sie konnte nur lachen. Andernfalls würde sie weinen.

Sollte Feli hier aufkreuzen, wäre sie ebenfalls eine Verdächtige. Im schlimmsten Fall würden sie beide verurteilt werden.

Annie hatte Schwierigkeiten, den wachsenden Schrecken über diese Bedeutung niederzukämpfen. Aber Unfall oder nicht, in diesem Fall war Feli schuldig und die Einzige, die Annie helfen konnte.

»Ich glaube, ich hätte jetzt gerne einen Anwalt.«

Kapitel 10

Annie

Dinge, die man tun sollte, während gegen die eigene Person Ermittlungen laufen: eine anständige Bluse kaufen oder Schmutzwäsche waschen. Ihre Wahl bestand heute zwischen einem rückenfreien Oberteil oder einem grauen T-Shirt, auf dem in Brusthöhe in kleinen Buchstaben *Fuck off* stand. Sie entschied sich für das Kleidungsstück mit weniger subtiler Botschaft.

Seit ihrem ersten Verhör waren vier Tage vergangen, als man sie ein zweites Mal einlud. Annie wusste nicht, welche Fortschritte die Ermittlungen inzwischen gemacht hatten.

»Guten Tag, Ms. Winnecker!« Claire Morrison, die Anwältin, begrüßte sie vor dem Eingang der Wache. Wie bei ihren Treffen in den letzten Tagen trug sie auch heute einen schlichten Anzug.

»Wir haben heute einen anstrengenden Tag vor uns, aber ich bin mir sicher, dass wir Ihr Urteil auf jeden Fall mildern, wenn nicht sogar einen Freispruch erzielen können. Der Polizei fehlt es an Beweisen, um eine eindeutige Schuld feststellen zu können.« Sie lächelte freundlich.

Annie teilte ihre Zuversicht nicht. Der Fall hatte sich inzwischen in den Medien ausgebreitet. Teile davon waren bestimmt auch über die Grenzen Großbritanniens geschwappt. Ein surreales Gefühl. Unter allen Fantasien, die sie sich ausgemalt hatte, berühmt zu werden, war ein Mordfall nicht dabei gewesen.

»Heute finden hauptsächlich Zeugenbefragungen statt«, begann Claire auf dem Weg in die Wache.

Ruckartig blieb Annie stehen. »Welche Zeugen?« Sie konnte sich an niemanden beim Steinkreis erinnern.

»Es sind nicht direkte Zeugen der Tatnacht«, erklärte die Anwältin. »Hauptsächlich Menschen, mit denen Sie in den letzten Wochen zu tun hatten. Ich habe die Liste bekommen. Es ist wichtig, dass wir …«

»Folgen Sie mir bitte.« Wie eine Gewitterwolke eilte Moore auf sie zu, kaum dass sie die Wache betrat, und unterbrach Claires Satz.

Annie atmete tief durch. *Es dauert nicht lange, dachte sie. Vielleicht noch ein oder zwei Fragen.*

»Ms. Moore, ich wollte gerade mit meiner Mandantin …«, erwiderte die Anwältin.

»Wir haben nur einige wichtige Informationen für Ihre Mandantin. Es dauert nicht lange«, erwiderte die Polizistin bestimmt. Claire zögerte zunächst, nickte dann aber widerwillig.

Lowe wartete vor dem Tisch, als Annie in das Büro des Polizisten trat. Seine linke Hand ruhte auf einem Plastikbeutel. Winzige Stoffreste, etwa so groß wie zwei Daumenspitzen, befanden sich darin. Ihre himmelblaue Farbe war durch den Ruß kaum noch zu erkennen, doch Annie wusste auf Anhieb zu welcher Jacke sie einst gehört hatten. Sie fühlte sich, als schwebte sie über einem tiefen Abgrund und würde jeden Moment fallen.

»Diese Stoffreste gehören zu den Überresten einer Jacke, die in der Mitte des Ring of Brodgars gefunden wurde. Felicia stand nicht zufällig dort, als das Feuer ausbrach und trug eine hellblaue Strickjacke?«

Annie nickte monoton. Sie sah, wie die Ärmel der Jacke Feuer fingen, doch im Gegensatz zu dem Irren hatte Feli nicht geschrien. Hatte sie die Flammen überhaupt gespürt? Heißes Blut stieg ihr in die Wangen. Sie blinzelte, um ihr verschwommenes Sichtfeld zu vertreiben.

»Die Kollegen haben in den letzten Tagen die gesamte Gegend durchkämmt. Augenzeugen haben sich keine bei uns gemeldet. Die Orkney Inseln sind eine harte Umgebung, besonders für jemanden mit starken Verbrennungen. Ich fürchte, wenn wir sie finden, wird es nur noch ihre Leiche sein. Sollte sie das Feuer überhaupt überlebt haben. Es tut mir leid.«

Lowe schob ihr mitfühlend den Plastikbeutel zu, als könnten die verkokelten Reste irgendwas an der Situation ändern.

Annie hörte, wie Moore hinter ihr die Tür öffnete. Sie machte keine Anstalten, aufzustehen. Zitternd glitten ihre Finger über die Falten des Beutels. Es war Felis Lieblingsjacke gewesen, ihre Jacke für entspannte Abende. Dass sie ausgerechnet diese Jacke am Tag ihres Todes getragen hatte, war ein weiterer Arschtritt des Schicksals.

Irgendwo tief in ihrem Inneren hatte sie es gewusst. Lowes Bestätigung war endgültig. Sie wollte schreien, doch sie saß bloß stumm auf ihrem Stuhl, während das schwarze Loch in ihrer Brust mit jeder Sekunde an Stärke gewann.

Wer war Feli? Mauerblümchen, Nervensäge, Tollpatsch, Wechselbalg, Freundin, Beschützerin … Tote. Annies Verstand weigerte sich vehement, sie als Letzteres zu akzeptieren.

Kapitel 11

Annie

»Es sieht nicht gut aus.« Claire seufzte, als sie abseits des Offenraumbüros in dem Gang standen, der zu den Befragungszimmern führte.

Eifersüchtig schaute Annie den unbesorgten Menschen in der Polizeistation hinterher, die von der Mittagspause zurückkamen, telefonierten oder mit dem Kopierer kämpften. Bei dem Gedanken an einen Spaziergang, weit weg von der abgestandenen Luft der Wache, zog sich ihr Herz zusammen.

»Von der Notwehr können wir sie überzeugen, doch das Feuer könnte uns den Kragen kosten. Es gibt keine Erklärung, wie es so plötzlich ausbrechen konnte, besonders nicht auf dem nassen, torfigen Boden«, sagte Claire in einem sachlichen Ton. Trotzdem hörte Annie in ihrer Stimme auch Bedauern. »Das werden sie nicht hinnehmen.«

»Und dann schieben sie mir die Schuld in die Schuhe?«, fragte Annie mit hoher Stimme. Sie lehnte an der weißen Wand und starrte an die Decke. Ein dicker Kloß aus Wut und Verzweiflung bildete sich in ihrem Hals, den sie mit aller Kraft herunterschluckte.

»Nein, nicht ohne genug Beweise, doch bisher sind Sie weiterhin die einzige Verdächtige …« Die grünen Augen der Anwältin fixierten sie eindringlich.

»Alles, was ich weiß, steht in meiner Aussage«, antwortete Annie. »Ich bin unschuldig. Es war ein Unfall!«

Claire schob sich den letzten Bissen ihres Brotes in den Mund. »Sie können sich auf das Dach stellen und das mit einem Megafon über ganz Kirkwall schreien. Es ändert nichts. Die Polizei ermittelt aufgrund von Beweisen und Zeugenaussagen und die sprechen gegen Sie. Sie suchen einen Sündenbock. Die Öffentlichkeit sucht einen Sündenbock. Solange Sie nicht gegen Felicia aussagen und sie als die Schuldige aussprechen, sind Sie die Hauptverdächtige.«

»Aber sie ist … war genauso unschuldig wie ich«, erwiderte Annie verzweifelt. Niemand würde je wieder ein Wort von ihr hören, den Klang ihrer Stimme, der sie die letzten sechs Monate konstant begleitet hatte. Verglichen mit einer Lebensspanne war es ein Wimpernschlag, doch für Annie eine Ewigkeit. Selbst wenn die Ermittlungen aus irgendeinem Wunder zu ihren Gunsten verliefen und die Polizei ihre Anklage fallen ließ … Wenn sie in ihr Leben zurückkehren konnte, auf die Uni ging, Betsy reparierte und weitere Roadtrips machte … Welchen Sinn hatten diese Träume, wenn die Person, mit der sie sie teilen wollte, nie wiederkam?

»T'schuldigung«, murmelte Annie. »Ich muss auf die Toilette.«

Sie spürte Claires Blick in ihrem Rücken, als sie in die Damentoilette am Ende des Gangs lief. Sie hörte das Blut in ihren Ohren rauschen. Der Spiegel auf der Toilette zeigte eine Person mit dunklen Schatten unter den Augen, die durch die verlaufene Mascara und den verwischten Eyeliner noch unheilvoller wirkten.

Es gab nicht einmal einen Körper zu begraben. Eine Hand aus Stein krallte sich um ihr Herz, als sie an das Geräusch von Felis Murren am Morgen dachte, den Anblick ihrer fuchsfarbenen Haare in der Sonne, die durch das Fenster des Kombis fiel oder den kleinen Faden Sabber, der im Schlaf aus ihrem Mund lief. Sogar den Stapel ihrer Wäsche hätte sie in doppelter Höhe hingenommen.

»Ich werde nie wieder über deinen Kleidungstil lästern«, sagte Annie zu ihrem Spiegelbild. »Mich nie wieder beschweren, dass du dich immer vorm Kochen drückst oder dass du keinen Führerschein hast, wenn ich dich nur noch einmal sehen kann.«

Vielleicht waren es die Tränen, vielleicht der leere Papiertuchspender, der den Knoten in Annies Bauch zum Platzen brachte. »Du kannst mich nicht einfach verlassen!«, rief sie, und trat gegen eine Toilettentür. Laut schepperte sie gegen die Trennwand.

»Wie kannst du ausgerechnet jetzt gehen! Du ... du Wechselbalg!«

Bei der zweiten Tür verließ sie die Wut, so plötzlich wie sie gekommen war, und hinterließ eine rauchende Leere. Annie lehnte mit dem Rücken an der Trennwand und starrte an die Decke. »Du kannst nicht tot sein. Nach allem, was wir zusammen erlebt haben, kann das doch nicht so zu Ende gehen«, flüsterte sie gegen die weißen Fliesen.

»Hey.«

Annie wirbelte herum.

»Wie lange stehst du schon dort?«, fragte Annie.

»Lange genug, um Zeugin deines epischen Wutanfalls zu sein. Du kannst froh sein, dass sie den draußen nicht mitbekommen haben«, antwortete Sia und löste sich von der Eingangstür zur Toilette.

Annie schwankte zwischen unbändiger Freude darüber, Sia zu sehen, und Besorgnis. Wie war Sia so schnell auf die Orkney Inseln gekommen? Warum war sie hier?

Sie trug eine Jeans und eine Bluse. Ihre zweigeteilten Haare, die eine Seite rot, die andere schwarz, wollten nicht zu diesem gemäßigt gekleideten Geschöpf passen. Sia zupfte an ihrer Bluse.

Die junge Frau stand mit einigen Schritten Abstand bei den Toiletten, als traute sie sich nicht, näher an Annie heranzukommen. Annie konnte es ihr nicht verübeln.

»Wir dürfen eigentlich gar nicht miteinander reden. Aber niemand hat diese Tür bewacht, also …« Sie zuckte mit den Schultern. »Ich habe den Bericht im Fernsehen gesehen und die Schäden des Feuers. Was ist am Ring of Brodgar geschehen, das du den Beamten nicht erzählen kannst? Wo ist Felicia?«

»Feli ist tot«, murmelte Annie.

Schock stand in Sias Augen geschrieben, deutlich wie die Überschrift in der Bild-Zeitung. »Hast du sie sterben sehen?«

»Sie hat die Kontrolle über ihre Kräfte verloren und ein riesiges Feuer entfacht. Dieser verdammte Steinkreis ist schuld. Sie hätte erst gar nicht dort sein dürfen, aber sie war sich so sicher, dass die Feen dort sein würden …« Annie hörte ihre Stimme erneut brechen. Schnell verstummte sie. Mit aller Kraft kämpfte sie gegen die Tränen.

Sia betrachtete sie mit runden Augen. »Habt ihr sie gesehen? Die Feen?«

»Ich nicht. Ich habe keine Ahnung, was Feli gesehen hat. Das spielt jetzt auch keine Rolle mehr.« Annie ging zu den Waschbecken und wusch sich mit einer Hand voll Wasser die verlaufene Mascara von den Augen. Trotzdem sah jeder Maulwurf, dass sie geweint hatte.

»Warum bist du hier?«

»Die haben mich eingeladen, weil sie bei den Ermittlungen auf unsere E-Mails über den Ring of Brodgar gestoßen sind«, antwortete Sia. Betreten senkte sie den Kopf.

»Tut mir leid, dass du da jetzt auch drinsteckst.«

Sia zuckte mit den Schultern und ging ebenfalls zum Waschbecken, um sich die Hände zu waschen. »Das ist jetzt sowieso zu spät. Du konntest nicht ahnen, wie das ausgeht, genau wie ich.«

Annie nahm sich ein Papiertuch aus dem Spender und schnäuzte kräftig hinein. »Was haben sie dich gefragt?« Das Papiertuch warf sie in den Müll.

»Zuerst wollten sie wissen, was meine Beziehung zu dir ist, dann, ob ich etwas von einer Beziehung zwischen dir und dem Toten wusste. Ich hab ihnen gesagt, dass ich den Toten nicht kenne. Ich glaube, sie haben ziemlich schnell herausgefunden, dass ich davon keine Ahnung habe. Wie habt ihr den Typen überhaupt kennengelernt?« Ihre Stimme wurde lauter durch ihre Verwirrung.

Annie presste die Lippen zusammen. »Ist eine lange Geschichte. Kurz, wir haben ihn um ziemlich viel Geld gebracht. Deshalb war er sauer. Es folgte eine halsbrecherische Flucht durch Edinburgh und ein Blick in den Lauf einer Pistole. Gute alte Zeit! Aber ich habe ihn nicht getötet!«

Sia schüttelte den Kopf. »Ich frag nicht weiter.«

»Besser nicht!«

»Dann haben sie mich nach meiner religiösen Überzeugung gefragt und ob du Mitglied meiner Community bist. Ich glaube, sie wollten herausfinden, ob es sich bei dem Feuer im Steinkreis um eine Art satanisches Opferritual handelte.«

Annie blinzelte. »Und, was hast du ihnen geantwortet?«

Finster schaute Sia sie an. »Ich habe ihnen gesagt, dass meine Community sich in keiner Weise gegen das Wohl von Menschen richtet, dass solche Glaubensvorstellungen nicht mit meinen persönlichen Moralvorstellungen vereinbar sind und dass sie sich ihre klischeehaften, intoleranten Vorstellungen über die Wicca-Religion in den Arsch schieben können. Höflich natürlich! Oh, und dass du kein Mitglied der Community bist und dass ich dich als eher unreligiöse Person kennengelernt habe.«

Annie unterdrückte ein Lachen. »Ich wünschte, ich wäre dabei gewesen! Danke, für deine Hilfe. Wirklich!« Sie öffnete die Tür und drehte sich noch einmal um. »Ich gehe besser mal. Nicht, dass sie merken, dass wir miteinander gesprochen haben. Tut mir leid … Ich … ich hoffe, wir sehen uns wieder.«

»Schreib mir, bitte!« Sias Blick folgte ihr, als sie die Toilette verließ.

Claire wartete bereits mit den Polizisten im Büroraum, als Annie eintrat.

»Es gibt eine kleine Änderung. Eigentlich wäre nun Mr. Shaw eingeladen, wegen des Verleihs der Waffe, doch eben kam die Mitteilung, dass sich Mr. Shaw aus gesundheitlichen Gründen entschuldigt hat. Die Befragung wird in einigen Tagen stattfinden«, sagte die Anwältin.

Annie hatte nichts anderes erwartet. Trotzdem machte sich ein dumpfes Gefühl der Enttäuschung in ihrem Bauch breit. Eine gut platzierte Aussage von Shaw hätte ihr den Kragen retten und die Ermittlungen einstellen können.

»Damit wäre die Anhörung für heute beendet«, verkündete Lowe.

Claire nickte. Ihr Blick fiel auf Annie. »Das ist ärgerlich, wirft uns aber nicht zurück. Es ist wieder alles offen.«

Ein Geräusch, das sich anhörte, als würde jemand den Kopierer gegen die Wand donnern, ertönte aus Richtung der Tür. Dann folgten mehrere laute Stimmen, die wild durcheinanderriefen.

»Was ist da draußen los?«, fragte die Polizistin. Sie schob sich an Claire vorbei, um nachzuschauen. In diesem Moment flog die Tür des Büros auf und drei Gestalten stürmten in den Raum wie Furien.

»Im Namen der öffentlichen Sicherheit und Ordnung wird das Strafverfahren gegen Annie Winnecker unverzüglich eingestellt!«

Sie keuchte beim Anblick der großen Frau in Polizeiuniform, zu der die Stimme gehörte. Unter allen Menschen, die sie hier erwartet hatte, war sie die Letzte gewesen!

Die beiden Männer in Militäruniformen, die ihr gefolgt waren, stellten sich hinter sie, um die geöffnete Tür zu blockieren.

»Die Verdächtige ist mit sofortiger Wirkung zu übergeben!«

Lowe und Moore waren aufgesprungen, die Hände fest um ihre Waffen geschlungen. »Wer sind Sie und mit welchem Recht …? Wie sind Sie hier hereingekommen? Sie sind nicht Teil dieser Ermittlungen!«

Amanda begegnete Lowes wilden Augen mit festem Blick. »Ab jetzt sind wir ein sehr wichtiger Teil dieser Ermittlungen. Sie begehen einen schweren Fehler, diese junge Frau zu verurteilen.«

»Entfernen Sie diese Menschen aus dem Raum und nehmen Sie ihre Personalien auf!«, bellte Moore dem Sicherheitsdienst zu.

Ein Schatten in einem glänzenden dreiteiligen Anzug trat hinter Amanda in die Tür. Annie stöhnte laut auf. Zum ersten Mal war sie froh, dieses Gesicht zu sehen.

Shaw überreichte der Polizistin einen Brief. »Professor Lucas Shaw ist mein Name. Ich nehme an, ich wurde in diesen Ermittlungen bereits vermisst.«

Dieser Mann besaß tatsächlich die Dreistigkeit zu grinsen.

»Warten Sie!« Moore deutete mit erhobener Hand dem Sicherheitsdienst, der den Raum erreichte, stehenzubleiben. Gerade noch rechtzeitig, bevor die Soldaten an der Tür der Polizistin zuvorkommen konnten.

»Ms. Winnecker steht unter Schutz des deutschen Außenministeriums sowie des britischen Innenministeriums. Ms. Winnecker ist Zeugin eines eiligen staatlichen Verfahrens. S.T.A.R.S. setzt die Ermittlungen von hier aus fort. Alles Weitere können Sie in dem Schreiben nachlesen. Vielen Dank für Ihre Mühen.« Shaw hielt einen Ausweis in die Höhe und drückte der Polizistin einen Umschlag in die Hand.

»Von S.T.A.R.S. habe ich noch nie gehört«, erwiderte Lowe ungehalten. Seine rechte Hand wanderte langsam zu der Pistole an seiner Hüfte.

»Das können Sie auch nicht, da diese Organisation in Kooperation mit den Regierungen von Deutschland und Großbritannien besteht und bisher nicht der Öffentlichkeit bekannt war«, ergänzte Amanda. »Ms. Winnecker?« Sie streckte die Hand nach Annie aus. »Ich bitte Sie, mitzukommen.«

Annie unterdrückte ein Lachen, als sie Amandas förmliche Anrede hörte.

»Rufen Sie gerne beim Innenministerium an. Dort wird man Ihnen alles bestätigen. Die Zeugenübergabe konnte aufgrund ihrer Dringlichkeit leider nicht auf den förmlichen Dienstweg warten. Wir verzeihen die Störung.« Shaw grinste erneut schief.

»Ms. Winnecker! Bitte kommen Sie!«, wiederholte Amanda energisch.

Annie blieb gerade noch Zeit, ein schnelles Dankeschön an Claire zu murmeln, bevor sie unter den verwirrten Augen aller Anwesenden aus dem Raum geführt wurde.

Sie lächelte den Menschen in dem Großraumbüro zu, und konnte der Versuchung nicht widerstehen, die Hand zu einem Winken zu erheben, als sie an ihnen vorbei zur Tür geschoben wurde.

Auf Nimmerwiedersehen!

Vor der Wache auf dem Parkplatz kam sie gemeinsam mit Amanda zum Stehen. Der Rest schien noch in der Wache zu sein.

Annie nahm einen tiefen Zug der frischen Luft und seufzte, als sich das Gefühl der Freiheit in ihrem Bauch ausbreitete. Sie drehte sich zu Amanda um und konnte sich nur schwer ein Lachen verkneifen. »S.T.A.R.S.? Ernsthaft? Ich kann nicht glauben, dass die euch das abgekauft haben. Danke, dass ihr mich da rausgeholt habt. Was genau geht hier vor?«

Amanda kam auf sie zu. Annie wich zurück. Harter Stein drückte sich gegen ihren Rücken, als sie an die Hauswand stieß.

»Du erzählst mir jetzt ganz genau, was mit meiner Tochter passiert ist, oder ich schleife dich eigenhändig wieder zurück in das Verhör!«, zischte Amanda dicht an ihrem Ohr.

Kapitel 12

Annie

e in gezielter Kick an die richtige Stelle würde Abstand zwischen sie und Amanda bringen. Bei jeder anderen Person hätte Annie so gehandelt, doch das hier war Amanda. Annie hatte Angst, sich bei dem Versuch das Bein zu brechen.

»Wo ist Feli?«, wiederholte Amanda.

»Sie ist tot«, krächzte Annie. Die Worte fühlten sich an, als hätte ihr jemand eine Nadel mittig durch ihr Herz getrieben.

Amanda trat zwei Schritte zurück und ließ Annie Raum zum Atmen.

Fassungslosigkeit füllte ihren Blick. »Wie ist das möglich?«

»Wir waren beim Ring of Brodgar«, flüsterte Annie, als ihr Herzschlag sich langsam beruhigte. »Ich weiß nicht wie, doch der Steinkreis hat dazu geführt, dass sie die Kontrolle über ihre Kräfte verlor. Das Feuer …!«

»Hast du sie sterben sehen?«, fragte Amanda.

Ihr energischer Blick hielt Annie gefangen.

Erst Sia, jetzt Amanda … Warum stellte ihr heute jeder diese Frage?

»Wenn du dieses Inferno gesehen hättest …« Annie blinzelte, um die Bilder zu vertreiben, bevor sie Gestalt annehmen konnten.

»Hat man eine Leiche gefunden?«

Annie schüttelte den Kopf.

Sie presste sich reflexartig zurück an die Wand, als Amanda einen Schritt auf sie zutrat.

Die Augen von Felis Mutter nagelten sie fest. »Stand sie in der Mitte des Steinkreises, als es passierte?«

»Wovon redest du?«

»Der Ring of Brodgar ist ein Portal, genau wie Stonehenge oder Pömmelte. Der Übergang in die Anderswelt«, antwortete Amanda. Annie hörte die Aufregung in ihrer Stimme.

»Ich weiß!«, rief sie. »Aber es ist für Menschen geschlossen. Seit über tausend Jahren.«

Felis Mutter musterte sie, offenbar erstaunt, dass sie diese Information kannte. Die Anspannung in Amandas Schultern wich und Annie entspannte sich automatisch mit ihr. »Shaw hat es uns erzählt«, sagte Annie.

»Nicht nur für Menschen«, begann Amanda.

Annie sah sie verständnislos an.

»Nichts, das den Gesetzen der Natur unterliegt, kann von dieser Seite die Brücke übertreten, weder Mensch noch Fee. Das stimmt«, fuhr Amanda fort. »Jedoch steht die Brücke von der Anderswelt zu uns offen. Die Bewohner der Anderswelt können in unsere Welt gelangen. Dann aber sitzen sie hier fest. Vor eintausenddreihundert Jahren wurde das Portal durch die Opferung eines Wechselbalgs geschlossen. Zur Öffnung benötigt es das Blut eines weiteren Wechselbalgs.«

»Dann war es von Anfang an ihr Plan, Feli in den Steinkreis zu locken«, hauchte Annie. Ihre Kehle schnürte sich erneut zu. »Durch ihren Tod …«

»Wäre das Portal und damit ihr Rückweg in die Anderswelt für alle wieder geöffnet,« unterbrach Amanda sie.

»Ich verstehe nicht …?« Annie brach ab und kniff die Augen zusammen. »Woher weißt du das alles? Woher weiß ich, dass du mir keine Märchen erzählst? Warum hast du das alles nie Feli erzählt?!«

»Weil ich es bis vor Kurzem selbst nicht wusste«, entgegnete Amanda. »Es hat sich viel verändert, seit deiner Festnahme. Du hast davon nichts mitbekommen, doch der Vorfall am Ring of Brodgar hat weite Kreise gezogen. Am ersten August wurde ich im Ringheiligtum von einem Redcap angesprungen. Ich war nicht die Einzige. Jedes Land hat seine eigenen Portale. Manche sind durch Steinkreise gekennzeichnet, andere hat noch nie jemand entdeckt. Jetzt, wo offenbar ein Wechselbalg in ihre Welt gekommen ist, gewinnen die Wesen der Anderswelt an Mut.« Ein bitteres Lächeln umspielte Amandas Mund. »Wir können von Glück reden, dass sie auch vor hohen Politikern keinen Halt machen, sonst wären die Zusammenhänge wesentlich schwerer zu erklären gewesen.«

Annie runzelte die Stirn. »Wir?«

Amanda schob ihre Jacke zur Seite und enthüllte ein schwarzes T-Shirt. Links, direkt über dem Herzen, befand sich ein runder Button in den Stoff eingenäht. Drei silbern umrandete Sterne thronten, in Form eines Dreiecks, in der Mitte des Kreises auf schwarzem Grund. Annie kannte dieses Symbol. Bei dem Angriff in der Pension hatte Feli es auf der Waffe des Mannes gesehen. Ihr Atem beschleunigte sich. Was hatte das zu bedeuten?

»S.T.A.R.S.!«, sagte eine bekannte Stimme von hinten. »Daher hat sie ihr neues Wissen.«

Die Hand hinter ihrem Rücken zur Faust geballt, drehte Annie sich um. Bedächtig wie ein König trat Shaw aus dem Eingangsbereich der Polizeiwache. Einzig ein goldener Umhang fehlte. Das Tageslicht erhellte bei jedem Schritt mehr von seinem Gesicht. Allein die Schatten unter seinen hohen Wangenknochen blieben übrig. Er trug dasselbe Abzeichen wie Amanda auf seiner Brust, doch anstelle von einer Jacke versteckt, thronte es bei ihm direkt auf seiner hellblauen Krawatte.

Unwillkürlich fragte sich Annie, ob er das Zeichen an jede seiner Krawatten angenäht hatte oder von nun an nur noch dieselbe trug.

»Wechselbälger vereinen die Natur der Feen und der Menschen ineinander«, fuhr er mit ruhiger Stimme fort, als er langsam an die Seite von Amanda trat. »Etwas, das die Biologie nie vorgesehen hatte, ähnlich wie ein Maultier. Sie widersetzen sich den Regeln der Natur. Wir Menschen sind genau wie die Feen an bestimmte Gesetze gebunden. Für sie gelten diese Gesetze und Grenzen nicht. Sie können selbst die geschlossenen Portale überwinden.«

»Deshalb wurde kein Körper gefunden. Es gibt keinen«, hauchte Annie. Ihr Herz begann erneut wild zu pochen, und sie merkte, wie sich ein wässriger Schleier über ihre Augen legte. »Ich wusste, dass da etwas faul ist. Sie ist am Leben, dieser verdammte Glückspilz!«

Annie sank gegen die Mauer, an der sie lehnte, um ihren wackeligen Beinen Halt zu geben, damit sie Amanda nicht vor die Füße fiel.

»Fürs Erste!«, sagte Amanda, die ihre Freude nicht zu teilen schien. Sie presste die Lippen zu einem schmalen Strich zusammen. »Begreifst du nicht, was das bedeutet? Feli ist dort drüben. Die Feen haben sie zum Ring of Brodgar gelockt, um sie zu sich zu holen. Es war von Anfang an ihr Plan, sie auf die andere Seite zu locken. Und jetzt haben die Sidhe bekommen, was sie wollten. Sie haben ihr Wechselbalg, mit dem sie das Portal wieder öffnen können.«

»Das ist der einzige Grund, warum sie Wechselbälger erschaffen«, fuhr Shaw fort, immer noch denselben sachlichen Ton in seiner Stimme, als würde er einen Einkaufszettel vorlesen. »Da der biologische Weg durch die natürliche Barriere der Portale so gut wie unmöglich ist, schummeln sie und übertragen ihre Magie. Sie erschaffen ein Schein-Wechselbalg. Die Wahrscheinlichkeit, dass dieser Weg funktioniert, ist allerdings noch geringer als der biologische, da der menschliche Körper in den seltensten Fällen der Feenmagie auf Dauer gewachsen ist.«

»Dann hat jede Fee, die durch das Portal kommt, nicht die Absicht zurückzukehren?« Annie ahnte die Antwort bereits.

»Es ist ein Selbstmordkommando«, bestätigte Amanda. »Sie kommen in unsere Welt, in der Hoffnung, ein Wechselbalg zu erschaffen, das stark genug ist, das Erwachsenenalter zu erreichen, damit es den Übergang in die Anderswelt schafft. Es sind Märtyrer. Sie wissen, dass sie nicht zurückkehren können und dass die Aufgabe ihr Leben kostet. Eine Fee ohne ihre Magie lebt nicht lange. Die meisten sterben direkt nach der Übertragung.«

Annie dachte an Tadhgs Worte. *Ich sollte schon längst tot sein!* Die Fee war in diese Welt gekommen, um ihre Kräfte auf ein Kind zu übertragen und anschließend zu sterben. Aus irgendeinem Grund hatte sie das jedoch nicht getan. Denn als der Feenmann auf Feli stieß, war er noch im Besitz seiner Kräfte gewesen.

»Sie werden Feli opfern?«, fragte Annie erstickt.

Amanda nickte langsam.

Annie presste die Kiefer aufeinander. Ihre Hand wanderte zu ihrer Kette und umklammerte den Stein. »Aber sie ist noch am Leben?«

»Wäre sie tot, wäre das Portal in die Anderswelt für alle geöffnet, auch für Menschen. Bisher ist es das nicht. Während der letzten Tage hat S.T.A.R.S. an jedem bekannten Portal Überwachungsmaßnahmen installiert. Rund um die Uhr werden die Portale überwacht und überprüft. Wenn sich etwas ändert, sind wir die Ersten, die davon erfahren.« Die Augen von Felis Mutter spiegelten Annies eigene Angst.

»Dann war S.T.A.R.S. nicht bloß eine Lüge, um mich aus den Ermittlungen zu holen?«, fragte Annie.

»S.T.A.R.S. ist eine Organisation, die seit Jahren alle bekannten Portale auf der ganzen Welt bewacht und verdächtige Vorgänge protokolliert, um die Menschheit vor den Feen zu schützen. Bis vor wenigen Tagen wurden wir von den Regierungen der Länder jedoch weniger ernst genommen«, fügte Shaw hinzu. Er lächelte ironisch.

Annie schnaubte. »Das wundert mich nicht.«

Shaw ignorierte ihren Kommentar. »Seit Lughnasad hat sich die Zahl unserer Mitglieder verdoppelt. Wir rekrutieren, wo wir können.«

Er wollte womöglich stolz und ehrfurchteinflößend klingen, doch für Annie hatte die geschwollene Körperhaltung und der Glanz in seinen Augen eher etwas von einem Pfauenhahn auf der Balz.

»Ich erhielt meinen Anruf kurz nachdem ich einen bewusstlosen Redcap auf die Wache zerrte«, erzählte Amanda. »Ich weiß nicht, wie sie davon erfahren haben. Du hättest die Gesichter meiner Kollegen sehen sollen. Shaw rief mich an und bat um ein Treffen. Zu diesem Zeitpunkt hatte die Nachricht von dem *schiefgelaufenen Ritual* bereits die deutschen Nachrichten erreicht. Ich bin sofort nach Schottland geflogen.«

»Du warst von Anfang an Mitglied von S.T.A.R.S.?« Annie schaute Shaw an.

Hinter ihr schnaubte Amanda. »Das wundert dich?«

Shaws dubiose Kontakte in den Vatikan fielen Annie wieder ein. Nein, jetzt wunderte sie so einiges nicht mehr.

»Inaktives Mitglied«, antwortete Shaw. »Sozusagen pensioniert. Deshalb hat man mir auch nicht alles anvertraut, besonders nicht neue Erkenntnisse. Hätte ich gewusst, dass das Portal für Felicia offensteht, hätte ich euch nie auf die Orkney Inseln fahren lassen.« Er zupfte seinen Anzug gerade. »Ganz oben auf der Liste der Rekruten stand übrigens Noah, doch er ist leider gestorben, bevor ich die Chance hatte, ihn zu fragen«, sagte er bedauernd.

Annie zog die Augenbrauen hoch. »Es gibt eine Liste? Wollt ihr die ganze Welt rekrutieren oder nur ein paar Auserwählte auf geheime Archen führen? Filmbezug beabsichtigt!«

Shaw lächelte schief. »Spielt das eine Rolle, wenn du auf der Liste stehst?«

Annie blinzelte. Dann verschränkte sie die Arme vor ihrer Brust. »Das ist ein Scherz, oder? Ich stehe auf der Rekrutenliste einer Geheimorganisation?«

»Wenn es nur nach mir ginge, wäre das ein Scherz«, erwiderte Shaw. »Ich würde im Traum keine hormongesteuerte junge Erwachsene rekrutieren. Leider liegt die Entscheidungsgewalt nicht bei mir. Wenigstens stehst du auf der Liste recht weit hinten.«

Annie unterdrückte das Bedürfnis, ihm einen ausgestreckten Mittelfinger ins Gesicht zu halten und ihm mit der *hormongesteuerten jungen Erwachsenen* recht zu geben. Stattdessen atmete sie tief ein.

Shaw zog seinen Anzug gerade und fuhr mit spöttischer Stimme fort: »Leider immer noch weit vorne. Offenbar besitzt du genug Wert, um dich nicht erst einige Jahre im Gefängnis schmoren zu lassen, bevor sie dich da rausholen.«

Sie kam nicht zum Ausatmen. Ohne zu zögern, schlug sie ihm mit der flachen Hand ins Gesicht. Mit finsterer Zufriedenheit beobachtete sie, wie sich seine linke Wange weinrot färbte.

Das hätte ich schon längst tun sollen.

Shaw hielt sich den Unterkiefer und trat auf sie zu, doch Amanda stellte sich vor ihn. Sie drückte Annie ein Visitenkärtchen in die Hand und schirmte sie gleichzeitig ab.

»Die nächste Vollversammlung ist Montagmorgen. Die Adresse findest du hier.«

Annie betrachtete das Kärtchen. Rechts waren dieselben Sterne abgebildet, umschlossen von einem silbernen Band.

»Habt ihr einen Weg durch das Portal gefunden? Könnt ihr Feli retten?«, hauchte sie.

»Nein.« Amanda senkte den Kopf. Offenbar gefiel ihr die Aussage genauso wenig wie Annie. Sie gab Amanda das Visitenkärtchen zurück. Alles, was sie wissen musste, hatte sie gehört.

»Dann danke für eure Mühe, aber ich komme nicht mit. Ich bin daran interessiert, Feli zu retten. Ich möchte kein Teil irgendeines geheimen Krieges gegen die Feen sein.«

Shaw ließ von seinem Kiefer ab. Seine Augen sprühten Feuer. »Das kommt nicht in Frage! Wir haben dich aus einem Mordprozess geholt. Ich denke nicht, dass du noch Entscheidungsgewalt besitzt.«

»Einen Schritt weiter, du aufgeblasener Gockel, und deine rechte Wange passt sich der linken an!«, fauchte Amanda.

Shaw schaute sie an, als hätte er ihr am liebsten den Kopf abgerissen.

»S.T.A.R.S. ist eine freiwillige Organisation. Wir befinden uns in einem demokratischen Staat. Annie unterliegt keinem militärischen oder staatlichen Zwang. Wenn sie sich dazu entscheidet, kein Teil dieses Krieges zu sein, ist das einzig ihr Entschluss«, zischte Amanda.

Shaw richtete seinen Blick an ihr vorbei auf Annie. »Du möchtest dich also lieber vergraben, anstatt zum Schutz der Menschheit beizutragen?«

Annie wich seinem Blick aus. Zum ersten Mal hielt sie es nicht aus, einem Menschen in die Augen zu schauen. Das Inferno, Atkinsons Tod, der emotionale Stress, Felis Tod und Wiederauferstehung und Shaws übliches herablassendes Verhalten ballten sich in ihrem Bauch zu einem heißen Magmafeld zusammen. Am liebsten hätte sie geschrien.

»Du redest von der Rettung der Welt«, begann sie mit hohler Stimme, »doch bisher hast du nicht mehr getan, als dich hinter deinen staubigen Bücherregalen zu verstecken. In den letzten Wochen bin ich durch England und Schottland gefahren, wurde von Kriminellen durch Edinburgh gejagt, habe mehrfach Drohungen über mich ergehen lassen und das herablassende Verhalten eines anzugversessenen Klugscheißers, einen Mann bei lebendigem Leib verbrennen sehen … Hast du schon mal solche Schreie gehört? Hast du jemals den Geruch von verbranntem Fleisch gerochen, den du selbst nach Tagen nicht loswirst? Ich wurde des Mordes beschuldigt, zum Sündenbock der Presse erklärt und wäre beinahe im Gefängnis gelandet. Trotzdem habe ich naiv an der Hoffnung festgehalten, dass irgendwie alles gut wird, aber das wird es nicht. Am Ende hatte trotzdem alles keinen Sinn, weil Feli jetzt dort drüben ist. Sie haben bekommen, was sie wollten. Wenn es eine Sache gibt, die mir die letzten sechs Wochen gezeigt haben, dann, dass ich ein Mensch bin. Ich bin zwanzig. Ich habe noch Träume und Wünsche, und opfere mich nicht für ein Suizidkommando einer dubiosen Geheimorganisation, die meine beste Freundin nicht einmal zurückbringen kann. Ich habe mit eigenen Augen gesehen, was Feenmagie anrichten kann. Mehr, als man von euch behaupten kann!« Zitternd holte sie Luft.

»Ich habe viel in dich hineininterpretiert, bei unserer ersten Begegnung, aber niemals Egoismus«, sagte Shaw kühl.

Annie konnte nicht leugnen, dass die Worte einen Stich in ihrem Herzen hinterließen, doch sie hob den Kopf. »Dann füge diese Eigenschaft zu dem Haufen negativer Charakterzüge hinzu, die du in mir gesehen hast. Denn ich bin egoistisch. Ich bin nicht der Typ Mensch für die Rettung der Welt, nicht wie ihr. Sorry!« Sie richtete den Kragen ihrer Jacke und schob sich langsam an Shaw vorbei. »In der Wache liegt noch eine Pistole von dir.« Sie drehte sich um und ging, ohne noch einmal zurückzuschauen.

Einer der Soldaten gab ihr eine Schweigepflichtserklärung zum Unterschreiben. Bei Bruch wurden alle Vereinbarungen und ihre freie Entscheidungsgewalt nichtig. Übersetzt hieß das, plauderte sie etwas aus, sorgte S.T.A.R.S. persönlich dafür, dass das Verfahren wieder aufgerollt wurde. Mit dem Ergebnis, dass sie im Gefängnis landete. War Amanda sich vollständig im Klarem darüber, was für einer Organisation sie beigetreten war?

S.T.A.R.S. hatte nicht nur sie aus den Ermittlungen befreit, sondern auch Betsy aus der dunklen Polizeigarage. Ein VW-Bus besaß keine Gefühle. Im Prinzip war er nur ein Haufen Blech, Metall und Holz auf Rädern. Trotzdem hatte Annie das Gefühl, als würde dieser Haufen aufatmen, während ein Polizist Betsy auf dem Hof parkte. Die Sonne brachte ihre pinke Lackierung zum Glänzen. Vielleicht war es auch Annie, die aufatmete. Betsy wirkte blass. Geradezu stumpf, als nehme sie es Annie übel, sie so lange allein gelassen zu haben. Ihre Zigarette drückte Annie in den Aschenbecher und widerstand dem Bedürfnis, vor den Augen aller Anwesenden, dem Bus auf das VW-Zeichen zu klopfen und beschwichtigende Worte zu murmeln. Sie wollte verschwunden sein, bevor einer der Beamten es sich vielleicht anders überlegte.

Annie ließ sich auf den Fahrersitz fallen und strich über das abgenutzte Lenkrad. Sie öffnete das Handschuhfach, um zu kontrollieren, ob alle Fahrzeugpapiere noch vorhanden waren. Anstelle der Papiere fiel ihr ein Paar Socken in die Hand. Sie erinnerte sich, wie sie die Socken irgendwo in der Nähe von Leeds dort hineingestopft hatte, nachdem sie sie auf dem Beifahrersitz gefunden hatte. Auch eine Hose von Feli musste noch auf ihrer Seite des Bettes liegen, vergraben unter einem Kissen.

Eigentlich sollte sie froh sein, den Camper endlich für sich allein zu haben. Stattdessen fühlte sie sich wie hinter dem Steuer eines Lastwagens. Der Raum hinter ihr erschien ihr viel zu groß und erdrückend, als würde jeden Moment ein Monster aus Bettdecken und alter Wäsche sie anspringen und erwürgen. Feli war überall. Am liebsten wollte sie schreien. Amandas Worte hatten ihr Hoffnung gegeben. Jetzt war die Hoffnung zerschellt wie ein Weinglas auf Granitfliesen. Feli war am Leben, und trotzdem so gut wie tot.

S.T.A.R.S. war wie eine Heuschreckenplage über sie hergefallen. Womöglich stand inzwischen jede Person, die jemals das Wort Sidhe in den Mund genommen hatte, auf ihrer Liste. Welche versteckten Konsequenzen hatte eine Absage bei S.T.A.R.S.? Wie tief reichte der Einfluss der Organisation? Wie ausgebreitet war ihr Netzwerk?

Durch die Windschutzscheibe beobachtete Annie jede Person mit und ohne silbernes Abzeichen auf der Brust, die sich über den Hof bewegte. Sie hoffte, weder ihre Gesichter oder das Abzeichen jemals wiedersehen zu müssen.

»Noch kannst du es dir anders überlegen.« Durch das Fenster steckte Amanda den Kopf herein und legte ihre Arme auf der halb geöffneten Scheibe ab. Die Andeutung eines Lächelns umspielte ihre Mundwinkel. »Shaw ist eine nachtragende Persönlichkeit. Am besten ist es, seine Worte einfach zu ignorieren, selbst wenn es schwerfällt. Ich zweifle deine Entscheidung und deine Gründe nicht an, aber ich kann Shaws Standpunkt genauso verstehen. Wir waren uns sicher, dass du, ohne zu zögern, zusagen würdest. Ich würde lügen, wenn ich sage, dass ich nicht erstaunt über deinen Entschluss bin.«

Annie schluckte erneut den Kloß in ihrem Hals herunter.

»Ich hatte geglaubt, wir schaffen das, aber am Ende hatte jede Hoffnung keinen Wert. S.T.A.R.S. kann Feli genauso wenig helfen wie du und ich. Die wollen nur verhindern, dass mehr Wesen aus der Anderswelt durch die Portale gelangen.«

»Ich möchte nur, dass du dir deinen Entschluss genau überlegt hast«, sagte Amanda.

Trotzig hob Annie den Kopf. »Schau mich an und sag mir, was du siehst!«

Amanda runzelte die Stirn.

»Ich bin ein Mensch, der sich bis vor sechs Wochen nicht mehr als dreißig Kilometer von seiner Haustür entfernt hatte. Der einigermaßen gut im Kickboxen ist, noch keinen Schulabschluss hat und auch tatsächlich Fleiß und Aufwand aufbringen muss, um den zu bekommen. Ich stamme aus einer Plattenbausiedlung in der Mitte von Magdeburg. Meine Mutter ist arbeitslos. Meinen Vater habe ich nie gesehen. Ohne Leistung vom Amt könnten wir unsere Miete nicht bezahlen. Ich bin weder besonders intelligent oder in irgendeiner Art ausgebildet. In einem Krieg gegen die Sidhe wäre ich bloß Kanonenfutter. Hätte Feli sich nicht zufällig entschieden, mich mit nach Schottland zu nehmen, würde mich heute niemand bei S.T.A.R.S. kennen. Du bist Polizistin. Dein Mann war Noah Schwarz, der sein Leben gegeben hat, um Wissen über die Sidhe zusammenzutragen. Noahs Name war vermutlich in den Top Ten der Rekrutenliste, ebenso wie deiner. Deine Tochter ist ein Wechselbalg. Shaw ist ein laufendes Lexikon in Bezug auf keltische Mythologie und über die Grenzen von Schottland hinaus als Experte bekannt. Dann gibt es Regierungsmitglieder und Gott weiß wen in S.T.A.R.S. Ich bin das Mädchen, an dem Leute wie ihr auf der Straße vorbeilauft und euch ärgert, wenn sie euren Aktenkoffer streift. Das ist nicht meine Welt!« Die letzten Worte drangen lauter aus ihrem Mund als beabsichtigt.

Amanda betrachtete sie mit sanften Augen. »Dass meine Tochter von den Feen ausgewählt wurde, war auch Zufall. Alles, was dich davon trennt, ein Niemand zu sein, ist der Zufall, genau wie mich. Trotzdem sind wir beide hier. Ich frage mich, wie viel Zufall tatsächlich in der Entscheidung einer Person liegt, die in deine Seele schauen kann.« Eine leichte Brise brachte ihre kurzen blonden Haare zum Zittern.

Sie versuchte nicht weiter, Annie umzustimmen.

»Viel Glück!« Das war alles, was Annie sagte.

»Dir auch!« Amanda nahm ihren Kopf aus der Scheibe und Annie kurbelte die Fensterscheibe hoch. Inzwischen sank die Sonne bereits hinter den Horizont. Die Lichter von Kirkwall verloren sich in der Dunkelheit der Nacht. Bereits jetzt vermisste Annie die grünen Berge der Highlands, die unzähligen Schafe und schlecht geteerten Straßen, obwohl sie noch ihre ganze Reise vor sich hatte. Es würden vermutlich Jahre vergehen, bis sie sie wiedersehen konnte. In den letzten Wochen hatte sie sich oft einzigartig gefühlt, wie ein Teil vom etwas Größerem. Als sie sich dem normalen Verkehr auf Kirkwalls Straßen anschloss, wurde sie wieder eine von Tausenden. Von jetzt an würde niemand fragen, was sie in den letzten Wochen gesehen und erlebt hatte, welche Geheimnisse sie erfahren hatte. Sie schaute in das Gesicht eines Geschäftsmannes, der den Zebrastreifen vor ihr überquerte; einer Mutter, die auf dem Bordstein auf der anderen Seite ihr schlafendes Kind auf dem Arm trug, während sie in der anderen die Leine ihres

Hundes hielt. Ein junges Pärchen, das für ein gemeinsames Foto posierte, das sie Jahre später in irgendeinem Ordner wiederfinden würden, Erinnerungen an einen längst verblassten Urlaub. Würde ihre Reise mit Feli auch irgendwann verblassen?

Sie legte eine Hand auf den Beifahrersitz und runzelte die Stirn, als ihre Finger über die raue Oberfläche eines Papieres glitten. Sie faltete mit einer Hand den Zettel auf. Der eingewickelte Inhalt fiel zurück auf den Sitz. Annie fuhr an den Straßenrand, um ihn genauer zu betrachten. Es war ein Ausweis. Einlaminiert, mit drei Sternen aus Wasserzeichen und ein Abzeichen zum Aufnähen. Ihr Abzeichen! Auf dem Ausweis stand fett gedruckt ihr Name und darunter in hellerer Schrift die Worte: Force of Intervention.

Annie schaute auf den Zettel. In krakeliger Handschrift las sie die Worte: *Solltest du dich jemals umentscheiden.*

Darunter befand sich Amandas Handynummer.

Kapitel 13

ſell

Als ich das erste Mal die Augen aufschlug, brannte ich. Ich wünschte, das Feuer hätte seine Arbeit vollendet. Ich wollte die süße Gefühllosigkeit des Todes mit offenen Armen begrüßen. Stattdessen blieb mir nur der glühende Schmerz, der sich von meinen Haarwurzeln bis zu meinen Zehenspitzen fraß und meine Haut zum Kochen brachte.

Schwarze Punkte huschten über den grauen Vorhang über mir. Lebewesen, die fliegen konnten. Ihre Bezeichnung fiel mir nicht ein.

Die Luft roch nach Regen. Das war gut! Wasser würde meine Haut kühlen. Die Augen offen zu halten, kostete mich alle Energie, die ich besaß, also schloss ich sie wieder.

Ich meinte ein leises Zischen zu hören, wie glühendes Metall in einem Wasserbad, während die Tropfen auf meine Haut fielen.

Nass und kalt ließ ich mich wieder von der Dunkelheit in einen schützenden Kokon einschließen.

Als ich die Augen zum zweiten Mal aufschlug, zitterte ich. Selbst meine Knochen schienen durchweicht. Vielleicht bestand ich nur noch aus Knochen. Vielleicht hatte das Feuer alles andere weggebrannt.

Die Erde unter mir bewegte sich. Sie schaukelte wie eine Hängematte. Stimmen drangen an mein Ohr, doch ich verstand ihre Worte nicht.

Vor meinen Augen zogen die Schatten der Umgebung vorbei. Gerne hätte ich die Stimmen gefragt, warum sie mich von hier forttrugen, warum sie mich nicht in Ruhe sterben ließen. Mein Mund blieb geschlossen. Diesmal kam die Dunkelheit schneller und mit einer Intensität, gegen die ich unmöglich ankämpfen konnte.

Als ich zum dritten Mal die Augen aufschlug, wurde ich von einer sanften Stimme geweckt, die etwas in mein Ohr flüsterte. Seltsame, fremde Worte, eine Art Gesang.

Eine kühle Masse wurde auf mein Bein gestrichen. Sie fühlte sich körnig und breiig an. Der Brei zog das Brennen aus meinen Gliedmaßen und ein Seufzer drang über meine Lippen. Jedes meiner Gefäße schien sich zu weiten, um die lang ersehnte Linderung aufzunehmen.

Ich drehte den Kopf, um zu sehen, wem die Stimme gehörte, doch ich erkannte bloß eine verschwommene Gestalt. Ihre schneeweißen Haare wuchsen wie Schlangen aus ihrem Kopf. Bewegten sich die Schlangen oder war das eine Halluzination?

Ich lag in einem kleinen Zimmer. Der Untergrund war immer noch weich und warm, keine feuchte Erde mehr. Im Gegensatz zu vorhin schaukelte nichts mehr. Das Feuer war zu einem dumpfen Druckgefühl erloschen. Vielleicht hatte der Schmerz mich bisher vom Sterben abgehalten. Jetzt stand dem nichts mehr im Weg.

Vergib mir, Annie, dachte ich. Ich hoffte, dass die Botschaft sie irgendwie erreichte, wo immer sie war. Wo immer ich war! Vielleicht traf ich sie, wo ich hinging. Meine Mundwinkel verzogen sich zu einem Lächeln, und diesmal empfing ich die Dunkelheit mit offenen Armen.

Fieber peitschte gegen meine Träume wie die Wellen auf eine Sandbank im Sturm. Hilflos wurde ich mitgerissen. Ich war ein Stück Treibholz, ohne eigene Richtung, ohne Verstand. Traum und Wirklichkeit verschmolzen ineinander zu einem heißen Wirrwarr aus Sinneseindrücken, von denen ich nicht wusste, ob ich sie mir einbildete. Trotzdem klammerte ich mich an diese Wahrnehmungen wie eine Ertrinkende. Ließ ich los, war das mein Untergang. Ich würde versinken, in der tiefen Dunkelheit des Ozeans, und nie wieder auftauchen. Immer wieder hörte ich Stimmen. Sie wechselten, bewegten sich und verschwanden. Ich streckte meine Hand nach meinem Bein aus, oder dachte es jedenfalls, und fühlte etwas Rohes, Fleischiges. Wund wie eine aufgeplatzte Blase. Meine Haut. Panik durchschoss mich. Ich wollte den Mund öffnen und um Hilfe rufen, doch ich brachte keine Worte heraus.

Jemand nahm meine Hand und legte sie vorsichtig zurück auf meine Brust, wie bei einer Leiche.

Gesichter tauchten in der Dunkelheit vor meinen Augen auf. Manche waren verschwommen, andere wiederrum so klar, als betrachtete ich sie unter einem Mikroskop. Jede Furche, jede Unebenheit ihrer Haut sprang mir entgegen, bis sie nicht mehr menschlich wirkten. Zu keinem Gesicht kannte ich einen Namen.

»Lass los!«, flüsterten sie.

»Bleib hier!«, flüsterten die anderen.

Der Schmerz war bloß noch ein dumpfes Pochen in den Tiefen meines Körpers, als gehörte jede Empfindung zu einer anderen Person. Er konnte ganz verschwinden, wenn ich nur aufhörte zu klammern.

Irgendwo rief jemand meinen Namen. Sie flehte mich an, zu bleiben, lauter als alle anderen. Auch für sie kannte ich keinen Namen, doch sie war der Grund, warum ich immer noch atmete. Sie war das Stück Treibholz, an das ich mich klammerte. Ich konnte sie nicht enttäuschen. Ich konnte sie nicht allein lassen. Mit meinem restlichen Kampfgeist und tiefem Bedauern entschied ich mich erneut für den Schmerz.

Als ich zum vierten Mal die Augen aufschlug, war ich allein. Ich hörte keinen Gesang. Niemand saß an meinem Bett. Verschwunden waren der Schmerz und das dumpfe

Druckgefühl. Mein Kopf fühlte sich erstaunlich klar an, doch mein Körper kam mir vor, wie von innen ausgehöhlt, und müde, als hätte ich seit zwei Wochen nicht geschlafen. Meine Muskeln waren zusammengefallen wie ein Kartenhaus. Ich hob einen Arm und mein Herzschlag schien sich zu verdoppeln. Trotzdem reckte ich den Hals und setzte mich auf. Dort saß ich einige Sekunden und rang nach Atem.

Was war passiert? In meinen Erinnerungen fand ich nur dichten Nebel. Ich kämpfte die aufkeimende Panik hinunter.

Die Kälte der Wand hinter mir beruhigte meinen Herzschlag. Ich ließ meine Fingerspitzen über das Material gleiten. Ein solches Material hatte ich noch nie zuvor an einer Wand gesehen. Zumindest nicht in echt. Höchstens auf Fotos. Ich griff nach der Kerze neben meinem Bett. Wie Morast sah das dunkle Material aus, erstaunte mich jedoch in seiner Festigkeit. Kleine Narben zogen sich über die gesamte Wand und bildeten quadratische Klötze, die wirkten wie direkt mit einem Messer aus dem Rasen geschnitten. Hier und dort wuchs sogar noch ein Grashalm aus der Wand. Auf den Fotos meines Vaters von seinen Islandreisen hatte ich mir immer versucht, vorzustellen, wie so eine Wand sich anfühlen musste. Ob sie feucht war oder trocken, ob es in einem solchen Haus warm war oder kalt. Nie hätte ich geglaubt, einmal mit den Fingern über eine Wand aus Torf zu streichen. Wie ein Loch in der Erde wirkte der fensterlose Raum. Je höher ich die Kerze hielt, desto überzeugter wurde ich, dass es sich um ein Loch in der Erde *handelte*. Licht spendeten nur die Fackeln bei der

Eingangstür aus Holz. Die Möbel bestanden komplett aus Holz. Doch hierbei handelte es sich nicht um glatt geschliffenes, gleichmäßig bearbeitetes Holz aus der Industrie. Vielmehr wirkten die Möbelstücke wie ein zusammengewürfelter Haufen aus Totholz und Strandgut. Ich runzelte die Stirn. An den Beinen des großen Tisches gegenüber dem Bett hafteten noch Stücke der Rinde. Eine ausladende Wurzel hing darüber und bildete eine Art Ablageregal für diverse Tongefäße. Weitere dieser Schalen standen auf dem Tisch, die Deckel zum Teil geöffnet. Sie verströmten einen herben Geruch verschiedenster Kräuter, und ließen mich unentschlossen zurück, ob sie nießen oder tief einatmen sollte. Mein Magen knurrte lautstark.

Von der Tür bis zur hinteren Ecke schätzte ich den Raum auf circa vier Meter. Dort stand ein Stuhl, komplett aus der Wurzel eines großen Baumes gefertigt. Ein Kissen markierte die Sitzfläche. Sammler wären bei diesem Stück neidisch geworden. In meinem Inneren kämpfte die Angst gegen die Bewunderung für dieses kleine Reich. Es gab so viele winzige Einzelheiten zu entdecken, die mein Herz höherschlagen ließen, obwohl mein Kopf noch nicht herausgefunden hatte, ob ich in Lebensgefahr schwebte oder nicht. Ranken aus einem Geflecht verbanden die Tür mit der Wand. Efeu wuchs in allen vier Ecken des Raumes in die Höhe und verschwand an der Decke im Nichts. Tief im Inneren wusste ich, dass ich mich nicht mehr im Reich der Menschen befand. Kein moderner Mensch schaffte es, einen Raum vollständig mit Produkten aus der Natur einzurichten. Selbst wenn ich eine Zeitreise gemacht hätte, sähe der Raum anders aus, einfacher, praktischer, ärmer … menschlicher.

Ich strich über die Leinenbettwäsche und zog eine Feder heraus. Immerhin diese Gemeinsamkeit mit der Menschheit fand ich. Ich bezweifelte jedoch, dass diese Federn von einer Gans oder einer Ente stammten. Sie lief spitz zu wie ein Pfeil. In den Farben dominierte Weiß. Von der Spitze zogen sich feuerrote Linien über die weichen Härchen, die in der Mitte abrupt verschwanden, als hätte jemand die Feder in einen Topf mit roter Farbe getunkt. Das Tier, zu dem diese Feder einst gehörte, musste wunderschön gewesen sein.

Die Tür öffnete sich und ich ließ die Feder fallen, als hätte ich etwas Verbotenes getan. Erschrocken zog ich die Luft ein.

Auf der Schwelle stand eine Frau, die genauso erstaunt wirkte wie ich. In der Hand hielt sie einen Krug. Ihre schneeweißen Locs reichten bis an den oberen Rahmen der Tür. Die Strähnen waren sogfältig aus dem Gesicht frisiert, sodass mein Blick sofort auf die spitzen Ohrmuscheln fiel. Über ihrem weißen Kleid trug sie eine graue Schürze. Ein Ledergürtel hielt beide Kleidungsstücke an der Taille zusammen. Leuchtende Augen, mit der Farbe von zwei Saphiren, schauten mich freundlich an.

»Du bist wach!« Sie sprach Englisch, in einem gebrochenen, kehligen Akzent, doch ich konnte sie verstehen.

Ihr Lächeln entblößte zwei zarte, aber viel zu spitze Schneidezähne.

Ich schrie.

Kapitel 14

Fell

Das Wesen, das mir aus der Waschschüssel entgegenstarrte, war wunderschön und entsetzlich zugleich. Nicht so erschreckend wie das Gesicht von Arianwen, dennoch bekam ich bei seinem Anblick eine Gänsehaut. Die Heilerin der Feen hatte sich gestern vorgestellt, nachdem ich mich beruhigt hatte. Zumindest äußerlich. In mir tobte ein Sturm aus Verzweiflung und Verwirrung.

Ich kannte die feinen Züge des Gesichts, die weiße Haut, das schmale Kinn, das kaum merklich mit dem Kiefer verschmolz.

Langsam strich ich mit zwei Fingern über meine Lippen. Das Wesen besaß die gleichen grauen Augen, die gleichen Falten, Furchen und Unebenheiten in der Haut. Ohne die hätte ich nicht erkannt, dass es mein Spiegelbild war.

Eine rote, fleischige Narbe zog sich von der Stirn durch meine rechte Augenbraue, quer über die Schläfe und endete an meinem Wangenknochen. Überreste meiner Wunde. Mit der Zeit würde die Röte verschwinden, ebenso die wulstige Erhebung. Die Narbe würde bleiben.

Meine roten, grausigen Locken waren vollends verschwunden. Stattdessen standen mir dunkle Stacheln von etwa einem Zentimeter vom Kopf, mit zerfransten Spitzen, ab. Man hatte meine Haare grob mit einer Schere oder einem anderen scharfen Gegenstand abgeschnitten und dabei nicht auf ein modisches Erscheinungsbild geachtet. Ich sah aus wie ein Igel. Meine Kehle schnürte sich zusammen, während ich durch meine Haare strich. Sie würden wachsen, doch es dauerte Jahre, bis sie wieder ihre vorherige Länge erreichen würden. Wahrscheinlich hatten die Sidhe mir einen Gefallen getan, die Haare abzuschneiden. Am Rest meines Körpers konnte ich den Zustand der Locken erahnen. Ich erinnerte mich, wie sie in Flammen gestanden hatten. Vermutlich ähnelten sie eher einem stinkenden Knäul Eisenwolle. Trotzdem, diese roten Locken waren immer ein Teil von mir gewesen. Wie oft hatte ich vor dem Spiegel gestanden und sie verflucht, gedroht sie abzuscheiden. Jetzt hätte ich alles gegeben, um noch einmal mit den Fingern in verknoteten Locken stecken zu bleiben.

»Wie fühlst du dich heute?«

Ich fuhr herum. Arianwen stand mitfühlend in der Tür und trat in den Raum. In der einen Hand trug sie eine Schüssel mit einer grünen Pampe, die stark nach getrockneten Gräsern roch. In der anderen eine Schüssel, in der ich eine Suppe vermutete. Ihre weißen Locs trug sie heute in einem riesigen Knoten auf dem Kopf, der mit einem himmelblauen Band zusammengehalten wurde, das zu ihren Augen passte. Zwei Strähnen hingen vor ihren nadelspitzen Ohren bis zur Brust hinab. Die winzigen, bunten Federn, die mit Ringen aus Bronze an ihnen befestigt waren, wippten bei ihren Schritten. An ihrer grauen Schürze klebten die zerdrückten Blätter vieler Kräuter.

»Besser. Die Wunden heilen gut«, antwortete ich. Eine Welle des Schwindels brach über mich herein, auf meinem Weg zurück zum Bett. Ich blinzelte. Mein Körper protestierte noch immer gegen die Menge an Bewegung.

»Gib deinem Körper Zeit.« Arianwen stellte die Schüsseln sanft auf den Tisch.

Ich strich über die Wunde an meinem Bein. Das Feuer hatte eine rote, vernarbte Fläche gelassen, wo sich einst Haut über die Innenseite meines Oberschenkels gespannt hatte. Die Stelle brannte, wenn ich sie mit der Hand berührte. Kleine Blasen aus Kruste hatten sich darauf gebildet. Schenkte ich Arianwens Worten von gestern Glauben, war ich zwei Wochen abgetreten gewesen.

Ich wusste, dass Wunden in dieser Zeit mit guter Pflege heilen konnten. Doch bei dem Ausmaß dieser Wunde und der Vorstellung, wie sie vorher ausgesehen haben musste, schien mir dieser Heilungsprozess unwirklich. Besaß ich mittlerweile auch noch Kräfte zur Selbstregeneration? Auch an meinen Armen bildeten sich inzwischen vernarbte Wunden. Meine Jacke hatte ich zum Glück von mir werfen können, bevor sie Feuer fing. Sonst sähe der Rest meines Körpers bestimmt auch so aus wie mein Bein.

»Ich habe dir eine Salbe auf den Tisch gestellt. Trage die jeden Abend auf die Wunde auf und in einer Woche siehst du nur noch die Narbe.« Arianwen reichte mir die Schüssel mit der Suppe. »Das ist das Beste, was ich für deinen menschlichen Körper tun kann. Eure Körper wehren sich zunächst immer gegen alles.« Die Fee schnaubte. Offenbar hielt sie nicht viel vom menschlichen Immunsystem.

Köstlich waberte der Geruch der warmen Suppe in meine Nase und erstickte meine Fragen für einen kurzen Augenblick. Ich griff nach dem Holzlöffel und schlang die Brühe in mich hinein, als wäre sie meine letzte Mahlzeit auf Erden.

»Langsam, sonst verbrennst du dich«, sagte Arianwen. Ihre Augen funkelten belustigt.

Dafür war es bereits zu spät. Von dem Geschmack der Suppe nahm ich nicht viel wahr, doch mit der Wärme kehrte das Leben in meine Gliedmaßen zurück.

»Wie lange dauert es bei euch, bis eine Brandwunde heilt?«, fragte ich mit erneutem Blick auf mein Bein.

»Bei dieser Schwere von Verletzung ungefähr zwei Wochen, je nachdem wie gesund der Körper ist. Ich bereite dir einen Tee zu, gegen den Schwindel«, antwortete Arianwen.

Ich blinzelte. »Nur mit Kräutern?«

Arianwen schenkte mir einen Blick, den ich bestenfalls als ungläubig, fast schon abfällig werten konnte. Sie ging zum Tisch und griff mit ihrer weißen Hand in einige der Krüge. Heraus zog sie mehrere Blätter und streute sie zusammen in einen Mörser. »Ihr Menschen sucht immer nach anderen Wegen der Heilung, weil ihr Danus Magie nicht versteht«, sagte sie verächtlich. »Alles, was ihr zum Leben benötigt, findet ihr um euch herum, doch das wollt ihr nicht glauben. Ihr wisst nicht, wie man mit den Kräutern spricht und wundert euch, dass sie euch nicht antworten. Wenn man es euch zeigen möchte, wisst ihr bereits alles, was es zu lernen gibt.«

Das gleichmäßige, kraftvolle Mahlen des Stampfers verklang und sie streute die Masse in einen Becher aus Holz.

Da ist heute jemand mit dem falschen Fuß aufgestanden.

Beim Klang der Stimme wirbelte ich herum. Mit klopfendem Herzen starrte ich zur Tür und das Schlucken fiel mir plötzlich schwer. Doch niemand stand dort. Es war das erste Mal, dass ich Annies Stimme in meinem Kopf hörte. Trocken und zynisch, wie immer. So deutlich, als stünde sie neben mir.

»Menschen sind nicht alle schlecht. Viele gehen bewusst mit der Natur um und kümmern sich um sie.« Die Worte rutschten mir heraus, und ich war nicht sicher, ob Annie oder ich in diesem Moment aus mir sprach. Vielleicht war sie ein Geist und hatte von meinem Körper Besitz ergriffen. Ich hatte nichts dagegen. Ein bisschen Annie konnte ich gut gebrauchen, um nicht jeden Moment in Tränen auszubrechen und den Nervenzusammenbruch meines Lebens zu erleiden.

Ich wusste, dass ich mich in einem Krankenzimmer befand. Ich wusste, dass Arianwen eine Fee war. Ich wusste, dass sie womöglich nicht die einzige Fee dort draußen war. Und ich wusste, dass ich irgendwie die Welt gewechselt haben musste, obwohl sich mein Verstand vehement dagegen wehrte.

Arianwen warf mir einen scharfen Seitenblick zu und ich richtete meine Augen schnell auf meine Hände. Zu weit hatte ich mich aus dem Fenster gelehnt. Würde sie jetzt Wachen oder irgendwelche Bergtrolle rufen, die mich aus dem Zimmer zerrten und in ein tiefes, dunkles Loch warfen, noch dunkler als dieses hier? Auf ein ordentliches Grundgesetz, Meinungsfreiheit oder Menschenrechte konnte ich sehr wahrscheinlich nicht hoffen.

Nichts davon geschah. Stattdessen wurden ihre Augen weich. »Danus Weisheit spricht aus dir, Wechselbalg. Auch unter den Menschen gibt es Verständnis, wie es unter den Sidhe Unverständnis gibt.«

»Felicia«, murmelte ich seufzend. »Mein Name ist Felicia.« Ich konnte mir meinen Namen vermutlich in Großbuchstaben auf die Stirn tätowieren. Es würde nichts bringen. Entweder war sie allergisch gegen menschliche Namen oder sie konnte meinen Namen genauso wenig aussprechen wie ich ihren.

»Bist du jetzt bereit, meine Fragen zu beantworten?« Gestern war sie meiner Frage ausgewichen.

Ich musste zuerst etwas essen, ich musste schlafen oder stärker werden, meinte sie stattdessen. Doch heute nickte sie.

»Ich möchte es versuchen, so gut ich kann.«

Ich holte zitternd Luft. Meine Stimme bebte verdächtig, als ich fragte: »Wieso bin ich hier? Was ist geschehen?«

Arianwen runzelte die Stirn. »Das weißt du nicht? Du hast die Brücke überquert.«

»Ja, aber wie ist das möglich?« Nervös knetete ich meine Finger. »Sie ist geschlossen, auf der Seite der Menschen.«

Die Falten auf Arianwens Stirn vertieften sich. Gleichzeitig trat ein belustigtes Schimmern in ihre Augen.

»Du bist ein Wechselbalg«, antwortete sie, als würde das irgendwas erklären.

»Ich bin in der Anderswelt?« Es war eine rhetorische Frage. Dieselbe hatte ich die letzten beiden Tage auch schon gestellt, doch ich musste die Antwort noch einmal hören, um sie zu begreifen.

»Tír na nÓg«, sagte Arianwen. Sie nahm die leere Schüssel von meinem Schoß.

Arianwen reichte mir die dampfende Tasse Tee und ich nahm einige lange Schlucke. »Sprechen alle Sidhe Englisch?«

»Manche mehr, manche weniger. Die Brücke mag geschlossen sein, aber wir sind nicht abgeschnitten«, antwortete Arianwen kurz angebunden. Sie rührte in einem weiteren Gefäß herum und war offenbar nicht sonderlich an der Fortsetzung des Gesprächs interessiert.

Ich stellte den leeren Becher auf den Boden. Der strenge Geschmack von Kräutern belegte meine Zunge.

»Ist dir noch schwindelig?«, fragte Arianwen.

Ich schüttelte den Kopf. »Ich denke nicht.«

Die Fee nickte und griff hinter die geöffnete Zimmertür. Zum Vorschein kam eine lange grüne Tunika. . Sie drückte es mir in die Hand und ich strich über das Material. Es handelte sich um Leinen.

»Zieh es an«, sagte Arianwen aufmunternd. »Du brauchst etwas anderes zum Anziehen als dieses Schlafkleid.«

Ich beäugte das Stück Stoff, das nicht nur aussah, sondern auch roch, als hätte es drei Tage auf feuchtem Moos gelegen. Seufzend nahm ich das Kleid in die Hand. Arianwen bewegte sich keinen Schritt.

»Stimmt etwas nicht?«, fragte die Fee, als sie mein Starren bemerkte.

»Ich würde mich gern umziehen«, begann ich räuspernd.

Arianwen hob erwartungsvoll eine Braue und deutete auffordernd auf das Kleid.

»Privatsphäre?«, entgegnete ich.

Sie blinzelte verständnislos.

Mein Herz begann zu klopfen und pumpte das Blut in meine Wangen. Entweder lag es an der Sprachbarriere oder die Sidhe kannten tatsächlich kein Wort für Privatsphäre.

»Menschen gehen dabei meistens in einen anderen Raum oder drehen sich um, damit die andere Person sich unbeobachtet umziehen kann«, stammelte ich eine Erklärung. Dabei rutschte mir die Tunika fast aus den Händen.

Arianwen musterte mich von oben bis unten. »Es gibt nichts an deinem Körper, das ich nicht bereits gesehen habe.«

Großartig, dachte ich. »Nein ... ja, schon ... Ich bin es nur nicht gewöhnt ... Ach egal!« Ich drehte mich um, nahm die Tunika und zog sie über meinen Kopf. Diesmal überfiel mich kein Schwindel, womöglich weil ich etwas gegessen hatte. Gänsehaut überzog meinen Körper, als ich Arianwens Anwesenheit hinter mir spürte.

»Mach dir keine Sorgen. In den Augen der Feen sind alle Menschen hässlich«, sagte Arianwen in einem vollkommen gleichgültigen Ton, als sie mir einen braunen Ledergürtel gab, mit dem ich die sackähnliche Tunika um die Hüften zusammenbinden konnte.

Sie tippte auf ihre Ohren. »Die sind viel zu kurz.«

Das musste ich ihr lassen, sie nahm kein Blatt vor den Mund. Ich fasste an meine perfekt gerundete, menschliche Ohrmuschel und brummte: »Oh, gut zu wissen.«

Damit war das Thema für Arianwen erledigt. Sie ging zurück zum Tisch und widmete sich ihren Kräutern. Ich strich die Falten in der Tunika glatt. Eine helle Borte mit feinen Knotenornamenten schmückte den Ausschnitt. Es könnte … schlimmer aussehen. Unbequem war es auch nicht.

Ich war nie jemand gewesen, der täglich mehrmals in den Spiegel geschaut hatte. Jetzt vermisste ich diese glatt polierte Glasscheibe schmerzlich. Grün war die Kontrastfarbe zu Rot. Das bedeutete, dass ich entweder umwerfend aussah oder wie ein Weihnachtsbaum.

Meine Stulpen hätten farblich perfekt zum Kleid gepasst. Doch sie waren dem Feuer zum Opfer gefallen, wie alles aus meinem Leben. Mein Handy war verschwunden, obwohl ich bezweifelte, dass es in der Anderswelt von großem Nutzen war. Meine Kleidung war ein Haufen verkokelter Stofffetzen, und Annie …

Hatte sie das Feuer überlebt? *Mörderin!* Ich zuckte zusammen. Ich hatte einen Menschen ermordet, vielleicht sogar zwei.

»Alles in Ordnung?«, fragte Arianwen.

Ich schluckte den schweren Kloß in meinem Hals hinunter. »War ich die Einzige, die ihr in dem Steinkreis gefunden habt? Da war nicht zufällig ein weiteres Mädchen … eine junge Frau mit … langen braunen Haaren?«

Arianwen schüttelte den Kopf. »Wir haben nur dich gefunden.«

Nickend betrachtete ich meine Hände. Meine nackten, kalten, kalkweißen Handgelenke.

»Warum konnte ich die Brücke überqueren, wenn sie geschlossen ist. Warum kann es sonst niemand?«, fragte ich.

»Du hast viele Fragen, auf die du Antworten bekommen sollst, doch nicht heute. Du bist sicher müde.«

Ich öffnete den Mund, um zu protestieren. Da rumpelten Schritte vor der Tür zu meinem Krankenlager. Ein Wirbelwind brach in den Raum.

Ich zuckte zusammen und stieß einen kleinen Schrei aus. Taumelnd fiel ich zurück auf mein Bett.

»Ist es wahr? Ist es wach? Ich muss es einfach sehen!« Der Wirbelwind entpuppte sich als eine junge Fee, die nicht älter als zwanzig sein konnte. Nach menschlichen Standards. Ich hatte keine Ahnung von der Lebenserwartung einer Fee. Leuchtend grüne Augen, groß wie die eines Koboldmakis, musterten mich von oben bis unten wie ich eine Göttin, oder zumindest Scarlett Johansson.

Arianwen lachte. »Es ist wahr.« Sie richtete ihren Blick auf mich. »Das ist Taméa«, stellte sie mir die junge Fee vor. Dabei sprach sie den Namen so betont aus, als müssten bei mir alle Glocken klingeln. Nicht ein winziges Glöckchen bimmelte. Ich saß auf meinem Bett und musterte die junge Fee unverhohlen.

Sie strich sich einige ihrer schwarzen Locs hinter die spitzen Ohren und entblößte eine Ansammlung kleiner, heller Narben auf ihrer braunen Haut, die sich über das Gesicht bis zum Kinn zogen.

Im Gegensatz zu Arianwen wirkten ihre spitzen Ohren eher rundlich.

»Kommst du wirklich von der anderen Seite? Wie alt bist du?«, purzelten die nächsten Fragen in den Raum, bevor ich die Chance hatte, auf die vorherige zu antworten. »Trägt sie wirklich unsere Magie in sich?«

Die Frage war an Arianwen gerichtet, die immer noch lächelnd neben dem Tisch stand. Die Fee antwortete in einem fremden Klang. Feensprache. Annie würde es lieben, diese Sprache zu analysieren. Plötzlich wünschte ich, ich hätte ein Aufnahmegerät dabei. Wehmut griff in kalten Klauen um mein Herz. Wo sie jetzt gerade war? Was trieb sie im Moment? War sie am Leben? Dachte sie an mich? Die kalten Klauen verwandelten sich in glühende Eisen. Ich wollte nicht hier sein.

Taméa nickte und antwortete in derselben Sprache. Beide ließen ihre Blicke abwechselnd zu mir gleiten. Ich widerstand dem Bedürfnis, auf meinem Bett Hampelmänner vorzuführen. »Was habt ihr gesagt?«

Die junge Fee schaute mich an. »Du sprichst kein Gàidhlig?«

Ich starrte verständnislos zurück. »Ich komme nicht aus Schottland, und selbst wenn, würde ich vermutlich kein Wort kennen. Die Sprache wird heute nicht mehr gesprochen.«

Gälisch also. Annie würde es hier lieben.

Auch wenn die Feen mir möglicherweise das Leben gerettet hatten, fühlten sich die letzten Tage an wie ein schlechter Traum. Was hätte ich für versteckte Kameras an der Zimmerdecke gegeben, oder jemanden, der mich wachrüttelt. Annie, die über mir stand und mir sagte, dass ich einen Albtraum gehabt hatte. Alles war besser als die

Vorstellung, dass ich seit Wochen in einem unterirdischen Feenbau gefangen war, der sich in einem Paralleluniversum befand. Ich atmete zitternd aus, und versuchte die Tränen zu vertreiben, die sich in meinen Augen sammelten. Auf keinen Fall durfte ich in der Anwesenheit von zwei Feen in Tränen ausbrechen.

»Ihre Wunden heilen gut, aber ich fürchte, sie benötigt noch Ruhe«, sagte Arianwen, ohne mich eines Blickes zu würdigen.

Enttäuschung trat in Taméas Augen, doch sie akzeptierte die Aussage schulterzuckend. »Ich werde es Rayanne mitteilen.« Die quirlige Fee schenkte mir ein letztes neugieriges Lächeln und verließ den Raum

»Ich werde deine Wunden noch einmal reinigen. Dann lasse ich dich allein, um zu schlafen«, sagte Arianwen.

Allein! Das klang wie Musik in meinen Ohren. Als Kind hatte ich immer Angst gehabt, aus einem schlimmen Traum nicht mehr aufzuwachen. Manchmal wollte ich deshalb nicht ins Bett gehen. Jetzt war diese Situation umgekehrt. Schlaf entpuppte sich als die einzige Möglichkeit, diesem niemals endenden Albtraum zu entfliehen. Ich konnte es kaum erwarten!

Kapitel 15

Feli

An diesem Morgen fühlte ich mich, als hätte ich zwei Tage geschlafen. Die Müdigkeit war aus meinen Knochen gewichen und hinterließ bloß ein leises Echo der Erschöpfung. Gestern Abend vor dem Einschlafen hatte ich die chaotischsten Träume erwartet. Jetzt füllte bloß schwarze Leere meine Gedanken.

Ich wollte die Augen nicht öffnen. Der Geruch der Kräuter legte sich einem Mantel gleich um meine Nase. Vielleicht, wenn ich nur lange genug mit geschlossenen Augen liegen blieb, löste sich der Raum mitsamt den letzten Tagen in Luft auf. Dann war ich war wieder zuhause und meine Mutter kam gleich herein, um mich zu wecken.

Vermisste sie mich? Wurde meine Abwesenheit auf der anderen Seite bereits bemerkt? Suchte man nach mir? Wussten sie, dass ich am Leben war oder hatte man mich für tot erklärt? Trauerte sie? Ich wollte meine Mutter nicht traurig sehen. Allein die Vorstellung, sie könnte wegen mir eine Träne vergießen, brach mir das Herz. Und Annie …?

Die Dunkelheit gab keine Antworten, und das panische Rasen meines Herzens nahm mir den Atem.

Ich schlug die Augen auf und stellte erleichtert fest, dass mein Kreislauf diesmal mitspielte. Langsam richtete ich mich im Bett auf und streckte mich. Ein lautes Knacken drang durch meine Wirbelsäule und stieg aufwärts in meine Schultern. Seufzend ließ ich die Arme sinken und zuckte erschrocken zusammen.

Das Quieken kam ungewollt aus meinem Mund und hatte ziemliche Ähnlichkeit mit einem Schwein. Ich wich zurück und stieß in meiner Eile mit dem Kopf gegen die Wand. Schmerz zuckte durch meinen Nacken.

Am Fußende meines Bettes hockte eine Gestalt auf dem schlichten Holzrahmen. Ähnlich wie die Krallen eines Vogels auf einem Ast, rollten sich ihre Zehenspitzen um den schmalen Balken. Ihre Arme hielt sie zwischen ihren Beinen eingeklemmt. Die lange grüne Tunika ergoss sich wie eine Zeltplane über ihre Knie. Sie musste ein unglaubliches Maß an Körperbeherrschung und Kraft besitzen, um in dieser Position nicht das Gleichgewicht zu verlieren.

Die quirlige Fee von gestern strahlte über beide Backen und entblößte zwei hauchfeine, lange Schneidezähne, wie das Gebiss einer Katze. Sie strich eine ihrer Locs mit dem eingeflochtenen blauen Band hinter ihr linkes Ohr. Ein Ohrring aus zwei orangenen Federn kam zum Vorschein.

»Was … tust du hier?«, stammelte ich.

Die Fee sprang in einer einzigen kraftvollen Bewegung von dem Balken. Bloß ein leises Schaben war zu hören, als ihre nackten Füße den Boden berührten.

Mein Verstand suchte nach ihrem Namen. Sie hatte ihn mir gestern verraten, doch er war ebenfalls durch das weitmaschige Sieb gefallen, das aufgrund der Informationsflut von meinem Gehirn Besitz ergriffen hatte.

»Arianwen kann heute nicht kommen. Sie muss sich um andere Kranke und Verletzte kümmern. Sie sagte, es geht dir inzwischen soweit gut, deshalb bin ich hier, um nach dir zu sehen«, erwiderte sie neugierig.

»Ich meine, was tust du da?« Ich deutete auf das Fußende des Bettes, wo sie bis eben noch gesessen hatte.

»Ich habe gewartet, bis du aufwachst«, sagte sie unverblümt.

»Du saßt also dort … die ganze Zeit und hast mir beim Schlafen … Wie lange saßt du dort?«

Ich schluckte bei der Vorstellung. Die Fee blinzelte bei meinen harschen Worten. »Eine Zeit. Warum?«

Ich wickelte mich unbeholfen aus der dünnen Leinenbettdecke und wäre fast mit dem Fuß hängen geblieben. Schnaufend baute ich mich vor ihr auf. Ich ging ihr gerade so bis zu den Schultern.

»Das ist nicht okay!«, rief ich. »Man sitzt nicht einfach wie … wie ein Stalker am Fußende eines Bettes und beobachtet eine Person beim Schlafen. Du bist doch nicht Edward Cullen!«

Ihre leuchtenden grünen Iriden schauten mich durchdringend an. »Was ist ein Stalker und was ist ein Edward Cullen? Ist das etwas, was die Menschen benutzen?« Ihre Augen begannen zu strahlen.

Ich stand dort, den Zeigefinger weiter auf das Bettende gerichtet, und verzog die Lippen zu einem Strich. Natürlich hatte sie nie Twilight gesehen. »Ja, das ist was, das die Menschen benutzen.« Über meine eigenen Worte schnitt ich eine Grimasse, doch wie erklärte man einer Fee Edward Cullen?

»Also, du … ihr macht sowas öfter?«, fragte ich.

»Manchmal«, erwiderte sie. »Aber ich weiß, wie Feen beim Schlafen aussehen, ich habe nur noch nie einen Menschen schlafen sehen. Ich dachte immer, ihr seht dabei ganz anders aus, dabei schlaft ihr genau wie wir.« Sie wirkte fast enttäuscht.

Ich atmete tief durch. »Na ja, für uns Menschen ist das allerdings … unangenehm, wenn uns jemand beim Schlafen zuschaut. Wir fühlen uns dann verletzlich, bedroht oder in unserer Privatsphäre eingeschränkt«, versuchte ich mich in einer Erklärung.

»Für Menschen ist es nichts Gutes, jemanden beim Schlafen zu beobachten?« Nachdenklich musterte mich die Fee.

Ich schüttelte heftig den Kopf. »Nein!«

Die Fee zuckte mit den Schultern. Ein leiser, warmer Wind blies mir ums Herz, als ich diese winzige menschliche Geste an ihr entdeckte. Vielleicht war doch nicht alles an ihnen fremd.

»Warum hast du das nicht gleich gesagt?« Damit schien die Diskussion für sie beendet. Sie ging nach hinten in den Raum, wo ich eine Art Wanne aufgebaut sah. Offenbar hatte Taméa mir nicht nur eine Weile beim Schlafen zugeschaut, sondern auch schon ein Bad eingelassen.

Ich schaute ihr verdutzt hinterher. Keine Erwiderung? Kein Unverständnis?

»Du machst das also nicht wieder?«, fragte ich vorsichtig.

»Wenn es dir unangenehm ist, warum sollte ich? Hier, ich habe dir ein Bad aufgebaut.« Sie deutete auf die Wanne.

Ich stand langsam aus dem Bett auf, und starrte auf die runde Wanne aus Holz, die nicht größer war als ein Wäschekorb. Meine vier Buchstaben passten gerade so dort hinein. Vermutlich waren diese Wannen eher zum Waschen im Stehen gedacht. Ich sah keine Brause oder einen Schlauch, mit dem ich mich abbrausen könnte. Bloß ein Eimer, gefüllt mit Wasser, stand neben der Wanne. Wie sollte ich darin baden?

Ich tauchte meinen Zeigefinger in den Eimer und zog ihn sogleich wieder heraus. Das Wasser war eisig!

Akribisch beobachtete die Fee jede meiner Bewegungen. »Stimmt etwas nicht?«, wollte sie wissen.

»Ihr habt nicht zufällig eine größere Wanne?«

Vielleicht noch eine Toilette mit Kanalisationsanschluss und einen gechlorten Pool? Man, Feli, wo denkst du hin?!

»Wie wascht ihr euch normalerweise? Müsst ihr euch waschen?«, fragte ich im nächsten Zug.

Die Fee stieß ein Geräusch aus; eine Mischung aus Lachen und Prusten. »Natürlich müssen wir uns waschen, aber wir gehen dafür an die Wasserfälle oder in das Becken. Ich habe Arianwen gefragt, und sie war sich sicher, dass das die Art ist, wie Menschen sich baden.«

Vor fünfhundert Jahren vielleicht. Andererseits war das nicht verwunderlich, wenn man bedachte, wie lange Menschen und Sidhe schon voneinander getrennt waren.

»Ja … natürlich. Danke!«, erwiderte ich und atmete tief durch. Später würde ich sie über die Badebräuche der

Menschen im 21. Jahrhundert aufklären. Die Hauptsache war, ich hatte Wasser, wenn auch eisig, und ein Stück Seife, das auf dem Tisch auf einem Handtuch lag. Irgendwie konnte ich mich damit säubern.

»Dann … äh … bis gleich?«

Erneut runzelte die Fee die Stirn.

Natürlich, Privatsphäre! Bei Arianwen hatten meine Argumente nicht funktioniert, warum sollte sie verstehen, was ich meinte. Die Tunika hatte ich murrend hingenommen, doch bei dem Gedanken, mich nackt vor diese Fee in die Wanne zu stellen, damit sie mich bei meinen unbeholfenen Waschversuchen beobachten konnte, zog ich meine Grenze. Sie würde dieses Zimmer verlassen, und wenn ich sie vor die Tür schieben musste.

»Menschen beobachten sich auch nicht gegenseitig beim Baden«, versuchte ich vorsichtig.

»Privatsphäre?«, fragte die Fee mit hochgezogenen Brauen. Sie legte eine völlig falsche Betonung auf das Wort und stolperte über mehrere Silben.

Ich nickte.

»Das ist sehr wichtig für Menschen, oder?«

Ich nickte erneut.

»Ruf mich, wenn du fertig bist«, sagte sie und drehte sich mit einem Lächeln um.

Als sie den Raum verlassen hatte, seufzte ich erleichtert auf. Ich warf einen mörderischen Blick auf das Wasser, das mehr Eiskristallen glich.

Mein weißes Nachthemd streifte ich über meinen Kopf und warf es auf das Bett. Dann stellte ich mich in die Wanne und nahm den Eimer und die Seife. Sorgfältig schrubbte ich jeden Zentimeter meines Körpers, vorsichtig und darauf bedacht, die Wunde an meinem Bein nicht zu berühren. Den restlichen Schaum nutzte ich, um die Stoppeln auf meinem Kopf zu waschen.

Danach atmete ich dreimal tief durch und goss das eiskalte Wasser aus dem Eimer in einem Schwung über mich, in der Hoffnung, dass der Schwall jegliche Schaumreste abwaschen würde.

Prustend stand ich in der Wanne und unterdrückte ein zweites Quieken. Im Eiltempo schlang ich das Handtuch um meinen Körper.

Jetzt siehst du wirklich aus wie ein nasser Lappen.

Annies Stimme drang aus dem Off.

»Ach ja? Wenn ich wiederkomme, reibe ich dich erstmal mit einer gehörigen Portion Schnee ein. Ich finde, ich habe eine verdammte Medaille verdient für das Eisbad«, murmelte ich, während ich mir schnaufend die Beine abtrocknete. Die Bewegung wärmte meine zitternden Glieder.

Für was? Warmduscherin des Jahres?

»Haha!«

Schnell schlüpfte ich in das grüne Kleid, das über dem Stuhl hing.

Immerhin fühlte ich mich jetzt wieder wie ein Mensch. Ein paar Sekunden lang stand ich im Raum und wartete auf einen weiteren zynischen Kommentar von Annie, doch sie blieb stumm. Natürlich!

Sie war ein Produkt meiner Fantasie, aber wenn ich mich dadurch an den Klang ihrer Stimme erinnern konnte, war mir das nur recht.

Andere Stimmen waren ebenfalls verdächtig ruhig, seit ich das Portal durchquert hatte. Ich vermutete, jetzt, da ich mich in ihrer Welt befand, bestand keine Notwendigkeit mehr, auf diesem Weg zu kommunizieren.

»Bist du fertig?«, rief eine Stimme vor der Tür.

Ich hob ruckartig den Kopf. Hatte sie die ganze Zeit dort draußen gestanden?

Die Fee öffnete die angelehnte Tür und lugte vorsichtig in mein Zimmer. Als sie mich fertig angezogen in der Mitte des Raumes entdeckte, breitete sich ein Lächeln auf ihrem Gesicht aus.

»Das Kleid steht dir!«

»Danke«, murmelte ich. Etwas anderes fiel mir nicht ein.

»Wir haben mehr für dich gesammelt«, verkündete die Fee. Sie beugte sich unter den Tisch und zog einen Korb voller Kleidungsstücke heraus. Wahrscheinlich hatte sie ihn heute Morgen auch mitgebracht. Unwillkürlich fragte ich mich, wie oft sie im Zimmer ein und aus gegangen war, ohne dass ich es bemerkt hatte.

»Es war nicht einfach, etwas in deiner Größe zu finden, aber einige mná sid hatten noch Sachen ihrer Feelinge über. Ich denke, da wirst du fündig.«

»Danke«, murmelte ich ein zweites Mal. Die Kleidungsstücke wirkten abgetragen und waren hauptsächlich in demselben Moosgrün wie mein Kleid, aber das war mir egal. Ich wollte hier niemanden beeindrucken. Vorsichtig zog ich ein Paar alter lederner Schnürschuhe aus dem Korb. Taméa reichte mir zwei Lappen aus Wolle, die sich als eine Art Socken herausstellten. Mit geübten Handgriffen zeigte mir die junge Fee, wie Socken um die Füße gewickelt und mit einem Band oberhalb der Knöchel befestigt wurden. Darüber zog ich die Schuhe.

»Ich frage nur ungern, aber wie war nochmal dein Name?«

»Taméa«, antwortete sie. »Dein Name ist Felicia, nicht wahr?«

Mein Name klang ungewohnt aus ihrem Mund. Ich konnte sehen, dass sie sich viel Mühe gab, den Namen richtig auszusprechen.

Ich nickte.

Taméa lächelte. »Da gibt es jemanden, der dich gerne kennenlernen möchte. Etwas zu Essen gibt es auch.« Sie wies auffordernd zur Tür. »Komm mit!«

Ich kam mir vor wie ein Hund, der zum ersten Mal ausgeführt wurde. Am liebsten wäre ich in diesem winzigen, vertrauten Zimmer geblieben. Hier kannte ich mich aus, hier begegnete mir niemand, außer den üblichen Besuchern. Doch eingesperrt in denselben vier Wänden, jeden Morgen und Abend eine Portion zu essen, Auslauf, wann die Sidhe es erlaubten …

So lieb mir mein kleiner Käfig war, ich musste wissen, wie ich ihm entkommen konnte. Ich musste wissen, wie groß dieser unterirdische Bau war und wo sich die Ausgänge befanden.

Entschlossen zupfte ich das Kleid zurecht und folgte Taméa langsam aus dem Zimmer heraus.

In meiner Kindheit hatte ich mir das Reich der Feen auf verschiedenste Arten vorgestellt. Die früheste Fantasie, an die ich mich erinnerte, war ein großes rosa Märchenschloss, das gewaltige Ähnlichkeit mit meinem Barbieschloss von damals besaß. Danach glaubte ich, Feen lebten in Pilzen oder in Baumstämmen wie Tinkerbell, vielleicht auch in Mäuselöchern zwischen einem Geflecht aus Wurzeln. Das hier erinnerte ebenfalls an ein Loch, doch bei einer Schätzung, wie viele Mäuse in diesen Raum passten, versagte selbst Albert Einstein. Mein kleines, abgetrenntes Krankenzimmer wirkte im Vergleich eher wie das Mäuseloch im hintersten Teil der Halle, die sich vor mir auftat. Dort kamen offenbar die Patienten rein, deren Zustand nicht gleich die ganze Höhle erfahren sollte, weil sie entweder zu verletzt oder zu wichtig waren. Ich fragte mich, was davon auf mich zutraf.

Hohe Säulen aus abgeschlagenem Felsen trugen in zehn Metern Höhe die Decke, die ich aufgrund des fehlenden Lichts kaum erkennen konnte. Dazwischen standen sorgfältig, dicht an dicht, die Betten der Krankenstation aufgereiht, von denen ein paar belegt waren. Mehrere Feen mit grauen Schürzen huschten zwischen den Betten hin und her, tauschten Laken oder brachten Schüsseln mit Medikamenten oder Essen.

Ihre Schritte hallten an den hohen Wänden wider und vermischten sich mit unseren. Mehrere Köpfe hoben sich, als wir den Raum durchquerten. Zwei Heiler blieben stehen und flüsterten sich Worte zu. Schnell senkte ich den Kopf. Am anderen Ende des Raumes erkannte ich Arianwen, wie sie einem Patienten einen Löffel Suppe einflößte, doch sie schien zu beschäftigt, um uns zu beachten. Eine dicke Doppeltür aus Holz erwartete uns am Ende des Raumes. Taméa schwang sie mit einer einzigen Bewegung ihrer Hand auf, ohne die Klinke auch nur anzufassen. Die Türflügel schlugen polternd gegen die Außenwände.

Ich riss die Augen auf. »Wie hast du das gemacht?«

»Die Tür? Die klemmt jedes Mal, deshalb lässt sie sich nur noch schwer von Hand öffnen.« Taméa hob im Laufen die Hand zu einer abwertenden Bewegung.

»Nein, ich meine, wie konntest du diese Tür öffnen?«

»Ich habe eine Barriere aus Luft aufgebaut, die Widerstände aus meinem Weg räumt«, erklärte sie.

Diesmal blieb ich stehen und drehte mich zurück zu der Tür. Das also hatte ich damals bei dem Autounfall gemacht. Ich sah das Auto auf mich zukommen, hörte die quietschenden Reifen, fühlte, wie ich mich auf den Aufprall vorbereitete, die Arme vor mir ausgestreckt, als könnten diese dünnen Nudeln irgendwas ausrichten. Meine Hände kribbelten bei der Erinnerung. Schnell fuhr ich mit ihnen über mein Kleid.

»Du weißt nicht viel über deine Fähigkeiten, nicht wahr?« Das war keine Frage, eher eine nüchterne Feststellung Taméas. »Was kannst du alles tun?«

Ich wagte ihr nicht in die Augen zu schauen. »Zuerst konnte ich in die Gedanken der Menschen um mich herum schauen. Ich kann ihnen für ein paar Sekunden die Sinne rauben. Dann konnte ich plötzlich das Wasser kontrollieren und den Wind. Schließlich auch das Feuer … glaube ich zumindest.«

»Du glaubst?«, fragte Taméa.

»Das letzte Mal habe ich ein schreckliches Inferno angerichtet«, murmelte ich und schloss die Augen. Die Bilder brachen erneut über mich herein, die Schreie, die Hitze …

»Ich glaube, ich habe das auch schon einmal getan … vor langer Zeit … eine Barriere aus Luft aufgebaut, meine ich.«

Taméa nickte anerkennend. »Das ist gut! Je schwerer der Gegenstand, desto mehr Kraft musst du aufbringen. Diese Tür ist kein Problem, doch ich habe einmal versucht, einen rollenden Wagen, vollbeladen mit Heu, auf diese Weise zu stoppen.« Sie verzog das Gesicht bei der Erinnerung. »Hat nicht gut funktioniert. Luft ist eben nicht mein Element.«

»Oder ein Auto …«, murmelte ich.

Taméa blinzelte verwirrt. »Ein was?«

Ich betrachtete meine Hände, während ich verzweifelt nach einem Vergleich für ein Auto suchte. »Das ist wie eine Kutsche oder ein Wagen«, fügte ich schnell hinzu, für den Fall, dass sie auch keine Kutschen kannte. »Nur … äh … schneller. Und mehr Menschen finden … darin Platz.«

Taméa starrte mich mit großen Augen an. »Das muss ein gewaltiger Wagen sein.«

Zu gern hätte ich das Bild eines Autos in ihrem Kopf gesehen, doch wie bei allen Feen stieß ich bei ihr ebenfalls auf eine Mauer.

»Es sind nicht direkt Wagen. Ein Auto ist ein Fortbewegungsmittel wie ein Wagen. Nur viel besser. Es braucht keine Pferde oder Ochsen. Es besteht aus … Metall und bewegt sich auf Rädern von selbst.«

»A – U – T – O …« Taméa ließ sich jeden Buchstaben des Wortes auf ihrer Zunge zergehen und sah dabei aus, als müsste sie mit ihrer Zunge Essensreste aus ihren Zähnen befreien. »Ich muss unbedingt mal auf einem Auto reiten.«

Ich öffnete den Mund, um etwas zu erwidern, schloss ihn jedoch sofort wieder. Einer Fee ein Auto richtig zu erklären, würde ich nie schaffen.

»Was gibt es außerdem in eurer Welt?« Sie wirkte wie ein kleines Kind auf einem Jahrmarkt. »Was benutzt ihr neben Autos, um an einen anderen Ort zu kommen?«

»Da gibt es auch Flugzeuge«, antwortete ich. »Die fliegen am Himmel wie Vögel, und mit denen kann man von einem Land in wenigen Stunden in ein anderes reisen …«

»In wenigen Stunden … Dann kann man mit ihnen fliegen wie auf einem Greif?«

Allmählich fragte ich mich, ob Taméas Augen ihr aus dem Kopf fallen konnten. Mit ihrer positiven, aufgeweckten Art erinnerte sie mich stark an Flora. Die beiden hätten sich sicher gut verstanden. Vielleicht hätten wir Freunde werden können. Das würde ich wohl nie erfahren.

»Und die sind so groß wie Autos?«

»Größer«, antwortete ich, und begann die Unterhaltung zu genießen. Im Kopf dieser Fee musste ein heilloses Chaos herrschen.

»So groß wie ein Drache?«

»Es gibt Drachen?!«, rief ich, lauter als beabsichtigt.

Taméa grinste. »Klar, im Gebirge im Süden gibt es ein paar. Aber keine Angst, die kommen nicht hierher.«

Ich versuchte, zu entscheiden, was schwerer für mich zu verdauen war. Dass es hier tatsächlich Drachen gab und ich womöglich als einziger Mensch jemals die Gelegenheit hatte, einen zu sehen, oder der Umstand, dass die Kreaturen für die Feen so selbstverständlich waren wie für mich ein Flugzeug.

»Ja, ich schätze so groß wie ein Drache.« Ich hatte keine Ahnung, wie groß diese Drachen waren.

»Aber was ist, wenn sie über ein Dorf fliegen? Richten sie dann nicht eine riesige Zerstörung an?«

»Sie fliegen hoch wie die Wolken. Dort oben können sie niemanden stören.«

»Aber wie können sie denn dort oben atmen?«, fragte Taméa.

Brauchen sie nicht, weil sie keine lebendigen Wesen sind, wollte ich antworten, aber das hätte die junge Fee womöglich nur noch mehr verwirrt. Zum Glück ging sie nicht weiter auf ihre Frage ein. »Von dort oben muss man die Welt aus den Augen von Grian und Gealach sehen können.« Taméas Stimme überschlug sich fast vor Schwärmen.

Einmal hatte ich in einem von Shaws Büchern die Namen Grian und Gealach gelesen. Die gälischen Wörter für Sonne und Mond. Ich wünschte, ich hätte ihnen damals mehr Beachtung geschenkt. Handelten es sich um eine Art Gottheiten? Ich nickte.

»Bist du schon einmal auf einem Flugzeug geflogen?«, fragte Taméa hastig.

»Mehrere Male.« Ich unterdrückte das dumpfe Drücken in meiner Kehle, als ich an die vielen Reisen nach Schottland in den Sommerferien dachte. Genauso schluckte ich den Reflex hinunter, Taméa zu verbessern, dass man nicht auf, sondern in einem Flugzeug flog.

»Unglaublich! Was gibt es noch?«, wollte Taméa wissen.

»Mit Schiffen kann man über das Wasser reisen.«

»Oh, du meinst Boote?«

»Ja, aber es gibt sie in allen Größen und sie haben Motoren.«

»Motoren?«

»Das heißt, sie brauchen keine Ruder oder Segel, um sich fortzubewegen. Sie fahren von allein, wie die Autos.«

Taméa runzelte die Stirn. Offenbar hatte ihre Vorstellungskraft nun endgültig ihre Grenzen erreicht. »Die Menschen hatten schon immer einen seltsamen Sinn für Humor.«

Schweigend marschierten wir weiter durch die Gänge dieser unterirdischen Höhle. Taméas Verstand neben mir arbeitete, um das eben Gehörte zu verarbeiten. Ich wollte ihr Fragen über ihre Welt stellen, doch ich brachte es nicht über mich. Aus Angst vor ihren Antworten und aus Angst, sie zu verärgern. Einzig unsere Schritte hallten dumpf in den weitläufigen, dunklen Tunneln wider. Mit jedem Stollen, der von unserem Weg abzweigte und in der Finsternis verschwand, sank mein Herz. Aus diesem Labyrinth würde ich niemals selbstständig rausfinden. Links und rechts befanden sich Türen, die in irgendwelche Räume führten, ähnlich wie in einem Hotel. Sie alle schienen aus denselben dunklen Holzstämmen gefertigt. Ich vermutete, dass wir uns in einer Art Berg oder etwas dergleichen befinden mussten. Es musste eine Ewigkeit gedauert haben, all diese Gänge in das Gestein zu graben. Von meinem Vater kannte ich die Geschichte der irischen Mythologie, wie die Feen nach der Schlacht gegen die Menschen unter die Erde in Hügel vertrieben wurden, wo sie seitdem lebten. Je mehr ich von diesem unterirdischen Höhlensystem zu sehen bekam, desto größer wuchs in mir die Annahme: Das hier war eine Stadt, geschürft in den Berg, um ein ganzes Volk zu verstecken, das nicht gesehen werden wollte.

Fackeln erhellten die Gänge, doch der Schein der Flammen reichte nur für einen ewigen Dämmerzustand. An der Decke erkannte ich mehrere Schächte, die in einigen Abständen zueinander nach oben führten. Lüftungsschächte vielleicht? Ich bewegte eine Hand unter einen der Schächte und spürte einen frischen Luftzug auf meiner Haut. Ohne Zweifel: Diese Schächte stellten eine Verbindung zur Außenwelt dar, doch sie waren zu klein. Noch nicht einmal mein Kopf würde hindurchpassen.

Efeuranken schlängelten sich durch den gesamten Stollen an den Wänden empor und bildeten die seltsamsten Muster. Wellen, Bögen, feine Linien, Kreise. So mancher abstrakte Künstler konnte sich davon noch eine Scheibe abschneiden.

»Wo gehen wir hin?« Allmählich begannen meine Beine zu schmerzen. Noch etwas, woran ich vor meiner Flucht definitiv arbeiten musste. Mein Körper war es nicht mehr gewohnt, längere Strecken zu laufen. Doch dieser Schmerz wurde in den Schatten gestellt, von einem viel fordernden und prägnanteren Drücken in meinem Unterleib, als wollte mein Körper mich erinnern, dass er wieder voll funktionstüchtig war. Das durfte nicht wahr sein! Wie kam ich in einem unterirdischen Feenreich an Binden? Taméa war zwar ohne Zweifel ein weibliches Wesen, doch das bedeutete nicht automatisch, dass sie mit Dingen wie einer Periode zu kämpfen hatte. Ich konnte nur hoffen, dass sich meine Periode so lange zurückhielt, bis ich sicher wieder in meinem kleinen Kämmerchen war, damit ich mir irgendwas überlegen konnte.

»Zu Rayanne«, antwortete Taméa. Das beantwortete meine Frage nicht im Geringsten.

»Wer?«, bohrte ich weiter.

»An Banrigh.« Das Wort rollte über Taméas Zunge und ich wünschte, ich hätte ein Wörterbuch mitgenommen.

»Was?«

Taméa lachte kurz. »Entschuldigung, ich habe vergessen, dass du kein Gälisch sprichst. Die Menschen benutzen, glaube ich, den Begriff Königin, doch die Beschreibung trifft wohl nicht ganz zu.«

Mit einem Ruck blieb ich stehen. Circa zehn Meter vor mir, am Ende des Ganges, tauchte eine Tür aus dunklem Ebenholz auf, die zweimal so groß sein musste wie Taméa. Die bronzefarbenen Griffe glänzten matt im Licht der Fackeln. Ebenso leuchtende Ornamente zogen sich in Form verschiedener Blätter, fein wie Spinnenweben, durch die gesamte Höhe der Türflügel. Ohne Zweifel der Eingang zu einem sehr wichtigen Raum.

Mein Herz drohte mir aus der Brust zu springen. Bei dem Gedanken, gleich irgendeine Feenkönigin zu treffen, machte mein Magen Anstalten, sich auf der Stelle sämtlichen Inhalts entledigen zu wollen. Obwohl ich heute Morgen noch gar nichts gegessen hatte.

»Und das sagst du mir jetzt?«, rief ich mit hoher Stimme. »Wie soll ich mich verhalten? Auf was muss ich achten?«

Taméa lächelte bloß. Sie vollführte eine einladende Handbewegung in Richtung der Tür. »Keine Sorge. Nur die Menschen erfinden solche komischen Verhaltens-regeln. Sei einfach du selbst.«

Genau da lag das Problem! Alles hätte ich für ein seiten-langes Verhaltensprotokoll gegeben. Ich hätte es studiert und geübt, als würde ich dem König von Großbritannien gegenübertreten, doch bei Taméas Worten stürzte mein Verstand ab wie ein alter Computer.

Die junge Fee schien meinen Panikanfall zu bemerken. Ruhig lächelte sie. »Ins Verlies wird sie dich nicht werfen.«

Ich atmete langsam ein und aus. »Wie kannst du das garantieren?«

Taméas Lächeln wurde breiter. »Vertrau mir!«

Ich schnaubte innerlich. Das Letzte, was ich tun würde, war dieser Fee zu vertrauen!

Taméa ging vor und öffnete die Tür mit einer lässigen Bewegung aus ihrem Handgelenk. Die schweren Flügel schoben sich langsam und knarrend auf, viel zu langsam für meinen Geschmack. Ich hatte einen ebenso dunklen, durch Fackeln erhellten Raum erwartet. Stattdessen wurden meine Augen geblendet, von dem plötzlichen Tageslicht, das den gesamten Saal erfüllte, in dem bestimmt drei Einfamilienhäuser Platz finden würden. Meterhohe Säulen reihten sich wie die Stämme von Mammutbäumen von der Tür bis zum Thron. Selbst die Struktur des rund geschlagenen Felsens hatte Ähnlichkeit mit der Rinde eines Baumes.

Meine Schritte hallten weit in der Halle wider. Ich wandte den Blick zu Boden und sah, dass wir über eine gewaltige Triskele gingen, deren oberster Arm auf den Thron deutete.

»Wunderschön, nicht wahr?« Taméa strahlte über beide Backen.

Langsam klappte ich meinen Mund wieder zu.

Obwohl ich wollte, hätte ich diesen Thronsaal in all seiner Schönheit nicht auf einem Blatt Papier einfangen können. Für so ein Bild bräuchte selbst ein Maler wie Michelangelo vermutlich zwei Jahre. Und trotzdem juckte es mich in meinen Fingern, eine Leinwand zu holen und mit all den Farben vor meinen Augen zu spielen.

In einer eleganten Bewegung drehte sich Taméa im Kreis. Ihre nackten Füße tanzten über den steinigen Untergrund.

Ich nickte bloß. Nur schwer konnte ich meine Augen von dem leeren Thron abwenden.

Der Thron befand sich unter einer Art Kuppel, wie der Altar in einer Kirche. Er stand auf einer Empore aus den Wurzeln eines gewaltigen Baumes, die sich wie die Arme eines Riesenkraken über die gesamte Breite der Kuppel erstreckten. Weitere Wurzeln bildeten eine Sitzfläche und eine ausladende Rückenlehne, ähnlich einer Krone, zweimal so hoch wie ein Mensch. Die riesige Eiche wirkte, als habe sie bereits tausend Jahre gesehen. Ihre knorrigen Äste waren so breit wie ich und schlangen sich spiralförmig auf das Loch in der Decke zu, aus dem das Tageslicht den Thron in einen engelsgleichen Schein tauchte. Mistelranken, so lang wie ein Kind, hingen von den Ästen herab. Ihre Blüten bildeten ein Meer aus kleinen gelben Punkten, als säßen hunderte Bienen an den Armen der Eiche. Grüne Banner hingen an den Wänden seitlich zur Kuppel von der Decke bis zum Boden.

»Komm mit!«, rief Taméa. Sie hüpfte voraus, hinter die Säulen, die eine Art Abgrenzung zum Rest des Saales bildeten. Mein Blick fiel auf den großen, runden Tisch und ich stockte. Mehrere Gestalten versammelten sich dort, die allesamt den Blick hoben, als ich zwischen den Säulen stehenblieb. Ich kannte nicht viel von der Artussage, doch dieses Bild erinnerte mich an den runden Tisch von Camelot.

»Tha seo an t-atharrachadh«, verkündete Taméa und deutete auf mich.

Was hatte sie gesagt? Sollte ich winken, oder erwartete man von mir einen Hofknicks? Vielleicht reichte ein einfaches Kopfnicken aus? Stattdessen zupfte ich an meinem Kleid und merkte, wie mir das Blut in den Kopf schoss. Ich wünschte, in der nächsten Säule zu verschwinden.

Du weißt wirklich nicht, was du mit deinen Armen anfangen sollst, oder? Ich hörte Annie lachen.

Eine gut zwei Meter hohe Gestalt löste sich vom Tisch und trat auf mich zu. Ich schluckte, nicht wissend, worauf ich meinen Blick heften sollte. Als das Tageslicht langsam ihre braunen Gesichtszüge erhellte, wich sämtliches Blut, das zuvor in meine Wangen geschossen war, zurück in meine Füße. Voluminös fielen ihre toupierten schwarzen Locs über ihren Rücken. Auf dem Kopf trug sie eine Krone, geschaffen aus Ästen, Zweigen, Moos und Farnen. Mein Blick blieb jedoch an ihren Augen hängen. Die Iriden leuchteten wie die Sonne selbst. Schon einmal hatte ich diese Augen gesehen! Ich starrte zu Boden auf ihre Lederschuhe. Im Gegensatz zu Taméa trug sie Schuhe. Ich konnte ihr nicht in diese brennenden Augen sehen, die mir nicht nur einmal im Traum erschienen waren. Ich wollte auf dem Absatz kehrtmachen und schreiend aus dem Saal rennen. Das Gesicht meines Albtraums schaute mir entgegen. Doch genau wie in meinem Traum konnte ich auch jetzt nicht vor ihr weglaufen.

»Es ist eine Ehre, dich zu treffen, Felicia«, verkündete sie mit voller Stimme und klarem Englisch. Sie neigte vor mir den Kopf. Die Königin der Feen neigte vor mir den Kopf! Annie würde mir das niemals glauben!

»Mein Name ist …«

»Rayanne«, unterbrach ich sie flüsternd, bevor die Fee ihren Satz beenden konnte. Meine Stimme klang, als hätte ich die ganze Nacht auf einem Metal Konzert durchgeschrien. Zu spät merkte ich, dass ich gerade die Königin der Feen unterbrochen hatte. Die schien sich daran aber nicht im Geringsten zu stören, und lächelte bloß sanft.

Taméas Kopf schnellte herum. »Sie kennt dich?« »

Rayanne drehte sich lächelnd zu ihr um. »Natürlich! Wir haben in unseren Träumen bereits Bekanntschaft gemacht. Umso mehr freue ich mich, dich endlich persönlich zu sehen.«

So musste es sich anfühlen, vor einer Göttin zu stehen. Ihre mächtige Aura hielt alles in ihrer Umgebung gefangen. Jede ihrer Bewegungen wirkte so elegant, als hätte sie sie jahrelang einstudiert. Federleicht umschloss das schwarze, glänzende Tunika ihre Beine und mündete an ihren muskulösen Schultern in einen langen, ebenso nacht. schwarzen Umhang, der, ähnlich einem Fischernetz, über ihren Rücken fiel. Unter dem Umhang schaute die Scheide eines Schwertes hervor. Keltische Knotenornamente über-säten den Gürtel um ihre Taille.

»Meine … Wie sagen die Menschen? … Enkelin Taméa hast du bereits kennengelernt. Dies ist meine zweite Enkelin Muirne.« Rayanne lenkte den Blick auf die junge Fee, die hinter ihr stand und den Kopf neigte. Sie konnte bloß einige

Jahre jünger sein als Taméa, doch die königliche Würde der Familie war definitiv auf sie gefallen. Eine Flechtfrisur hielt ihre braunen Locs, in denen bronzene Ringe eingeflochten waren, aus ihrem Gesicht, sodass die nadelspitzen Ohren deutlich sichtbar hervorstachen. Die spitzesten Ohren von allen Feen, die ich bisher gesehen hatte. Der gewebte Gürtel um ihre Taille, der ihrem weißen Kleid Form verlieh, besaß die gleiche Farbe wie ihre grünen Augen.

»Du musst hungrig sein. Komm, iss!« Rayanne deutete auf einen Tisch mit krummen Beinen, der mir jetzt erst ins Auge fiel, versteckt hinter dem großen, runden Versammlungstisch. Mehrere Schüsseln und Schalen waren darauf platziert.

»Lasst uns alle essen!«

Sofort löste sich die Gruppe um den runden Tisch auf, als hätten sie bereits den ganzen Morgen auf diese Worte gewartet.

Oh nein, vergiss es! Wer weiß, was die da auftischen. Annies Stimme in meinem Kopf ließ mich zurückzucken.

»Wer weiß, was ich in den Highlands zu Essen bekomme. Ich muss meine Kräfte sammeln!«, flüsterte ich in Gedanken.

Wenn du gerne Kakerlaken essen möchtest, guten Appetit! Aber schieb die Bauchschmerzen nachher nicht auf mich!

»Die habe ich längst schon. Außerdem, woher willst du wissen, ob sie Kakerlaken essen?«, murmelte ich leise.

Sie aßen keine Kakerlaken.

Tatsächlich hätte ein Restaurant kein besseres Frühstück zaubern können. Haferbrei bildete die Hauptnahrung. Dazu gab es eine Schüssel mit Beeren und Pfannkuchen. Sie schmeckten anders, als ich es gewohnt war, doch es waren ohne Zweifel Pfannkuchen. In mehreren Krügen ruhten verschiedene Säfte, wo ich vermutete, dass sie aus mehr Frucht bestanden als alles, was man in einem Supermarkt bekam. Das Erstaunlichste war jedoch nicht das Essen. Vielmehr das Fehlen einer Tischordnung währenddessen.

Eine Mahlzeit an einem royalen Hof hatte ich mir immer als äußerst belastende Angelegenheit vorgestellt, mit bestimmten Sitzordnungen, Verhaltensregeln beim Essen und einer Etikette, die dazu entworfen war, dass man an irgendeiner Stelle einen Fehler machte.

Zwei Tische standen im Raum, aber an keinem von ihnen wurde gegessen. Jeder nahm im Raum Platz, wo es beliebte. Manche nahmen sich Kissen, andere setzten sich auf den kalten Steinboden. Manche aßen mit Besteck aus Holz, andere mit den Fingern. Taméa hatte recht: Nur Menschen erfanden fragwürdige Verhaltensregeln.

Ich nahm an einer der Säulen Platz. Taméa, nein, Prinzessin Taméa, saß keine zwei Meter von mir entfernt auf einem Kissen, und brach ein Stück des Brotes ab, um es mit dem Haferbrei zu bestreichen. Neben ihr saß ihre Schwester Muirne. Rayanne war die Einzige, die auf einer aufwendig verzierten Decke Platz nahm.

Starr schaute ich auf mein Porridge und nahm mir vor, während des gesamten Essens in kein Gesicht zu schauen. Ich wollte bloß etwas in den Magen bekommen und diesen Saal, so schnell es ging, wieder verlassen.

»Ich hoffe, deine Wunden heilen gut? Hat Arianwen gut für dich gesorgt?«, fragte Rayanne freundlich.

»Ja.« Meine Stimme klang immer noch rau. »Ich fühle mich jeden Tag besser.«

Rayanne hielt kurz inne. Ihr neugieriger Blick ruhte auf mir, und am liebsten wäre ich in einer der Säulen verschwunden.

»Du kommst nicht aus Alba, nicht wahr?«, fragte sie schließlich.

Ich wusste, dass Alba der gälische Name für Schottland war, und schüttelte den Kopf. »Ich komme … in der Welt der Menschen … In meiner Sprache heißt es Deutschland«, begann ich den Satz mehrmals neu.

Rayanne schien kurz zu überlegen, dann hellte sich ihr Gesicht auf. »Das Land der Alben!«

Sie lächelte, als sie meinen verwirrten Gesichtsausdruck sah. »Wie die Menschen sind auch wir Feen über ganz Tír na nÓg verbreitet. Wir teilen uns in verschiedene Stämme auf. Wir Feen in Alba nennen uns Sidhe. Im Westen in Èirinn wohnen die Túatha Dé Danann, im Süden in Annwn die Tylwyth Teg und in Albion die Faie. Weiter im Süden, über das große Wasser leben die Alben und noch weiter …«

Dann gab es auch Feen in Australien und in der Arktis? Ich traute mich nicht zu fragen. Die Namen der Feenstämme verschwammen in meinem Gehirn. Stattdessen trank ich einen Schluck Saft und tunkte meinen Löffel in das Porridge.

»Wie kamst du auf die Orkney Inseln?«, wollte Rayanne wissen.

»Ich war auf … Reisen. Menschen tun das, um eine Auszeit zu bekommen.« Dass ich explizit nach den Sidhe gesucht hatte, um sie loszuwerden, erwähnte ich besser nicht.

»Das ist alles zurzeit sicher sehr verwirrend für dich«, sagte Rayanne.

Ich nickte und schluckte den Kloß in meinem Hals herunter. Verwirrend traf es nicht einmal annähernd. Lebensverändernd, panisch, verzweifelt traf es eher. So viele Fragen wollte ich Rayanne an den Kopf werfen, doch wieder traute ich mich nicht.

Warum war ich hier? Wozu wurde ich gebraucht? War ich eine Gefangene?

»Du brauchst keine Angst zu haben. Wir sind hier, um dir zu helfen«, erwiderte Rayanne sanft. »Wie nennt man den Ort, aus dem du kommst?«

»Es ist ein kleines Dorf namens Pömmelte.«

»Wie viele Menschen leben dort?«

»Vielleicht einhundert«, antwortete ich nach kurzem Überlegen.

»Wie viele Menschen leben in … Deutschland?«

»Ich glaube, um die achtzig Millionen.« Ich kratzte den letzten Rest Porridge aus der Schüssel.

Rayanne nickte langsam.

»Sie hat mir bereits von der Welt der Menschen erzählt, und von Flugzeugen, Schiffen und Autos!«, fiel Taméa begeistert ein.

»Ich bin sicher, das ist eine faszinierende Geschichte. Die musst du mir bei Gelegenheit ebenfalls erzählen. Nur nicht heute.« Schnell hob Rayanne die Hand. »Du bist sicher müde. Ruh dich aus. Morgen möchten wir ein großes Will-kommensfest zu deinen Ehren halten. Dann freue ich mich auf mehr faszinierende Geschichten aus der Welt der Menschen.«

Ich nickte, dankbar, mich endlich zurückziehen zu dürfen, weg von diesem riesigen Saal und diesen stechenden, goldenen Augen.

Rayanne deutete mir, die Schüssel stehen zu lassen, und ich stand auf. Taméa tat es mir gleich. Unwillkürlich fragte ich mich, ob sie sich tatsächlich nur um meine Gesundheit kümmerte oder auch als mein Wachhund eingeteilt war. Der andere Teil von mir war jedoch dankbar, dass sie mich auf Schritt und Tritt begleitete. Ohne sie würde ich den Weg zurück in mein Krankenzimmer nie finden.

»Danke für das Essen«, murmelte ich.

Muirne und Rayanne nickten lächelnd.

Ich wandte mich ab, damit sie nicht sehen konnten, wie meine Gesichtszüge entgleisten. Alles an ihnen verwirrte mich. Rayanne war das Ebenbild meines Albtraums, doch ich konnte die Fee vor mir nicht mit meiner Traumerscheinung in Verbindung bringen. Sie wirkte freundlich, warm und verständnisvoll. Gleichzeitig überkam mich das Gefühl, dass sie sich schnell in ihre Albtraumversion verwandeln konnte, würde ich in irgendeiner Weise in Ungnade fallen. Meine Hände zitterten.

Ich folgte Taméa aus dem Thronsaal. Als die große Flügeltür sich hinter mir schloss, konnte ich das stetige Nagen in meinem Bauch nicht länger ignorieren. Die Ahnung, einen schrecklichen Fehler begangen zu haben. Doch so viel ich in meinem Verstand grub, ich kam nicht auf die Idee, was ich falsch gemacht haben könnte. Zu dem nagenden Gefühl gesellten sich die Bauchschmerzen und das Desaster, das sich allmählich in meiner Unterhose breitmachte.

»Du siehst aus, als könntest du ein wenig frische Luft gebrauchen«, sagte Taméa. Ich lehnte an der geschlossenen Tür zum Thronsaal.

»Mir ist ein bisschen schlecht«, verkündete ich. »Und ich … naja … hab da so ein Menschending, wo ich fragen wollte, ob es vielleicht etwas dafür gibt …?«

Taméa runzelte fragend die Stirn.

Ich holte tief Luft. »Alle vier Wochen bekommen die Frauen bei den Menschen ihre Periode. Das ist eine Art Blutung, die … »

Die junge Fee riss die Augen auf. »Du meinst die Mondblutung?«

Ich nickte langsam. Erleichterung breitete sich in mir aus. Offenbar hatten Feen mit ähnlichen Problemen zu kämpfen.

Taméa lachte. »Warum hast du das nicht gleich gesagt? Natürlich haben wir was dafür. Menschen bekommen die alle vier Wochen?«

»Ja.«

Taméa blinzelte. »Das stelle ich mir … unangenehm vor.«

»Es gibt Schöneres«, murmelte ich.

»Wir bekommen sie einmal im Jahr. Kein Wunder, dass Menschen so viele Kinder bekommen können.«

Wow, im Vergleich zu denen sind wir ja echte Kaninchen!

Ich verkniff mir ein Lachen über Annies Kommentar.

»Also bist du eine Prinzessin …«, begann ich langsam, und folgte der Fee durch den weitläufigen Gang.

Schnaubend drehte sich Taméa in meine Richtung. »Weithin bekannt als die hässliche Prinzessin.« Sie deutete auf ihre kurzen Ohren und zuckte mit den Schultern. Anscheinend kümmerte sie diese Bezeichnung nicht im Geringsten. »Nicht jede Familie ist perfekt. Die Geburten von Muirne und mir zählen bis heute als Wunder, da so wenige Jahre zwischen uns liegen. Im Gegensatz zu den Menschen bekommen wir Sidhe sehr selten Kinder. Meine Mutter ist leider nach der Geburt meiner Schwester gestorben. Zwei Schwangerschaften in einer so kurzen Zeit waren vermutlich zu viel für ihren Körper. Nichtsdestotrotz war Muirnes Geburt ein klares Zeichen, dass Rayanne von Danu zur Führung auserwählt wurde, und das hat der Rat erkannt. Sie wurde zur bainrigh gewählt.«

»Die Königin wird gewählt?«, fragte ich verwundert. Ich konnte mich nicht erinnern, ein solches System im Politik- oder Geschichtsunterricht jemals besprochen zu haben.

Taméa nickte. »Jeder Feenstamm wählt einen Herrscher. Solange der die Mehrheit des Volkes hat, bleibt Rayanne Königin. Wenn nicht, wird sie vom Rat abgesetzt. In ihren fast sechzig Jahren als bainrìgh ist das allerdings noch nie passiert, im Gegensatz zu den Königen bei anderen Stämmen.« Taméas Brust schien die doppelte Breite anzunehmen.

»Sechzig Jahre?«, rief ich. Rayanne wirkte nicht älter als vierzig. »Wie alt ist sie?«

Erneut zuckte Taméa mit den Schultern. »Wir Sidhe zählen unsere Lebensjahre nicht. Rayanne wollte zuerst mich auswählen, um mir die Aufgaben einer bainrìgh vertraut zu machen, doch das alles ist nicht meine Welt. Ich habe freiwillig mein Wahlrecht an Muirne abgegeben. Sie hat sehr viel bessere Chancen gewählt zu werden als ich. Bereits jetzt ist sie schon Mitglied des Rates.«

»Hat jede Fee ein Wahlrecht oder muss man dafür geboren sein?«, fragte ich.

Taméa nickte schmunzelnd. »Jede Fee aus dem Stamm der Sidhe kann sich zur Wahl aufstellen lassen. Aber ich denke, in gewisser Weise muss man schon dafür geboren sein. Ich bin es jedenfalls nicht.«

Eine Weile gingen wir nebeneinanderher, und ich beobachtete das wechselnde Licht der Fackeln auf Taméas Gesicht.

Seltsam, dachte ich. Die Feen redeten wie Menschen. Viele ihrer körperlichen Merkmale und Verhaltensweisen ähnelten den Menschen. Eine Menge zeugte davon, dass Menschen und Sidhe eine gemeinsame Vergangenheit hatten und ihre Leben fest ineinander verwoben waren. Beide hatten ihre Spuren auf den jeweils anderen hinterlassen. Trotzdem überkam mich das Gefühl, neben einer Außerirdischen zu laufen. Ich wusste, dass ich immer noch auf der Erde war … irgendwie, doch gleichzeitig hätte ich auch über den Mars spazieren können. Vielleicht lag es auch an dem rötlichen, sandigen Boden dieser Höhlen und dem rauen Gestein. Taméas nackte Füße waren bereits vollständig von Sand überzogen. Jeder ihrer Schritte beherbergte einen grenzenlosen Optimismus, der ansteckte, wenn man sie lange genug beobachtete.

»Du hast mich atharrachadh genannt. Was bedeutet das?« Ich war mir sicher, dass ich das Wort falsch aussprach.

»So nennen wir Geschöpfe wie dich«, antwortete Taméa.

»Das bedeutet also Wechselbalg?«

»Nein, es bedeutet Veränderung. Du bist sowohl Mensch als auch Fee, deshalb konntest du durch die Brücke kommen, obwohl sie eigentlich geschlossen ist. Eigentlich dürfte jemand wie du gar nicht existieren, und trotzdem gibt es Wesen wie dich schon so lange es Feen und Menschen gibt. Da hat sich Danu einen kleinen Scherz erlaubt.« Taméa lachte. »Sie liebt die Ironie und besitzt einen recht eigenen Humor, den man oft erst später versteht. Das darf man ihr nicht übelnehmen.«

»Danu ist eine Göttin, oder?«, fragte ich. Mehrmals hatte ich in Shaws Aufzeichnungen und im Notizbuch meines Vaters von Danu gelesen. Die Túatha Dé Danann waren sogar nach ihr benannt – Kinder von Danu.

Vor einer der Fackeln blieb Taméa stehen und ließ die Schatten auf ihrem Gesicht tanzen. Das Feuer reflektierte in dem leuchtenden, dunklen Grün ihrer Pupillen. Ihre Stimme war kaum mehr als ein Hauch. »Sie ist das Kind von Sonne und Mond, doch sie ist mehr als eine Göttin. Uns Feen hat sie erschaffen, und mit uns alles, was lebt. Von ihren Kindern, Feuer, Wind und Meer, haben wir unsere Magie bekommen. Danu ist alles, woraus diese Höhle besteht und alles, was uns umgibt. Durch jedes Wesen fließt sie hindurch. Wir sind alle ein Teil von ihr, im Leben als auch im Tod.« Sie drehte sich einmal um die eigene Achse und strich mit ihren Fingern über die Efeuranken an den Wänden, während sie rückwärtslief. Das Rascheln der Blätter erinnerte mich an das sanfte Brausen des Meeres. »Du hast Rayanne eben nicht zum ersten Mal gesehen, oder?«

Ich nickte. »Sie hat mich in meinen Träumen besucht.«

»Jede Fee kann vier Elemente beherrschen. Geist, Wasser, Luft und Feuer, doch es gibt immer ein Element, das bevorzugt wird. Eines, das am besten beherrscht wird. Meines ist das Wasser. Bei Rayanne ist es der Geist. Sie kann nicht nur in den Geist anderer Menschen schauen, sondern auch deren Träume beeinflussen, sogar bei anderen Feen. Selbst für uns ist das eine seltene und mächtige Gabe«, antwortete Taméa.

»Dann kann sie auch meine Gedanken lesen?« Gänsehaut überzog meine Unterarme bei der Vorstellung.

»Nein, deine Magie schützt dich davor. Unsere Träume jedoch fallen nicht unter diesen Schutz.«

Und das soll auf welche Weise beruhigend sein? Ich hörte Annie in meinem Kopf.

»Wie oft hat sie dich im Traum besucht?«, fragte Taméa.

»Ein paar Mal.« Ich räusperte mich.

Ich presste die Lippen zusammen. Rayanne war kein willkommener Gast in meinen Träumen gewesen, aber sie war mir lieber als die gruselige Fee mit den pupillenlosen roten Augen.

Wir erreichten den Krankenflügel, und Taméa gab mir aus einem der Aufbewahrungsregale zwischen den Betten ein Kästchen, nicht größer als meine Hand. Der Inhalt bestand aus länglichen, gepressten Flicken, die sich unter meinen Fingern etwas rau anfühlten. Trotzdem besaßen sie große Ähnlichkeit mit Binden aus dem einundzwanzigsten Jahrhundert.

»Einlagen aus Pflanzenfasern«, sagte Taméa. »Ich finde sie am nützlichsten, aber wenn sie dir zu rau sind, gibt es auch noch welche aus Gras und aus Baumwolle.«

Dankend schloss ich das Kästchen.

»Ich schätze, dafür möchtest du wieder Privatsphäre?« Ich nickte.

»Dann komme ich später wieder. Ruh dich aus.«

Mit ihrem beschwingten Schritt stolzierte sie aus dem Krankensaal und schloss die Tür mit einer Handbewegung, diesmal sanfter als zuvor. Beinahe schwebend klackten die beiden Flügel ineinander.

Schnell zog ich mich in meinen kleinen Raum zurück, um den seltsamen Blicken von Heilern und Kranken zu entfliehen. Zu meiner Erleichterung fand ich das Zimmer leer vor. Mit schmerzenden Beinen schloss ich die Tür und ließ mich auf das Bett sinken, das Kästchen auf meinem Schoß. Ich starrte auf die filigranen Tonornamente des Deckels und schob ihn nach oben. Der schwache Geruch nach Heu stieg in meine Nase. Ich nahm eine der Binden heraus und faltete sie auf. Sie waren flexibler, als ich angenommen hatte. Blinzelnd hielt ich sie gegen das Licht der Fackeln und fluchte innerlich, dass ich Taméa nicht gefragt hatte, wie zum Geier ich diese Dinger in meiner Unterhose befestigte.

Kapitel 16

Feli

Die Binden waren unkomplizierter als gedacht. Ich verstand schnell, wie sie am besten zu befestigen waren. Für Wesen, die einmal im Jahr mit einer Periode zu kämpfen hatten, war die Beschaffenheit ihrer Hygieneartikel vermutlich nicht das Wichtigste, worüber sie sich Gedanken machen mussten. Wahrscheinlich würde ich den gesamten Vorrat an Grasbinden aufbrauchen, den die Sidhe in ihren Schränken lagerten, denn dieses Schächtelchen brachte mich maximal durch drei Tage. Feen mussten nicht nur seltener ihre Periode bekommen, sondern auch weniger bluten.

Taméa stand am nächsten Morgen in der Tür und musterte mich von oben bis unten. Arianwen trug gerade die leere Schüssel Haferbrei nach draußen, die mein Frühstück gewesen war. Zumindest dachte ich, dass es sich um das Frühstück handelte. Meine einzige zeitliche Orientierung bildeten inzwischen die drei kleinen Mahlzeiten, die ich über den Tag bekam. Haferbrei zum

Frühstück, meistens eine Suppe oder eine Art Eintopf zu Mittag und Fladenbrote mit Gemüse zu Abend.

»Du bist blass. Möchtest du einen kleinen Spaziergang an der frischen Luft machen?«

Ich blinzelte. »Frische Luft wie draußen?«

Taméa schaute mich fragend an. »Wo sonst?«

»Außerhalb dieser Höhlen?«

»Nur, wenn es dir gut genug geht …«, erwiderte Taméa zweifelnd.

»Mir geht es bestens!«, unterbrach ich sie schnell. Das war nicht gelogen. Arianwens Kräuterpasten wirkten Wunder. Die große Brandwunde an meinem Oberschenkel hatte sich in einen verkrusteten, narbigen Wulst verwandelt, der auf Berührung kaum noch mit Schmerzen reagierte. Obwohl vermutlich erst einige Tage verstrichen waren, seit ich wieder bei Bewusstsein war, kam es mir vor wie eine Ewigkeit, dass ich zum letzten Mal die Sonne auf meiner Haut gespürt hatte. Hier unten verschwammen Nacht und Tag miteinander. Ich hatte schon lange mein Zeitgefühl verloren. Wenn nicht jeden Morgen irgendwer in mein Zimmer kommen und guten Morgen singen würde, hätte ein Jahr vergehen können, ohne dass ich es gemerkt hätte.

»Es gibt also ein Draußen?«

Taméa schnaubte lachend. »Natürlich! Glaubst du, wir leben das ganze Jahr in diesem Erdhügel wie Maulwürfe?«

Ich wäre nicht überrascht, dachte ich.

Als wir die Krankenstation verließen, realisierte ich erneut, wie viele Gänge in diesen Berg gegraben waren. Wie sollte ich mich jemals in diesem Tunnelsystem zurechtfinden?

Taméa führte mich diesmal nicht in Richtung des Thronsaals. Wir nahmen die andere Abzweigung des Ganges zur Krankenstation. Wie immer hinterließen die Schritte der jungen Fee keinen Laut auf dem sandigen Boden. Meine Schuhe aus Leder erzeugten dagegen bei jedem Schritt ein schabendes Geräusch. Bei meiner Flucht durch diese Gänge musste ich wohl barfuß laufen, wenn ich unbemerkt nach draußen kommen wollte. Ich verzog das Gesicht bei dem Gedanken, jedes Steinchen unter den Füßen zu spüren.

Je länger wir dem Gang folgten, desto mehr schien es, als verlor der Schein der Fackeln ein wenig an Intensität. Das Schwarz im Tunnel verwandelte sich in ein dämmriges Grau. Als ich zum ersten Mal eine seichte Brise in meinen Haaren spürte, hätte ich am liebsten laut gejauchzt. Ich nahm einen tiefen Atemzug und genoss das Gefühl von frischer Luft in meinen Lungen, die nicht nach modriger Erde und Lehm roch. Der Gang begann bergab zu führen.

»Eine kleine Erfindung von Rayannes Vorgänger«, sagte Taméa. »Die Eingänge in den Sid wurden vom Fuß des Berges nach oben verlegt und die Wege nach draußen abfallend gebaut, da wir im Winter oft Probleme mit Hochwasser haben. Der Regen spülte Sand und Schlamm durch die Eingänge, sodass wir immer wieder die Höhlen freischaufeln mussten. Selbst Türen haben nicht geholfen. Also haben wir die Wege in die Höhlen erhöht.«

»Konntet ihr den Regen … nicht einfach abhalten?«, fragte ich und machte eine mentale Notiz, dass sie den Berg in ihrer Sprache als Sid bezeichneten.

»Wozu immer wieder Sidhe einteilen, die sich bei Regen vor die Gänge stellen, wenn es eine dauerhafte Lösung gibt? Auch wenn wir die Elemente beeinflussen können, heißt das nicht, dass wir sie für alles nutzen können. Jede Anwendung unserer Magie ist eine Manipulation des natürlichen Gleichgewichts. Unsere Aufgabe ist es eigentlich, dieses Gleichgewicht zu bewahren, und wenn nötig nachzuhelfen, doch niemals zu manipulieren. Unsere Magie ist dazu da zu schützen, was zu Danus Reich gehört, und sie in ihrer Arbeit zu unterstützen. Nicht um ihr Reich nach unserem Willen zu formen und gegen sie zu kämpfen. Die oberste Regel, die jede Fee zu befolgen hat, ist simpel: Beeinflusse niemals die Launen der Natur«, erwiderte Taméa eindringlich. »Wenn es regnet, lass es regnen. Die Pflanzen brauchen das Wasser, auch wenn du dich darüber ärgerst. Wenn die Sonne scheint, schiebe keine Wolken davor. Such dir deinen Schatten unter den Bäumen.«

»Aber ihr könntet es, oder? Ihr könntet das Wetter kontrollieren?«, fragte ich.

Taméa nickte. »Nicht allein. Gemeinsam hätten wir die Kraft, ein Unwetter heraufzubeschwören oder die Wolken nach einem langen Regen aufbrechen zu lassen.«

»Dann lasst ihr die Ernte lieber vertrocknen?«, hakte ich nach.

»Wir können kein Wasser hervorzaubern. Auch wir können nur das verwenden, was gerade da ist. Das Wasser, das wir wegnehmen, um es in einem trockenen Sommer über unsere Felder regnen zu lassen, fehlt an anderer Stelle. Unsere Magie kann Leben geben und nehmen. Dieser Kraft musst du dir zu jeder Zeit bewusst sein. Hab keine Angst davor, denn sie ist ein Teil von dir, aber trage sie mit Respekt. Verwende sie niemals aus selbstsüchtigen Gründen.« Ihre Stimme trug einen fast schon warnenden Unterton.

Ihre Worte sollten mich sicher beruhigen, doch sie brachten mein Herz zum Klopfen. Wie sollte ich mich jemals mit der Naturgewalt in mir anfreunden?

Wir gingen auf das stetig heller werdende Licht am Ende des Tunnels zu. Ein kräftiger Windstoß fuhr durch meine Haare, als ich aus der Höhle trat. Ich musste die Hand vor das Gesicht halten, obwohl die Sonne nicht schien. So sehr hatten sich meine Augen an das dämmrige Licht der Höhlen gewöhnt. Langsam gewann das Bild vor meinen Augen an Kontur, während ich gegen das Licht blinzelte. Ich stand auf halber Höhe eines Hügels. Des größten der zerklüfteten Hügellandschaft, die sich in alle Richtungen vor meinen Augen erstreckte. Felsige grüne Hügel, die mit ihrer schroffen Struktur Wellen ähnelten, die auf eine Klippe prallten, formten eine Art Kessel um uns herum. In dessen Mitte lag eine riesige Spirale aus kniehohen Felsbrocken. Das Gebilde wirkte so fehl am Platz, als hätten zwei Riesenkinder dort mit Steinen gespielt. Es musste von den Feen gebaut worden sein. Zu welchem Zweck würde ich vermutlich noch früh genug erfahren. Trampelpfade durchzogen das Tal und führten die Hügel hinauf. Von hier oben sahen die Pfade aus wie ein riesiges Netz aus braunen Spinnenweben. Je weiter ich zum Horizont blickte, desto kleiner wurden die Hügel und verschmolzen schließlich mit dem grauen Himmel. Auf der anderen Seite des Sid lag ein kleiner See. Mehrere Sidhe tummelten sich in dem Wasser.

Eine Fee stürzte sich schreiend von einem kleinen Hügel und landete platschend in der Gruppe. Wilde Zurufe in fremden Worten begleiteten das Eintauchen.

Ich vermisste mein Handy. Zu gern hätte ich die bizarre Schönheit dieser schroffen Landschaft eingefangen. Es wäre ein atemberaubendes Foto geworden.

Ich sah mehr Feen, als ich zählen konnte. Gelächter drang an meine Ohren, das Klappern eines Wagens, das Muhen eines Ochsen. Feen trieben Vieh durch das Glen, trugen Körbe mit Ernte und Fellen. Irgendwo schrie ein Kind. Ich wusste nicht, was ich erwartet hatte von der Lebensweise der Feen, jedenfalls nicht diese allzu menschliche Lebensart. Verglichen mit der Welt, aus der ich kam, schien das Bild vor mir im Tal zwar im Mittelalter stehengeblieben zu sein, doch trotzdem wirkte es seltsam vertraut, wie eine Abbildung aus einem Geschichtsbuch. Ich kannte ihre Art zu leben nicht, aber ich konnte sie einordnen, und das beruhigte mich mehr, als ich zugeben wollte. Ein Teil von mir wollte sogar mehr über dieses Leben wissen.

»Das Fairy Glen«, murmelte ich. Wieder musste ich über die Ironie lachen, ausgerechnet auf der Isle of Skye zu stehen.

Taméa drehte sich verwundert zu mir um.

»So nennen die Menschen diesen Ort«, antwortete ich.

»Gar nicht schlecht. Wir nennen ihn Gleann nan Sidhe. Das Tal der Sidhe. Unser Tal!« Die letzten Worte fügte Taméa mit einem Lächeln hinzu. »Unser kleines Zuhause. Es ist nicht viel, aber es bietet uns seit vielen Jahren Schutz.«

Ich fragte nicht seit wie vielen Jahren. Inzwischen hatte ich realisiert, dass die Zeitrechnung der Sidhe anders funktionierte als die der Menschen. Die Gänge in diesem Berg waren jedenfalls kein Werk einer einzigen Feengeneration. Jetzt, wo ich meinen Aufenthaltsort kannte, konnte ich herausfinden, wie ich am besten zum nächsten Portal fliehen konnte.

Taméa führte mich einen Trampelpfad hinab in den Kessel. Ich warf einen Blick nach oben. Der ganze Berg war durchzogen von Pfaden, die zu Eingängen führten, die wie übergroße Mäuselöcher wirkten.

Eine Gruppe von Feen grüßte uns mit einem Kopfnicken, als wir an ihnen vorbeigingen. Einige Hälse reckten sich neugierig in unsere Richtung, doch niemand sprach uns direkt an, worüber ich sehr dankbar war. Ich hätte vermutlich kein ordentliches Wort herausgebracht. Mit gesenktem Blick eilte ich hinter Taméa über den Platz. Gleann nan Sidhe war ebenso verzweigt wie das Innere des Berges.

Ich folgte Taméa durch die verschlungenen Wege zwischen Felswänden bis sie vor zwei Hügeln stoppte, in deren Mitte sich ein Durchgang befand. Ein Geflecht aus zwei Bäumen spannte sich um einen unsichtbaren Bogen wie ein Rosenbogen in einem Garten, in der Größe eines Fahnenmastes. Grüne Blätter, deren Spitzen sich bereits gelb färbten, schmückten die Äste und verliehen dem Gebilde Ähnlichkeit mit dem Eingang zu Dornröschens Schloss – zumindest wie ich ihn mir immer vorgestellt hatte. Zum zweiten Mal an diesem Tag wünschte ich mir sehnlichst, etwas Farbe und ein Blatt Papier zur Hand zu haben. Selbst ein Bleistift hätte mir gereicht. Kannten die Sidhe überhaupt Papier und Bleistift?

Schnaubend wandte ich mich ab. Und wenn schon! Ich würde niemals so lange bleiben, um genug Zeit zu haben, diesen Torbogen zu zeichnen. Meine nächste Zeichnung würde auf einem weißen Blatt Papier des 21. Jahrhunderts entstehen, zuhause auf meinem Bett.

Ich drehte dem Torbogen den Rücken zu. Plötzlich ertönte ein Knurren hinter mir, das in meinen Knochen widerhallte.

Ein Wolf, dachte ich zuerst, und mein Herz zerfiel in tausend kleine Eissplitter. Gab es in der Anderswelt Wölfe?

Taméa lachte auf, als sie meinen Gesichtsausdruck sah. Sie hob ihre Finger zum Mund und stieß einen schrillen Pfiff aus. Das Knurren stoppte und ich hörte, wie sich das Wesen hinter mir setzte. Ich brauchte einen Moment, um die Splitter meines Herzens wieder aufzusammeln und mich umzudrehen.

Zuerst schaute ich auf eine handflächengroße, feuchte nachtschwarze Nase, wenige Zentimeter vor meinem Gesicht. Ihr misstrauisches Schnuppern klang wie das Schnauben eines Büffels.

»Das ist Craig«, stellte Taméa die Nase vor. »Er kennt dich nicht, deshalb ist er etwas mürrisch. Gib ihm ein paar Tage.«

Obwohl mir immer noch die Haare auf den Unterarmen zu Berge standen, wollte ein Teil von mir laut lachen, nachdem ich den Namen hörte. Die Kreatur ähnelte tatsächlich einem Wolf, doch nur in Körperform und Gesicht. Groß wie eine Kuh starrte der Hund mit schwarzen Knopfaugen und aufmerksam aufgerichteten Ohren auf mich hinab. Aus seinem leicht geöffneten Maul tropfte der

Geifer, während die rosa Zunge hechelnd vor meinen Augen baumelte. Fingerlange Zähne blitzten mir aus dem Maul entgegen, und ebenso lange schwarze Krallen an den weißen Pfoten schabten auf dem felsigen Untergrund. Das weiße Fell um seine Schnauze mündete auf der Stirn und an den Ohren in ein seichtes Mintgrün. Der Rest seines Körpers wirkte wie eine satte Sommerwiese, die schon lange nicht mehr gemäht worden war. An seinem Hinterteil zuckte ein langer, geringelter Schwanz neugierig von einer Seite zur anderen. Mit dieser Farbe war das Tier in den Highlands vermutlich bestens getarnt, doch auf mich wirkte das Wesen wie eine Kuh auf einer Milka Verpackung. Irgendwie falsch!

»Was ist er?«, fragte ich.

»Craig ist ein Cu Sith. Unser Wächter, wann immer er da ist. Und wenn nicht, hört man sein Bellen noch von der Küste hierher.« Sie lächelte dem übergroßen Hundewesen zu. Der leckte sich die Schnauze.

Ich beäugte den Cu Sith vorsichtig. »Euer Wächter?«

»Ein Bellen kündigt Besuch an. Bellt er zweimal, ist es besser, zu den Waffen zu greifen. Bei dreimal …« Sie verstummte.

Ich warf einen Blick auf den Cu Sith, der sich unter dem Torbogen im Kreis drehte, bevor er seinen massigen Körper in das Gras fallen ließ. Nur ein gelegentliches Zucken seines Ohres verriet, dass seine Aufmerksamkeit weiterhin auf mir ruhte.

»Was passiert bei dreimal?« Ein mulmiges Gefühl breitete sich in meinem Bauch aus. Taméas Gesichtsausdruck verriet mir, dass dreimal bellen nichts Gutes bedeutete.

»Niemand von den Sidhe hat ihn jemals dreimal bellen gehört. Zumindest von uns hier auf der Insel. Vielleicht gibt es auf dem Festland jemanden … Es existieren Geschichten aus der Zeit, als es noch Menschen in Tír na nÓg gab. Normalerweise gehören Menschen nicht zu seiner natürlichen Beute. Manchmal soll es vorgekommen sein, dass ein Cu Sith Jagd auf einen Menschen gemacht hat. Besonders wenn man ihn auf der Jagd überrascht. Deine Magie würde dich beschützen, doch solltest du ihn jemals bellen hören, halte dir die Ohren zu. Bellt er dreimal, raubt das einem Menschen die Seele«, ergänzte sie in einem sachlichen Ton, der mir bei dieser Information komplett fehl am Platz schien.

»Es bringt einen also um?«, fragte ich erstickt.

Taméa nickte. »Aber dir kann nichts passieren.«

Beruhigend. Ich warf einen weiteren Blick auf Craig. Selbst liegend befand sich seine Schnauze noch auf der Höhe meines Kopfes.

Wenn sie jetzt auch ein katzenähnliches Biest haben, das M heißt, beschwere ich mich beim MI6, hörte ich Annie sagen.

»Warum Craig?«, fragte ich. Ich würde nie wieder einen James Bond Film schauen können, ohne an diesen riesigen Hund zu denken.

»Wir fanden ihn als Welpe, verlassen in einer Felsspalte, und zogen ihn groß. Craig bedeutet so viel wie in den Felsen wohnend. Wir fanden, das passt«, erklärte Taméa. »Er ist recht zutraulich für einen Cu Sith. Streicheln würde ich ihn trotzdem nicht, zumindest nicht, wenn dir deine Hand lieb ist. Bei den Menschen gibt es keine Cu Sith, oder?«

Nicht im Traum dachte ich daran, dieses Biest zu streicheln. Seine Reißzähne besaßen die Länge meiner gesamten Hand. »Nein, aber wir haben Hunde«, sagte ich, als wir uns von Craig abwandten.

Taméa wiederholte mehrfach das Wort Hund. In der Hinsicht hatte sie große Ähnlichkeit mit Annie. Ein Stich fuhr durch meinen Magen. Auch Taméa schien ein großes Interesse an fremden Sprachen zu besitzen.

»Wie sehen Hunde aus?«, wollte sie neugierig wissen.

»Sie sind auf jeden Fall wesentlich kleiner als Craig.« Ich lachte nervös. »Die Größten reichen mir vielleicht bis zur Taille oder zur Brust. Die Kleinsten passen in eine Handtasche.« Ich zeigte der Fee, wie groß eine Handtasche war.

Taméa keuchte. »Aber das ist ja winzig! Und sind sie genauso grün?«

»Sie haben viele verschiedene Fellfarben.«

»Dann gibt es auch weiße Hunde?«

Ich nickte. »Ja und welche in mehreren Farben gleichzeitig.«

»Eines Tages möchte ich einen Hund sehen«, rief Taméa begeistert. »Komm, ich muss dir noch etwas zeigen!«

Schnaufend stolperte ich bergauf hinter ihren langen, hüpfenden Schritten her. Ich richtete meinen Blick geradeaus, als wir über einen Trampelpfad immer höher kletterten, bis zur Spitze eines Felskamms, gegenüber des Berges, von wo aus die Tour gestartet war. Erst jetzt sah ich, dass die Spitze des großen Felsens in zwei Hälften gespalten war, als hätte ein Blitz ihn getroffen. Die beiden Hälften wirkten mit etwas Fantasie wie die Zinnen eines längst verfallenen Wachturms, der mit den Jahren von Gras und Moos überwuchert worden war.

»Das ist der Berg Ewen«, sagte Taméa. »Er bildet das Dach des Thronsaals. Nicht mehr lange und die Äste der großen Eiche werden aus dem Spalt herausragen.«

Von hier aus reichte mein Blick bis zum Horizont. Dunkel erhoben sich dort im Norden die Gipfel des Quiraings. Wehmütig erinnerte ich mich an den Urlaub, als ich zum ersten Mal mit meinem Vater am Fuß dieser Berge gestanden hatte. Diese Formationen waren die exakte Kopie. Wieso wirkten sie trotzdem so fremd?

Ich wusste nichts über diese Berge, dieses Land und die Kreaturen, die hier hausten. Die Erde, über die meine Füße liefen, besaß dieselbe braune Farbe, und doch fühlte ich mich wie eine Astronautin auf dem Mars. Hier gab es zwar keine kleinen, grünen Männchen – zumindest hatte ich noch keine gesehen – dafür aber riesige grüne Hunde, die Marsmännchen locker den Rang abliefen. Und das war vermutlich erst der Anfang.

»Wir haben lange Zeit auf jemanden wie dich gewartet«, verkündete Taméa.

Ihre Worte brachten mich zurück in die Realität. »Und ich für meinen Teil kann es nicht glauben, dass das Warten ein Ende hat.« Der spielerische Ton war aus ihrer Stimme gewichen. Stattdessen legte sich ein ernster Schatten über ihre Augen, während sie auf die zerklüftete Ebene starrte.

»Warum?«, fragte ich. Diesmal würde ich mich nicht vertrösten lassen. Ich musste endlich wissen, was das alles zu bedeuten hatte. »Wofür braucht ihr mich?«

Taméa lächelte. »Zur Öffnung der Brücke. Nur ein Wechselbalg, das die Natur der Feen und der Menschen vereint, kann die Brücke öffnen und den Weg auf die andere Seite für uns freimachen.«

»Warum wollt ihr auf die andere Seite?«, hakte ich weiter nach.

»Als die Menschen die Brücke geschlossen haben, haben sie uns nicht nur den Weg in ihre Welt verwehrt, sondern Tír na nÓg seine Unsterblichkeit geraubt. Das Land der ewigen Jugend ist nicht mehr ewig. Die Brücke muss wieder geöffnet werden, damit die Zeit über uns keine Macht mehr hat.«

Sie erschaffen also Wechselbälger, um keine Falten, Orangenhaut und graue Haare zu bekommen. Willkommen in der Welt der Menschen, Waschlappen.

Ich schnaubte zustimmend über Annies Kommentar. »Menschen müssen auch altern und sterben. Ist das nicht ein faires Gleichgewicht?«

Taméa drehte sich zu mir um. Ich erwartete, Wut oder Verärgerung in ihren Augen zu sehen über meine Antwort, aber alles, was ich erkennen konnte, war tiefes Verständnis. »Ich verstehe, warum du das denkst. Warum sollten wir Feen ewig leben, wenn die Menschen altern und sterben müssen? Du musst wissen, dass unsere Körper nicht für das Sterben gemacht sind. Für Menschen gehört das zum Leben dazu. Für uns Feen jedoch ist es nicht vorgesehen, sterben zu müssen. Wir leben ein sterbliches Leben im Körper von Unsterblichen. Erinnerst du dich, was ich dir gestern über die Seltenheit von Kindern gesagt habe? Unsere Körper haben sich dem Verlust unserer Unsterblichkeit nicht angepasst. Es sterben mehr Feen als geboren werden. Wenn wir unsere Unsterblichkeit nicht zurückbekommen, wird es uns bald nicht mehr geben. Wechselbälger wie du sind unser einziger Ausweg, denn nur ihr könnt die Brücke öffnen. Wesen, die Mensch und Fee ineinander vereinen. Als wir noch zusammen existierten, war die Geburt eines Wechselbalgs zwar selten, aber nicht ausgeschlossen. Mit der Schließung der Brücke gab es keine Wechselbälger mehr. Durch Zufall entdeckten wir, dass unsere Magie übertragbar ist. Eines von Danus vielen Schlupflöchern.« Sie lächelte halbherzig. »Die Feen, die in die Welt der Menschen gelangen, können allerdings nicht wieder zurück, was einen zusätzlichen Verlust bedeutet. Wir sind verzweifelt, Felicia.«

Zum ersten Mal sprach sie meinen Namen aus.

»Vielleicht noch hundert Jahre und diese Siedlung wird es nicht mehr geben. Dreihundert und die letzte Fee von Tír na nÓg wird sterben.«

Ich wollte kein Mitgefühl für diese Wesen empfinden, die Menschen zu ihren Sklaven machten. Trotzdem zog meine Brust sich bei ihrem Worten zusammen. Wie würden die Menschen reagieren, wenn es um die bloße Existenz ihrer Spezies ging? Würden wir nicht auch jeden noch so kleinen Strohhalm ziehen? Konnte man ihnen dafür die Schuld geben?

»Das Los für die Erschaffung eines Wechselbalgs, deine Erschaffung, ist kein einfaches. Bei der Übertragung verlieren wir unsere Magie, und eine Fee ohne ihre Magie kann höchstens zwei Tage überleben. Du musst wissen, Feenmagie ist direkt verbunden mit deiner Seele. Wenn sie uns genommen wird, verkümmert auch die Seele.« Trauer spiegelte sich in Taméas Augen.

Das Bild von Tadhg drängte sich vor meinem inneren Auge auf. Ich fragte mich, wie lang er die Anderswelt bereits verlassen hatte, mit der Aufgabe, seine Kräfte zu übertragen … und es nie getan hatte. Bevor er angeschossen wurde, war er gesund und im vollen Besitz seiner Fähigkeiten gewesen. Irgendwas musste ihn abgehalten haben, sie an ein Kind abzugeben, oder er hatte keine passende Gelegenheit gefunden.

»Kanntest du jemanden mit dem Name Tadhg?«, fragte ich.

Taméa schüttelte den Kopf. »Nein, warum?«

»Ich habe ihn getroffen, er hat mir mal das Leben gerettet.« Tadhg war inzwischen längst tot, und ich hatte nie die Gelegenheit bekommen, ihm zu danken. Schnell verdrängte ich die schmerzende Erinnerung an sein Blut an meinen Händen.

»Es gibt viele Feenstämme. Vielleicht gehörte er zu den Túatha Dé Danann in Èirinn oder zu den Tylwyth Teg in Annwn«, antworte Taméa.

»Also, nur für mein Verständnis«, wiederholte ich. »Ihr seid euch sicher, dass ich eure einzige Hoffnung bin? Ich?«

Taméa lächelte bei meinen Worten erneut. »Du bist das einzige lebende Wechselbalg, das wir kennen. Das Einzige, das überlebt hat und zu uns gekommen ist.«

Vermutlich sollte dieser Satz ermunternd klingen, doch bei mir bewirkte er das Gegenteil. Die Worte wirkten wie ein schlechter Witz. Wie sollte ich für die Rettung einer gesamten Welt zuständig sein? Sicher musste es noch jemand anderen geben, ein anderes Kind, das bisher übersehen worden war, das selbstsicherer war und mit seinen Fähigkeiten besser umgehen konnte.

Ich blickte nervös auf meine Hände. »Wie genau öffne ich diese Brücke?«

»Du benötigst starke Magie. Du musst jedes der vier Elemente beherrschen, Geist, Wasser, Wind und Feuer. Nur im Zusammenspiel wird die Brücke dir antworten«, sagte Taméa.

Ich schüttelte heftig den Kopf. »Das beweist es! Ihr müsst euch irren. Welche Fee auch immer diese Magie in mich … gepflanzt hat, muss es gewaltig vermasselt haben. Ich kann noch nicht mal ein Element beherrschen, geschweige denn vier. Es hat eine Ewigkeit gebraucht, bis ich die Gedanken von Menschen um mich herum filtern konnte. Ich kann ein paar Wassertropfen in der Luft tanzen lassen, mehr nicht. Wind und Feuer enden in Chaos …«

Taméa lächelte verständnisvoll. »Ich kann es dir beibringen.«

»Nein!« Diesmal schaute ich ihr direkt in die Augen. »Durch diese Kräfte …« Ich streckte meine Hände aus. »Ich habe Menschen verletzt und sogar getötet. Menschen, die mir sehr am Herzen lagen. Jedes Mal, wenn ich sie benutze, richte ich eine Katastrophe an. Ich möchte nichts mehr mit ihnen zu tun haben. Warum habt ihr sie mir gegeben? Warum verleiht ihr Feenmagie an Menschenkinder, die dem nicht gewachsen sind?«

»Du musst lernen, deine Kraft zu beherrschen, damit sie dich nicht beherrscht. Wo kannst du das besser lernen, wenn nicht hier?« Taméas Augen glänzten. »Wir haben so lange auf dich gewartet.«

»Als ob ich eine Wahl hatte, herzukommen!« Ich schnaubte aufgebracht. Der Wind brodelte in meinem Inneren. »Das hattet ihr von Anfang an geplant, habe ich recht? All die Botschaften in meinem Kopf, die geflüsterten Worte, die mich fast in den Wahnsinn getrieben haben! Das war alles ein abgekartetes Spiel, um mich hierher zu locken!«

Taméa erwiderte gänzlich unbeeindruckt meinen Blick.

»Du gehörst hierher«, sagte sie ruhig.

»Ihr habt mich erschaffen!« Meine Hände ballten sich an meinen Hüften zu Fäusten, als meine Stimme lauter wurde.

»Und jetzt sieh dich an! Du hast überlebt! Du warst von Anfang an geboren für Danus Gabe. Sie hat dich auserwählt! Du gehörst hierher nach Tír na nÓg, wie alle Wesen der Magie«, antwortete Taméa begeistert.

»Ich bin kein Wesen der Magie. Ich bin ein Mensch und ich werde diese Kräfte nicht wieder benutzen!«, erwiderte ich.

»Keine Fee wird geboren und kann all das, bevor sie laufen lernt. Jede junge Fee muss lernen. Am Anfang steht ihr nur der Geist zur Verfügung. Ist sie ausgewachsen, bekommt sie nach und nach Zugriff auf die anderen Elemente. Schritt für Schritt, damit sie genug Zeit hat, sich auf das nächste vorzubereiten. Niemand erwartet von dir, dass du alle Elemente in Perfektion beherrschst. Deshalb war es so wichtig, dass du deinen Weg nach Tír na nÓg findest. Hier kannst du alles lernen, was es zu wissen gibt. Du gehörst zu uns! Ich sehe die leuchtenden Augen, die hoch erhobenen Köpfe, egal wohin man schaut. Seit du hergekommen bist, hat sich etwas verändert. Durch dich haben wir wieder Hoffnung!«

Taméa streckte einen Arm nach mir aus, doch ich wich vor ihr zurück. »Ich gehöre niemandem! Ich möchte nicht, dass ihr eure Hoffnung an mich kettet. Ich kann nicht die Verantwortung einer ganzen Welt tragen, und ich kann diese Brücke nicht öffnen. Ich bin nicht stark genug!«

»Du warst stark genug, um bis jetzt zu überleben. Dein Körper hat sich mit unserer Magie arrangiert. Du bist stark genug, um sie zu nutzen, und deshalb bist du auch stark genug, die Brücke zu öffnen!«, beharrte Taméa. Ihre Augen leuchteten noch immer.

In meinem Bauch stieg stattdessen das Gefühl von Übelkeit auf. »Aber ich *will* das nicht! Ihr habt mir mein ganzes Leben genommen. Niemals habt ihr gefragt, ob ich diese Fähigkeiten möchte. Das Schicksal der Kinder, die von eurer Magie krank werden und sterben, kümmert euch nicht im Geringsten. Ein Menschenleben kümmert euch nicht im Geringsten. Ihr schaut nur auf die Stärksten. Ihr übertragt eure Magie auf Kinder, lasst sie dann zurück, um verängstigt, einsam und ohne Richtung aufzuwachsen, und erwartet, dass sie am Ende bereitwillig für die Rettung eurer *Spezies* einstehen? Warum helft ihr ihnen nicht, oder schickt jemanden, der auf sie aufpasst, anstatt zu hoffen, dass einmal im Jahrhundert mal eins überlebt? Mein ganzes Leben lang habe ich mich gefragt, warum ich anders bin. Was an mir anders ist. Mein ganzes Leben lang musste ich verstecken, wer ich wirklich bin. Jetzt werde ich nicht euer Mittel zum Zweck sein. Ich habe Menschen, die mich lieben, Familie, genau wie all die anderen Kinder, die ihr umgebracht habt!«

Ein heftiger Windstoß wirbelte durch Taméas Locs und ließ sie in der Luft tanzen. Pfeifend fuhr er hinab in das Tal, wo er in einem letzten Aufheulen verklang.

Am liebsten hätte ich die junge Fee von diesem Felsen geweht. Es kümmerte mich nicht, wie sie auf meine Rede reagierte. Ich drehte mich um und rannte die Stufen des Felsens herunter. Diese Worte steckten in mir seit meinem sechsten Lebensjahr. Der Stein in meinem Inneren, der mein ganzes Leben mitgewachsen war, zu einem harten, festen Klumpen, hatte sich aufgelöst. Zurück blieb Rauch und ein großes, stumpfes Loch der Genugtuung. Ich hatte keine Angst vor den Konsequenzen, jetzt, da sie ausgesprochen waren. Sie würden ihrem kostbaren Wechselbalg kein Haar krümmen.

So sehr meine Beine verlangten, einfach weiterzulaufen, bis ich an das nächste Portal kam, zwang ich mich trotzdem zur Ruhe. Würde ich jetzt fliehen, würde ich scheitern. Auch wenn es mich davor grauste, weitere Tage in diesen Hügeln zu verbringen. Wenn ich die perfekte Gelegenheit zur Flucht nicht verpassen wollte, musste ich mich anpassen. Ich musste so viel über den Tagesablauf meiner neuen Umgebung lernen, wie ich konnte. Dazu gehörten Bräuche, Rituale und Feste meiner neuen Gastgeber. Je mehr ich herausfand, desto schneller ergab sich möglicherweise die Gelegenheit zur Flucht. Die Orkney Inseln waren ohne Schiff und Flugzeug unerreichbar. Deshalb musste ich auf das Festland gelangen. Von der Isle of Syke würde ich irgendwie runterkommen. Zur Not konnte ich schwimmen. Danach verlief der Weg stets gen Süden nach Avebury. Wo ein Weg hineinführte, führte auch einer hinaus. Wenn die

Sidhe regelmäßig durch das Portal in die Welt der Menschen gelangten, durfte das auch für mich kein Problem sein. So zumindest die Theorie!

Ein kalter Schauer lief über meinen Rücken, als ich realisierte, dass diese Theorie tatsächlich meine einzige Chance war, nach Hause zu kommen, zurück zu meiner Mutter und zu Annie …

Kapitel 17

Fell

Am nächsten Morgen sagten sie mir, dass ich nicht länger auf der Krankenstation bleiben konnte. Arianwen versorgte mich mit einem Frühstück und entschied, dass meine Wunden ausreichend geheilt waren und ich das Zimmer räumen musste. Die Verletzungen schmerzten nicht einmal mehr. Ich würde Zeit brauchen, mich an die Narben zu gewöhnen. Die an meinem Bein konnte ich besser vergessen, besonders, wenn ich sie im Winter nicht sah. Mein Gesicht stattdessen … Ich wusste nicht, ob ich mich jemals daran würde gewöhnen können.

Das kleine Zimmer war in den letzten Tagen zu meinem Hafen geworden, meiner sicheren Insel, auf die ich mich abends zurückziehen konnte, wenn mir die neuen Eindrücke und fremden Gesichter dort draußen zu viel wurden. Bei dem Gedanken, es zu verlassen, krampfte sich mein Herz zusammen.

Ich räumte meine wenigen Dinge in einen Korb aus Weidenflechten. Drei Kleider, einen Umhang und ein paar

Schuhe aus Leder gehörten mir. Jetzt musste ich noch irgendwo Proviant auftreiben und dann hatte ich genug, um ein paar Tage in den Highlands zu überleben. Bisher erreichten die Temperaturen tagsüber knappe zwanzig Grad. Weitere Wochen durfte ich nicht warten. Hatten wir noch August oder war es bereits September? Wie lange, bis sich der Herbst bemerkbar machte und meine Garderobe nicht mehr ausreichte für die Flucht? Eine passende Gelegenheit musste sich schnell ergeben.

Das Zimmer, zu dem Arianwen mich führte, war im Gegensatz zu der Krankenstation rund. Auch hier grenzte eine schwere Tür aus Eichenbrettern den Raum vom Gang ab. Ich stellte meinen Korb ab und drehte mich im Kreis. Arianwen wartete draußen, um mir einige Minuten Zeit zu geben. Vermutlich war dieses Zimmer nichts Besonderes. Nur einer von vielen leerstehenden Räumen in diesem Berg. Klein, gemütlich und ein perfekter Rückzugsort. Obwohl der Raum ein Fenster vertragen könnte. Der Fels würde dann von außen vermutlich lustig aussehen. Efeuranken kletterten die erdigen Wände hinauf und zogen sich in einem eigenartigen Muster bis zur Decke. An der Wand stand ein kleiner Tisch mit faszinierend krummen Beinen. Daneben befand sich eine Art Truhe, die sich in ihrer ovalen Form perfekt an die Wand anpasste. Das Bett stand in der Mitte des Raumes; eine Matratze aus Stroh auf einem Gestell aus dem gleichen Holz wie die Tür. Ich schnippte einen Strohhalm von der Matratze und ging auf die Truhe zu.

Ich kippte meine Kleidung in die Truhe und schloss den Deckel. Sortieren würde ich sie nachher. Knotenmuster, die gewaltige Ähnlichkeiten mit keltischen Knoten hatten, schmückten das Holz. Ein weiterer Beweis für eine gemeinsame Vergangenheit von Menschen und Sidhe. Wer in der Gestaltung der Knotenmuster wen beeinflusst hatte, blieb ein Geheimnis, doch mir gab dieses Muster ein seltsames Gefühl von Frieden. Diese Muster hatten einst auch Menschen benutzt. Es war eine Verbindung nach Hause.

Ich eilte nach draußen zu Arianwen.

Zweimal nahmen wir eine Rechtskurve und an einer Abzweigung den linken Gang. Plötzlich hörte ich das Wasser rauschen. Arianwen führte mich durch einen Höhlenbogen und blieb an einem Becken stehen, das gewaltige Ähnlichkeiten mit einem Schwimmbad besaß. Sogar eine Treppe aus Stein führte hinab in das Wasser.

»Ein unterirdischer Fluss, der durch den Berg fließt und im Tal wieder hervorkommt, hat einen Teil dieser Höhle ausgehöhlt«, erklärte Arianwen. »Diesen Teil nutzen wir zum Baden.«

Ein großer Felsbrocken, an dem sich das Wasser staute, grenzte das Becken von dem Wasserfall ab, der dahinter tosend in der dunklen Höhle des Berges verschwand. Ich vermutete, dass der Stein nicht von Anfang an da gewesen war. Die Lücken links und rechts des Felsbrockens reichten, damit Wasser abfließen konnte, doch sie waren nicht groß genug, dass jemand durchpasste.

»Wo führt der Wasserfall hin?«, fragte ich und reckte den Hals, um in den Schlund des Berges zu blicken.

»Das weiß niemand so richtig. Wir vermuten, das Wasser kommt irgendwo auf der Insel wieder heraus. Es hat noch niemand ausprobiert«, antwortete Arianwen. Sie drückte mir ein Leinentuch und ein Stück Seife in die Hand.

»In drei Stunden erwartet dich Rayanne.«

Mit den Worten wandte sie sich ab, vermutlich um mir Privatsphäre zu geben. Das rechnete ich ihr hoch an.

Ich hielt meine Finger ins Wasser und spritzte einige Tropfen des lauwarmen Wassers in die Luft. Vielleicht gab es irgendwo eine heiße Quelle, die dem Wasser ihre Temperatur gab. Dann legte ich das Leinentuch und die Seife auf den Felsen und zog mein Kleid aus. Schritt für Schritt ging ich tiefer in das Wasser, bis ich schwimmen musste. Einer Fee reichte das Wasser in diesem Becken vermutlich bis zur Brust. Meine geballten ein Meter sechzig fanden jedoch keinen Boden zum Stehen. Frustriert setzte ich mich zurück auf die Treppe und seifte meinen Körper ein. Es tat gut, den Staub und Sand der Höhle von meiner Haut zu waschen. Ich nahm eine Handvoll Schaum und strich damit über die Stoppeln auf meinem Kopf. Dann tauchte ich unter. Als ich auftauchte, fühlte ich mich nicht mehr wie eine dreckige Eidechse aus der Höhle. Dieses Gefühl musste ich genießen. Spätestens zwei Stunden nach dem Bad würde der Sand wieder überall kleben. Vielleicht war dieses Bad das Letzte vor meiner Flucht.

Ich legte meinen Kopf an den kühlen Felsen. In dem Moment stiegen wenige Meter vor mir Blasen an die Oberfläche. Die Blasen vermehrten sich, brodelten, und ein dunkler Umriss bildete sich unter der Wasseroberfläche. Ich presste mich an die Felswand, als Taméas Kopf vor mir auftauchte. »Buh!«

Ich atmete stoßweise. »Wie lange warst du schon da unten?«

Taméa lachte. »Du siehst aus wie ein in Wasser gefallenes Eichhörnchen.«

»Wie lange warst du schon da unten?«, wiederholte ich. Wie lange konnten Feen die Luft anhalten?

»Kurz bevor du gekommen bist, vielleicht.« Taméa zuckte mit den Schultern.

»Das ist mindestens eine Viertelstunde her!«, rief ich erschrocken.

»Ich weiß nicht, was du mit einer Viertelstunde meinst. Ich möchte lernen, mit einer Luftblase zu tauchen, aber die Blase zerplatzt mir immer wieder.« Frustriert ließ sie ihre Hand auf das Wasser klatschen.

»Tauchen mit Luftblase?«

»Man hält eine Blase aus Luft um seinen Kopf, mit der man ins Wasser taucht«, erklärte Taméa. »Das Schwierigste dabei ist, das Wasser fernzuhalten, das von außen stetig gegen die Luftblase drückt.«

»Wie lange kann man damit unter Wasser bleiben?«, fragte ich erstaunt.

»So lange wie die Luft zum Atmen reicht. So manche Fee ist damit bereits bis zum Festland getaucht. Ich bekomme es einfach nicht hin. Dabei ist Wasser doch mein Element.« Verärgert fuhr Taméa mit einer Hand durch das Wasser, bevor sie sich nach hinten lehnte und ihre Arme treiben ließ. Jetzt sah ich die Narben, die sich von ihrem Gesicht über ihre gesamte linke Körperhälfte zogen. Manche tief und wulstig, andere nicht mehr als helle Striche auf ihrer braunen Haut.

Ich wollte nicht starren, doch ich bewunderte ihre Art, mit den Narben umzugehen. Sie verdeckte sie nicht; sie schien sich auch nicht für die Verletzungen zu schämen.

»Darf ich fragen, was da passiert ist?«, fragte ich vorsichtig.

Taméa folgte meinem Blick. »Das war ein Redcap, vor vielen Jahren. Mistbiester. Die sind immer hungrig. Ich habe versucht, mich vor seinem Biss zu schützen, aber nicht an seine Krallen gedacht. Er hat es jedenfalls nicht überlebt. Arianwen hat mich wieder zusammengeflickt. Seine Mütze hängt heute noch aufgespießt an meiner Wand.«

»Vor wie vielen Jahren?«

Taméa zuckte mit den Schultern. »Zwanzig vielleicht. Genau weiß ich es nicht mehr.«

Ich fragte nicht nach ihrem Alter. Vielleicht wusste sie das selbst nicht. Wenn sie den Redcap vor zwanzig Jahren getötet hatte, musste sie zu dem Zeitpunkt schon alt genug gewesen sein, um sich verteidigen zu können. Damit wäre sie jetzt mindestens dreißig, eher älter. Trotzdem sah sie nicht älter als zwanzig aus. Wenn Feen wirklich langsamer alterten als Menschen, konnte sie noch um viele Jahre älter sein.

»Wie tauchen Menschen?«, fragte Taméa und wechselte das Thema.

»Solange wir die Luft anhalten können. Es gibt aber Möglichkeiten, länger unter Wasser zu bleiben. Mit Taucheranzug und Sauerstoffflaschen zum Beispiel«, erklärte ich, obwohl ich sicher war, dass Taméa damit nichts anfangen konnte. »Dann gibt es noch U-Boote. Das sind Schiffe, nur zum Tauchen. Damit kommt man auch in große Tiefen.«

»Faszinierend! Menschen sind faszinierend.« Taméas Augen leuchteten im Schein der Fackeln.

Ich schnaubte. »Alles eine Frage der Perspektive.«

Taméa legte fragend den Kopf schief bei dem Zynismus in meiner Stimme. »Warum?«

Ich ließ meine Finger abwechselnd in das Wasser tauchen und schaute zu, wie die Tropfen langsam über meine Haut flossen. Meine Hand kribbelte, als wollte sie mich dazu auffordern, meine Kräfte zu benutzen, um mit den Tropfen zu spielen. Schnell ließ ich meine Hand unter der Oberfläche verschwinden. Neugierig betrachtete Taméa mich.

»Manchmal fällt es mir schwer, das zu glauben«, antwortete ich.

»Mich haben Geschichten von Menschen immer fasziniert. Aber ich wusste nie, was davon wahr ist. Jetzt bist du hier und ich kann diese Geschichten aus erster Hand hören. Das ist wie ein Traum!«, jauchzte sie.

»Was genau findest du an Menschen so faszinierend?«

Taméa grinste, als hätte sie auf diese Frage gewartet. »Ihre Kreativität, ihren Ehrgeiz und ihre ständige Getriebenheit, ihr Leben in irgendeiner Art zu verbessern, und ihre Fähigkeit, sich unglaublich schnell anzupassen. Sie erfinden ständig neue Dinge, selbst wenn das Alte noch gut ist. Wir Feen benutzen heute viele Dinge, die bereits da waren, als wir noch mit Menschen zusammengelebt haben, einfach weil sie funktionieren. Wir haben nicht das Bedürfnis, sie zu verbessern, wenn sie gut sind. Die Lebenszeit von Menschen ist so kurz, und trotzdem hinterlassen sie in dieser kurzen Zeit mehr, als eine Fee in ihrem ganzen Leben. Sie sehen so viel und doch so wenig. Ihre Existenz ist eigentlich nur ein Wimpernschlag im Vergleich zu unserer. Dennoch reicht dieser Wimpernschlag aus, um Berge zu versetzen. Es ist, als ob sie ihre eigene Magie erschaffen wollen, weil sie keine besitzen.« In ihren Augen schimmerte ein Glanz, der selbst im dämmrigen Licht der Höhle deutlich hervorstach.

Ich betrachtete Taméa, während ich meine Finger weiter durch das Wasser gleiten ließ. Bisher hatte ich immer nur auf die schlechten Dinge der modernen Zivilisation geschaut. Vielleicht, weil ich das Gute als selbstverständlich hinnahm. Ironisch, dass ich ausgerechnet eine Fee brauchte, die in ihrem ganzen Leben keinen Menschen gesehen hatte, um die Geschichte der Menschheit aus einem anderen Blickwinkel zu sehen. Ich fragte mich, was passieren würde, wenn man einen Steinzeitmenschen in das 21. Jahrhundert setzte. Würde er Technik auch als Magie betrachten? Würde er stolz auf seine Nachfahren sein, oder entsetzt? Ich fragte mich, wie Taméa reagieren würde, sollte sie jemals die Welt der Menschen aus der Nähe sehen. Wäre sie dann immer noch so begeistert?

Wie würde sie reagieren, wenn sie Annie treffen könnte? Würden die beiden sich mögen oder hassen? Beim besten Willen konnte ich mir nicht vorstellen, wie dieses Zusammentreffen ablaufen würde. Würde ich Annie jemals wiedersehen? Da war er wieder, der scharfe Stich in meiner Magengrube.

Taméa studierte mein Gesicht. »Sie war sehr wichtig für dich, oder?«

Ich hob fragend den Kopf.

»Die Person, die du im Feuer verloren hast«, fuhr Taméa fort.

»Ich habe bisher niemandem davon erzählt«, erwiderte ich mit großen Augen. »Wie hast du …?«

»Oh, dafür braucht es keine besondere Magie. Es steht dir ins Gesicht geschrieben, seit du das erste Mal in diesem Bett die Augen aufgeschlagen hast.«

»Ihr Name … ist Annie.« Ich weigerte mich, von Annie in der Vergangenheit zu sprechen. Sie war am Leben. Das Feuer hatte sie nicht erreicht!

»Die braunhaarige Frau, nach der du gefragt hast?«

Ich nickte erneut.

»Wusste sie, wer du bist?«

»Ich hatte keine Geheimnisse vor ihr.«

»Und sie hat dich nicht verachtet?«

»Sie wäre mit mir in das Feuer gerannt, hätte ich sie nicht abgehalten.«

»Dann muss sie ein einzigartiger Mensch sein.« Taméa ließ sich ekstatisch nach hinten fallen, sodass das Wasser hohe Wellen schlug, die über meine Schultern schwappten. »Annie, a caraid nan Sidhe, Freund der Sidhe.« Seufzend glitt sie mit dem Rücken durchs Wasser, den Blick träumerisch an die Felsendecke gerichtet.

Oh, ich geb' dir Feenfreund! Ich bin auf keinen Fall ihre Freundin! Sag's ihr!

Ich presste die Lippen zusammen, um nicht zu kichern bei Annies heftiger Stimme in meinem Kopf. *Ich finde, der Name steht dir!*

Das Fest begann, als die Sonne hinter dem Quiraing versank. Das rote Kleid aus feiner Wolle, das Taméa mir gegeben hatte, hing an mir herab wie ein Sack. Die junge Fee stand neben mir im Gang, aus dem gleich die Königsfamilie feierlich heraustreten sollte. Sie trug ein Kleid, das aussah wie der Zwilling von meinem, nur in blau und zwei Nummern größer. Vermutlich war mein Kleid aus ihrer Kindheit. Ihre Locs trug sie zu einem losen Zopf zusammengebunden. Die feierliche weiße Bemalung schmückte ihr Gesicht, die sie sich vorhin nach dem Baden aufgetragen hatte. Drei weiße Linien, die sich über das Nasenbein bis zu den Wangen zogen. Mir hatte niemand eine Bemalung gegeben. Allerdings hatte ich auch nicht gefragt. Hätten sie es getan, hätte ich gefragt?

»Bereit?«

Konnte ich bereit sein, wenn ich nicht wusste, was mich erwartete? Ich kümmerte mich eigentlich nicht um das Fest, nur um das, was danach kam. Irgendwann würde die letzte Fee sich schlafen gelegt haben. Wenn ich Glück hatte, feierten sie so ausgelassen, dass sich bis weit in den nächsten Morgen hinein niemand blicken ließ. Ich durfte nicht einschlafen. Diese Flucht musste gelingen! Bei der Vorstellung, noch eine Woche oder gar einen ganzen Winter hier zu verbringen, schnürte sich meine Luftröhre zu.

Ich nickte langsam.

»Viele werden dich heute sehen wollen«, meinte eine Stimme von hinten. Ich drehte mich um und sah Muirne aus dem dunklen Gang ins Licht treten. Sie trug ihre Locs zu einem Dutt zusammengebunden. Einige Strähnen fielen lose über das weiße Kleid, dessen Spitze an Blätter erinnerte. Ihre weiße Bemalung zog sich sogar in Kreisen über die Arme hinauf bis zu den Schultern.

»Natürlich«, murmelte ich. »Sie werden mich lieben, wenn ich neben euch wie eine Kartoffel aussehe.«

»Kartoffel«, wiederholte Taméa kichernd, als sei das das lustigste Wort, das sie je gehört hatte.

Muirne lächelte. »Sie werden dich lieben, egal, wie du aussiehst.«

Das war vermutlich nicht ihre Intention, doch der Satz bestätigte meine Vermutung der Kartoffel nur noch mehr. Wie sollte es auch anders sein, mit meinen abgebrannten Igelstacheln auf dem Kopf und meinen allzu menschlich gerundeten Ohren.

Taméa schnaubte. »Sagt die, die täglich mit perfekten Kleidern durch den Sid hüpft und sich nicht ohne Kissen auf den sandigen Boden setzt, aus Angst, Flecken zu bekommen.«

Muirne schenkte ihrer Schwester ein überhebliches Grinsen. »Regieren ist anspruchsvoll und erfordert eine Menge Sitzen. Außerdem verursacht Sand in der Tat Flecken, die sich mit Kissen vermeiden lassen. Dagegen könnte ich dich in meinen perfekten Kleidern jederzeit besiegen, ohne Flecken zu bekommen.«

Taméa betrachtete sie zerknirscht. »Und sowas muss ich mir von meiner kleinen Schwester anhören. Nur sie schafft es, mich auf zwei Ebenen gleichzeitig zu beleidigen, und das Schlimme ist, alles daran ist wahr!« Sie schaute mich wehleidig an. »Hast du eine Ahnung, wie es ist, mit einer Schwester zu leben, die in allem perfekt ist, was sie macht?«

»Ich habe keine Geschwister«, sagte ich unter einem Anflug von Belustigung. Ein Maulwurf konnte sehen, wie viel Liebe zwischen den beiden Schwestern herrschte. Diese Art von Stichelei war geradezu menschlich. Gleichzeitig jagte sie mir einen Stich durchs Herz, als mir bewusst wurde, wie sehr ich das vermisste.

»Geht euch bitte nicht vor meiner Ansprache an die Gurgel.« Sofort schauten Taméa und Muirne auf, als sie Rayannes Stimme hörten. »Das macht sich nicht gut im Gesamtbild.«

Ihre goldenen Augen waren liebevoll auf die beiden jungen Feen gerichtet. Sie hatte den schwarzen Umhang ihres Kleides gegen Schulterstücke getauscht, die aus Rinde gefertigt waren. Eine Kette aus winzigen Bronzeringen verband die Schulterstücke miteinander. Aus ihrem hoch aufragenden Turban ragten oberhalb der Stirn hauchdünne goldene Stäbe heraus, als umfassten die Strahlen der Sonne ihren Kopf wie ein Heiligenschein. Auf ihrer vollständig weiß bemalten Stirn saß eine Art Brosche in Form der Sonne, die ihre Augen geschlossen hielt. Ihre Arme trugen jedoch keine Bemalung. Das Schwert trug sie auch heute mit sich. Allmählich bekam ich den starken Verdacht, dass es sich bei der Waffe um eine Art zeremonielles Schwert handelte. Keine andere Fee hatte ich bisher mit einem Schwert gesehen.

Rayanne bemerkte meinen Blick, doch im Gegensatz zu Muirne lächelte sie nicht. Sie nickte mir zu und stellte sich an die Spitze des Zuges. »Alle bereit?«

Eine Antwort wartete sie nicht ab. Kaum, dass der erste Trommelschlag ertönte, marschierte sie los. Muirne und

Taméa wirkten in keiner Weise nervös. Vermutlich hatten sie solche Aufmärsche bereits tausend Mal gemacht.

Ich klammerte meine verschwitzten Hände an den Stoff meines Kleides, und konzentrierte mich auf meine Füße, als wir aus der Höhle heraustraten. Rayannes Schritte passten sich den rhythmischen Schlägen der Trommeln an. Wir gingen direkt auf die spiralförmig angeordnete Steinformation in der Mitte des Glens zu. Auf jedem der Steine saß eine Fee und drehte den Kopf in unsere Richtung. Hinter der Spirale standen Trommler in grünen Gewändern. Zwischen jeder Trommel steckte eine Fackel in der Erde. Der Schein des Feuers tanzte bei jeder Bewegung auf der Haut der Trommler. Das Gruseligste waren jedoch die Tanzenden. In grünen Gewändern mit langen Fransen wirbelten sie um uns herum. Ihre Gesichter wurden von furchteinflößenden Masken bedeckt. Grässliche Gestalten mit langen, heraushängenden Zungen, Hörnern und Fratzen, Schnäbeln und Krallen.

Jede Fee schien für sich individuell zu tanzen, doch ihre wilden Bewegungen hatten etwas seltsam Synchrones. Manche von ihnen kamen dicht an uns heran, fauchten und stießen schrille Rufe im Takt der Trommeln aus. Ich musste mich beherrschen, um mich nicht wegzuducken. Die Tänzer verkörperten die Gestalten ihrer Masken, in ihren Bewegungen und Lauten, die sie in den Nachthimmel riefen. Leicht konnte man vergessen, dass sich darunter Feen verbargen. Ich erkannte einen Cu Sith mit seinem Kleid aus grünen Blättern, ein Kelpie mit seiner bizarren Pferdemaske und Algen in den Haaren, und viele andere Wesen, die ich nicht zuordnen konnte. Unheimlich und gleichzeitig körperlich so stimmungsvoll, dass ich kaum den Blick abwenden konnte.

In der Schule hatte der Lehrer in Politik einmal mit dem Kurs die Wirkung und die Botschaften von Kleidung bei den Auftritten von Politikern in der Öffentlichkeit analysiert. Als ich in die leuchtenden Augen der Feen schaute und in ihre ehrfürchtigen Gesichter, mit denen sie uns betrachteten, wusste ich, dass mein Politiklehrer große Freude an der Analyse unseres Auftrittes gehabt hätte. Es spielte keine Rolle, wie unscheinbar und unansehnlich ich in ihren Augen neben Rayanne oder Muirne aussehen musste. Durch diesen inszenierten Auftritt mit Trommeln und Tänzern konnte ich in ihren Augen nicht anders wirken als eine Göttin, die versprochene Retterin oder zumindest ein Filmstar auf dem roten Teppich. Ich hatte bisher einmal mit Rayanne gesprochen. Persönlich kannte ich sie nicht, nicht wie Taméa, doch ich hatte genug von ihr gesehen, um zu wissen, dass nichts, was diese Fee tat, dem Zufall entsprach. Niemand konnte so perfekt wirken, ohne eine Maske aufzusetzen, ohne sich jede Handlung genau zu überlegen. Sollte die Darstellung ihrer Krone als Sonne sie gleichstellen mit etwas Göttlichem?

Als wir die drei freien Steine am äußeren Ende der Spirale erreichten, verstummten die Trommeln. Auf einmal wurde es still wie in einer Kirche. Selbst der Wind schwieg, was auf den zweiten Gedanken nicht verwunderlich war. Rayanne schaute über die Spirale und fing jeden Anwesenden mit ihrem Blick ein. Etwa einhundert Feen saßen auf und zwischen den Steinen. Alle Gesichter trugen individuelle Bemalungen in weißer Farbe. Als alle Augen auf sie gerichtet waren, erhob sich ihre klare Stimme. Ich fragte mich, ob es eine Möglichkeit gab, Stimmen und deren Reichweite mithilfe der Luft zu manipulieren.

Ihre Worte verstand ich nicht. Taméa wollte ich nicht bitten, sie mir zu übersetzen. Mehrmals deutete Rayanne in ihrer Ansprache ehrbietend auf mich. Ich wollte im Boden versinken. In meinen Ohren begann das Blut zu rauschen, und ich hörte ihre Worte kaum noch. Als ich aufsah, erkannte ich, dass alle Augen, auch die von Rayanne, auf mich gerichtet waren.

»Ein kleines Grußwort«, flüsterte Taméa mir zu.

Niemand hatte mich darauf vorbereitet, dass ich sprechen musste. Was sollte ich sagen? Würden mich alle verstehen?

Mein Atem beschleunigte sich, während mein Gehirn verzweifelt nach Worten suchte.

»Danke«, presste ich hervor, stotternd und nicht einmal annähernd so laut wie Rayanne. »Dafür, dass ich hier sein darf.«

Mehrere Feen schauten neugierig zu mir. Sie erwarteten, dass noch etwas folgte. Eine feurige Rede vielleicht oder ein glühendes Versprechen. Was konnte ich ihnen versprechen, was ich nicht brechen würde?

Ich konnte sehen, dass auch Rayanne sich mehr erhofft hatte, doch innerhalb von Sekunden versteckte sie ihre Emotionen wieder hinter ihrer herrschaftlichen Maske. Sie hob beide Arme, worauf die Fackeln neben den Trommlern hell aufleuchteten und in die Höhe schossen. Ihr Licht reichte plötzlich bis in die Spirale. Dann nahm sie neben Muirne Platz.

Im selben Moment stand in der Mitte der Spirale eine Fee auf. Mit der großen Tonschale in ihrer Hand stoppte sie auf dem Weg durch die Spirale bei jeder Fee und gab ihr die Schale zu trinken. Als die Fee nur noch drei Plätze von mir entfernt war, stieg mir der dicke metallische Geruch der Schüssel in die Nase. Mein Magen stülpte sich um.

»Ist das Blut?«, krächzte ich Taméa zu.

»Ochsenblut«, flüsterte sie zurück. »Das Tier wurde extra für das Fest geschlachtet.«

»Ihr erwartet nicht, dass ich das trinke, oder?« Entsetzt beobachtete ich, wie die unheilvolle Schüssel immer näherkam. Inzwischen hatte sie Muirne erreicht.

»Blut ist ein Symbol für das Leben. Wir brauchen es, damit unsere Magie stark bleibt. Es verlängert das Leben«, flüsterte Taméa eindringlich.

Die Haare auf meinen Unterarmen stellten sich auf, als die Schüssel mit dem Blut immer näherkam. »Ihr braucht es! Für Menschen ist das nicht gut …«

»Bist du sicher? Deine Magie könnte bestimmt …«

»Ich bin mir wirklich ziemlich sicher, dass ich das nicht trinken kann!«, zischte ich.

Taméa musterte mich, dann beugte sie sich vor zu Rayanne. Die riss die Augen auf und beugte sich wiederum vor, um mit der Fee, die die Schale hielt, einige Worte zu wechseln. Die nickte bloß und ging weiter, als wäre nichts gewesen.

Taméa nippte an der Schüssel und ich beobachtete mit aufkeimendem Ekel, wie sie das Blut tatsächlich runterschluckte. Sie reichte die Schüssel zurück und die Fee im weißen Gewand schaute mich an. Doch anstatt mir die

Schüssel zu überreichen, stellte sie sie vor mir auf den Boden, ging in die Hocke und tauchte ihren Zeige- und Mittelfinger hinein. Ich hielt die Luft an, als die Feenfrau ihre blutgetränkten Finger auf meine Stirn zubewegte. Feucht und warm berührte das Blut meine Haut und hinterließ einen Strich. Dann wanderte sie weiter.

»Wenn du dich übergeben musst, warte, bis alle durch sind«, hauchte Taméa mir ins Ohr.

Das hätte ich am liebsten getan, doch damit hätte ich mich endgültig blamiert. Also schluckte ich die bittere Galle hinunter und schüttelte langsam den Kopf. »Es geht schon.«

Die Fee hatte ihre Runde beendet und ging zurück in die Mitte der Spirale, wo sie die Schale mit dem restlichen Blut in vier weitere kleine Gefäße verteilte. Vier Feen, ebenfalls in Weiß gekleidet, erhoben sich, und begleitet von den Schlägen der Trommeln trugen sie die Schalen in die Dunkelheit davon. Ihre schwebenden Schritte schienen unter den langen Gewändern kaum den Boden zu berühren.

»Wo bringen sie die Schalen hin?«, fragte ich.

»Sie verteilen sie in alle vier Himmelsrichtungen, für jedes Element eine. Damit sagen sie Danke.«

»Für was?«

Taméa grinste. »Für dich!«

Die Trommeln nahmen einen schnelleren, verspielten Takt an. Flöten stimmten mit ein und spielten eine fröhliche Melodie. Immer mehr Feen sprangen auf, um sich am Essen zu bedienen. Neben der Kuh über dem Feuer sah ich frisch gebackenes Brot und verschiedenes Gemüse an einer langen Tafel neben der Feuerstelle aufgereiht. Die bedrückende und ehrfürchtige Stimmung von eben hallte nur noch als Echo durch das Glen und wurde durch die Musik und das lauter werdende Gelächter immer weiter vertrieben.

»Hier, wasch dir erstmal das Gesicht!«, sagte Taméa und hielt mir ein feuchtes Tuch hin.

»Aber … zerstört das nicht die Bedeutung …«

Taméa schnaubte belustigt. »Es ist nur ein Symbol. Niemand erwartet von dir, den ganzen Abend mit einer blutigen Stirn herumzulaufen.«

Dankbar nahm ich das Tuch entgegen und rubbelte mir damit über die Stirn. Achtlos ließ Taméa das Tuch neben ihren Stein fallen. »Die brùnaidh sammeln das nachher auf.«

Ich atmete tief ein, als die letzte Spur des metallischen Gestanks aus meiner Nase verschwand. »Brùnaidh?«

»Brownies haben sie die Menschen genannt. Ich habe erst einmal in meinem Leben einen gesehen«, erzählte Taméa.

Von Brownies hatte ich schon gehört.

»Tüchtige kleine Dinger. Niemand weiß so richtig, wo sie herkommen. Sie lieben Ordnung, und stellt man ihnen etwas Met und Honig hin, räumen sie alles auf, was man hinterlassen hat. Und das schneller, als du blinzeln kannst. Wenn du sie suchst, wirst du sie nie finden. Sie müssen sich dir zeigen. Nur dann kannst du sie sehen. Komm mit, bevor das halbe Essen in anderen Mäulern verschwunden ist.«

Taméa erhob sich, und ich folgte ihr zu der langen Tafel hinter der Spirale. Ich blickte in neugierige Gesichter und freundliche Augen, als ich mir Essen in meine Tonschale lud. Meine holprige Ansprache schien niemandem im

Gedächtnis geblieben zu sein. Ich hörte viele Namen, die sich mir vorstellten, von denen ich mir keinen behielt, doch am Ende wussten sicherlich alle meinen Namen, die ihn vorher noch nicht kannten.

Trotz des auffälligen Fehlens von Salz schmeckte das Festessen erstaunlich gut. Das Ochsenfleisch war hauptsächlich mit Kräutern gewürzt, die eine frische Würze in das Essen brachten. Das Brot schmeckte teigig, genau wie das beim Frühstück im Thronsaal, und das Gemüse zeichnete sich durch eine unglaubliche Vielfalt an Größen, Farben und Formen aus, die man selbst auf einem Bauernmarkt nicht gefunden hätte. Ich fragte mich, wo sie all das anbauten. Wo befanden sich ihre Felder, oder bezogen sie ihre Lebensmittel durch Handel? Wenn ja, mit wem handelten sie?

Die Tafel mit dem Essen bestand aus den einzigen aufgebauten Tischen. Manche Feen saßen auf ihren Steinen, doch die meisten verteilten sich großflächig im Glen. Taméa setzte sich zurück zu Rayanne an die Steine, und ich folgte ihr. Vermutlich hätte sich jede Fee geehrt gefühlt, hätte ich mich zu ihr gesetzt, doch ich kannte keine von ihnen. Über was hätte ich mit ihnen reden sollen?

»Probiere mal!« Taméa hielt mir einen Krug unter die Nase, den sie gerade ihrer Schwester Muirne entwendet hatte.

Misstrauisch roch ich daran. »Was ist das?«

»Wein aus dem Süden. Ein echter Schatz!«

Das beantwortete zumindest einen Teil meiner Fragen. Es musste eine Art Handelsnetzwerk zwischen anderen Feenstämmen geben. Ich blinzelte, als ich in den Krug schaute. Der süße, fruchtige Geruch eines Rotweins schlug mir daraus entgegen. »Wein?«

»Ich kann es auch selbst kaum glauben. Unser Met ist zwar ausgezeichnet, aber wann hat man schon die Chance, ein paar Tropfen Wein zu trinken.«

»… Das ist Alkohol.«

Taméa schaute mich an, als hätte ich bereits den ganzen Krug geleert. »Natürlich. Das ist doch der Sinn dieses Getränks.«

»Aber was ist mit eurer Magie? Wird sie davon nicht …« Ich wedelte mit der Hand, um das Verschwinden zu verdeutlichen.

Taméa zuckte mit den Schultern. »Die funktioniert morgen wieder genauso gut. Wir haben Craig und die Wachen. Sollte etwas heute Nacht passieren, laufen wir schnell in die Höhlen.«

Natürlich hatten sie Wachen! Wie hatte ich annehmen können, dass es niemanden gab, der auf eine feiernde Horde Feen aufpasste, die sich mit Wein ihre Kräfte versoff.

»Ich sehe keine Wachen«, sagte ich und tat, als würde ich mich desinteressiert umschauen.

»Sie sind oben auf den Hügeln«, antwortete Taméa beiläufig und hob zwei Trinkkrüge vom Boden auf, um den Wein darin einzuschütten. Sie reichte mir einen davon. »Keine Sorge, heute Nacht sind wir sicher. Sláinte!«, rief sie und trank einige tiefe Schlucke aus ihrem Krug.

»Prost!«, wiederholte ich und setzte das Tongefäß ebenfalls an meine Lippen. Der süße Wein kam an meine Lippen, doch ich ließ ihn nicht in meinen Mund. Stattdessen tat ich, als würde ich schlucken. Ich würde den Krug später, in einem Moment der Unachtsamkeit von Taméa, ausschütten. Sollten sich die Sidhe ruhig zur Besinnungslosigkeit trinken. Damit hatte ich ein Problem weniger. Blieben noch Craig und die Wachen.

Aus den Augenwinkeln kam eine Gestalt auf mich zu, als ich den Krug abstellte. Die Feenfrau trug ein graues Kleid, das um die Hüfte mit einem Gürtel aus grünen Blättern zusammengebunden wurde. Ihre schwarzen Locs reichten ihr bloß bis zu den Schultern. Auf ihren weißen Wangen bildeten sich Grübchen vom Lächeln und ihre rostbraunen Augen glänzten. Sie blieb vor mir stehen und deutete eine Verbeugung an.

»Das ist Aiofe, Muirnes Gefährtin«, stellte Taméa die Feenfrau vor, bevor ihre Schwester die Chance hatte.

»Es ist mir eine Ehre. Muirne hat bereits so viel von dir erzählt«, sagte Aoife freudig. Wie zwei Speerspitzen wirkten ihre Ohren, viel zu lang für ihre kleine Körpergröße. Sie war nicht viel größer als Taméa, was ungewöhnlich für eine Fee war, wie ich inzwischen wusste.

»Ähm … danke.« Ich betrachtete meine Hände. Was sollte ich darauf erwidern?

»Hoffentlich, wir werden uns in der nächsten Zeit öfter sehen. Ich freue mich, dich kennenzulernen«, flötete Aiofe.

Höflich nickte ich.

»Aiofe hat das Essen zubereitet«, sagte Taméa, als ich beobachtete, wie Muirne zärtlich ihre Gefährtin empfang. »Sie ist die beste Köchin in ganz Alba. Sogar aus Kelpie-Äpfeln könnte sie dir etwas Leckeres zubereiten.«

»Ich bezweifle, dass das irgendwer kann«, erwiderte Aiofe.

Nur mit halbem Ohr hörte ich dem Wortwechsel zu. Die andere Hälfte plante, wie viel von diesem Essen ich in meinem Kleid verstecken konnte und wie weit ich damit wohl kam. Von dem Fleisch konnte ich nichts mitnehmen, so sehr ich es wollte. Es würde zu schnell verderben. Mit einem Tuch konnte ich mir vielleicht einen Beutel knoten oder eine Art Tragetasche. Mir graute jetzt schon vor dem langen, beschwerlichen Weg.

Ich versuchte meinen Herzschlag zu beruhigen, damit ich nicht begann, nervös mit den Beinen zu zappeln.

Die Gesellschaft der Sidhe wurde stetig lustiger und lauter. Manche von ihnen tanzten bereits. Wieder einmal war ich erstaunt, wie ähnlich sie in vielen Dingen den Menschen waren. Meistens unterhielt ich mich mit Taméa, Muirne und Aoife. Als Taméa und Muirne tanzen wollten, lehnte ich ab und ging zurück auf meinen Platz. Tanzen würde mich müde machen.

Irgendwann, ich hatte keine Ahnung wie viel Zeit vergangen war, wurde die Musik leiser, die Versammlung ruhiger und müder. Der Mond war ein beträchtliches Stück gewandert.

Ein paar Stunden mussten vergangen sein. In meiner Welt hatte ich das Licht des Mondes immer als extremen Kontrast zum Nachthimmel empfunden. Hier verschmolz es fast mit dem Glanz der unzählbaren Sterne. Ich konnte mich nicht erinnern, in meiner Welt jemals so viele Sterne gesehen zu haben. Kein künstliches Licht trübte ihre Erscheinung, kein Schleier von Städten oder Straßen-laternen lenkte von ihrem Funkeln ab. Seufzend wandte ich mich vom Himmel ab.

Ich musste nur Geduld haben, bis sich der Großteil in die Höhlen zurückzog und der Rest zu betrunken war, um mein Treiben zu bemerken. Die größte Schwierigkeit dabei würde sein, nicht selbst einzuschlafen. Bei dem Gedanken unterdrückte ich ein Gähnen.

Kapitel 18

Fell

Die nächsten Stunden bis zum Morgen saß ich, gehüllt in eine dicke Wolldecke, mit dem Rücken an meinen Stein gelehnt und sah zu, wie die letzten Sidhe in den Sid verschwanden oder sich einfach auf die Wiese zum Schlafen legten. Niemand hatte gefragt, als ich mich entschuldigte, um eine Decke aus meinem Zimmer zu holen. Die Luft der Highlands war kalt und der Abend lang. Niemand konnte ahnen, dass ich mir die Decke für einen weiteren Zweck holte: um auf meiner Flucht nicht zu erfrieren. Es kam mir vor, als würde mein Herz mit jeder Minute lauter schlagen. Wenn jemand in meine Richtung blickte, stellte ich mich schlafend. Immer wieder schlossen sich meine Augen tatsächlich und mein Kopf sank in Richtung Brust. Meine Beine schmerzten vom langen Tag und der Erschöpfung durch die Verletzung, die immer noch nicht ganz aus meinem Körper gewichen war. Es kostete mich alle Mühe, nicht einzuschlafen.

Ich schluckte das schlechte Gewissen, das in mir aufkeimte, hinunter, als ich die ausgelassenen Wesen vor mir sah, die tanzten, lachten und so fröhlich und hoffnungs-voll wirkten, wie ich sie in den Wochen, die ich bereits hier war, noch nie erlebt hatte. Ich dachte an Taméas Worte über die neue Hoffnung der Sidhe durch mich, und schaute auf meine Hände. Sie hatten dieses ganze Fest für mich organisiert. Sie hatten mich zusammengeflickt, mir das Leben gerettet, mir Kleidung und Essen gegeben und ein Bett. Sie hatten mich mit offenen Armen aufgenommen und ich nutzte ihre Gastfreundschaft aus. Ich würde sie im Stich lassen und eine Nadel in ihren Ballon der Hoffnung stechen. Ich würde nicht einmal ein Wort des Abschieds hinter-lassen. Doch jedes Wort wäre sinnlos.

Sie konnten nicht erwarten, dass ich mein Leben nach ihren Vorstellungen umkrempelte und ein vorgegebenes Schicksal annahm. Ich war nicht ihre Marionette!

Wollten sie ein Wechselbalg, das zu allem Ja und Amen sagte, hätten sie den Menschenkindern auch ihren Willen rauben sollen. Konnten sie das? Konnte ich das?

Ein gruseliger Gedanke.

Unweit von mir legte sich Taméa neben ihrer Schwester Muirne und deren Gefährtin schlafen. Rayanne hatte sich in den Sid zurückgezogen, majestätisch wie sie gekommen war. An den Schwestern hing nichts mehr Majestätisches. Ihre Frisuren waren verrutscht, ihre Kleider warfen Falten und sie kicherten wie Grund-schulkinder in der letzten Reihe. sie wirkten sorglos. Betrunken, aber glücklich!

Würde ich Taméa vermissen?

Irgendwann musste ich doch in den Schlaf gesunken sein, denn als ich die Augen ruckartig wieder aufschlug, kündigte ein schmaler heller Streifen am Horizont bereits den Beginn des nächsten Tages an.

Hastig strampelte ich die Decke von meinem Körper. Mein Rücken fühlte sich so hart an wie der Stein, an dem ich gelegen hatte. Mehrmals knackte meine Wirbelsäule, als ich aufstand und meine kalten Gliedmaßen ausstreckte. Mein Magen knurrte leise. Schnell schaute ich hinüber zu der langen Tafel und stellte erleichtert fest, dass ein Großteil des Essens genauso dort stand wie vorher. Eine Toilette hätte ich ebenfalls brauchen können, doch auf keines dieser Bedürfnisse konnte ich im Moment Rücksicht nehmen. Um mich herum sah ich vereinzelt Feen, die tief in den Schlaf versunken waren. Alle anderen Sidhe hatten sich in den Sld zurückgezogen.

In der Feuerstelle, über der die Reste des Ochsen schmorten, glomm nur noch ein Haufen verbrannter Asche.

Ich musste verschwinden, bevor der neue Tag anbrach. Bevor die ersten Frühaufsteher ihr Gesicht aus dem Hügel streckten. Schlimm genug, dass ich eingeschlafen war.

Hinter den Sidhe lag eine lange Nacht. Vielleicht übersahen auch die Wachen den kleinen Schatten, der sich an ihnen vorbeischlich. Zumindest hoffte ich das.

Auf Zehenspitzen balancierte ich zwischen den am Boden liegenden Körpern hindurch zu der großen Tafel. Ich nahm eines der Leinentücher, mit denen die heißen Töpfe und Schalen hergetragen worden waren, und stopfte es voll mit kleinen Broten. Schweren Herzens verabschiedete ich mich von dem Fleisch und dem Gemüse und band das Tuch zu einem Beutel. Die Decke unter den Arm geklemmt und den Beutel in der Hand, schaute ich ein letztes Mal hinauf zum Castle Ewen und den dunklen Umrissen der Berge dahinter.

Ich fresse einen Besen, wenn das gut geht, dachte ich, rückte die Decke zurecht und marschierte los. Kaum machte ich den ersten Schritt, stieß etwas Hartes an meine Schuhspitzen. Stolpernd purzelte ich einige Schritte nach vorne und stütze mich am Tisch ab, um nicht zu fallen. Der Beutel mit dem Proviant rollte durch das Gras. Die Schale, über die ich gestolpert war, zitterte am Boden, und der Inhalt ergoss sich ins Gras. Honig, stellte ich verblüfft fest, und beugte mich herunter, um die goldenen Tropfen von meinem Schuh zu streichen.

Ein Knurren ertönte neben mir und ich schnellte herum. Im Gras hockte eine Gestalt, die gerade so bis zu meinen Kniekehlen reichte. Sie trug eine bodenlange braune Kutte, wie ein Mönch, aus der ein runzeliges Gesicht mit kleinen, dunklen Augen finster zu mir hinaufstarrte. Schwarze Locken kräuselten sich bis zu den Wangen des Wesens hinunter. Mit einem Brummeln, bei der das Wesen seine Lippen zurückzog wie ein Hund, sprang es über meine Füße hinweg, um die Schüssel mit dem Honig wieder aufzustellen.

Ein brùnaidh, dachte ich fasziniert. Die kleinen Wesen, von denen Taméa erzählt hatte, die für die Feen aufräumten. Ich starrte weiter auf das kleine koboldartige Wesen, das begann, die Schalen auf dem Tisch einzusammeln. Es schien nicht sehr gesprächig zu sein, oder es wollte nicht mit mir sprechen, nachdem ich seine Schüssel mit Honig umgestoßen hatte. Ich konnte es ihm nicht verübeln.

»Sorry«, murmelte ich. »Ich bin gleich verschwunden.«

Das Wesen würdigte mich keines Blickes, schwer beschäftigt, die Schüsseln auf dem Tisch ineinander zu stapeln, doch ich meinte ein leises Schnauben zu hören.

Hauptsache es verriet mich nicht.

Ich schnappte meinen Beutel, drehte dem Brownie dem Rücken zu und lief den Hügel gegenüber von Castle Ewen hinauf. Ich wusste, dass es riskant war, mich so zu entblößen, doch ich musste mir einen Überblick über das Gelände verschaffen. Irgendeine Ausrede würde mir schon einfallen, sollte man mich erwischen.

Auf der Spitze des Hügels kroch ich geduckt über den Felsenkamm auf die andere Seite des Hanges. Ein Grinsen stahl sich auf mein Gesicht. Das Ende des Glens war naher als erwartet. Halb kriechend, halb stolpernd kam ich am Fuß des Hügels an. Tief holte ich Luft, um ausreichend Sauerstoff in meine schmerzenden Lungen strömen zu lassen und mein verräterisches Herz zu beruhigen.

In der Spalte zwischen zwei Hügeln leuchtete mir der Halbmond in einem klaren Silber entgegen, wie ein Lockruf. Ich ließ mich nicht zweimal auffordern und folgte ihm durch den schmalen Canyon des Glens. Den Ausgang, der von Craig bewacht wurde, konnte ich nicht nehmen. Das Biest würde mit seinem Bellen sicherlich jedes Wesen im Umkreis von einem halben Kilometer wecken. Falls es weitere Ausgänge gab, wurden die wahrscheinlich ebenfalls bewacht. Mir blieb nur die Möglichkeit, über diese Hügel zu klettern, so lange bis ich das Ende des Glens erreicht hatte.

Nebel wartete auf der anderen Seite des Felsenkamms auf mich, wie ein weißes Tuch, das sich langsam auf die

Ebene senkte und unter dem sich die Natur verstecken wollte.

Eine Gestalt ging unterhalb von mir über die Heide, bevor sie wieder vom Nebel verschluckt wurde. Wahrscheinlich eine der Wachen.

Diesmal lief ich den Abhang hinunter. So schnell es ging, wollte ich in die weite Landschaft dahinter kommen. Der Nebel würde mich vor den Blicken der Feen verbergen.

Ohne einen weiteren Blick zurückzuwerfen, verließ ich das Fairy Glen. *Verräterin*, flüsterte die leise Stimme in meinem Kopf. *Feigling!*

Ich schnaubte ihr entgegen. Ich war keine Verräterin. Niemandem hatte ich ein Versprechen gegeben. Und ich war kein Feigling, denn ich war mutig genug, um zu fliehen.

Ich lief, bis meine Blase bei jedem Schritt schmerzte. Schnell hockte ich mich ins Gras, um das Problem zu lösen. Dann ging ich weiter. Ich hatte nicht die geringste Ahnung, wie viel Zeit inzwischen vergangen war, oder wie weit ich gelaufen war, nur dass ich mich nach Süden bewegte. Die dunklen Schatten des Quiraing im Norden sah ich trotz des Nebels in meinem Rücken immer kleiner werden.

In der weiten Landschaft war das Knurren meines Magens das einzige Geräusch. Inzwischen durfte die Sonne bereits aufgegangen sein, doch alles, was ich von ihr sah, war das gedämpfte Licht eines weißen Balls am Horizont. Wenn ich der Sonne folgte, würde sie mich irgendwann nach Osten zum Festland bringen. An dem eisigen Bach, der plätschernd meinen Weg kreuzte, trank ich einige Schlucke Wasser und stopfte ein Stück Brot in meinen Mund, das ich während des Laufens kaute. Es schmeckte trocken und rutschte nur schwer meine Speiseröhre hinab, doch es brachte mir neue Energie und beruhigte das laute Knurren meines Magens ein wenig.

Mit der Hand fuhr ich durch den dicken Nebel, spürte die winzigen Wassertropfen, die sich um meine Haut verdichteten, als wollten sie meine Finger begrüßen. Die kühle Luft richtete die Härchen auf meinen Unterarmen auf.

Im August hatte ich die Welt der Menschen verlassen. Jetzt konnte selbst eine Fledermaus erkennen, dass der Herbst angebrochen war. Die Luft roch nach Morast und nassem Gras. Unter meinen Lederschuhen schmatzte die torfige Erde. An den Stängeln des Heidekrauts sammelte sich der Morgentau, als würde die Natur bei dem Gedanken an den bevorstehenden Winter weinen. Jedes Geräusch wurde vom Nebel erstickt, selbst meine Schritte klangen dumpf.

In den letzten Wochen hatte mich zu jeder Tageszeit das stetige Treiben der Sidhe umgeben. Doch jetzt konnte ich zum ersten Mal nichts als Stille hören, oder vielmehr die Aura spüren. Schwer wie eine nasse Wolkendecke legte sie sich über das Land und wollte alles verschlucken. In meiner Welt hörte man selbst bei einem Waldspaziergang oder einer Wanderung immer irgendwo das leise Rauschen einer Schnellstraße, wenn auch in weiter Ferne, einen Hubschrauber oder ein Flugzeug, das über den Wipfeln der Bäume hinwegrauschte. Die Zeichen der Zivilisation waren nie weit weg. Hier war ich allein. Egal, wie weit ich lief, ich würde sehr lange nicht auf Zivilisation stoßen. Hier gab es keine Menschen. Taméa hatte erzählt, dass auf dem schottischen Festland noch eine weitere Gruppe der Sidhe siedelte, doch das war bloß ein weiteres Dorf in der ganzen Weite der schottischen Highlands. Hier gab es nur die unendliche Wildnis und mich. Eine junge Frau, mit nichts als ihren Beinen zur Fortbewegung. Was hatte ich mir dabei gedacht?

In nicht einmal zwei Stunden würde es zu regnen beginnen. Wo sollte ich dann hin? Ich konnte nur hoffen, dass ich einen schützenden Felsen fand, wo auch immer ich dann war.

Ich breitete meine Decke aus und schlang sie um meinen Körper. Dieser Nebel musste sich doch irgendwann auflösen. Stattdessen schien er stetig dichter zu werden, als wollte er mich einschließen und verschlingen. Ich befand mich auf einem freien Feld. Trotzdem fühlte ich mich, als stände ich in einer winzigen Kammer mit einer zehn Tonnen Betondecke über mir. Mein Herz begann in der aufkeimenden Panik schneller zu klopfen. Ich war die einzige Idiotin, die morgens im dichten Nebel durch die Highlands rannte. Trotzdem schlich das Gefühl meinen Rücken hinauf, als hätte der Nebel Augen.

Die Schwaden zogen Kreise vor meinen Augen. Sie erinnerten an flüssigen Stickstoff. Etwas strich über meine Wange.

Ein Finger?

Ich sprang zur Seite, doch die dicke weiße Wand gab ihre Geheimnisse nicht frei. Ich beschleunigte meine Schritte und wagte meinen Blick nur noch nach vorne zu richten, aus Angst, an den Seiten etwas zu entdecken. Wie mit

Scheuklappen rannte ich durch den Nebel, die Augen zu Boden gerichtet.

Fast wäre ich in das Gesicht hineingelaufen.

Mit einem Schrei stoppte ich und starrte in die dunklen Augen, die mir wie zwei leere Löcher aus dem Nebel entgegenstarrten. Ein langer Mund schwebte darunter, der sich zu einem schiefen Lächeln verzerrte. Ich stolperte einen Schritt zurück. Das Gesicht folgte mir, hämisch grinsend.

»Geh weg!«, schrie ich und wedelte wild mit den Armen in der Luft. Meine Hände glitten durch das Gesicht hindurch, worauf es sich augenblicklich neu formte.

»Verschwinde!«

Das Gesicht wuchs und schrumpfte. Es bestand bloß aus Nebel. Wie sollte ich mich gegen etwas wehren, das keinen Körper besaß?

»Was bist du?«, schrie ich.

»Mí-fhèin«, drang die schallende Stimme aus dem Nebel. Sie kam aus allen Himmelsrichtungen.

Ich wich weiter zurück, übersah einen Stein und fiel mit dem Gesäß hart auf die Erde. Ein Schrei ballte sich in meiner Brust zusammen und blieb in meiner Kehle stecken. Das Gesicht baute sich vor mir auf. Eine Hand aus Nebel formte sich. Knochige Finger streckten sich nach mir aus. Schützend riss ich beide Hände hoch, bereit, alles an Magie, das in mir brodelte, dem Wesen entgegenzuschleudern.

Plötzlich zog sich die Hand zurück, und es wirkte fast, als runzelte das Wesen seine Stirn.

»Thu-fhèin«, sagte es. Dann löste es sich auf und hinterließ eine Wolke aus dichtem Nebel, der vor mir in kreisförmigen Figuren wirbelte.

Ich rannte. Jeder Herzschlag donnerte in meinen Ohren.

Zu spät merkte ich, dass sowohl meine Decke als auch mein Proviant noch auf dem Boden lagen, doch ich drehte mich nicht um. Bloß weg! Weg von dieser Wildnis und ihren Gespenstern, zurück in meine kleine Höhle in der Erde, unter meine Decke. Ich rannte, lief und stolperte, bis die Ausläufer des Fairy Glens vor meinen Augen auftauchten. Ein erleichtertes Keuchen entfuhr meinen Lippen. Das Blut rauschte in meinen Ohren und in meinem Blickfeld tanzten schwarze Punkte. Meine Flucht war gescheitert, doch das hätte mich im Moment nicht weniger kümmern können. Keuchend kroch ich über die Hänge der Hügel, beachtete nicht die verwunderten Blicke einzelner Sidhe, denen ich begegnete, und sackte entkräftet an einem Stein der Spirale auf dem Festplatz zusammen.

Die Brownies schienen bereits alles aufgeräumt zu haben. Bloß der lange Holztisch am anderen Ende der Spirale deutete darauf hin, dass hier in der Nacht zuvor ein Fest stattgefunden hatte.

»Es tut mir so leid, Annie«, murmelte ich. Tränen sammelten sich in meinen Augen. Ich hatte es vermasselt! Ich hatte nicht den Mut gehabt, meinen Plan durchzuziehen. Wie sollte ich jemals eine zweite Chance bekommen?

Rasselnd holte ich Luft. Langsam nahm mein Herzschlag wieder ein normales Tempo an. Hatten die Sidhe meine Abwesenheit bemerkt? Vermutlich würden sie mich jetzt endgültig in eine tiefe Höhle sperren, wo ich der Sonne für immer Lebewohl sagen konnte. Wenige müde Gestalten befanden sich bereits im Glen. Mir schenkten sie keine Beachtung.

»Schön, dass du wieder hier bist!«

Erschrocken wirbelte ich herum. Taméa lehnte am Stein neben mir. Ein süffisantes Lächeln umspielte ihre Mundwinkel. Sie trug noch dasselbe Kleid wie am Vorabend, genau wie ich. Bloß die Bemalung hatte sie aus ihrem Gesicht gewaschen. Wann hatte sie sich dorthin gesetzt?

In ihren Händen hielt sie einen kleinen Dolch aus Knochen und ritzte immer wieder winzige Kerben in den Stein. Ich wusste nicht, ob das ein gutes oder schlechtes Zeichen war. Vermutlich letzteres.

»Was?«, fragte ich, als wusste ich nicht, wovon sie sprach. Meine verräterische Stimme versagte ihren Dienst und die Worte klangen wie das Krächzen eines kranken Vogels.

»Schön, dass du zurückgekommen bist«, wiederholte Taméa und legte ihren Dolch zu den anderen ins Gras.

»Wie lange sitzt du schon dort?«, fragte ich.

»Eine Weile«, antwortete Taméa nüchtern. »Ich dachte, du würdest mich schon irgendwann bemerken. Ich wollte dich erstmal zu Atem kommen lassen. Muirne und ich haben Wetten abgeschlossen, ob du zurückkommen würdest. Warum machst du Augen wie ein Eichhörnchen? Du bist frei! Du kannst gehen, wohin du willst!«

»Ich bin nicht eure Gefangene?« Meine Kehle fühlte sich ausgetrocknet an. Wie war das möglich?

Taméa blinzelte erstaunt. »Natürlich nicht!«

»Warum habt ihr mich dann die ganze Zeit bewacht?«

»Wir haben dich nicht bewacht. Ihr Menschen heilt so langsam. Wir wollten sichergehen, dass du nicht umfällst.« Taméas Mundwinkel verzogen sich zu einem leichten Schmunzeln.

»Und wenn ich mich entscheide, morgen zu gehen?«, wollte ich wissen.

»Würde dich niemand aufhalten«, ergänzte Taméa ernst. »Jeder wusste, dass du heute Morgen vorhattest, zu gehen. Denkst du, wenn du eine Gefangene wärst, wäre das so einfach möglich gewesen? Wir würden alle nicht mehr leben, wenn unsere Wachen so schlecht wären.« Ein belustigter Schimmer lag in ihren Augen.

»Ihr habt mich einfach gehen lassen?« Ihre Worte ergaben keinen Sinn. »Ich dachte, ich wäre so wichtig für euch!«

Taméa zuckte mit den Schultern. »Ja, aber wir können dich nicht zwingen, hierzubleiben. Zugegeben, Rayanne ist etwas enttäuscht; Muirne vermutlich auch, wenn sie erfährt, dass du zurückgekommen bist und sie mir jetzt ein Frühstück im Bett schuldet. Sie hat dir doch tatsächlich zugetraut, dass du es durchziehst.«

»Und du?«, fragte ich nach einem Moment der Stille, in der ich die Bedeutung ihrer Worte langsam begriff.

»Ich bin beeindruckt!« Taméa sammelte ihre Dolche ein und steckte sie in die kleine Felltasche an ihrer Seite. »Ich habe gewettet, dass du es nicht mal bis zum Sonnenaufgang da draußen aushältst. Du hast es bis zum Frühstück geschafft.« Grinsend fasste sie hinter sich und holte eine Schüssel mit dampfendem Haferbrei hervor. Sie hielt mir das Frühstück unter die Nase. »Wie war es?«

Mit offenem Mund stand ich vor ihr, während mein Kopf langsam ihre Worte verarbeitete. In Zeitlupe nahm ich die Schüssel entgegen, doch es dauerte noch lange, bis ich den ersten Löffel in meinen Mund steckte. Ich erinnerte mich an die Geschichten, in denen Feen ihre Streiche mit Menschen spielen, und allmählich dämmerte es mir, dass ich Opfer des besten Beispiels von Feenhumor geworden war. Sie hatten mich nach Strich und Faden verarscht, mich gehen lassen und sogar Wetten abgeschlossen, wie lange ich es schaffen würde. Und das Skurrilste: Ich war noch nicht einmal wütend darüber. Bloß erschüttert.

»Wem bist du dort draußen begegnet, dass du wie ein aufgescheuchter Kelpie zurückgerannt bist?«, fragte Taméa neugierig.

»Es … hatte keinen Körper. Es war nur ein Gesicht im Nebel …« Schaudernd erinnerte ich mich an das breite Grinsen des Gespenstes zurück, und die knochige Hand, die sich in meine Richtung ausstreckte.

»Oh, ein Brollachan«, erwiderte Taméa. »Ich habe lange keinen mehr gesehen. Ich dachte schon, die hätten die Insel alle verlassen.«

»Was ist ein Brollachan?« Von diesem Wesen hatte ich noch nie gehört.

»So genau weiß das niemand, denn außer ihrem Gesicht hat bisher keiner mehr von ihnen gesehen. Meistens sind sie harmlos, aber sie machen sich einen riesigen Spaß daraus, plötzlich neben dir aufzutauchen und dir den Schreck deines Lebens einzujagen, besonders wenn es neblig ist. Mistbiester«, grummelte sie, als redete sie über eine Stech-mücke. »Weil sie keinen eigenen Körper haben, leihen sie sich gerne die Körper von allem, was sie in die Finger kriegen. Menschen sind ihre bevorzugten Wirte. Aber sie können nur ein paar Tage im Körper eines Menschen bleiben, weil ihr Wirt dann stirbt. Dann suchen sie sich einen neuen.«

»Hast du nicht gesagt, sie sind harmlos?«, fragte ich entsetzt.

Taméa lächelte beruhigend. »Für uns sind sie das. Der Brollachan hat vermutlich deinen menschlichen Körper gerochen und war dann verwirrt, als er deine Feenmagie spürte und dich nicht in Besitz nehmen konnte. Ein Wechselbalg ist ihm wahrscheinlich noch nie begegnet. Deine Magie schützt dich vor den meisten Wesen hier, aber du kannst von Glück reden, dass du nur einem Brollachan begegnet bist und keinem Nuckelavee.«

»Nuckelavee …« Ein Zittern lief durch meinen Körper, als ich an die Zeichnung im Notizbuch meines Vaters dachte und was er zum Nuckelavee geschrieben hatte. »Den gibt es wirklich?«

Taméas Blick verfinsterte sich. Ihr Griff um den letzten Dolch, den sie immer noch in der Hand hielt, verfestigte sich und beantwortete meine Frage.

»Aber wie könnt ihr mich laufen lassen, wenn ich die Einzige bin, die euch helfen kann?« Schnell wechselte ich das Thema.

Taméa runzelte die Stirn. »Wärst du lieber eine Gefangene?«

Heftig schüttelte ich den Kopf.

Taméa nickte. »Dachte ich mir! Du bist die Einzige, die uns helfen kann, das ist wahr! Deshalb hast du heute Morgen auch alle hier, mich eingeschlossen, tief enttäuscht, als du plötzlich weg warst. Aber wir können dich nicht zwingen, die Brücke zu öffnen. Das muss freiwillig geschehen, genau wie sie aus freiem Willen damals von einem Wechselbalg geschlossen wurde. Du hast das Recht, deine eigenen Entscheidungen zu treffen. Wenn du fliehen willst, tu es. Wir werden weiter auf jemanden wie dich warten. Was bleibt uns anderes übrig? Wenn wir dich zwingen, hat das keinen Zweck. Aber erwarte nicht, dass wir dir bei der Flucht helfen. Wenn du gehen möchtest, musst du allein mit der Wildnis und den Kreaturen dort draußen klarkommen.«

Langsam nickte ich. Ein Geschäft, nichts anderes war mein Aufenthalt hier. Die Sidhe sorgten dafür, dass ich zu Essen bekam, kümmerten sich um meine Verletzungen und beschützten mich vor den Kreaturen der Anderswelt, sofern ich mich dazu bereit erklärte, die Brücke für sie wieder zu öffnen und ihnen ihre Unsterblichkeit zurückzugeben. Genau da lag meine Chance, nach Hause zu kommen.

»Ich habe einen Handel vorzuschlagen.«

Neugierig musterte Taméa mich.

»Ihr bringt mich sicher durch die Wildnis zum nächsten Steinkreis, ich öffne die Brücke für euch und dann lasst ihr mich zurück in die Welt der Menschen ziehen.«

Taméas Augen begannen zu leuchten. »Also bist du einverstanden, uns zu helfen? Du willst die Brücke tatsächlich öffnen?«

Ein Kloß formte sich in meinem Hals, als ich die Hoffnung in ihrem Gesicht sah. Ich nickte erneut.

Taméa sprang auf. »Abgemacht! Ich werde Rayanne sofort davon berichten. Wir beginnen gleich morgen mit dem Training deiner Magie!«

Ich schaute ihr hinterher, als sie zum Castle Ewen rannte. Wie eine Gazelle sprang Taméa durch die Luft, bevor sie in einem der Eingänge verschwand. Ein kleiner, warmer

Funken stieg in meinem Bauch auf und verwandelte sich auf meinen Lippen zu einem Lächeln. Das Lächeln war mehr ein Zucken meiner Mundwinkel, doch es war da, neben dem Gefühl, das Richtige getan zu haben, und nagenden Selbstzweifeln.

Ich hatte nicht die geringste Ahnung, wie ich diese Brücke öffnen sollte, aber was blieb mir für eine andere Möglichkeit? Eine weitere Flucht auf eigene Faust kam nicht in Frage. Wer wusste, was dort draußen noch alles kreuchte und fleuchte. Allein durch die Highlands mit ihren Kreaturen würde ich es nie schaffen. Je schneller ich meine Aufgabe erfüllte, desto schneller konnte ich hier weg. Und das hieß, ich musste mich wieder mit meiner Magie versöhnen.

Kapitel 19

Fell

Bis zu meiner ersten Trainingseinheit sollten jedoch weitere zwei Wochen vergehen. Ich wusste, dass das Leben der Feen dem Rhythmus der Jahreszeiten und der Natur folgte. Was das genau bedeutete, wurde mir während dieser Zeit klar. Die Ernte stand an. Wegen des unbeständigen Wetters in den schottischen Highlands, den zunehmend fallenden Temperaturen und kürzer werdenden Tagen, wurde jede Hilfe gebraucht. Anstatt mit Taméa meine Magie zu trainieren, half ich also, die Kornspeicher und Vorratskammern, in denen noch der geerntete Flachs vom Frühjahr lagerte, im Sid aufzuräumen und Platz zu schaffen für die neue Ernte. Eine Arbeit, die trotz der Anstrengung erstaunlich viel Spaß machte. Ich merkte schnell, als Mensch aus dem globalisierten einundzwanzigsten Jahrhundert, wie wenig ich über Landwirtschaft und den Aufwand wusste, den es kostete, sich ohne Supermarkt im Winter zu versorgen. Taméa musterte mich entgeistert, als ich ihr sagte, dass ich nicht wusste, wie man Getreide am besten lagerte. Ich versuchte ihr im Gegenzug die Globalisierung zu erklären, doch das schien die Fragezeichen in ihrem Kopf nur weiter zu vergrößern.

Gälisch zu lernen, stellte sich als genauso schwer heraus. Ich kannte inzwischen einige Wörter und Bezeichnungen für Gegenstände, doch eine Regelmäßigkeit in der Sprache und im Satzbau erkannte ich beim besten Willen nicht. Annie hätte es geliebt. Ich sah sie vor mir, wie sie mit glänzenden Augen Wörter, Sätze und Betonung auseinandernahm und alles hinterfragte. Sicherlich hätte sie in den letzten zwei Wochen weitaus größere Fortschritte gemacht als ich.

Den geernteten Flachs brachten wir Stück für Stück zu einem Feennamen namens Adhamh, und fasziniert beobachtete ich, wie daraus Fasern zum Nähen von Kleidung hergestellt wurden. Begeistert von der Arbeit entschied ich mich, ihm nachmittags zu helfen. Es hatte etwas Meditatives, die getrockneten und vorbereiteten Flachsfasern über das Brett aus Knochennägeln zu ziehen, um sie von allen Unebenheiten zu trennen, bis Fasern entstanden, die an Haare oder Wolle erinnerten. Adhamh erklärte mir, dass die Fasern nachher zu Garn gesponnen wurden, und hielt eine Rolle fertigen Garn hoch, der mich zu meinem Erstaunen an handelsübliches, synthetisches Nähgarn erinnerte. Bloß ungefärbt und rauer. Außerdem zeigte mir Adhamh, wie man die fertigen Kleider färbte und verzierte. Das Färben war weniger meditativ, doch immerhin wusste ich nun, wohin der Urin aus den Nachttöpfen wanderte. Adhamh war im Besitz eines ganzen Regals voller Farbstoffe aus natürlichen Farbpigmenten aus pflanzlichen und tierischen Teilen. Das anschließende Besticken der Kleider mit Ornamenten war genau die Handarbeit, die ich brauchte, seit ich nicht mehr zeichnen konnte. Obwohl mir danach die Finger und der Rücken schmerzten, fühlte ich mich genauso frei wie nach der Fertigstellung eines Bildes, und mein Kopf war angenehm leer.

Auf den ersten Blick ähnelte der Alltag der Sidhe dem, was ich mir durch Bilder und Geschichtsbücher unter dem Alltag der Menschen im frühen Mittelalter vorstellte. Am meisten bewunderte ich ihre Unbekümmertheit. Sie beschwerten sich nicht über den häufigen Regen, den stetigen Wind oder die seltenen Sonnenstrahlen. Sie akzeptierten es einfach. Fest im Glauben, dass Danu für sie sorgen würde.

»Wir sind ihre Kinder«, sagte Adhamh, während er eine grün eingefärbte Tunika aus dem Kessel mit heißem Urin holte, der über der Feuerstelle köchelte. Ich rümpfte die Nase über den beißenden Geruch von Ammoniak.

»Warum sollen wir uns darüber Gedanken machen, was morgen ist, wenn wir sowieso keinen Einfluss darauf haben? Was wir nicht brauchen, lagern wir ein, und was wir einlagern, wird geteilt. Sorgen verursachen nur Verbitterung.«

Sein wettergegerbtes Gesicht war von Falten durchzogen und seine spitzen Ohren wirkten seltsam dünn und durchsichtig, als wollten sie jeden Moment durchbrechen.

Adhamh war die erste Fee, die ich nach dem Alter fragte. Als Antwort zwinkerte er mir bloß zu, hängte eine weitere Tunika aus dem Kessel über die Trockenleine, und sagte:

»Ich glaube, es war der einhundertfünfzigste Winter, nach dem ich aufgehört habe, die Jahre zu zählen.«

Schließlich kam der Tag meines ersten Trainings. Etwa eine halbe Stunde folgten Taméa und ich dem Fluss, der durch das Gleann nan Sidhe floss, bis wir auf ein Waldstück stießen. Heute trug sie zum ersten Mal Schuhe. Die knöchelhohen Lederschuhe, mit Wadenwickeln über der einfachen Hose aus Leinen, schützten nicht nur hervorragend vor dem beißenden Wind der Highlands, sondern auch vor dem dichten Unterholz. Ihre Locs trug Taméa trotz Kälte weiterhin mit einem einfachen Zopf aus dem Gesicht gebunden, sodass ihre Ohren frei vom Kopf abstanden. Ich fragte mich, ob die Sidhe in ihren Ohren keine Nervenbahnen besaßen. Meine Ohren waren nach einem langen Tag in den Highlands regelmäßig rot wie eine Clownsnase. Die Länge meiner Haare reichte immer noch nicht aus, um sie zu bedecken.

»Das sind die Rhafälle.« Elegant sprang Taméa auf einen großen Stein, der zur Hälfte aus dem Flussbett ragte, und drehte sich zu mir um. Sie musste rufen, damit ihre Worte nicht vom Tosen des meterhohen Wasserfalls übertönt wurden, der vor uns die baumbewachsene Felswand hinunterstürzte. In mehreren kleinen Fällen schlängelte sich das Wasser über die moosbewachsenen Steine.

»Dort oben gibt es im Wald eine ruhige, geschützte Stelle, wo der Wasserfall nicht mehr so laut ist. Ich dachte mir, dass du für das erste Training nicht unbedingt unter

Beobachtung des gesamten Sid stehen möchtest.« Taméa hüpfte von dem Stein herunter und begann, auf einem schmalen Trampelpfad die Felswand hinaufzusteigen.

»Danke!«, rief ich. Ich hatte keine Ahnung, ob sie mich hörte.

Ich war froh, weit genug weg vom Sid zu sein, dass niemand meine kläglichen Versuche, die Elemente zu kontrollieren, mitbekam. Das Herz klopfte mir jetzt schon bis zum Hals. Bei dem Gedanken an Zuschauer drehte sich mir der Magen um.

Warum erklärte sie mir mit der Geduld einer Katze ihre Welt, brachte mir ihre Sprache bei, und opferte so viel Zeit für mich, obwohl sie sicher noch andere Verpflichtungen hatte oder eigene Freundschaften besaß? Vielleicht war es die Aussicht auf Rettung, die sie antrieb. Ein weiteres Mal fühlte ich einen Stich, ihr Vertrauen mit meiner Flucht so missbraucht zu haben.

Taméa wartete oberhalb des Felsens auf mich. Sie wirkte, als hätte sie gerade einen kurzen Morgenspaziergang zurückgelegt, während ich schnaufend und stöhnend die Spitze des Hangs erreichte. Unter meiner mehrschichtigen Tunika und dem riesigen Schal um meinen Schultern begann ich bereits zu schwitzen.

Auf einer Breite von etwa drei Metern dehnte sich der Fluss neben uns aus. Die Ufer waren auf beiden Seiten schlammig vom vielen Regen der letzten Tage.

»Wir müssen nur noch da rüber«, verkündete Taméa, und deutete auf das Wasser.

Ich wollte gerade meinen Mund öffnen und einen anderen Weg vorschlagen, als Taméa beide Hände vor sich ausstreckte. Wie in einem Kochtopf begann das Wasser zu brodeln. Die Wellen richteten sich gegen den Strom. Ein Spalt entstand, der immer weiter an Tiefe gewann, bis der steinige Untergrund des Flusses zu sehen war. Auf beiden Seiten türmte sich das Wasser zu steilen Wänden auf und formte in der Mitte einen feuchten, aber begehbaren Durchgang.

Unglaublich, dachte ich. Als Taméa meinen großen Augen begegnete, lachte sie bloß.

»Wie hast du das gemacht?«, rief ich.

»Wasser ist mein Element«, verkündete sie stolz.

»Kann ich das auch lernen?«, fragte ich aufgeregt.

»Vielleicht. Vielleicht wartet auch ein anderes Element auf dich.« Sie zwinkerte mir fast schon verschwörerisch zu. »Komm, ich kann das nicht ewig halten.«

Schritt für Schritt, als könnten die Steine jeden Moment unter mir nachgeben und ein tiefes Loch formen, stakste ich durch das Flussbett. Die nassen Steine klirrten unter meinen Füßen. Mit mehreren großen Sprüngen hüpfte ich schließlich ans andere Ufer. Hinter mir brachen die Mauern aus Wasser zusammen und stürzte den Wasserfall hinab. Staunend sah ich hinterher.

Taméa hatte sich bereits abgewandt und ging durch die Bäume zu einer kleinen moosbewachsenen Lichtung. Ein dicker Teppich aus bunten Blättern breitete sich dort aus. Zusammen mit dem dunkelgrünen Moos bildeten die Blätter einen Kontrast wie auf einem ausgestellten Foto in einem Kunstmuseum. Was hätte ich für eine Möglichkeit gegeben, um dieses Bild einzufangen.

Inmitten der Wiese lag ein kleiner Teich, der von Schilf beinahe zugewuchert war.

Ein Teil von mir sträubte sich immer noch dagegen, meine Kräfte wieder zu benutzen. Was, wenn ich Taméa verletzte oder mich selbst?

Ich presste stur die Lippen zusammen. Selbst wenn ich wieder ein Inferno entfachte, würde Taméa vermutlich nur lachen und dann das Feuer ersticken. Hier war ich sicher. Ich musste lernen, meine Kräfte zu beherrschen. Nicht nur, um nach Hause zu kommen, sondern auch, um mich zu verteidigen, bevor das nächste Monster über mich herfiel.

Taméa schaute sich mit leuchtenden Augen um.

»Ich habe gestern Abend einige Zeit überlegt, wie wir anfangen«, begann Taméa. »Normalerweise sind sich Feen ihrer Kräfte von Anfang an bewusst. Sie sind von Geburt an ein Teil von uns. In unserer Kindheit lernen wir, das erste Element, Geist, zu meistern. Wenn wir erwachsen sind, kommen die anderen Elemente hinzu. Wasser, Luft und Feuer. Ich kann mir vorstellen, dass das für dich sicher beängstigend gewesen sein muss.«

Worauf du Gift nehmen kannst, dachte ich.

»Wasser ist das einfachste Element. Danach kommt der Wind und zum Schluss das Feuer. Leider gibt es keine Möglichkeit, den Geist zu testen, dafür bräuchten wir einen Menschen. Deshalb beginnen wir heute mit dem Wasser. Dann kann ich mir ein Bild machen, was du schon kannst«, sagte sie mit einem vorfreudigen Grinsen auf dem Gesicht.

Ich schluckte. »Ich … weiß nicht, wo ich anfangen soll. Was soll ich machen?«

Taméa nickte verständnisvoll. »Wir machen nichts, bei dem du dich unwohl fühlst. Spüre das Wasser um dich herum, den kleinen Tümpel oder die Tautropfen auf dem

Moos. Wenn du das Gefühl hast, die Kontrolle zu verlieren, musst du nicht weitermachen.«

Ich schluckte. »Was, wenn etwas passiert wie beim letzten Mal?«

»Das wird es nicht, denn diesmal bin ich hier«, antwortete Taméa selbstbewusst. Sie trat einen Schritt auf mich zu. Ihre leuchtend grünen Augen fingen mich ein und hielten mich fest wie eine Venusfalle. »Vertrau mir! Dir kann nichts passieren. Schließ deine Augen, und sag mir, was du fühlst.«

Ich trat von einem Bein auf das andere und konzentrierte mich auf den pulsierenden Teppich aus Wassertropfen überall um mich herum. Er reichte über die gesamte Lichtung, bis hinauf in die Blattkronen der Bäume. Deutlich spürte ich die Kapillaren der Bäume neben mir, die das Wasser durch den Stamm hinauf pumpten wie ein Geflecht aus hunderten winzigen Adern. Ein vollständig intaktes Netzwerk. Ich konnte von einem Baum zum anderen wandern, konnte spüren, wie sie untereinander kommunizierten. Keine Straße durchbrach das Netzwerk. Vor meinem inneren Auge konnte ich die Größe der Lichtung sehen, einzig durch die Ausbreitung des Netzwerkes. Ich konnte es anzapfen, verschieben und beeinflussen. Wie die Bäume war ich ein Teil davon. Ich riss die Augen auf. »Es … es hängt alles zusammen. Es ist unglaublich! Ich meine, riesig! Der ganze Wald und alles, was im Boden steckt …«

Taméa schaute mich verwundert an. »Hast du das noch nie gespürt?«

»Nicht in dieser Intensität! Die Natur, wo ich herkomme, ist, na ja … Sie hängt nicht mehr auf diese Weise zusammen.

Es gibt große Löcher in ihrem Netzwerk …« Ich beendete den Satz nicht. Verständnislos sah Taméa mich an.

Diesmal ließ ich die Augen geöffnet und konzentrierte mich auf einen Büschel Moos vor meinen Füßen. Ich ging in die Hocke und streckte die Hand aus. Gebannt folgte Taméa meinem Blick, als die Wassertropfen auf der Pflanze zunächst zu zittern begannen und sich schließlich aufeinander zu bewegten. Angezogen, wie von einem unsichtbaren Magnet. Auf halber Strecke verbanden sie sich zu einem großen Tropfen und hoben ab. Der Tropfen tanzte durch die Luft, auf die Höhe meiner Augen. Ich sah die Bäume vor mir wie durch die Scheibe eines Aquariums. Dann ließ ich den Tropfen fallen, und das Wasser versickerte sofort in der Erde.

Begeistert klatschte Taméa. »Du bist weiter, als ich dachte! Du kannst das Wasser bereits bewusst kontrollieren. Das ist gut!« Meine Mundwinkel verzogen sich zum ersten Mal an diesem Tag zu einem Lächeln, bei dem stolzen Gefühl, das sich bei ihren Worten in meinem Bauch ausbreitete.

»Aber ist alles, was wir hier tun, nicht auch eine Manipulation? Brechen wir damit nicht die oberste Regel?«, fragte ich.

»Ein paar Wassertropfen durch die Gegend zu wirbeln oder für einen Moment das Wasser in einem Fluss zu stoppen, interessiert das Gleichgewicht nicht sonderlich«, erwiderte Taméa.

»Gut, jetzt die Luft«, forderte Taméa mich auf.

Die Luft war schwieriger zu greifen. Sie bildete kein Netzwerk, das ich nach Belieben anzapfen konnte. Wie ein

Kraftfeld, das ich ausdehnen oder auf eine Stelle intensivieren konnte, war sie überall. Ein leichtes Säuseln wirbelte um Taméa herum. Orangene Blätter wirbelten vom Waldboden auf und tanzten vor unseren Gesichtern. Verschmitzt lächelte Taméa und richtete ihren Blick auf den Tanz. Ohne eine einzige Bewegung, nicht einmal das Zucken ihres Augenlids, sauste der Wind plötzlich in meine Richtung, mit einer Kraft, auf die ich nicht vorbereitet war. Die Blätter flogen in mein Gesicht und ich prustete.

Taméa lachte schallend.

»Das ist nicht fair!«, rief ich und wischte ein feuchtes Blatt von meiner Nase.

»Nein, aber lustig. Du hättest dein Gesicht sehen sollen.« Sie kicherte immer noch.

Ich schnaubte.

»Du kannst die Kontrolle zwar nicht lange aufrecht halten, aber daran können wir arbeiten.« Sie nickte anerkennend. »Jetzt fehlt nur noch ein Element.«

»Nein!«, rief ich abrupt und trat einen Schritt zurück. »Das kommt nicht in Frage!«

»Du wirst dein Leben lang Angst davor haben, wenn du nicht lernst, es zu kontrollieren. Und dann wird es dein Leben lang dich kontrollieren«, beharrte sie.

»Letztes Mal …«

»Vertrau mir!«, sagte Taméa. »Hier kann dir nichts passieren.«

Um mich mache ich mir keine Sorgen, dachte ich verdrossen. Trotzdem atmete ich tief durch. Sie war in der Anderswelt aufgewachsen. Sie würde schon wissen, wovon sie sprach.

Taméa holte zwei scharfkantige Steine aus ihrem Lederbeutel und einen braunen Klumpen.

»Was ist das?«, fragte ich.

»Getrocknetes Gewebe von einem Baumpilz. Das brennt wie trockenes Gras.« Kurz schaute sich Taméa um und marschierte zu der Birke, keine drei Meter neben mir. Triumphierend kehrte sie mit einem Stück Rinde zurück. Sie hielt die scharfkantigen Feuersteine dicht an den Pilz, und bereits beim zweiten Schlag erschien ein Funke. Erneut merkte ich, wie aufgeschmissen ich in der Wildnis war. Taméa streckte die Hand aus, kaum dass der Funke das Pilzgewebe berührte, und eine Sekunde später loderte eine Flamme auf dem getrockneten Pilz. Die Flamme legte Taméa in die Birkenrinde und sah zu, wie das Feuer das Holz erfasste.

»Jetzt lösch es«, forderte sie mich auf.

»Ich kann nicht!«, rief ich.

Angsthase!

Annie?

Ich höre deine Knie schlottern, wiederholte die Stimme in meinen Gedanken.

Du kannst nicht ewig Angst vor Feuer haben.

Ich habe dich damit vielleicht umgebracht!

Mir geht es gut! Ich bin in Sicherheit. Ich warte auf dich! Jetzt kannst du Taméa vertrauen.

Ich wollte ihr glauben, dass sie lebte und dass es ihr gut ging. Egal, ob es tatsächlich Annie war oder nur ein Produkt meiner Fantasie.

Taméa schaute mich erwartungsvoll an.

Die Schultern gestrafft konzentrierte ich mich auf die Flamme in der Birkenrinde. Nichts geschah, als ich versuchte, die wild zuckenden Blitze aus Energie zu erfassen. Ich presste die Kiefer aufeinander und streckte beide Hände aus.

»Langsam!«, ermahnte Taméa mich, die neben der Rinde hockte. »Wut und Frustration sind nicht die richtigen Emotionen, um Kontrolle über Feuer zu erlangen. Was du fühlst, beeinflusst deine Magie. Denk immer dran, dass sie von deinen Emotionen gesteuert wird. Wenn du ein Element auf bestimmte Art beeinflussen möchtest, müssen deine Emotionen dazu passen. Mir helfen dabei meistens Erinnerungen. Versuch es mit einer glücklichen«, schlug sie vor.

Ich versuchte an eine schönere Erinnerung mit Annie zu denken, um andere Emotionen hervorzurufen. Lange musste ich nicht überlegen. Es war ausgerechnet ihr Lächeln, das mir in den Sinn kam, nach allen aufregenden und gefährlichen Erlebnissen, die ich mit ihr teilte. Ihr Lächeln, als sie die Fahrertür von Betsy öffnete und aus dem Bulli stieg. Dasselbe Lächeln in unserem Versteck hinter dem Hoftor in Edinburgh, um unserem Verfolger zu entkommen. Unserem Verfolger, den ich später …

Ich schloss die Augen, und versuchte das Bild der verbrannten Leiche wieder durch Annies Lächeln zu ersetzen. Nicht an das Feuer im Steinkreis zu denken oder die lauten Schreie. Nur ihr Lächeln, ihre strahlenden brauen Augen, ihr wippender Pferdeschwanz … Die Hitze der Flammen, die ich auch jetzt spüren konnte. Annies Rufen und das Gefühl der Verzweiflung, der Kreis aus Feuer, der sich um mich schloss und mir jeglichen Ausweg versperrte. Bis auf einen!

Das Feuer schoss vor meinen Augen um mindestens einen Meter in die Höhe. In wenigen Sekunden hatte es die Birkenrinde verzehrt.

»Woah!«, schrie Taméa.

Ich wich vor der Stichflamme zurück und stolperte. Dumpf schlug ich auf dem Waldboden auf. Taméa sprang nach vorne und stellte sich schützend zwischen das Feuer und mich. Beide Hände richtete sie auf die Flamme. Zuerst wirkte es, als würden beide in einem unentschiedenen Kampf miteinander ringen. Dann schrumpfte das Feuer. Es fiel in sich zusammen, bis nur noch ein glimmender Haufen verbrannter Ringe übrigblieb. Taméa drehte sich zu mir um und hielt mir ihre Hand hin, um mir aufzuhelfen. Behutsam zog sie mich auf die Beine.

»Entschuldige! Wir hätten für heute bei dem Wind bleiben sollen. Ich hätte wissen müssen, dass du noch nicht weit genug für das Feuer bist. Wir sollten für heute aufhören.«

»Nein, das geht nicht!« Energisch schüttelte ich den Kopf. »Ich muss stärker werden!«

»Du bist stark! Stärker, als ich gehofft hatte. Deshalb habe ich dich zu etwas ermutigt, wozu du noch nicht stark genug bist. Das tut mir leid! Wir machen ein andermal weiter.« Ihr Ton duldete keine Widerrede.

Ich nickte müde und warf einen Blick auf die glimmende Rinde.

»Keine Sorge, auch das wirst du irgendwann beherrschen.« Taméa lächelte.

»Was ist mit der Erde?«, fragte ich.

Taméa hob ihren Beutel vom Boden auf und drehte sich verwundert um.

»Warum sprecht ihr von fünf Elementen, wenn unsere Magie nur vier davon kontrollieren kann?«»

Mit einem Wedeln ihrer Hand löschte Taméa die letzten Glutreste. Eine kleine Rauchsäule wurde vom Wind davongetragen.

»Dieses Element gehört Danu«, erklärte Taméa. »Wir können die Elemente ihrer Kinder kontrollieren, aber ihres hat sie uns nicht überlassen. Diese Gabe war vor vielen Jahren ausschließlich den Kindern einer Verbindung zwischen Fee und Mensch vorbehalten.«

»Einem Wechselbalg?«, fragte ich mit großen Augen.

Bedächtig nickte Taméa und setzte sich auf den nächsten Baumstumpf. Ich tat es ihr gleich, um ihren Worten zuzuhören. Ächzend kreiste ich meine schmerzenden Schultern.

»Du musst wissen«, begann Taméa, »nachdem Danu gemeinsam mit ihren drei Kindern Tír na nÓg erschaffen hatte, und nachdem die erste Fee das Licht des Mondes erblickte, setzte sich Danu zur Ruhe. Ihr Lebenswerk war vollendet. Jetzt wollte sie es selbst genießen. Deshalb unternahm sie viele Wanderungen durch die zwei Welten.«

»Zwei Welten?«, fragte ich.

»Die Welt der Götter und Tír na nÓg. Die beiden Welten, in denen Danu zuhause war. Doch auf einer dieser Wanderungen entdeckte sie eine dritte Welt. Eine, die sie nicht erschaffen hatte und über die sie keine Macht verfügte. Diese Welt und die Wesen, die sie bevölkerten, faszinierten sie so sehr, dass sie Brücken zwischen dieser Welt und Tír na nÓg baute. Sie wollte nicht, dass die Welten voneinander abgeschirmt waren, wie Tír na nÓg von der

Welt der Götter. Sie wollte, dass ihre Kinder und die Wesen der fremden Welt einander begegnen konnten.«

Taméa nahm einen Stock, schob ein paar Blätter zur Seite und zeichnete eine Triskele in die feuchte Erde. »Deshalb hat die Triskele drei Arme, einen für jede Welt, die in der Mitte miteinander verbunden sind. Und trotzdem getrennt voneinander existieren.« Sie deutete auf jeden einzelnen Arm der Triskele. »Der Legende nach verliebte Danu sich so sehr in die Menschen, dass sie ihnen ihr Element überlassen wollte, doch die Menschen konnten keine Magie annehmen. Deshalb bestimmte sie ihr Element für die Kinder, die aus einer Verbindung zwischen ihren Kindern und den Menschen hervorgehen. Es gab in den vergangenen Jahrhunderten einige Wechselbälger, die auch das fünfte Element kontrollieren konnten. Sie lebten jedoch alle vor der Schließung der Brücke, als Kinder einer natürlichen Verbindung zwischen einem Menschen und einer Fee. Deshalb ist das wohl bis heute nicht mehr vorgekommen, weil so eine Verbindung nicht mehr möglich ist.«

»Aber es ist nicht ausgeschlossen?«, fragte ich.

Taméa schüttelte nachdenklich den Kopf. »Ausgeschlossen ist es nicht, aber ein Wechselbalg, das alle fünf Elemente beherrscht, wurde vielleicht ein Dutzend Mal in der Geschichte der Feen geboren. Selbst wenn eine solche Verbindung irgendwann wieder möglich ist, ist das noch keine Garantie, dass so ein Kind wieder geboren wird. Das Leben ist ein Kreislauf. In Tír na nÓg bewegt sich alles in Kreisen.« Sie nahm erneut den Stock und zeichnete eine kleine Spirale neben die Triskele. »Wenn eine Fee stirbt, verlässt sie diese Welt nicht, sondern wird irgendwann erneut geboren. Ihr Körper stirbt, doch ihre Seele und ihre Magie leben weiter. Unsere Magie ist fest verwoben mit unserer Seele. Deshalb siehst du die Farbe der Seele jeder Fee in ihren Augen, denn die sind das Fenster zu deinen Emotionen. Deine Magie und deine Seele tragen die gleiche Farbe.« Ich starrte in ihre funkelnden grünen Iriden.

»Diese Farbe …«, begann ich und dachte an Annies braune Augen. »Spiegelt die sich auch in den Augen von Menschen wider?« Müssten Annies Iriden dann nicht blau sein? Ein intensives Blau wie das Leuchten des Ozeans.

»Nein, Menschen haben keine Magie. Ihre Augen zeigen nicht die Farbe ihrer Seele«, antwortete Taméa.

»Zeigt sich die Farbe meiner Seele in meinen Augen?«

Taméa schüttelte bedauernd den Kopf. »Du besitzt Feenmagie, aber die Augen eines Menschen. Ich fürchte, niemand kann deine Farbe sehen, obwohl ich die zu gern wissen würde. Damit ein Mensch Feenmagie annehmen kann, muss sich seine Seele mit dieser Magie verbinden können. Das kann nur die Seele einer Fee.«

»Ich verstehe nicht …«

»Deshalb klappt es bei so wenigen Menschenkindern. Um Magie annehmen zu können, musst du die Seele einer Fee besitzen.« Taméas Augen leuchteten, als sie mich musterte.

»Aber wie kann ich … Ich bin ein Mensch!«

»Alles bewegt sich in Kreisen«, verkündete Taméa mit leiser Stimme. »Jede Seele lebt weiter, doch niemand weiß in welcher Form.«

Ich blinzelte, als die Realisation, was das bedeutete, langsam in meinem Kopf Gestalt annahm. »Das heißt, ich beherberge eine verstorbene Fee?«

Taméa schüttelte amüsiert den Kopf. »Du beherbergst keine verstorbene Fee. Deine Seele ist, was du bist. Als unsere Magie an dich weitergegeben wurde, hast du sie aufgenommen, weil sie von Anfang an zu dir gehörte. Da Menschen normalerweise keine Magie annehmen können, brauchte es einen Anstoß von außen, damit du sie trotzdem entwickelst. Deine Seele bestimmt, wie sie sich entfaltet, in welcher Stärke du sie beherrschst und welche Elemente du kontrollieren kannst. Deshalb müsstest du trotzdem mindestens die Wiedergeburt eines der wenigen Wechsel-bälger sein, die alle fünf Elemente beherrschen konnten, um dazu fähig zu sein. Aber ich glaube nicht, dass du das kannst, sonst hätte es sich inzwischen entwickelt. Tut mir leid.« Sie lächelte schief. »Keine Sorge. Du brauchst das fünfte Element nicht, um die Brücke wieder zu öffnen. Wenn du die vier beherrschst, reicht das vollkommen aus.«

Es dämmerte bereits, als wir zum Sid zurückkehrten. Vor meinem Mund bildeten sich Wolken beim Ausatmen. Meine Knochen ächzten und mein Magen knurrte so laut, dass selbst Taméa es hören musste, die neben mir ging. Ich konnte es kaum erwarten, einige Bissen aus der Küche zu holen, das regennasse Oberteil auszuziehen und mich in warme Decken zu kuscheln. Ein guter Film wäre jetzt perfekt. Sehnsüchtig dachte ich an meinen Fernseher. Wie lang war es her, dass ich den letzten Film geschaut hatte? Augenblicklich fielen mir Dutzende ein, auf die ich Lust hatte. Ich würde noch lange warten müssen, bis ich wieder die Gelegenheit hatte, einen Film zu schauen. Den Abend würde ich stattdessen schlafend verbringen, was sich mindestens genauso gut anhörte.

Die schwere Holztür zur Küche stand offen, um Dämpfe abziehen zu lassen. Inmitten des Raumes thronte eine Feuerstelle mit einem Durchmesser von bestimmt drei Metern. Mehrere Töpfe und Kessel hingen über der Glut, deren Inhalt fröhlich vor sich hin blubberte. Ich kam mir vor wie in einer Hexenküche. Der Rauch zog durch ein großes Loch in der Decke ab. Trotzdem waberte durch den gesamten Raum ein dicker Rauch. Ungefähr zehn Sidhe liefen um die Feuerstelle herum, rührten in den Kesseln oder zupften Kräuter von den Büscheln an der Wand, die im ganzen Raum verteilt an einer Leine hingen.

Taméa lief selbstbewusst in den Raum. Ich blieb an der Tür stehen und schaute ihr hinterher. Zielstrebig ging Taméa auf einen Holztisch zu und griff einige Fladenbrote, die dort auf einem Teller ausgebreitet lagen.

»Hey!« Von der anderen Seite des Raumes drang ein lauter Ruf.

Taméa steckte sich ein Stück Brot in den Mund. Die anderen klemmte sie sich unter den Arm. Auf dem Rückweg schnappte sie sich wahllos einige Schüsseln und beendete grinsend ihren Beutezug an der Türschwelle. Sie packte meinen Ärmel und zog mich unsanft hinter sich her.

»Nächstes Mal bekommst du einen royalen Arschtritt«, rief Aoife hinter uns her.

Ich brauchte mich nicht umzudrehen, um zu wissen, dass sie wie eine Furie in der Tür stand.

»Dazu musst du mich erst erwischen!«, erwiderte Taméa und zog mich um die nächste Kurve. Genüsslich biss sie von ihrem Brot ab und drückte mir zwei Fladen und eine Suppenschüssel in die Hand.

»Warum hast du das gemacht?«

»Es war sowieso für uns bestimmt«, erwiderte sie schulterzuckend.

Ich warf einen Blick auf die Suppe und fragte mich, wie sie es geschafft hatte, keinen Tropfen bei unserer Flucht zu verschütten. Andererseits, der Inhalt dieser Schüssel bestand hauptsächlich aus Wasser …

»Das Essen wird nachher im Thronsaal serviert. Ich habe mir nur meinen Teil abgegriffen.«

»Du drückst dich vor dem Essen mit Rayanne?«, stellte ich belustigt fest.

»Ich hab Besseres mit meinem Tag zu tun, als mir die belanglosen Gespräche von den Ratsmitgliedern über einen belanglosen Tag anzuhören. Und da ich Rayanne sowieso nicht auf diesen unbequemen Stuhl folgen werde, habe ich meiner Meinung nach das Recht, mein Abendessen so zu verbringen, wo und mit wem ich möchte.«

»Aber mit Essen aus der königlichen Küche«, ergänzte ich lachend.

»Ganz genau!«, rief Taméa.

Das gemeinsame Abendessen im Thronsaal war, außer bei Feierlichkeiten, nur der königlichen Familie und den Ratsmitgliedern vorbehalten. Nicht einmal ich war zugelassen. Ich war wie Taméa nicht besonders traurig darüber. An gewöhnlichen Tagen breiteten die anderen Sidhe ihr Essen in ihren Wohnhöhlen zu, mit dem was gerade verfügbar war. Die Küche kochte ausschließlich für den Thronsaal. Die Einzige, die unter diesen Umständen nichts bekam, war ich. Dafür fand ich täglich ein warmes Gericht vor meiner Zimmertür, frisch aus der Küche. Offenbar traute man es mir nicht zu, dass ich selbst kochte. Ich traute es mir selbst nicht zu. Mit einem elektronischen Herd und Rezept, ja.

Aber nicht über einer Feuerstelle.

Plötzlich kniff Taméa die Augen zusammen und fasste sich an die Stirn. Ich wollte fragen, ob alles in Ordnung war, als sie ein genervtes Schnauben ausstieß.

»Rayanne«, erklärte sie. »Sie möchte, dass du nach dem Abendessen zu ihr kommst.«

»Rayanne hat … in deinem Kopf …«

»Einfache Kommunikation. Sie macht das oft. Würde ich auch tun, wenn ich könnte. Erspart einiges an Weg. Ich hab's einmal versucht, aber außer bohrende Kopfschmerzen ist bei mir nichts zustande gekommen«, meinte sie trocken.

»Dann kann sie Botschaften in deinen Kopf senden? Wie?«

»Auf demselben Weg wie Rayanne in deinen Träumen erschienen ist. Sie ist Meisterin auf dem Gebiet. Es ist ihr Element«, antwortete Taméa, als sei das das Selbstverständlichste auf der Welt.

Eine düstere Vorahnung beschlich mich. »Dann kann sie das auch bei mir?«

Taméa lächelte. »Ja, aber sie wollte dich nicht erschrecken. Sie weiß, wie viel Angst sie dir damals mit den Träumen gemacht hat, und das tut ihr leid.«

Es gab so viel, das ich noch nicht wusste. Hier war die einzige Welt, in der ich diese Dinge lernen konnte. Die einzige Welt, die mir nicht das Gefühl gab, ein Alien zu sein oder ein Freak, obwohl ich mich trotzdem hier so fremd fühlte wie ein Eisbär in der Sahara. Das Schicksal hatte einen seltsamen Humor.

Nur wenige Sidhe begegneten mir noch auf den Gängen, als ich nach Taméas Wegbeschreibung vor der Tür zu Rayannes Wohnhöhle stand. Sie unterschied sich nicht sonderlich von den großen Holztüren der anderen Eingänge. Vergeblich suchte ich nach Anzeichen, dass hier die Königin der Sidhe wohnte.

Ich hob die Hand, um zu klopfen. Meine Finger zitterten verräterisch. Ohne Vorwarnung ging die Tür auf und ich schaute in zwei durchdringende, goldene Augen.

»Felicia. Ich habe gespürt, dass du das bist. Komm rein!«, sagte sie sanft. Ihre Locs reichten ihr offen bis zu den Hüften. Ich hatte sie noch nie ohne eine Hochsteckfrisur gesehen. Das weiße Schlafgewand schmiegte sich fließend an ihre hochgewachsene Gestalt und unterstützte den Effekt, als würde sie schweben. Wie ein Gespenst. Um ihre Schultern lag eine helle Decke mit filigranen, goldenen Rankenmustern.

Ich wollte nicht darüber nachdenken, was sie noch spürte, wenn Geist ihr Element war. Sie wich ein Stück zur Seite und machte eine einladende Geste mit ihrer Hand. Mit klopfendem Herzen ging ich hinein.

Die Höhle war nicht größer als mein eigenes Zimmer. In der Mitte stand ein Bett, das weitaus königlichere Ausmaße besaß als das, in dem ich schlief. Darüber spannte sich ein Baldachin aus heller Seide. Der zweite Blickfänger des Raumes war der ausladende Kamin gegenüber der Tür. Ein warmes Feuer prasselte dort. Verschiedene Kissen und Decken luden ein, sich davor zu setzen, einen Tee zu trinken oder ein Buch zu lesen. Gab es in der Anderswelt Bücher? Ich hatte noch keine gesehen.

»Setz dich.« Rayanne wies auf die Kissen.

Langsam nahm ich Platz.

»Möchtest du Tee?«

Ohne meine Antwort abzuwarten, schwebte Rayanne auf den Tisch zu und schüttete dampfendes Wasser in zwei handliche Tonkrüge. Sie reichte mir einen davon.

»Tut mir leid wegen dem Essen.« Die Worte purzelten aus mir heraus. Ich konnte sie nicht verschweigen. Nicht unter dem Blick dieser goldenen Augen. Selbst in dieser einfachen Erscheinung strahlte sie eine unglaublich mächtige Aura aus.

Sie verzog die Mundwinkel zu einem Lächeln. Ihre spitzen Schneidezähne glitzerten im Licht des Feuers. »Du brauchst dich nicht zu entschuldigen. Ich weiß, dass das Taméas Idee war. Ich habe schon lange aufgegeben, sie deswegen zurechtzuweisen. Man muss akzeptieren, dass Erziehung in manchen Dingen versagt.«

Falten lagen um ihre Augen, während sie lächelte. Die ersten Anzeichen eines mittleren Alters, die ich an ihr entdeckte.

Ich räusperte mich nervös. »Dann wolltest du mich nicht deshalb sprechen?«

»Damit ich dich ermahne?« Ihr Lächeln wurde breiter. »Wir führen keine Strichliste wegen drei abhandengekommener Fladenbrote.« Sie schlang ihre Hände um den Krug und setzte sich mir gegenüber. »Ich versuche stets ein offenes Ohr zu haben, aber die Pflichten als Königin lassen mich manchmal die kleinen Dinge vergessen. Ich habe mit Erschrecken festgestellt, dass wir, in all der Zeit, die du bereits hier bist, nie richtig miteinander gesprochen haben.«

Ich schaute auf die dunkle Oberfläche meines Tees, als würde gleich etwas Unheimliches darin auftauchen, vielleicht ein winziges Loch Ness Monster. Existierte das hier? Ich musste bei Gelegenheit unbedingt Taméa fragen.

Rayanne trank, und ich entschied, dass sie nichts in den Tee gemixt hatte. Ich trank einen Schluck und sofort breitete sich wohlige Wärme in meiner Brust aus. Ein fruchtig-süßer Geschmack nach Beeren legte sich auf meine Zunge.

Rayanne verlagerte entspannt ihr Gewicht. »Erzähl mir von deinem Tag. Warst du mit Taméa unterwegs?«

Ich schaute Rayanne nicht an, obwohl ich spürte, wie ihr Blick auf mir lag. »Wir haben im Wald trainiert.«

Sie nickte freundlich. »Wie gefällt die das Training mit ihr?«

Ein zweites Mal nippte ich an meinem Tee. »Gut. Es gibt viele Dinge, die ich noch lernen muss.«

Ich konnte nicht erkennen, ob Rayanne die Antwort gefiel. Keine Emotionen drangen durch diese Fassade nüchterner Freundlichkeit hindurch.

»Das ist normal. Auch wir Feen können nicht von Anfang an alles beherrschen. Wichtig ist, dass du dich wohlfühlst. Es ist viele Jahre her, seit das letzte Mal ein

Mensch Tír na nÓg betreten hat. Niemand, der heute lebt, kann sich daran erinnern. Bitte verzeih, wenn ich in der Vergangenheit Dinge getan oder gesagt habe, die dir vielleicht Angst gemacht haben. Wir haben genauso viel zu lernen. Wenn es dir an etwas mangelt, kannst du immer zu mir kommen.«

»Danke, aber im Moment habe ich alles, was ich brauche«, antwortete ich. Ich versuchte, den Sinn hinter dieser Unterhaltung zu erkennen. Sicher hatte sie mich nicht zu sich gerufen, um Smalltalk zu halten. Warum sollte sich die Königin der Sidhe für solche Dinge interessieren?

Rayanne schlug die Decke elegant um ihre Hüften und sank tiefer in die Kissen. Sie trank einen Schluck Tee und schaute überlegend in das Feuer.

»Ich wollte dir für deine Entscheidung, zu bleiben und uns zu helfen, danken«, sagte sie schließlich. »Ich kann mir nicht vorstellen, welches Opfer du damit erbringst. Es muss keine leichte Entscheidung gewesen sein. Du vermisst sicher deine Familie.« Sie drehte sich von dem Feuer weg und schaute mich wieder an. Ihre Worte fühlten sich an wie Nadelstiche. Funken stoben auf, als ein verkohltes Stück Holz unter der Hitze zusammenbrach.

»Ja, das stimmt. Ich vermisse sie sehr!« Meine Stimme klang hohl.

Rayannes Augen musterten mich durchdringend. »Gibt es etwas aus der Menschenwelt, das du besonders vermisst?«

Ich nickte. »Ein paar Dinge, ja. Es gibt da dieses Wort, das die Menschen benutzen. Modern. Es beschreibt viele Erleichterungen im Alltag, die das Leben angenehmer machen. Fließendes Wasser, zum Beispiel. Man dreht einen Wasserhahn auf und schon kommt warmes oder kaltes Wasser heraus, je nachdem, was man möchte. Dann gibt es Strom, der viele Geräte betreibt, wie Backofen fürs Kochen, Lampen, Handys, mit denen man mit Menschen über große Entfernungen kommunizieren kann«, zählte ich auf.

»Dann unterscheidet sich die Art zu leben der Menschen sehr von der unseren?«, fragte Rayanne.

»Es gibt viel mehr Menschen als Feen. Acht Milliarden sind es inzwischen«, antwortete ich nach kurzem Überlegen, wie ich meine Worte zurechtlegte, damit sie sie am besten verstand. »Die Welt der Menschen … na ja … sie ist sehr schnell und voll. Es gibt Städte, da leben Millionen Menschen dicht an dicht. Wir leben in Häusern aus Stein und Stahl, nicht in Höhlen. In den Städten können diese Häuser schon mal hundert Meter in die Höhe ragen. Die meisten Menschen kümmern sich nicht mehr um die Ernte oder gehen jagen. Wir gehen in den Supermarkt und kaufen uns Essen, das für uns produziert wurde und oft vom anderen Ende der Welt kommt. Trotzdem finden die Menschen wenig Zeit für die Dinge, die ihnen Spaß machen. Viele laufen von Termin zu Termin und finden oft nicht einmal die Zeit, um zu kochen. Wo ich herkomme, haben die meisten einen mit Essen gefüllten Kühlschrank, ein warmes Bett, eine Heizung, die auf Knopfdruck im Winter wärmt, Kleidung, die sie nicht selbst nähen müssen … Trotzdem findet man in den Köpfen vieler Menschen nichts als Sorgen und Ängste, mit denen sie sich selbst kaputt machen. Und das Lustige daran: An die meisten ihrer Sorgen können sie sich in einem Jahr gar nicht mehr erinnern.« Je mehr ich in meinen Redefluss kam, desto mehr dachte ich daran, dass Rayanne diese Infos möglicherweise gar nicht verstehen konnte oder wissen wollte. Vermutlich konnte sie mit der Hälfte meiner Worte nichts anfangen. Trotzdem sprudelten sie aus mir heraus. »Das vermisse ich an der Welt der Menschen nicht. Sie haben wenig Zeit füreinander und vertrauen selten auf jemand anderen als sich selbst.«

Rayanne schaute mich interessiert an.

»Das hört sich nach einem komplizierten Leben an«, sagte sie schließlich.

»Modern bringt leider auch viele Nachteile mit sich.« Ich schaute auf meine Hände.

»Bei Gelegenheit musst du mir mehr darüber erzählen, besonders wie diese Sache mit dem Strom funktioniert. Das hört sich nach einer großen Erfindung an.« Rayanne lächelte.

Ich schnaubte. »Wenn ich wüsste, wie genau das funktioniert, würde ich das tun. Meistens stecke ich einfach einen Stecker in die Steckdose, drücke einen Knopf und die Lampe macht den Raum hell.«

»Die Menschen waren schon immer gut darin, ihre eigene Magie zu erfinden«, sagte Rayanne nachdenklich.

»Das hat Taméa auch gesagt.«

»Es freuen sich sicher viele, wenn du mehr Geschichten über die Welt der Menschen auf der Reise erzählst. Sobald die Ernte vollständig gelagert ist, brechen wir auf zum Samhain-Fest. Alle Feen aus dem Umkreis kommen dort zusammen, um das neue Jahr zu begrüßen. Ich würde mich freuen, wenn du uns begleitest. Der Weg dorthin ist lang.

Wir werden eine Zeit unterwegs sein, doch das Fest ist ein Erlebnis, das man so schnell nicht wieder vergisst.«

»Wo findet es statt?«, fragte ich aufgeregt.

»An der großen Brücke im Süden des Landes. Ein einmaliger Ort.«

Ich versuchte, mein flatterndes Herz zu beruhigen. Ein Steinkreis im Süden … konnte das …? Sollte diese Feier in Avebury stattfinden, wäre das mein direkter Weg nach Hause.

»Ich komme mit!«, verkündete ich. Die Bedeutung dieser Worte wurde mir erst danach klar. Hatte ich mich nicht vor kurzem erst entschieden, den Sidhe zu helfen? Wollte ich sie nun wieder im Stich lassen? Doch wann würde sich noch einmal eine bessere Gelegenheit ergeben als diese?

Kapitel 20

Feli

Luft ist überall um uns herum. In uns, in jedem winzigen Zwischenraum in der Rinde eines Baumes. Sie kennt keine Begrenzung wie Wasser. Deshalb passiert es schneller, dass man zu viel Luft in Bewegung setzt und einen Unfall anrichtet. Aber sie ist auch unglaublich vielseitig und stark«, erklärte Taméa.

Es musste inzwischen Mitte Oktober sein. Das Sonnenlicht wurde von Tag zu Tag weniger. In den letzten beiden Wochen hatten wir fast täglich trainiert. Doch seit ein paar Tagen gingen wir nicht mehr zu der Lichtung im Wald. Dafür reichte das Tageslicht nicht mehr aus. Stattdessen standen wir in einer abgelegenen kleinen Kuhle des Fairy Glens, abgeschirmt von zwei großen Felsen. Das Wasser beherrschte ich inzwischen fast ohne Schwierigkeiten. Trotzdem hatten wir schnell festgestellt, dass Wasser nicht mein Element war. Ich würde niemals Wasser aus dem Gras und den Bäumen in meiner Umgebung ziehen können wie Taméa, sogar aus Tieren und Menschen, wie sie behauptete.

Ein unangenehmer Gedanke, obwohl meine Magie mich davor schützte, wie sie immer sagte. Ihre Magie erwies sich jedoch als angenehmer Vorteil, wenn es darum ging, Nahrungsmittel haltbar zu machen. Salz und Öl waren endlich. Der Vorrat reichte nicht aus, um alles an verderblicher Nahrung lange Zeit aufzubewahren. Taméa und andere Sidhe entzogen den toten Tieren einfach die Feuchtigkeit. Sie schnitt dabei jedes Mal eine Grimasse. Ich stellte mir das Gefühl, Wasser einem toten Fisch zu entziehen, auch nicht angenehm vor.

Die Vorratskammern waren inzwischen gut gefüllt mit Getreide aller Art, wie Dinkel, Hirse, sowie Hülsenfrüchte wie Linsen und Bohnen. In Säcken an den Wänden hingen gesalzenes und getrocknetes Fleisch und Fische. Sogar Muscheln hatten die Sidhe in Öl eingelegt. Eier von Vögeln und Tieren, die ich noch nie zuvor gesehen hatte, standen in den Weidenkörben und Töpfen aus Keramik darunter. Dazu getrocknete Beeren, Früchte, Pilze, Nüsse, Wurzeln und Gräser. Eine Gruppe von zwanzig Sidhe hatte heute Morgen die Schafe aus den Highlands in das Glen getrieben. Im Eiltempo wurde die Wolle gereinigt und bearbeitet, um sie in einer Woche als Tauschware mit zum Samhain-Fest mitzunehmen. Die Schafe trieb man in Ställe im Bauch des Sid.

»Wenn sich die Luft als dein Element herausstellt, kannst du sogar Gegenstände tragen, ohne sie zu berühren. Ein Korb voller Steine fühlt sich dann so leicht wie eine Feder an. Sagt zumindest Muirne immer«, sagte Taméa.

Ich hatte Muirne schon oft schwere Körbe durch die Luft wirbeln sehen, als wären sie ein Blatt Papier.

»Wenn es die Luft ist«, fügte ich skeptisch hinzu.

»Es muss die Luft sein!« Für Taméa war das entschiedene Sache. Ich konnte immer noch keine Flamme kontrollieren. Auch konnte ich keine Gedanken übertragen wie Rayanne. Und Erde war ausgeschlossen.

»Du hast mit einem Sturm deine Küche verwüstet und das Auto gestoppt. Eine so starke Beeinflussung eines Elements ist ohne Training nur mit einer natürlichen Begabung für das Element möglich«, fuhr sie fort.

»Oder durch einen emotionalen Zusammenbruch«, ergänzte ich, mehr zu mir selbst.

Taméa ging nicht darauf ein. »Okay, ich werfe jetzt diesen Apfel an deinen Kopf und du versuchst, eine Barriere aus Luft aufzubauen, um ihn zu stoppen.« Sie ging einige Schritte zurück, sodass wir etwa zehn Meter auseinanderstanden. Ein dicker, roter Apfel lag in ihrer Hand.

Ich schaute sie entgeistert an.

»Ich soll mir das Ding an den Kopf werfen lassen?«

»Nein, du hast nicht zugehört. Du sollst ihn stoppen, bevor er deinen Kopf trifft.« Sie grinste und hob ihre Hand. »Fertig?«

»Nein!« Ich hob meine Hände zum Protest, doch der Apfel flog schon auf meinen Kopf zu. Reflexartig streckte ich beide Arme aus und kniff die Augen zusammen, mehr um mein Gesicht zu schützen, als eine Barriere zu formen. Mit einem dumpfen Aufprall traf der Apfel genau auf meinen Arm. »Autsch!"«, protestierte ich und rieb mir die schmerzende Hand.

»Oh, sorry!«, rief Taméa vergnügt. »Hat das wehgetan?«

»Ja«, antwortete ich eingeschnappt.

»Dann weißt du ja jetzt, wie du den Aufprall verhindern kannst.« Sie holte einen zweiten Apfel aus ihrer Tasche.

»Am Ende rennt Aoife uns wieder mit dem Kochlöffel hinterher, wenn du ihre ganzen Äpfel aus der Vorratskammer stiehlst.«

»Wir haben so viele Äpfel dieses Jahr. Die werden nicht vermisst. Aoife ist wahrscheinlich sogar froh, wenn ich die Vorratskammer um ein paar erleichtere.« Sie schmunzelte.

Ich schnaubte trocken. »Ja, aber mein Kopf nicht …«

»Denk an das Gefühl zurück, als du Annie vor dem Auto gerettet hast«, erwiderte Taméa.

Ich verzog das Gesicht. »Da lasse ich mich lieber nochmal von dem Apfel treffen.«

Tief atmete ich durch, und versuchte, mein klopfendes Herz zu beruhigen. Ich schaute auf den Apfel in Taméas Hand, als wäre er ein Felsbrocken. In meinem Kopf stellte ich mir vor, wie sich eine undurchdringliche Barriere aus Luft um den Apfel formte, ihn einschloss und ihn zwang, die Richtung zu ändern, wie damals das Auto. Und es mit Flora zusammenstoßen ließ. Schmerz fuhr durch mich hindurch, und ich zuckte zusammen. Nicht bloß durch die Erinnerung, auch durch den Apfel, der diesmal direkt auf meinem Kopf landete.

»Felicia, komm schon!«

Ich öffnete die Augen und sah Taméa, wie sie empört ihre Hände in die Hüften stemmte. »Du strengst dich nicht einmal an!«

Das würde eine schöne Beule geben. Ich rieb mir den Kopf. Ich hob einen der Äpfel auf und warf ihn zurück zu

Taméa, oder vielmehr an ihr vorbei. Vielleicht gab es auch einen Trick mit der Luft, um die Treffsicherheit zu erhöhen. Wenn ja, hatte ich ihn bitter nötig. Taméa stapfte zu dem Apfel und hob ihn auf. Sie strich ein paar nasse Grashalme von der roten Schale.

»Nochmal!«

Mit fokussiertem Blick streckte ich erneut die Hände aus und versuchte, das Bild der Luftbarriere vor meinem inneren Auge hervorzurufen. Die Luft schien sich vor mir zu kräuseln, und ein leichtes Kribbeln durchströmte meinen Körper, als ein Schub an Magie meinen Händen entwich. In einem hohen Bogen flog der Apfel durch die Luft auf mich zu. Diesmal schloss ich nicht die Augen. Die Luft verhärtete sich über meinem Kopf, gewann an Dichte. Ein Ruck durchlief meine Arme beim Zusammenprall des Apfels mit der Wand, doch ich ließ die Hände nicht sinken. Der Apfel schwebte über mir in der Luft, wie von einer unsichtbaren Hand gehalten. Meine Augen weiteten sich vor Staunen. »Ich kann's!«, rief ich und drehte mich steif zu Taméa, als balancierte ich eine Blumenvase auf dem Kopf.

Die Barriere aus Luft zitterte, aber der Apfel blieb an Ort und Stelle. Ein breites Grinsen breitete sich auf meinem Gesicht aus. »Ich hab's geschafft! Ich hab's geschafft!«

Im nächsten Moment stellte ich erschrocken fest, dass ich meine Hände nicht mehr in der gleichen Position hielt. Ich konnte mich gerade noch ducken, als der Apfel mit einem dumpfen Schlag neben mir zu Boden fiel.

»Das hast du!« Taméa machte einen kleinen Freudensprung. »Jetzt musst du nur noch lernen, deine Hände still zu halten.« Sie hob amüsiert den Apfel auf, polierte ihn an ihrer Tunika und biss genüsslich hinein. Den anderen streckte sie mir entgegen.

Ich nahm den Apfel und ließ mich genauso dumpf in das Gras fallen wie das Stück Obst davor. Stöhnend kreiste ich meine verspannten Schultern. »Zum Glück kann ich kein fünftes Element kontrollieren. Mit vieren bin ich ja schon überfordert. Ich kann mir nicht vorstellen, wie es für die armen Wechselbälger gewesen sein muss, die dazu fähig waren.«

»Früher habe ich immer so getan, als könnte ich das.« Taméa lächelte in Erinnerung. Kauend setzte sie sich neben mich ins Gras. »Muirne musste mit mir die Geschichte von Myrddin viel zu oft nachspielen. Dabei wollte ich immer Myrddin sein.«

»Myrddin?« Ich war mir sicher, den Namen schon einmal irgendwo gehört zu haben, doch mein Gehirn wollte die Brücke nicht bauen.

»Eigentlich hieß er Merlin, so hat er sich zumindest selbst genannt. Myrddin ist sein Feenname, mit dem er im Stamm der Tylwyth Teg geboren wurde. Er war der Mächtigste unter allen Wechselbälgern und allen Feen. Sein Vater gehörte zum Stamm der Tylwyth Teg. Seine Mutter war ein Mensch«, erzählte sie kauend. Mit vollem Mund und ihrer Stimme, die sich aufgeregt überschlug, klangen ihre Worte, als hätte sie eine heiße Kartoffel statt eines Apfels im Mund.

Ich blinzelte. »Merlin ... wie in Merlin und Arthur? *Der Merlin?*«

»Du kennst die Geschichte von Myrd ... Merlin und dem Menschenkönig?«, fragte Taméa erstaunt. Sie biss das letzte Stück von ihrem Apfel ab und warf die Grütze ins Gras.

»Viele Menschen kennen die Artussage. Mein Vater war fasziniert davon. In seinem Bücherregal standen mindestens zwanzig verschiedene Erzählungen.« Wenn ich die Augen schloss, konnte ich das große Regal an der Wand im Wintergarten immer noch riechen. Fünf Fächer hatten allein die Bücher über die Artussage eingenommen. Ich hatte jedes Buch mindestens einmal durchgeblättert. Als Kind vor allem die illustrierten Ausgaben, später auch die dicken Bücher. Allen anderen Büchern in diesem Regal hatte ich nie viel Beachtung geschenkt. Vielleicht lag es an dem ästhetischen Farbsystem, nach dem die Bände geordnet waren oder der akribischen Ordnung, die mein Vater in den Fächern hielt, dass der Funke auf mich übergesprungen war. Auf den anderen Büchern stapelten sich Aufsätze, Ausdrucke und lose Blätter. Die Fächer über die Artussage trugen nicht mal ein Staubkorn. Vielleicht konnte sich Begeisterung auch einfach vererben. Ich versuchte mir den Gesichtsausdruck meines Vaters vorzustellen, wenn er erfahren würde, dass die Sage tatsächlich der Wahrheit entsprach.

»Merlin war sehr mächtig!« Taméa lächelte schwärmerisch. Sie lehnte sich zurück und stützte sich auf ihre Unterarme. Ihr Blick glitt in die bergige Weite der Highlands vor uns. »Es heißt, dass er ganze Berge versetzen und Landschaften umformen konnte.«

Ich runzelte die Stirn. »Glaubst du das?«

Ich war nicht unbedingt ein Musterkind, wenn es um Feenmagie ging. Vielleicht fehlte mir deshalb auch die Vorstellung, was alles möglich war, doch Landschaften umformen? Wie schwer mussten die Arme zittern, nachdem man Berge versetzt hatte?

Taméas Mundwinkel zuckten. »Das ist die Sache mit einer Geschichte. Jedes Mal, wenn sie erzählt wird, wird sie ein bisschen ausgeschmückt. Ich denke nicht, dass er wirklich Berge versetzen konnte.

Dann wäre er so mächtig wie Danu gewesen. Das hätte sie nicht zugelassen. Aber er war mächtiger als jede Fee, die bisher gelebt hat. Man sagt, am Ende war er zu mächtig, also gab Danu ihm eine Schwäche, die seinen Untergang bedeutete.«

In meinem Kopf spielte ich die verschiedenen Versionen der Sage ab, doch keine davon hatte jemals von diesem Teil erzählt. »Was war seine Schwäche?«

»Den Teil der Geschichte kennst du nicht?«, fragte Taméa verwirrt.

»Ich schätze, die Versionen der Geschichte unterscheiden sich ein wenig«, erwiderte ich. Fragte sich nur, welche davon sich tatsächlich abgespielt hatte.

Taméa nickte. »Wie Danu hat er sich haltlos verliebt.«

»In wen?«

»In die Menschen, natürlich!«, rief Taméa. »Diese Liebe bedeutete am Ende seinen Untergang. Das habe ich immer am meisten an ihm bewundert«, schwärmte sie. »Natürlich auch seine immense Macht, aber für mich persönlich ist das Mächtigste an ihm, dass er sein Leben bei den Feen aufgab, sogar seine Schwester Nimue zurückließ, die er so sehr liebte, und stattdessen in einer fremden Welt am Hof eines Menschenkönigs als Berater und Übermittler zwischen den Welten diente.«

»Dann wurde er vor der Brückenschließung geboren?«, fragte ich.

Taméa nickte. »Lange vorher. Zur Zeit des Feenkönigs Cormac. Cormacs Sohn wurde von Menschen ermordet und der König erklärte ihnen den Krieg. Er ließ alle Menschen und Wechselbälger in seinem Stammesgebiet ermorden. Deshalb floh Myrddin in die Welt hinter der Brücke. Dort hörte er zum ersten Mal von der Prophezeiung, von der Geburt eines Kindes, das die Welten der Feen und Menschen wieder vereint.«

»In der Version, die ich kenne, heißt es, dass er die Länder von Albion wieder vereint«, unterbrach ich Taméa stirnrunzelnd. »Aber damit ist nicht die Feenwelt gemeint, sondern Königreiche der Menschen.«

Taméa schnaubte bloß. »Ich vermute, euer Teil der Geschichte wurde ein wenig umgedichtet, nachdem Arthur die Schlacht von Camlann verlor. Hast du dich nie gefragt, warum die Fae ihr Stammesgebiet ausgerechnet Albion nennen und nicht Sasainn, wie es in unserer Sprache eigentlich heißen sollte?«

Ich riss die Augen auf. Taméa grinste bei meinem Gesichtsausdruck. »Jedenfalls ist es Myrddin zu verdanken, dass Arthur überhaupt geboren wurde und sich die Prophezeiung erfüllen konnte. Ohne den Einfluss seiner Magie hätte Uther mit Ygraine nie ein Kind zeugen können. Durch sein Opfer und seine Hingabe konnte Arthur der König werden, den wir heute kennen. Er verschrieb sich ganz den Menschen. Er nahm sogar einen menschlichen Namen an, Merlin. Lange kehrte er nicht nach Tír na nóg zurück. Selbst nach Cormacs Tod, nachdem Arthur beide Welten wieder vereinte, entschied er sich für ein Leben am Hof des Königs. Die beiden verband eine tiefe Freundschaft, bis zur Schlacht von Camlann. Dann hört ihre Geschichte auf.« Ihre Stimme senkte sich traurig. »Nach dem Tod von König Arthur wurde Merlin nie wieder gesehen. Niemand weiß, was mit ihm passiert ist.« Sie zuckte bedauernd mit den Schultern. »Rayanne musste mir seine Geschichte früher immer wieder zum Einschlafen erzählen. Sie sagt, ich wollte nie etwas anderes hören. Die Menschen müssen einfach großartig sein, wenn sich das mächtigste Wechselbalg und selbst Götter in sie verlieben.«

Ich biss mir auf die Lippen. Ich wünschte, ich könnte Taméa recht geben. Es kam mir vor, als würde ich den Traum eines kleinen Kindes zerstören, den Weihnachtsmann zu treffen, wenn ich ihm widersprechen würde.

Die nächsten drei Tage vergingen wie ein einziger, und plötzlich stand ich vor der Aufgabe, meine wenigen Sachen zu packen. Rayanne meinte, dass der Hinweg etwa zwei Wochen dauern würde. Ich packte alle warme Kleidung ein, die ich besaß und füllte damit einen mittelgroßen Beutel. Zusätzlich steckte ich das weiße Wollkleid ein, das Taméa mir für die Samhain-Zeremonie gegeben hatte und eine Schlafmatte mit Decke für die Nächte in den Highlands.

Das Gepäck wurde mit dem Tauschgut, dem Essen und Zeltplanen auf einen Wagen gepackt. Am Ende war jeder Zentimeter des Wagens gefüllt, und mir dämmerte, was das bedeutete.

Den Weg nach Stonehenge würden wir alle laufend zurücklegen. Eigentlich hätte ich mir das denken können.

Trotzdem bildete sich in meiner Magengrube ein mulmiges Gefühl, bei dem Gedanken, den ganzen Weg zu laufen. Schließlich mussten wir ganz Alba … Schottland durchqueren, um in den Süden von England zu kommen. Ich war noch nie der Mensch für große Wanderungen gewesen. Ich wusste nicht, wie es sich anfühlte, den ganzen Tag zu laufen, bis es zu dunkel wurde, um den Boden vor den Füßen zu sehen. Ich hatte nie längere Wanderungen als zehn Kilometer zurückgelegt, und die hatten meistens in einem Restaurant geendet und anschließend in einem warmen Bett. Würde ich mithalten können oder gab mein Körper nach wenigen Tagen auf? Ich musterte Taméas sehnige Muskeln und Muirnes schlanken Körperbau. Jede Bewegung der Schwestern war fließend, kraftvoll. Ihre Körper waren es gewohnt, lange draußen zu sein, weite Strecken zurück-zulegen und Entbehrungen in Kauf zu nehmen. Meiner nicht.

»Du kannst dich auf dem Weg ausruhen, wenn du nicht mehr kannst. Pass nur auf, dass du dich auf nichts Zerbrechliches setzt.« Taméa tauchte neben mir auf. Ein weiterer Sack landete auf dem Wagen. »Irgendwann sitzt jeder mal auf dem Wagen, sogar Rayanne.« Kichernd schaute sie zu ihrer Großmutter, vor der sich eine Schlange aus Sidhe gebildet hatte, die sie nach und nach in Empfang nahm. Sie trug dasselbe einfache Reisegewand wie wir alle. Nur die Schnalle des Gürtels um ihre Taille trug die Form einer Sonne.

»Was tut sie?«, fragte ich.

»Sie nimmt die Wünsche und Hoffnungen von allen entgegen, die nicht auf das Fest mitkommen«, antwortete Taméa.

»Kann sie sich die denn alle behalten?« Stirnrunzelnd sah ich auf die Schlange von mindestens zweihundert Feen, die sich vor ihr aufreihte. Alte, junge und vereinzelt auch Kinder.

Taméa schüttelte den Kopf. »Nein, aber darum geht es nicht. Die Wünsche trägt sie mit sich, ob sie sich an sie erinnert oder nicht. Sie werden mit ihr Samhain erreichen. Das zählt! Jede Fee wird in ihrem Leben einmal an diesem Fest teilnehmen, doch alle können wir nicht mitnehmen. Indem sie Rayanne ihre Wünsche anvertrauen, sind sie trotzdem anwesend.«

Mein Blick glitt zu den Sidhe, die in diesem Jahr das Glück hatten, den Zug zu begleiten. Ich sah Aoife und einige Mitglieder des Rates, doch auch ein paar unbekannte Gesichter. Damit würden wir mit mir eine Gruppe von zwanzig sein.

»Sie werden ihr eigenes Fest feiern und nachher haben wir alle viele Geschichten zu erzählen.« Taméa lächelte.

»Taméa, hilf mir mit den Kelpies.« Muirne kam rückwärts auf uns zu. Ihr folgten zwei Pferde, die von jedem Züchter ein fettes Preisgeld verpasst bekommen hätten. Eines war schwarz wie die Nacht, mit einer welligen Mähne, die ihm bis zur Brust reichte. Das andere glänzte im zwielichtigen Licht fuchsrot. Beide trugen Tücher aus durchsichtigem Stoff über den Augen wie eine Fliegenmaske.

Sofort eilte Taméa zu ihrer Schwester und half ihr, die Pferde an den Wagen zu spannen. »Die beiden standen heute Morgen am Fluss. Es war tatsächlich leicht, sie zu überreden.«

»Bist du sicher, dass es keine Each Uisge sind?« Taméas Augen funkelten belustigt.

»Ich weiß ein Each Uisge von einem Kelpie zu unterscheiden, vielen Dank! Aber du kannst gerne versuchen, ein Each Uisge zu fangen, wenn die dir lieber sind«, erwiderte Muirne trocken.

Taméa zog eine Grimasse. »Verzichte!«

Langsam näherte ich mich den beiden Kreaturen. Sie unterschieden sich, bis auf den grünen Seetang in ihren Haaren, nicht von gewöhnlichen Pferden.

Ich lächelte, als meine Hand über das fuchsrote Fell der Stute strich. Sie sah aus wie Penelope. Mein Lächeln verschwand. Ich hoffte, Penelope hatte es gut, wo auch immer Floras Pferd jetzt war.

»Alles in Ordnung?«, fragte Taméa leise.

Ich nickte und nahm die Hand von dem Fell des Kelpies. »Es erinnert mich an ein Pferd, das ich kannte.«

»Gewöhn dich lieber nicht an ihr Aussehen. Das kann morgen ganz anders sein. Kelpies sind Gestaltwandler. Aber sie sind zuverlässige Helfer, wenn man es schafft, sie zu zähmen. Und sie drehen nicht bei dem ersten Geruch von Meer durch wie ein Each Uisge.«

»Was ist der Unterschied?«, fragte ich. Von einem Kelpie hatte ich bereits gehört. Ein Each Uisge war mir fremd.

»Each Uisge sind viel wilder und schwerer zu fangen und leben am Meer statt in Flüssen. Aber mit Tüchern kann man sie alle zähmen. Dadurch werden sie beruhigt«, sagte Taméa.

Ich runzelte die Stirn. »Das müssen tiefe Flüsse sein.«

»Sie können auch ihre Größe anpassen.«

Ich versuchte, mir winzige Pferde vorzustellen, die durch einen Fluss schwammen, und scheiterte kläglich. Auf jeden Fall gäbe das ein interessantes Gemälde.

»Es kann losgehen. Ich möchte das Meer riechen, wenn es dunkel wird«, verkündete Rayanne und klatschte in die Hände, als sie auf uns zukam.

»Hoffen wir, dass die Biester nicht durchgehen wie letztes Jahr«, murmelte Muirne.

Taméa lachte laut.

»Was ist letztes Jahr passiert?«, fragte ich neugierig.

»Letztes Jahr sind uns beide Tiere komplett durchgedreht, als die Tücher ihnen von den Augen geflogen sind. Es hat zwei Tage gedauert, bis wir neue gefangen hatten.« Bei der Erinnerung stöhnte Taméa.

»Vielleicht hättest du die Tücher um ihre Augen fester binden sollen«, erwiderte Muirne zynisch. Sie stopfte eine Tasche zurück in den Wagen, die herauszufallen drohte.

Taméa drehte sich um und warf ihrer Schwester einen finsteren Blick zu. »Mach's besser!«

»Ich habe die Tücher fest genug gebunden!«, antwortete Muirne selbstbewusst.

Taméa verschränkte die Arme vor der Brust, aber ihre Augen funkelten süffisant. »Wir werden sehen!«

»Wenn ihr so weitermacht, lasse ich euch nächstes Jahr die Wagen ziehen.« Rayannes deutlichen Worte brachten die Schwestern zum Schweigen. Taméa lief zu den Kelpies und klopfte ihnen sanft auf den Rücken. Holpernd, sodass die Räder des Wagens klapperten, setzte das Gefährt sich in Bewegung.

Laute Abschiedsrufe und Klatschen hallte von den Hängen und Hügeln um uns herum, als die Kelpies über die steinigen Trampelpfade zum Ausgang des Fairy Glens schritten.

Ein Krächzen am Himmel ließ mich aufschauen. Ein Pfeil aus dunklen Körpern bewegte sich dort oben in dieselbe Richtung, in die auch wir zogen. Wildgänse, die zu ihrem Winterquartier aufbrachen. Schon immer hatte ich ihre Rufe als etwas Wehmütiges empfunden, klagend und gehetzt. Der endgültige Abschied von einer leichteren, warmen Jahreszeit, hin in eine raue und kalte. Dass auch in dieser Welt Wildgänse nach Süden zogen, löste den Knoten des Heimwehs in meinem Herzen ein wenig. Seit meiner Kindheit beobachtete ich dieses Ritual der Natur jährlich. Jedes Jahr im Frühling und im Herbst war ich mit meinem Papa rausgerannt, wann immer wir die Schreie hörten. Mit ein bisschen Glück würde ich ihre Rufe schon bald wieder in meiner Welt hören. Konnten sie von dort oben bereits Avebury sehen?

Ich warf einen letzten Blick zurück auf das Glen. Die Rufe der Sidhe verblassten bereits. Der Gedanke, dass ich sie alle nicht wiedersehen würde, erfüllte mich mit einer unerwarteten Schwere. Wie die Rufe der Wildgänse.

Wir passierten das Tor. Ich warf einen Blick in die große dunkle Spalte im Fels, in der Craig wohnte. Von dem Cu Sith fehlte zum Glück jede Spur. Vermutlich war er auf der Jagd.

Bald fand die Gruppe in einen gemächlichen Trott. Die anfängliche Euphorie des Aufbruchs verblasste, Gespräche verstummten und die Schritte passten sich dem Tempo des Wagens an. Auf beiden Seiten wurde der Wagen flankiert von jeweils vier Feen. Aoife und Muirne liefen auf der linken Seite, Rayanne begleitete die rechte. Ich ging mit dem Rest hinter dem Wagen. Einige der Sidhe trugen Waffen mit sich. Ich sah Pfeile und Bögen fürs Jagen, und Gürtel, gespickt mit mehreren Dolchen aus Knochen. Niemand konnte sich zwei Wochen lang durchgehend von Trockenfleisch und Obst ernähren. Und wir waren nicht die einzigen hier draußen …

Mochte ein Brollachan auch getrocknete Früchte? Ich hoffte, niemals auf diese Frage eine Antwort zu finden. Ebenfalls hoffte ich, so nah an die Steine von Avebury heranzukommen, wie in Begleitung der Feen nur möglich. Doch erst einmal mussten wir von dieser Insel herunter-kommen.

Das Licht schwand bereits, als wir den Old Man of Storr passierten. Hoch über uns auf einem Gebirgskamm ragte die imposante Nadel aus Basalt in den Himmel, aufgerichtet wie ein Mensch, und schaute der sinkenden Sonne entgegen. Oder auf die Gruppe an Feen herunter, mit einem stolpernden Wechselbalg im Schlepptau. Die schroffen Hänge, die den Old Man of Storr umgaben, warfen lange Schatten auf die bunten Wiesen zu seinem Fuß. Auf der weiten Graslandschaft leuchtete das Moos in allen Herbstfarben; orange, gelb, rötlich und braun. Unberührt, ohne Trampelpfade oder Wanderwege.

Auf der linken Seite glitzerte das Wasser des Meeresarms in der untergehenden Sonne. Eine Mischung aus den Farben Blau, Schwarz, Orange und weißen Diamanten. Am Horizont verschwamm das Wasser mit dem Himmel, nur trennbar durch das Spiegeln der Sonne. Vielleicht der letzte wolkenlose, flammende Sonnenuntergang in diesem Jahr.

Seit einigen Stunden waren wir inzwischen unterwegs, und meine Beine fühlten sich an, als würde ich auf Knochen laufen. Trotzdem musste ich der Versuchung widerstehen, zum Meer zu rennen wie ein wildgewordenes Wasserpferd. Ich hätte hier stehenbleiben können, auf ewig in die grenzenlose Weite starrend, die sich vor meinen Augen öffnete. Mein Herz hüpfte. Schmetterlinge tanzten in meinem Bauch, wie bei einer frisch Verliebten. Genau das war ich!

Ich hatte keine Worte für diese Landschaft, außer einer wilden Liebe, die tief aus meiner Seele kam.

Als der Weg vor uns nur noch im Dämmerlicht zu erkennen war, entschied Rayanne endlich das Nachtlager aufzuschlagen. Drei Sidhe bauten eine Zeltplane aus mehreren Tierhäuten am Wagen auf, unter der wir schlafen würden. Taméa spannte die Kelpies ab und ließ sie an einem Bach trinken. Vorher prüfte sie die Tücher vor den Augen der Kreaturen, damit sie nicht abfielen und die Kelpies in den Tiefen des Wassers verschwanden. Ich aß etwas Fleisch und Obst. Danach holte ich die Decke aus meinem Beutel, schob die Tasche unter meinen Kopf und versuchte, auf dem harten Boden unter dem Zeltdach eine bequeme Position zu finden. Immerhin hielt die Schlafmatte Feuchtigkeit ab. Schmerzlich vermisste ich meine Strohmatratze. Trotzdem, der Schlaf kam, sobald mein Kopf das provisorische Kissen erreichte.

Kapitel 21

Feli

Am nächsten Morgen saß die Kälte in jeder Faser meines Körpers. Ich blinzelte, um den Schleier vor meinen Augen zu vertreiben, bis ich realisierte, dass eine dicke Schicht Nebel über den Highlands lag. Um mich herum rollten die Sidhe ihre Schlafstätten zusammen. Über einem Glutnest blubberte ein Topf mit Haferschleim fürs Frühstück.

Gleich nach dem Essen brachen wir auf. An diesem Morgen war die Stimmung bedrückt wie das Wetter. Vielleicht lag es am Nebel, der selbst das Quietschen der Wagenreifen zu verschlucken schien. Ich rieb mir die Hände, um meine roten Finger aufzutauen. Nicht nur meine Beine schmerzten von der Wanderung gestern. Mein Rücken fühlte sich nach der Nacht auf dem Boden hart wie ein Brett an. Doch das Laufen wärmte meine steifen Glieder und die Schmerzen ließen langsam nach.

»Nicht mehr lange und wir erreichen das Meer«, rief Rayanne von vorne. Heute lief sie bei den Kelpies. Taméa ging neben mir und ihrer Schwester.

»Ich glaube, ich setze mich gleich auf den Wagen«, verkündete Taméa stöhnend.

Dunkle Schatten lagen unter ihren Augen und verliehen dem grünen Glanz ihrer Iriden ein gefährliches Aussehen. Der Rest ihrer Gestalt wirkte eher wie ein begossener Pudel. »Ich habe letzte Nacht kaum ein Auge zugetan. Ich habe mir heute definitiv einen Platz auf dem Wagen verdient.«

Es vergingen keine hundert Schritte, da saßen wir beide auf dem Wagen und ließen uns von dem unebenen Untergrund durchschütteln. Eingeklemmt zwischen Säcken, Decken und Wolle zog die neblige Landschaft an uns vorbei. Irgendwas Spitzes stach mir in den Rücken. Ich rückte den Sack ein Stück zur Seite, doch bald war die Spitze wieder da, diesmal an meinem Oberschenkel. Ich entschied mich, sie zu ignorieren. Das hier war allemal besser als laufen. Taméa neben mir war eingeschlafen. Zusammengerollt wie eine Katze lag sie zwischen den Säcken. Beim besten Willen konnte ich mir nicht vorstellen, dass die Position bequem war. Ich schloss die Augen, doch der Schlaf wollte sich nicht einstellen. Der Nebel lichtete sich, als die Sonne höher kletterte. Der salzige Geruch des Meeres riss mich schließlich aus meinem dösenden Zustand. In der Ferne hörte ich das Rauschen von Wellen. Um mich herum kam neues Leben in die Feen. Jubelnd liefen sie an den Strand. Taméa öffnete blinzelnd die Augen und streckte sich. Ich hörte ihre Knochen knacken. Sie warf einen Blick nach vorn und ihre Augen leuchteten. »Das Meer!«

In meiner Welt nannte man diesen schmalen Meeresarm Loch Alsh. Eine lange Brücke verband das Festland mit der Isle of Skye, die Hauptverkehrsader neben der Fähre. Vom

Ufer aus sah ich die Insel, die in der Mitte des Kanals lag, und hinter der sich das Festland von Schottland befand. Doch dazwischen existierten hier nur Wasser, Steine, Bäume und der graue, wolkenverhangene Himmel, der alles miteinander verband. Möwen zogen schreiend ihre Kreise über unsere Köpfe, als erwarteten sie, etwas Essbares aus unserem Wagen fischen zu können. Ich strampelte mich frei von Taschen und Säcken und kletterte aus dem Wagen. Mein Fuß verhedderte sich in einer Schlaufe und drei Säcke purzelten hinter mir her, auf die Kiesel am Ufer. Mit den Armen rudernd, wie ein flugunfähiger Vogel, fand ich meinen Halt. Zum Glück schien nichts in den Säcken zerbrechlich gewesen zu sein. Hinter mir sprang Taméa elegant wie ein Polarfuchs aus dem Wagen. Verdrossen sammelte ich die Säcke ein.

»Was passiert jetzt?«, fragte ich. Einige Sidhe hatten begonnen, einen Steinhaufen am Ufer abzutragen, der sich rechts von uns auftürmte, zugewachsen von Gräsern und Sträuchern.

»Wir warten darauf, dass sie das Floß hervorziehen, und dann müssen wir den Wagen über die Steine auf das Floß schieben«, antwortete Taméa.

Ich starrte auf das flache Holzgestell, das sieben Sidhe gerade vor meiner Nase zum Wasser trugen.

Taméa ging zu den Kelpies und band sie los. Gespannt beobachtete ich, wie sie die Kreaturen ins Wasser führte. Unruhig tänzelten sie mit ihren Gazellenbeinen, sodass das Wasser an ihren Bauch spritzte. Dabei stießen sie aufgeregte Grunzlaute aus. Ihre Mäuler schäumten, als hätten sie Tollwut, doch sie blieben an Taméas Seite, dank des durchsichtigen Tuchs um ihre Augen. Drei Sidhe fassten die Schere des Wagens. Wir anderen schoben von hinten. Langsam rumpelte das Gefährt über das steinige Ufer. Immer wieder mussten wir große Steine aus dem Weg räumen, um zu verhindern, dass die Räder sich daran aufhängten.

Zentimeter für Zentimeter arbeiteten wir den Wagen auf das Floß. Schließlich hatten wir es geschafft. Taméa ließ die Pferde los und watete auf uns zu. Laut wiehernd sprangen die Kelpies in die Wellen und verschwanden, als wären sie selbst zu Wasser geworden. Vielleicht war genau das geschehen. Im selben Moment stießen die letzten Sidhe das Floß von hinten an und sprangen anschließend selbst drauf. Ein Ruck lief durch das provisorische Boot.

»Festhalten!«, rief Taméa mir zu. Alle Sidhe auf dem Floß klammerten sich an den Wagen, während die Nachzügler von hinten aufsprangen. Ich schaute in die Wellen und sah eine Gestalt im Wasser. Ein Schatten, der wuchs, je tiefer das Wasser unter uns wurde.

»Die Kelpies!«, rief ich aus, als der Schatten die Form eines Pferdes annahmen.

»Sie schieben das Floß an«, sagte Taméa.

Als der Meeresgrund zwischen den Wellen nicht mehr zu erkennen war, verschwand auch der Schatten der Kelpies. Ein Ruck bestätigte, dass die Wesen sich nun unter dem Floß befanden und es trugen.

»Zeit, ihnen zu helfen«, sagte Rayanne. Sie stellte sich an den Rand des Floßes und streckte ihre Hände aus. Alle anderen taten es ihr gleich.

»Wir ändern jetzt die Richtung der Wellen, damit die Kelpies es leichter haben«, sagte Taméa.

Allein hätte ich das niemals fertiggebracht, doch zusammen mit zehn Sidhe musste ich kaum Kraft anwenden, um die Fließrichtung der Wellen des gesamten Meeresarms zu ändern. Wie ein Pfeil floss das Wasser um das Floß herum und schob uns stetig in Richtung des anderen Ufers. Wo die Wellen der See noch in ihre ursprüngliche Richtung strömten, bildete sich eine Art Kamm, als würde das Wasser dort miteinander kämpfen. Ich richtete meinen Blick nach vorne. Die wolkenverhangenen Berge des Festlandes kamen in großen Stücken näher. Der Wind blies durch meinen Haaransatz und ich musste die Augen zusammenkneifen, um sie vor der eisigen Luft zu schützen. Mein Herz klopfte freudig. Fast fühlte sich die Fahrt an wie der Ritt auf einem Motorboot, doch ohne das laute Dröhnen, bloß mit den begeisterten Ausrufen der Sidhe und dem Plätschern der Wellen. Diese Magie war fantastisch! Der Gedanke, dass ich sie vor wenigen Wochen nie wieder hatte benutzen wollen, erschien mir jetzt so weit entfernt wie das Ufer, von dem wir kamen. Hätte ich den Rest meines Lebens in Angst gelebt, hätte ich ihr Potenzial niemals gelernt. Das Lächeln, das sich auf meinem Gesicht ausbreitete, musste ich wegen der Kälte zwar hinter meinem Wollschal verstecken, aber ich war mir sicher, dass meine Augen leuchteten wie Christbaumkugeln.

»Nicht viel und ich wäre ins Wasser gefallen«, kicherte Aoife und schaute Muirne zu, wie sie neues Holz auf die Feuerstelle legte. »Wir haben das Ufer gerammt wie ein wütender Stier.«

»Ich hätte gern gesehen, wie du badest«, erwiderte Muirne und lachte ebenfalls.

Aoife keuchte empört. »Wenn ich jetzt mit nasser Kleidung hier sitzen würde, würde ich sie zuerst auf dich werfen!«

»Nur zu!«, sagte Muirne. Ihre Augen glitzerten.

»Du bist unglaublich!« Ein lederner Schuh flog in Muirnes Richtung. Mit Leichtigkeit fing sie ihn auf.

»Danke, meine Schuhe sind sowieso nass.« Sie deutete auf die beiden feuchten Schuhe, die nah am Feuer standen.

Mehrere Sidhe lachten. Das knisternde Feuer vertrieb den letzten Rest der Kälte von der Überfahrt aus meinen Knochen.

Nur etwa zehn Minuten hatte die Überquerung des Meeresarms gedauert. Während ich half, das Floß für die Rückfahrt zu sichern, hatte der Rest der Sidhe Muscheln, Krebse und Fische aus dem Meer gefangen.

Wir wanderten noch eine Zeit lang landeinwärts, dann entfachten wir mit Treibgut ein Feuer, um das Abendessen zu braten. Nach zwei Tagen Trockenfleisch und Obst schmeckte der spärlich gewürzte Fisch wie von einem Gourmetkoch zubereitet.

Die erste Etappe der Reise war geschafft! Ich stand auf dem schottischen Festland, und obwohl Avebury noch mehrere Wochen entfernt lang, glaubte ich, bereits meine Hände danach ausstrecken zu können.

»Jedes Jahr fühle ich mich wie Uisgia selbst, wenn ich über dieses Wasser reite.« Muirnes Schwärmen unterbrach meine Gedanken.

»Ich bin froh, dass du es nicht bist«, sagte Aoife und lehnte sich an sie. »Ich stelle es mir schwer vor, einen Gott zu lieben, vor allem einen Mann.« Sie lachte.

»Wäre dir Tenia lieber? Oder Aeria?«, fragte Muirne.

Aoifes Augen blitzten. »Wenn sie hübscher sind als du. Auf jeden Fall würde ich dich gerne mal gegen Aeria antreten sehen.«

»Das würde ich auch gern sehen.« Taméa warf die Gräten ihres Fischs ins Feuer. Mehrere Sidhe waren inzwischen in ihre eigenen Gespräche vertieft. Manche hatten sich sogar schon neben das Feuer gelegt oder bereiteten ihr Nachtlager vor.

»Wer ist Aeria?«, fragte ich.

Ich war froh, dass der Rest des Lagers beschäftigt war, denn plötzlich lagen sechs Augen auf mir, als wäre mir ein Schwanz gewachsen.

»Du kennst Aeria nicht?«, erwiderte Muirne.

»Natürlich kennt sie Aeria nicht«, fiel Taméa ein, bevor ich antworten konnte. »Ich glaube nicht, dass die Menschen immer noch unsere Götter verehren.«

»Aber du kannst nicht Samhain feiern, ohne zu wissen, warum«, erwiderte Muirne entschieden.

»Ich habe die Namen schon einmal gehört«, sagte ich.

Taméa schaute mich erstaunt an. »Wo?«

Ich wollte ihr von meiner Vision erzählen, damals, als ich mit Annie nach Feen gesucht hatte, doch ich schloss meinen Mund wieder.

Welche Steine würde ich damit ins Rollen bringen?

»Von meinem Vater«, antwortete ich.

Taméa schaute mich mit runden Augen an. »Dein Vater kannte die Geschichten der Feen?«

»Mein Vater kannte eine Menge Geschichten. Viele Menschen kennen Geschichten von Feen, Elfen und anderen Wesen. Aber für uns sind sie bloß Sagen und Märchen, die man Kindern zum Einschlafen vorliest«, erwiderte ich achselzuckend.

»Stell dir nur vor!«, rief Taméa ihrer Schwester zu. »Ich wollte schon immer eine Gutenachtgeschichte für Menschenkinder sein.« Sie seufzte glücklich.

Muirne schnaubte. »Ich glaube nicht, dass du darin vorkommst.«

Ich lachte. »Nein, leider nicht. Aber so habe ich zum ersten Mal von Merlin gehört.«

Taméa zuckte mit den Schultern. »Was nicht ist, kann ja noch werden.«

Jetzt lachte Muirne. »Vielleicht wird das die Geschichte, als du als Kind in das Matschloch gefallen bist … Oh, oder als du fast von der Schafherde überrannt wurdest.«

»Gleich bekommst du auch noch meinen Schuh ins Gesicht«, murmelte Taméa.

Ihre Schwester hob triumphierend das Kinn. »Nur zu, dann habe ich zwei!«

Taméa rollte mit den Augen. »Warum konzentrierst du dich nicht lieber auf die Geschichte der Entstehung von Tír na nÓg?«

»Ich finde, Felicia hat ein Recht, die Geschichte mit dem Matschloch zu hören …«

»Muirne!« Der Laut, den Taméa von sich gab, hatte erstaunlich viel Ähnlichkeit mit dem Knurren von Craig. Hätte sie dabei nicht ausgesehen wie ein beleidigter Welpe. So mussten sowohl Muirne, Aoife als auch ich lachen.

»Also gut«, begann Muirne und räusperte sich. Ihre Stimme klang immer noch belustigt. »Am Anfang von allem existierten drei Götter. Gealach, der Mond, und seine Gefährtin Grian, die Sonne. Der dritte Gott besaß keine Gestalt und keinen Namen. Man nannte ihn einfach die Zeit. Gealach und Grian verliebten sich und bekamen schon bald ein Kind. Sie nannten es Danu, die Mutter von allem, das lebt. Danu liebte alles, das wächst und grünt. Oft wanderte sie durch den Garten ihrer Eltern und erschuf ihre eigenen Geschöpfe. Doch bald reichte ihr das nicht mehr aus. Eines Nachts nahm sie die Samen aus dem Garten ihrer Eltern und pflanzte sie an, um einen eigenen Garten zu gründen. Und sie nannte den Garten Tír na nÓg. Dort in Tír na nÓg verliebte sie sich nicht bloß in ihren Garten, sondern lernte sie auch die Zeit kennen. Schon bald bekamen sie selbst Kinder. Ihre erste Tochter nannten sie Aeria. Aeria erschuf alle Kreaturen der Luft und des Nebels. Ihr Zwillingsbruder bekam den Namen Uisgia. Er schuf alle Kreaturen des Wassers, wie die Selkies, die Nixen und die Kelpies. Ihre zweitgeborene Tochter nannten sie Tenia, die Herrin des Feuers. In Tír na nÓg wimmelte es inzwischen von Kreaturen an Land, im Wasser und in der Luft. Danu war der Meinung, dass das ausreichte, und verbot Tenia, weitere Geschöpfe zu erschaffen, doch Tenia, rebellisch wie sie war, hielt sich nicht daran. Verdeckt vor den Augen ihrer Eltern erschuf sie die Kreaturen des Feuers, wie den

Nuckelavee und die Drachen. Als Danu die Wesen sah, die sie erschaffen hatte, wurde sie sehr wütend. Um das Gleichgewicht in Tír na nÓg wiederherzustellen, schuf Danu Wesen, die alle Elemente ihrer Kinder beherrschten, damit sie Herrscher über alle Kreaturen wurden. Uns.« Muirne lächelte. »Aber Danu wollte mehr. Sie wollte, dass diese Kinder etwas beherrschten, das niemand sonst tat. Deshalb gab sie uns das Element Geist.« Sie stocherte mit einem Stock in der Glut des Feuers. »Jedes Jahr zu Samhain, wenn das neue Jahr beginnt, ehren wir die Elemente in einem großen Fest und bedanken uns bei Danu für die Kraft, die sie uns gegeben hat.«

»Wir schießen zu Neujahr Raketen in die Luft und lassen Wunderkerzen abbrennen«, murmelte ich.

Mehrere Augenbrauen schossen fragend in die Höhe.

Schnell winkte ich ab. »Egal!« Ich starrte in die Flammen, die trotz des schwindenden Holzes nichts von ihrer Größe verloren. Um uns herum verstummte das Gemurmel. Die erste Nachtwache bezog ihren Posten.

»Ich schaue noch einmal nach den Kelpies«, verkündete Taméa. Sie sprang auf und verschwand mit leichtfüßigen Schritten in der Dunkelheit.

»Ich glaube, ich lege mich auch hin. Danke für die Geschichte«, sagte ich gähnend.

Muirne nickte mir zu. Ich legte mich etwas abseits auf meine Decke und starrte in den Nachthimmel. Vereinzelt ließen sich Sterne zwischen den Wolken blicken. Der Mond schaute aus einer Lücke im Himmelszelt mit seinem leuchtenden Gesicht auf die Erde. Gealach, der Mond. Der Vater Danus. War es in meiner Welt derselbe Mond? War er dort auch der Vater Danus? Ich stützte mich auf meine Unterarme und starrte mit zusammengekniffenen Augen in das Mondlicht. Das letzte Mal, als ich ihn gesehen hatte, hatte sich seine Sichel zu einem Halbmond verformt. Sollte er nicht zunehmen statt abnehmen? Eigentlich sollte ein Dreiviertelmond dort oben stehen. Stattdessen war die Sichel dünner geworden, kaum noch zu sehen. Verkehrt herum, wie ein Spiegel. Warum war mir das noch nie vorher aufgefallen? Gleich und doch verkehrt, ein Sinnbild für alles, was Tír na nÓg war. Ein Spiegel der Menschenwelt, sodass selbst der Mond spiegelverkehrt seine Phasen durchlief. Ein Stich des Heimwehs fuhr durch meinen Magen. Das war nicht derselbe Mond, nicht dieselben Wolken, noch nicht einmal dieselbe Sonne. Das hier war Gealach. Konnte er von dort oben die Welt der Menschen sehen?

Die Bilder von Muirnes Geschichte schwirrten noch lange in meinem Kopf herum. Als ich schließlich wegdämmerte, träumte ich von peitschenden Meeren und wütenden Bäumen, deren Wurzeln alles in ihrem Weg verschlangen.

Kapitel 22

Feli

eine weitere Woche wanderten wir durch Schottland. Der Muskelkater in meinen Beinen schwächte ab. Nach einer Woche hatte sich mein Körper an die neue Realität angepasst. Ich begann sogar, das Wandern zu genießen. Losgelöst von allen Verpflichtungen entwickelte sich ein ganz eigenes Klima. Wir aßen, wenn wir hungrig waren, schliefen auf dem Wagen, sobald wir müde waren und verschwanden in den Büschen, wenn wir mussten.

Langsam flachten die Highlands ab. Die spektakulären, schroffen Gebirgszüge wichen bunten Wiesen und Wäldern. Überhaupt gab es hier wesentlich mehr Wälder. Die Highlands selbst waren nicht die baumlose Moorlandschaft, wie ich sie von der Isle of Skye oder aus meiner Welt in Erinnerung hatte. Viele der Berge verschwanden bis zur Hälfte in einem Gestrüpp aus Bäumen, Sträuchern und Gehölzen.

Am vierzehnten Tag sah ich sie schließlich: Zwei Statuen aus Stein, die das Land überblickten, bis weit in den

Norden. Ein Mann und eine Frau. Aus unserer Entfernung ließ sich ihre Größe schwer einschätzen, doch sie mussten mindestens zwanzig Meter hoch sein, um sie von hier aus zu sehen. Vereinzelte Jubelschreie brachen beim Anblick der Statuen aus. Obwohl wir alle aussahen wie rückwärts durch einen Busch gezogen, mit tiefen Augenringen und schmerzenden Beinen, beschleunigte sich das Tempo.

Bald sah ich weiße Zelte im Wind flattern. Hunderte standen auf dem freien Feld zwischen uns und den beiden gewaltigen Statuen. Ich konnte mich nicht erinnern, jemals so viele Zelte auf einem Haufen gesehen zu haben. Wir blieben mit dem Wagen an der nächsten freien Stelle stehen und luden den Wagen ab. Jeder baute sein Zelt auf, wo gerade Platz war, aber nicht weiter als fünf Meter vom Nachbarn entfernt. Taméa und ich teilten uns einen Schlafplatz, Muirne mit Aoife, Rayanne schlief mit dem obersten Mitglied des Rates zusammen und der Rest der Sidhe teilte sich auf die restlichen Zelte auf.

Taméa saß auf ihrer Schlafmatte, als ich hereinkam. Zwischen ihren Beinen stand eine Tonschüssel mit weißer Farbe. Sie tunkte zwei Finger in die Farbe und zeichnete sich Linien auf ihre braune Haut.

Drei auf ihr Nasenbein und eine über die Lippe, das Kinn hinunter. »Bis heute Abend wird es hier von Feen aus ganz Tír na nÓg wimmeln. Alle werden ihre Stammesfarben tragen, als Zeichen, dass ihr Stamm dieses Jahr wieder dabei ist.«

»Kann ich … auch Farbe aufmalen … oder muss ich dazu erst irgendwas bestehen?«, fragte ich, mit Blick auf die Schüssel.

Taméas Augen leuchteten auf wie die eines Kindes im Phantasialand. »Meinst du das ernst? Du möchtest auch dein Gesicht bemalen?«

Ich würde hier ohnehin auffallen wie ein Clownfisch unter Forellen. Wenn ich dann noch ein unbemaltes Gesicht hatte, konnte ich gleich ein blinkendes Reklameschild auf meinem Kopf anbringen.

»Wenn ich darf?«, fragte ich im Gegenzug.

»Jede Fee darf sich die Farbe des Stammes ins Gesicht malen, zu dem man sich zugehörig fühlt«, antwortete Taméa.

»Dann gibt es kein Geburtsrecht oder eine Aufnahme-prüfung oder so?«

Taméa schaute mich an, als hätte ich etwas Komisches gegessen.

»Vergiss es!«, erwiderte ich. Stöhnend ließ ich meine schmerzenden Beine nach unten sinken und kniete mich vor sie. »Gibt es ein bestimmtes Muster, das ich beachten muss?«

Taméa schüttelte den Kopf. »Jedes Muster ist individuell. Manchmal gibt es Familien, die dasselbe Muster tragen, doch meistens entwickelt jede Fee im Laufe ihres Lebens ihr eigenes Muster. Das hier ist meins.« Sie deutete auf ihr Gesicht. Dasselbe Muster wie auf meinem Willkommensfest verteilte sich über ihre Nase.

»Okay, dann lass dir was Gutes einfallen.« Ich schloss die Augen.

»Du lässt mich ein Muster für dich finden?« Ich hörte Taméas Anspannung in ihren Atemzügen.

»Wenn ich mein eigenes finden soll, brauche ich erst Inspiration.«

Einen Moment später spürte ich ihre kalten Finger auf meiner Haut, die Linien auf meine Nase malten. Fast hätte ich gekichert von der kalten Farbe und den kitzelnden Berührungen.

»Aus was besteht die Farbe?«, fragte ich.

»Hauptsächlich Mehl, Salz und natürlich Wasser.« Taméa tunkte ihre Finger noch einmal in die Schüssel und hinterließ drei Punkte auf meinem Nasenbein bis zu meiner Nasenspitze. »Fertig!«, verkündete sie. »Willkommen bei den Sidhe.«

Ihre Stimme stolperte gleich zwei Oktaven höher. Ich öffnete die Augen und blinzelte gegen das grelle Licht der Zeltplane. »Danke.«

Ich wünschte, ich hätte einen Spiegel. Zu gern hätte ich gesehen, was für ein Kunstwerk Taméa auf mein Gesicht gezaubert hatte.

Als ich aus dem Zelt trat, entdeckte ich Neuankömmlinge rund um uns herum. Die neu ankommenden Feen luden ihre Wagen ab und bauten ihre Lager auf. Wo wir zu Beginn noch am hintersten Ende der Zeltstadt gestanden hatten, reihten sich die Zelte inzwischen schon weit hinter uns auf. Ich wusste nicht, zu welchem Stamm sie gehörten, doch ihre gelbe Gesichtsbemalung verriet, dass sie nicht aus Alba stammten.

»Wer sind die?« Ich deutete auf den fremden Feenstamm.

Taméa trat gerade aus dem Zelt und blinzelte gegen das helle Mittagslicht. »Das sind die Tùatha de Dannan.«

»Sie sind den ganzen Weg aus Irl... ich meine, Èirinn gekommen?« Mit großen Augen starrte ich die Neuankömmlinge an.

Taméa schmunzelte. »Wir haben auch keinen kurzen Weg hinter uns. Dort hinten siehst du die Tylwyth Teg, und dort sind die Faie. Letztes Jahr hatten wir sogar Besuch von den Nymphen weit aus dem Süden. Die müssen Monate unterwegs gewesen sein. Ich hoffe, die sind vor dem ersten Schnee wieder so weit gekommen, dass sie nicht steckengeblieben sind.«

Es gab einige Länder, die sie mit Süden meinen konnte, aber durch die Nymphen vermutete ich, dass sie Griechenland oder Italien meinte. Also gab es tatsächlich Feen in jeder Ecke der Anderswelt. Eine komplette Welt, parallel zu den Menschen, verborgen, unbekannt und dem Untergang geweiht. Denn ihre Rettung plante sie erneut im Stich zu lassen. Ich schluckte. Warum musste diese Entscheidung so hart sein? Das war wie in den Geschichten mit moralischen Dilemmata. Sollte der Chirurg mithilfe der Organe des verletzten Touristen die fünf totgeweihten Patienten retten oder dem Touristen das Leben retten? War ich der Chirurg oder der Tourist? Ich konnte gehen. Bestimmt würde es in der Zukunft neue Wechselbälger geben. Doch weitere vierzig oder fünfzig Jahre waren vielleicht zu spät für Taméa … für Muirne, Aoife, Rayanne und all diese anderen lebensfrohen, hoffnungsvollen Überlebenskünstler. Ich würde nicht alle Feen dem Tod überlassen, doch für einige würde die nächste Chance zu spät kommen.

»Pòg mo thòin!«

Taméas Worte ließen mich aufblicken. Für die wörtliche Übersetzung hätte ich ein Wörterbuch gebraucht, doch auch ohne wusste ich, dass sie fluchte.

»Wenn irgendwer fragt, ich bin nicht hier!«

Wie ein verschrecktes Kaninchen hockte Taméa sich hinter das Zelt. Ich folgte ihrem Blick und entdeckte eine Gruppe von Feen, die freudig Rayanne begrüßten. Sie trugen alle weiße Gesichtsbemalung, doch ich hatte ihre Gesichter noch nie zuvor gesehen.

»Wer sind die?«, flüsterte ich nach hinten zu Taméa.

»Sidhe, vom Festland. Cael und seine Gruppe.«

»Und du musst dich vor ihnen verstecken, weil …?« Ich schaute zu dem hochgewachsenen, drahtigen Mann, der gerade Rayanne umarmte.

»Weil ich letztes Jahr an Samhain was mit seiner Tochter Tara hatte … und na ja, deshalb ist er nicht mehr allzu gut auf mich zu sprechen.« Sie zuckte entschuldigend mit den Schultern.

Ich unterdrückte ein Kichern. »Warum? Was ist passiert?«

»Eigentlich nicht viel, das ist es ja. Anfangs schon, aber die Entfernung hat das Ganze dann erstickt. Tara und ich waren uns nicht ganz einig über die Richtung, in die die Beziehung gehen sollte. Sie wollte was Festes, ich nicht. Anscheinend habe ich ihr …« Sie räusperte sich. »… damit ziemlich das Herz gebrochen. Zu allem Übel ist sie jetzt mit Dorchadas zusammen, wie ich gehört habe. Dorchadas und ich führten eine Beziehung, als er vor zwei Jahren für längere Zeit seine Schwester besuchte, die bei uns lebt. Leider hätte er am liebsten sofort ein Kind in die Welt gesetzt. Ich verstehe seine Gründe, aber nachdem, was mit meiner Mutter passiert ist, wird von mir niemand ein Kind bekommen. Er kann gerne mit jemand anderem die noble

Tat vollbringen, und versuchen, haufenweise kleine Feen in die Welt zu setzen. Dass dieser Jemand allerdings Tara ist, macht die Sache etwas heikel«, stieß sie zwischen zusammengebissenen Zähnen hervor.

Ich schaute sie mitleidig an. »Ich wünschte, ich könnte dir helfen, aber das Problem musst du allein lösen.«

Taméa zog eine Grimasse. »Ich fürchte auch.«

»Jedenfalls ist das kein guter Anfang, wenn er sieht, wie du dich hinter dem Zelt versteckst«, bemerkte ich.

»Er kommt hierher?« Taméas entsetzte Stimme klang gedämpft durch das Zelttuch.

Ich nickte.

»Danu steh mir bei!« Taméa sprang auf und klopfte sich hastig das Gras von den Knien.

Rayanne war für meine Maßstäbe bereits eine Riesin. Cael überragte sie noch einmal um einen ganzen Kopf.

»Ist sie das?«, hörte ich ihn fragen, als Rayanne und er uns fast erreicht hatten. Seine tiefe, volltönende Stimme wollte so gar nicht zu seinem dünnen, langgezogenen Körper passen.

Rayanne nickte. »Darf ich vorstellen, Felicia. Felicia, das ist Cael, Sprecher der Sidhe auf dem Festland.«

Caels rehbraune Augen musterten mich, sodass ich mich wie eine Kuh bei einer Viehschau fühlte. Doch seine Augen steckten voller Neugier und ehrlichem Interesse.

»Es ehrt mich, deine Bekanntschaft zu machen«, sagte er. »Wie sagen die Menschen hallo?«

»Da, wo ich herkomme, ähm … geben wir uns meistens einfach die Hand, etwa so.« Ich nahm seine rechte Hand in meine und drückte leicht zu. Ein stolzes Lächeln breitete sich auf seinen weißen Wangen aus. »Die Entscheidung, uns zu helfen, ist dir sicher nicht leichtgefallen.«

Ich betrachtete meine Hände. »Nein, ist sie nicht.«

»Umso größer ist mein Respekt, dass du sie trotzdem getroffen hast. Ich hoffe, unter Rayanne fehlt es dir an nichts?«, fragte er freundlich.

»Mir gefällt es sehr gut«, antwortete ich, und schaute Rayanne nicht an.

»Solltest du trotzdem einmal Fernweh bekommen, bist du herzlich eingeladen, bei uns auf dem Festland vorbeizuschauen«, antwortete Cael.

Ich nickte höflich. »Ich freue mich drauf!«

»Nächstes Frühjahr, wenn der Schnee geschmolzen ist, können wir sicher die Reise unternehmen«, sagte Rayanne lächelnd.

Cael nickte hastig. »Ja, jetzt ist es zu gefährlich. Noch herrscht Sea Mither über das Meer, doch das wird sich bald ändern. Der erste Schnee ist nicht mehr weit, fürchte ich.«

Rayanne umfasste seine Schulter und schaute ihn fest an. »Ihr könnt Zuflucht auf der Insel finden. Der Sommer war gut zu uns. Wir haben genug Vorräte, um auch euch durch den Winter zu bringen.«

Cael schüttelte dankbar mit dem Kopf. »Wer weiß, ob es dann im Frühjahr noch etwas gibt, zu dem wir zurückkehren können. Niemand weiß, wo der Nuckelavee angreifen wird. Letztes Jahr hat er auf uns Jagd gemacht. Dieses Jahr kann er genauso gut die Inseln nehmen.«

Rayanne atmete tief durch, und ich spürte, wie Taméa sich hinter mir verspannte.

»Da hast du recht«, sagte Rayanne.

»Wir sind bereit. Alle Vorbereitungen sind getroffen, und wir werden ihn abwehren, wie wir es immer getan haben, wenn er kommt«, meinte Cael selbstsicher.

Rayanne nickte und wies dem Feenmann, vorzugehen. Durch ihren gefassten Gesichtsausdruck sickerte nicht der Hauch einer Emotion, als ihr Blick auf ihre Enkelin fiel. »Taméa, begleite uns ein Stück.«

Ich sah, wie sich Taméas Unterkiefer verhärtete. »Sicher, sofort!« Ihre Stimme hörte sich an, als kämpfte sie mit üblen Blähungen. »Schau dich in der Zeit auf dem Zeltplatz um, Felicia.«

Gern hätte ich ihr seelischen Beistand geleistet, doch das Gespräch war nicht für meine Ohren bestimmt. Ich schaute ihr mitfühlend nach, bis die drei Gestalten hinter den Zelten verschwunden waren. Dann schien der gesamte Zeltplatz plötzlich sehr leer zu sein. Als hatte ein großer Sturm alle außer mich mitgerissen. Alle, die ich kannte, waren entweder damit beschäftigt, die Tauschwaren herzurichten, oder vertieft in Gespräche. Zum ersten Mal seit Wochen fand ich mich ohne Aufgabe, ohne einen Ort, an dem ich sein musste, oder einer Person, der ich folgte.

Ziellos begann ich zwischen den Zelten umher-zuschweifen. Dutzende Feen kreuzten meinen Weg. Feen mit gelber, blauer, violetter und brauner Gesichtsbemalung. Feen mit bunter, schillernder Kleidung oder schlichter, erdfarbener Kleidung. Manche trugen schweren Bronzeschmuck, Ketten und Ringe um Arme und Hals. Anderen trugen Bänder in ihrem Haar oder an ihren Armen. Doch alle starrten sie mich an. Manche realisierten mich erst im Vorbeigehen und drehten sich flüsternd um.

Andere hefteten schon von Weitem ihre Augen auf mich, sodass ich hastig zu Boden schaute oder meinen Blick zu den Zelten wandern ließ. Blut schoss in meine Wangen. Am liebsten wäre ich wieder umgedreht, doch das hätte nur noch mehr Aufmerksamkeit erregt.

Nahrungsmittel, Schmuck, Waffen, Töpferarbeiten, Kleidung, Stoffe und Felle lagen aus. Jedes Zelt schien irgendeine Ware zu tauschen. Ein riesiger Tauschmarkt schien diese Zeltstadt zu sein. Fast wäre ich an dem Zelt einer jungen Feenfrau mit einem breiten gelben Streifen auf der Nase vorbeigelaufen. Der Streifen hatte fast denselben Farbton wie ihre Locs, die ihr nur bis knapp über die Ohren reichten, meine Augen hefteten sich auf das, was zu ihren Füßen lag. Verteilt in dutzenden Tonschüsseln lagen gemahlene Pigmente. Pigmente für rote, braune, blaue und gelbe Farbe. Daneben in einer kleinen Schale etwa fingergroße Splitter aus Kohle und ein Stapel helles Pergament. Egal wie viel Wolle, Muscheln oder Pfeile sie dafür wollte, ich war bereit, unseren ganzen Wagen hierherzuschieben, nur um an ein Stück Pergament und die Kohle zu kommen. Vorausgesetzt, die Feen ließen mich.

»Was kann ich dir dafür geben?«, fragte ich, und zeigte auf das Pergament.

Die Fee schaute auf und ihre Augen wurden groß. »Du bist keine Fee …« Sie starrte mich an. »Du … du bist das Wechselbalg, von dem alle reden. Ich habe die Gerüchte gehört, aber ich hätte nie gedacht …« Blinzelnd straffte sie die Schultern, als sie wieder Fassung erlangte. »Ich schenke es dir! Wie viel möchtest du haben?«

»Nein!«, sagte ich bestimmt.

»Bitte!« Sie klang fast flehentlich, als sie mir drei Seiten Pergament entgegenstreckte.

»Ich kann das nicht annehmen«, widersprach ich, obwohl alles in mir schrie, ihr das Pergament aus der Hand zu reißen und davonzuhüpfen.

»Ich werde es wahrscheinlich ohnehin wieder mitnehmen. Zum Winter suchen die meisten nach anderen Dingen«, antwortete sie.

Widerwillig griff ich nach dem Pergament. »Warum?«

Seufzend zuckte sie mit den Schultern. »Im Winter ist es den Raben zu kalt, um lange Strecken zu fliegen. Dann werden nur wenige Nachrichten verschickt.«

»Ihr benutzt das nur, um Botschaften zu schreiben?«

Sie blinzelte. »Wofür möchtest du es benutzen?«

Wärme schoss durch meinen Bauch, als sich die Vorfreude in mir breitmachte wie ein Schluck heißer Schokolade. Ich zeigte auf die Kohle. »Darf ich?«

Sie nickte mir zu.

»Ich habe nichts zum Tauschen bei mir, würdest du gerne eine Zeichnung von dir haben?«

»Eine Zeichnung?« Die Fee runzelte fragend die Stirn.

»Sitz so still du kannst.« Ich hatte mich bereits im Schneidersitz auf den Boden gesetzt. Mit leicht zitternden Fingern hielt ich das Kohlestück fest. Ich atmete tief ein, schaute noch einmal auf, um mir die Partie um ihr rechtes Auge zu merken, und wagte den ersten Strich. Die Kante des Kohlestäbchens setzte ich auf das Pergament. Meine Finger huschten über das Blatt. Die Kohle hinterließ kraftvolle schwarze Linien, die langsam zu der Form des Auges zusammenwuchsen. Immer wieder schaute ich auf und prägte mir ihre Nase, ihren Mund und schließlich ihre Gesichtsform ein. Das Zittern meiner Finger stoppte. Mit zunehmender Sicherheit bewegte sich meine Hand über das Pergament.

Um meine Augen entstand ein Tunnel. Es gab nur noch mich, die Feenfrau und das Blatt vor mir. Wie sehr ich dieses Gefühl vermisst hatte, diese Trance, akribisch jedes Detail einer Zeichnung auf ein Blatt Papier … oder Pergament zu bringen. Das Porträt einer Fee. Wie viele Menschen würden in einer Ausstellung an diesem Bild vorbeilaufen und es für Fantasie halten, nicht wissend, dass jedes Detail eins zu eins vom Modell übernommen wurde?

»Wie heißt du?«, fragte ich, als ich nach einer guten halben Stunde den letzten Strich der Kohlezeichnung vollendete. Meine Finger waren so schwarz wie das Bild.

»Rhiannon«, antwortete die Fee.

Ich schrieb ihren Namen über die Zeichnung und reichte ihr zufrieden lächelnd das Pergament.

»Unglaublich«, hauchte sie und starrte auf die Abbildung. »Das ist ein sehr guter Tausch! Aber was bedeuten die Striche dort oben?«

»Das … das ist dein Name … So schreiben die Menschen ihn.«

Mit einem breiten Lächeln starrte die Fee auf die Buchstaben, dann legte sie die Zeichnung zur Seite und griff nach einem neuen Stück Pergament.

»Wie ist dein Name?«

»Felicia!«

Ihre Finger huschten über das Blatt. Dann legte sie die Kohle zur Seite und überreichte mir ihr Werk. Ich sah einen langen Strich, der sich senkrecht über das Pergament zog. Daran verbunden befanden sich, ohne erkennbare Struktur, weitere Striche. Sie schienen aus der ersten Linie hervorzuwachsen wie Äste aus einem Baum.

»Dein Name«, antwortete Rhiannon. »So schreiben wir ihn. Wir nennen es Ogham.«

An diesem Abend legte ich die seltsame Zeichnung meines Namens neben mein Kopfkissen im Zelt, zusammen mit einem Stapel Pergament, mehreren Kohlestücken und dem Wissen der Fee, wie ich verschiedene Farbpigmente aus Mineralien und Pflanzen herstellte. Dann setzte ich mich auf meine Schlafmatte und starrte an die Zeltdecke. Ich fühlte mich nicht mehr einsam, obwohl Taméa noch nicht zurückgekehrt war. Ich nahm das Blatt erneut hoch und hielt es in das Licht der weißen Zeltplane, um die Linien zu studieren.

Keine Magie des Wassers, des Feuers, der Erde, der Luft oder des Geistes reichte an die Kraft von schwarzen Linien auf weißem Untergrund heran. Vielleicht war sie sogar mächtig genug, Welten neu zu verbinden, die seit über tausend Jahren getrennt voneinander lebten.

Kapitel 23

Fell

Der sanfte Wind ließ die Haare meiner Unterarme zu Berge stehen. Milliarden von Sternen glitzerten am Himmel. Sie verbanden sich zu milchigen Schleiern. Es schien, als wollten sie sich alle nach vorne drängen, in die erste Reihe des Himmelszelts, um bloß nicht das Spektakel zu verpassen, das sich am Boden abspielte.

Mein Atem bildete weiße Wolken in der Luft. Das Gras unter meinen Schuhen glänzte wie von einer Diamantschicht überzogen. Winzige Tautropfen schimmerten an den Halmen, die in der Nacht sicher gefrieren würden. Der erste Bodenfrost in diesem Jahr.

Ich hörte die Schritte der anderen, die vor mir gingen. Rayanne sah seltsam aus in diesem schlichten weißen Kleid. Die meisten der Zelte, an denen wir vorbeigingen, lagen jetzt dunkel und verlassen da und flatterten im Herbstwind wie Gespenster.

Je weiter wir auf die beiden riesigen Statuen aus Stein zugingen, desto lauter wurden die Stimmen. Das sanfte

Murmeln, das der Wind zu uns trug, schwoll zu regen Unterhaltungen an, lauten Rufen und Lachen. Dazu gesellte sich Musik. Flöten, Trommeln und Gesänge. Mein Herz tat einen Sprung bei den fröhlichen Melodien, und ich merkte, wie meine Schritte schneller wurden.

Die Statuen, an denen wir vorbeigingen, mussten mindestens fünfzehn Meter hoch sein. Nur ihr Oberkörper ragte aus der Erde bis ungefähr auf Höhe des Bauchnabels. Ihre Gesichter starrten stumm über uns hinweg, die Augen majestätisch zum Horizont gerichtet. Sie erinnerten mich an die Freiheitsstatue. Beide Statuen streckten den äußeren Arm in die Höhe, als wollten sie den Bewohnern aller Himmelsrichtungen sagen: Kommt her! Lasst euch das hier nicht entgehen!

Ich fühlte mich wie eine Ameise, als ich zwischen ihnen hindurchging.

Über dem Kopf der Frau ragte eine Krone wie ein Heiligenschein. Lange, feurige Strahlen gingen von ihr ab wie Speere. Jeder dieser Strahlen der Krone musste zweimal so lang sein wie ich. Grian, die Sonne. Ihr Gefährte Gealach trug einen Stein in Form eines Sichelmondes auf dem Kopf.

Dahinter erwartete uns ein mit Fackeln beleuchteter Weg, an dessen Ende ein ringförmiger Erdwall lag, der die Steine von Stonehenge wie eine natürliche Barriere umgab. Zwei aufgerichtete Steine kennzeichneten den Eingang in den Innenbereich des Erdwalls. Auf jedem Stein prangten die Symbole von jeweils zwei Elementen. Bloß die Erde fehlte.

Unzählige Feen tummelten sich bereits auf der Fläche zwischen dem Erdwall und den Steinen, tanzten, rannten umher oder standen in Gruppen zusammen und unterhielten sich. Immer wieder reckten sich vorfreudige Hälse in Richtung des Steinkreises.

Blinzelnd blieb ich einen Moment stehen und mein Mund klappte auf. Die zerstörten Überreste des Steinkreises in meiner Welt waren ein trauriger Abklatsch zu der intakten Formation, die hier vor meinen Augen lag. Ein großer Kreis aus dutzenden steinernen Toren, die in das Innere führten, jeder Megalith mindestens drei bis vier Meter hoch.

Die Steine des Kreises selbst wurden mit Feuerschalen beleuchtet. Girlanden aus Blumen schlängelten sich um die aufliegenden Steine.

»Das kann einem schon mal die Sprache verschlagen, nicht wahr?«, raunte Taméa. Mit der roten Farbe, die vollständig ihr Gesicht bedeckte, sah sie aus wie ein Dämon. Ihre eigentlich weißen Linien hatte sie heute gegen schwarze eingetauscht, die Farben von Samhain. Alle Feen trugen heute diese Maske. Ein Blick in ihr Gesicht genügte, um zu ahnen, wie mein eigenes aussehen musste. Unheimlich und abschreckend. Ich musste zweimal hinschauen, um die vertrauten Züge unter der Bemalung zu erkennen.

»Rot und Schwarz symbolisieren für uns die Farben des Todes«, hatte Taméa mir beim Zubereiten der Farbe aus Lehm heute Nachmittag gesagt. »Deshalb trägt kein Stamm diese Farben, außer an diesem Tag. Heute feiern wir das Ende eines Jahres und den Beginn eines neuen. Wir gedenken aller, die in diesem Jahr verstorben sind. Die letzte Möglichkeit, um sich noch einmal von ihnen zu verabschieden, bevor sie endgültig gehen werden. Heute werden die Toten ein Teil von uns sein.«

Rayanne wurde sofort von einer Gruppe unbekannter Feen umringt, die sie begrüßten und lachend umfingen.

»So viele!«, hauchte ich.

Taméa lächelte. »Zur Zeit meiner Mutter mussten es noch doppelt so viele gewesen sein, sagt Rayanne immer. Stell dir vor, wie viele es zu Myrddins Zeiten gewesen sein müssen. Was würde ich für diesen Anblick geben.« Sie seufzte.

Muirne neben ihr schnaubte. »Ich frage mich, wo die alle hingepasst haben sollen. Kein Wunder, dass die Brücke auf Orkun Eilean aufgegeben wurde.«

Langsam drehte ich mich zu ihr um. »Sagtest du gerade Orkun Eilean?« Der Name klingelte in meinem Verstand. Eine leise Glocke, irgendwo in weiter Ferne, und doch so penetrant, dass sie nicht zu überhören war.

»Ja, in den alten Zeiten. Lange, bevor die Brücke geschlossen wurde, versammelten sich die Feen noch auf Orkun Eilean. Aber die Inseln konnten die wachsende Anzahl von Feen nicht mehr lange aufnehmen, deshalb hat man nach einer Brücke gesucht, die Platz für alle hat«, antwortete Muirne.

»Schau, da ist Eurin!«, rief Taméa. »Der König der Tylwyth Teg.« Sie deutete auf den Feenmann, der mit dem Rücken zu uns stand. Wie Rayanne trug er ein einfaches Lederband als Krone auf dem Kopf. Er drehte den Kopf, um jemanden zu begrüßen. Sein altes Gesicht war gezeichnet von einem langen und harten Leben. Selbst unter seiner Gesichtsbemalung konnte ich die schiefe Nase erkennen, die mehr als einmal gebrochen worden und nicht wieder richtig zusammengewachsen war.

»Und dort ist Aoibheall, die Königin der Túatha Dé Danann.«

Ich schaute zu der kleinen Feenfrau, die keine zwanzig Meter entfernt an uns vorbeilief. Ihre braunen Locs reichten ihr bis zu den Hüften. Sie wirkte noch sehr jung, doch ihr Gang war so selbstbewusst, dass sie damit Rayanne Konkurrenz machte.

»Den König von Albion habe ich noch nicht gesehen, aber ich bin sicher, wir laufen ihm bald über den Weg. Er ist nicht zu übersehen. Ein echter Riese«, meinte Taméa.

Ich war mir nicht sicher, ob ich ihm nach dieser Beschreibung noch begegnen wollte, wenn diese Fee selbst für Feen-Standards riesig war.

Plötzlich verstummte die Musik. Wie durch ein unsichtbares Zeichen erstarben die Stimmen. Ich reckte den Hals, um etwas zu erkennen. Vergeblich! Die Menge verdichtete sich und drückte nach vorne, sodass wir ihr folgen mussten, näher an den Steinkreis heran. Vor mir stellten sich zwei Feen auf ihre Zehenspitzen. Ich entdeckte einen Stein, auf dem bereits zwei Feenkinder standen. Mit einer gemurmelten Entschuldigung stellte ich mich dazu. Selbst von hier aus reichte mein Kopf gerade so über die Feen hinweg. Die beiden Feenkinder starrten mich mit großen Augen an.

Plötzlich regte sich etwas im Steinkreis. Gestalten lösten sich aus der Dunkelheit, als kämen sie direkt aus den Steinen. Rote Schleier verhüllten ihre Gestalten wie Gespenster, wären da nicht ihre ausladenden Kronen, deren goldenen Stäbe wie die Strahlen der Sonne von ihrem Kopf abgingen. Sie erinnerten mich stark an die Krone, die Rayanne zu meinem Willkommensfest getragen hatte, mit dem Unterschied, dass die Spitzen der Sonnenstrahlen spiralförmig eingedreht waren. Sie schienen über den Boden zu schweben. Die vier Wesen blieben stehen. Jedes von ihnen trug eine Schale aus Stein in den weißen, von schwarzen Adern durchzogenen Händen. Selbst von hier konnte ich durch den Schleier ihre glühend roten Augen erkennen. Ich schnappte nach Luft. Das waren sie! Die Feen aus meinen Träumen! Die, die mich umbringen wollten, die meinen Lehrer geköpft hatten, die mich so lange terrorisiert hatten. Kalter Schweiß sammelte sich auf meiner Stirn. Wie groß war die Wahrscheinlichkeit, dass sie mich in der Menge der Feen erkannten? Ich sprang vom Stein. So konnte ich zwar kaum noch etwas sehen, aber das war besser, als von diesen Kreaturen erkannt zu werden.

»Wer sind die?«, hauchte ich Taméa zu. Meine Stimme zitterte.

»Das sind die Bean-Sidhe, die Priesterinnen von Grian und Gealach«, murmelte Taméa zurück.

Die Fee aus meinen Träumen war also eine Banshee. Eine Todesfee. Der Gedanke beruhigte mich nicht. Im Gegenteil! Erschienen Banshees nicht eigentlich nur den Totgeweihten?

Nein, mein Vater musste sich geirrt haben. Schließlich war ich quicklebendig. Hier konnten sie schließlich alle sehen. Nicht nur das. Sie schienen auch eine Art Priesterinnen zu sein, aber sie lebten nicht unter den Feen. Überhaupt schienen sie nicht lebendig. Eher wie fahle

Schatten. Wo lag der Unterschied zwischen ihnen und den normalen Feen?

Ich öffnete den Mund, kam aber nicht dazu, meine Fragen zu stellen.

»Hast du die Schalen?«, hörte ich Muirne hinter mir ihrer Schwester zuflüstern.

Taméa holte aus ihrer Tasche dieselben Schalen hervor, in der Größe von Müslischüsseln. Sie reichte jedem vom uns eine. Dann reckten tausend Feen gleichzeitig ihre Hände mit den Schalen nach oben in den Himmel. Innerhalb von Sekunden schoben sich dunkle Wolken vor die Sterne.

»Ist es nicht oberste Regel, das Wetter nicht zu beeinflussen?«, raunte ich Taméa zu.

Sie lächelte verschwörerisch. »Na ja, es gibt spezielle Tage, da machen wir eine Ausnahme.«

Ich hatte gerade noch Zeit, eine schützende Barriere aus Luft über meinem Kopf aufzubauen, als der Platzregen auch schon auf uns herabstürzte. Trotz des Wolkenbruchs brannten die Fackeln am Wegesrand weiter.

Der Regen verging, so plötzlich wie er gekommen war. Die Wolken brachen auf und gaben den Blick wieder auf die Sterne frei.

»Wir ehren Uisgia!«, rief eine der roten Gestalten von vorne. Eine Frauenstimme, hoch und melodisch, als würde sie singen.

»Bereit?«, fragte Taméa.

»Bereit wofür?« Ich spürte die Anspannung in meinem ganzen Körper.

Sie deutete auf die Schüssel in meiner Hand. Die Wasseroberfläche begann unter ihrer Bewegung zu vibrieren.

Dann schoss der Strahl, einer Rakete gleich in den Himmel, gemeinsam mit hunderten weiterer Säulen glitzernden Wassers. Mit offenem Mund starrte ich den Tropfen hinterher, wie sie sich mit der Dunkelheit des Himmels verbanden.

»Wunderschön, nicht wahr?« Taméas Augen glänzten.

Sie brauchte mir nicht zu sagen, welches Element als nächstes kam. Ich hatte dieses Ritual schon einmal mitangesehen, unfreiwillig, aber nicht weniger beeindruckt. Jemand hatte mir diese Bilder zeigen wollen, damit ich die Parallele verstand. Ich vermutete Rayanne steckte dahinter. Eine vergangene Welt, in der Feen und Menschen gemeinsam existiert hatten und gefeiert hatten. Eine Welt, die ich zurückholen konnte, durch die Öffnung der Brücke.

»Wir ehren Aeria!«

Muirne und einige Dutzend andere Feen beschworen eine kleine Zirkulation in ihrer Handfläche herauf, bevor sie sie losließen, wo sie nach oben stiegen und an Größe gewannen. Bald mussten wir einen Schritt zurücktreten, um der Säule genügend Platz zu geben. Ich kniff die Augen gegen den Wind zusammen. Das Rauschen unzähliger kleiner Stürme füllte meine Ohren und übertönte bald jedes Geräusch. Ich schaute den wirbelnden Luftmassen hinterher, wie auch sie in den Himmel stiegen, wo ihr Rauschen langsam schwächer wurde und sie sich allmählich auflösten.

Am äußeren Ende nahmen einige Feen die Fackeln und zündeten damit die nächsten Schüsseln an. Wie ein Teelicht, das weitergegeben wurde, wanderte das Feuer durch die Reihen.

Aoife griff in ihre Bauchtasche und füllte ihre Schüssel mit etwas, das wieder aussah wie getrockneter Birkenpilz, und hielt sie gegen die Schüssel ihrer Nachbarfee. Mit einer einfachen Handbewegung sprang das Feuer über.

»Wir ehren Tenia!«

Die Feuersäulen erhoben sich in den Himmel und eine kalte Hand krallte sich um mein Herz. Die Angst verwandelte sich schnell in Staunen. Der Himmel begann zu leuchten wie bei einem Feuerwerk. Die Wolken schienen zu glühen. Auf der Ebene wurde es für einen Moment taghell. Ein paar letzte kraftvolle Leuchtfeuer und das Schauspiel verpuffte. Zurück blieben eine finstere Ebene und das ehrfürchtige Raunen der Feen.

»Wir ehren Danu!« Eine der roten Gestalten hielt eine Blumengirlande in der Hand, während sie aus den Steinen hervortrat. Die Blumen warf sie in eine der großen Feuerschalen, worauf Funken in den Himmel stoben. Innerhalb von Sekunden verzehrten die Flammen die getrockneten Blumen. Ein Symbol für die Erde, das einzige Element, das unkontrollierbar war.

Dann lösten sich vier Gestalten aus der Menge und schlossen sich den verhüllten Wesen im Steinkreis an. Sie stellten sich neben die Feuerschalen, sodass ihre Gesichter gut erkennbar über die versammelten Feen blickten. Rayanne, Eurin, Aoibheall und ein vierter Feenmann, vermutlich der König von Albion. Er war die größte Fee, die ich bisher gesehen hatte. Sein Kopf befand sich auf halber Höhe von dem Megalith, neben dem er stand.

»Sie rufen jetzt alle, die in diesem Jahr gestorben sind«, erklärte Taméa.

Rayanne sprach als Erste. Klar und bestimmt klang ihre Stimme bis in die hintersten Reihen der Feen. »Coloman!«, rief sie. »Dee, Niamh, Sloan, Keeghan, Glenna!«

Bei manchen Namen folgten Klagelaute aus den Reihen.

Für mich waren es bloß Namen. Doch hinter jedem dieser Namen steckte eine Geschichte. Ein Leben, das gelebt worden war.

Flora, ergänzte ich. Ihr Name verdiente es, hier erwähnt zu werden. Ihre Geschichte, die viel zu früh endete, verdiente eine Erinnerung. Noch ein Name lag mir auf der Zunge, doch den schluckte ich runter. Ihn auszusprechen, glich einem Urteil. Selbst wenn sie durch das Feuer gestorben war, war ich nicht bereit, sie gehen zu lassen. Ohne ihren Geist an meiner Seite konnte ich nicht leben.

»Wir laden euch zu uns ein.« Rayanne trat einen Schritt zurück und machte Aoibheall Platz. Als die kleine Fee ihre Stimme erhob, sah ich sie.

Flimmernde Gestalten, die sich zwischen den Reihen bewegten. Durchsichtige Körper tänzelten durch die Menge wie verirrte Nebelschwaden.

»Sie sind hier«, flüsterte Taméa.

Ich keuchte. »Sind das …?«

»Die Toten.«

»G… Geister?« Die Haare auf meinen Unterarmen standen zu Berge.

Taméa lächelte. »Ich habe dir doch erzählt, dass die Toten heute zu uns kommen.«

»Ja, aber ich dachte, du meinst das im übertragenen Sinn.« Als ich einen Lufthauch in meinem Nacken spürte, setzte mein Herz einen Schlag aus. *Bitte …*

Ich wusste nicht, wofür ich flehte oder für wen. Bitte lass sie hier sein. Bitte lass sie nicht hier sein. Bitte lass mich sie noch einmal sehen. Bitte lass es nicht sie sein. Vielleicht auch alles gleichzeitig.

Als die kalte Hand meine Schulter berührte, schloss ich die Augen. Alles in mir drängte, mich umzudrehen, doch mein Herz hämmerte in meiner Brust. Wen würde ich sehen, wenn ich mich umdrehte? Würden sie alle da stehen oder nur eine von ihnen?

Langsam, als wäre ich selbst ein Geist, drehte ich mich um und wagte, die Augen zu öffnen. Am liebsten wäre ich ihr um den Hals gefallen, doch ich wusste, dass ich bloß Luft in meinen Händen hielt.

»Flora«, flüsterte ich. Heiß stiegen mir die Tränen in die Augen. Ich wagte nicht, an ihr vorbeizuschauen, aus Angst, noch jemanden dort stehen zu sehen.

»Sie ist nicht hier«, sagte eine tiefe Stimme neben ihr. Eine Stimme, die ich seit Jahren nicht mehr gehört hatte, die meine Unterarme aber sofort mit Gänsehaut überzog.

»Papa!«

Bis vor wenigen Sekunden hatte ich angenommen, dass nur die Toten erschienen, die im letzten Jahr verstorben waren. Doch jetzt … Am liebsten wäre ich ihm in die Arme gefallen.

»Sie lebt.« Seine Stimme war kaum mehr als ein Lufthauch.

»Du hast sie nicht getötet, genauso wenig wie du mich getötet hast. Lass los!« Floras Stimme klang weich. Keine Spur von Hass, nicht wie die Flora in meinem Traum.

»Du bist nicht wütend auf mich?«, krächzte ich.

»Es war meine Zeit. Du hättest nichts dagegen tun können.«

»Es tut mir so leid …«

»Ich weiß. Aber es gibt nichts …«

»Nimm meine Entschuldigung einfach an!«, fiel ich ihr ins Wort.

Flora lächelte und nickte. Kein Wort, kein Widerspruch, bloß diese einfache Geste. Trotzdem löste sich bei ihrem Nicken etwas Schweres, Dunkles von meiner Brust und polterte in die Tiefe. Etwas, das dort schon viel zu lange gesessen hatte.

»Lass los«, flüsterte Flora erneut. »Lass mich gehen.«

Jetzt nickte ich. Floras Gestalt begann zu verblassen. Ein einziger Windstoß reichte aus, um sie davonzutreiben wie eine Feder. Zurück blieb ein Loch, doch das war nicht dunkel oder ohne Boden. Es war tief, aber gefüllt mit Frieden. Sie hatte mir vergeben!

Ich schaute zu meinem Vater, der ebenfalls lächelte. Sehnsucht jagte wie ein Dolch durch meinen Bauch. Seine weichen Gesichtszüge, seine roten Locken, seine schlanke Nase. Mir war es vorher nie aufgefallen, wie sehr ich ihm ähnelte. Vielleicht wäre mir das, würde er noch leben.

»Ich sag Mama hallo von dir, wenn ich zurückkomme.«

»Darauf zähle ich. Deine Zeit ist noch nicht gekommen. Vergiss das nicht. Entscheide dich, zu leben! Lass dich nicht täuschen.« Seine Augen blickten unendlich traurig. »Ich hätte für dich da sein sollen.«

Protestierend öffnete ich den Mund. Ich wollte ihn fragen, was er damit meinte, aber der Wind trug auch ihn davon.

»Mitternacht ist vorbei«, sagte Taméa hinter mir. »Der Schleier zwischen den Welten ist wieder geschlossen.«

»Ich wollte noch so viel sagen.« Meine Stimme klang wie ein Rabe.

»Es gibt nie genug Worte. Aber es ist besser für sie, wenn sie gehen können.«

Ihre Augen gingen durch mich durch, auf einen Punkt in weiter Ferne, irgendwo hinter mir. Auch sie hing ihrer Begegnung nach.

Um uns herum begann die Menge sich aufzulösen. Stimmen wurden lauter, als die Feen sich auf den Rückweg zu den Zelten begaben.

»Was passiert jetzt?«, fragte ich.

»Jetzt wird gegessen, getrunken und gelacht«, antwortete Taméa. Diesmal reichte das Lächeln bis zu ihren Augen.

Als ich am nächsten Morgen aufwachte, fühlte ich mich wie ein Eisklotz. Ich strampelte die dicke Wolldecke zur Seite und versuchte, meine steifen Glieder aufzuwärmen. November. Zeit, sich mit einer warmen Decke und einem Tee auf dem Sofa zu vergraben. Definitiv zu kalt, um draußen zu zelten. Durch die Tänze und den Alkohol gestern Nacht hatte ich die Kälte nicht gespürt. Jetzt schlug sie mir mit geballter Faust ins Gesicht.

Ich schlurfte zur Waschschüssel am Fußende von Taméas Schlafmatte. Ein Stöhnen drang aus dem Deckenberg hervor. Ich wusch ein paar Mal mit dem eisigen

Wasser über mein Gesicht, um den letzten Rest der roten Farbe zu entfernen. Das meiste klebte ohnehin an meinem Kleid von gestern Nacht und an der Schlafmatte. Gegen die Kopfschmerzen half jedoch auch das Eiswasser nicht.

»Du siehst aus, wie ich mich fühle.« Die mitleiderregende Stimme kam von der Seite. Taméa hatte sich aufgesetzt und schaute mich aus kleinen Augen an.

»Danke«, brummte ich.

Immerhin hatte sie es gestern Nacht noch geschafft, ihr Gesicht gründlich zu waschen. Vorsichtig streckte ich den Kopf aus dem Zelt. Im Lager herrschte bereits reges Treiben. Zelte wurden abgebaut, Wagen wurden beladen. Ich sah Rayanne, die gerade dabei war, ihr Zelt zusammenzurollen.

»Ihr seid wach!«, rief Muirne ein paar Meter weiter, als sie meinen Kopf entdeckte. »Dachte schon, wir müssten Craig holen, damit er euch mit seinem Bellen weckt. Baut das Zelt ab. Wir brechen bald auf!«

Das Frühstück bestand aus einer Portion Haferbrei, die wir eilig zwischen dem Zeltabbau hinunterschlangen. Mehr hätte ich an diesem Morgen ohnehin nicht runterbekommen. Ich verstaute mein Gepäck auf dem Karren und warf einen letzten Blick zurück auf den Ort, an dem ich die vergangenen vierundzwanzig Stunden so viele Wunder erlebt hatte, dass es für ein halbes Leben reichte.

Nur noch wenige Feen waren mit dem Abbau der Zelte beschäftigt. Die meisten waren längst aufgebrochen in alle Himmelsrichtungen, auf ihren Heimweg in die ganze Welt.

Am Horizont versank bereits die Sonne, als wir für die Nacht Halt machten. An einem Felsen, der vor Wind schützte, schlugen wir unser Lager auf. Wir banden einige Zeltplanen zusammen und spannten sie über dem Felsen auf. Dicht beieinander lagen wir auf unseren Schlafmatten, sodass ich den Atem meines Nachbarn in meinem Nacken spürte. Das Loch in meinem Bauch beschwerte sich über die spärliche Menge des Essens. Trotzdem schlief ich schnell ein.

Draußen herrschte tiefe Nacht, als meine volle Blase mich weckte. Vorsichtig schlich ich über die Feen und versuchte, über keine Köpfe zu stolpern, oder auf Finger oder – Danu bewahre – Ohrenspitzen zu treten. Der klare Sternenhimmel begrüßte mich, doch morgen früh würde es spätestens regnen. Das spürte ich.

Schnell verschwand ich auf der anderen Seite hinter dem Felsen, um mein Bedürfnis zu erledigen. Ich wollte mich nur so lange wie unbedingt nötig in der kalten Nacht aufhalten. Die Vibration in meinen Knochen traf mich wie ein Hammer. Sie befahl mir, ihr zu folgen. Ich wusste, was an deren Ende lag. Avebury lag im Norden von Stonehenge und wir gingen nach Norden. Das sanfte Ziehen konnte nur eins bedeuten: Der Steinkreis lag keine dreihundert Meter von mir entfernt. Mein Weg nach Hause war nur ein paar Meter von mir entfernt. Zu meiner Mutter … zu Annie. Mein Herz flatterte. Ich musste nur loslaufen. Sobald die Sidhe meine Abwesenheit bemerkten, konnte ich bereits über alle Berge sein. Ich lehnte an dem Felsen, um meine zitternden Beine zu beruhigen. Mein Blick wanderte hinauf zu den Sternen. Kein Geräusch drang über die weite Heidelandschaft. Die Zeit schien stillzustehen. Nur ich und das Vibrieren in meinen Knochen. Dort hinten winkte mein Zuhause mit allem, was ich liebte: eine moderne Welt, ein gefüllter Kühlschrank, meine Zeichenutensilien. Heiße Schokolade, eine lange Zugfahrt mit Musik.

Das Leben hier war ursprünglich, einfach. Ich konnte mich an jeden einzelnen Tag, den ich bisher in der Anderswelt verbracht hatte, erinnern, als wäre er gestern gewesen. An wie viele Tage konnte ich mich aus meinem alten Leben so genau erinnern? Jeden Tag lernte ich etwas Neues über mich, über meine Fähigkeiten und warum ich existierte. Ich war an dem Ort, wo ich sein sollte. Die Sidhe waren wie ich. Hier musste ich mich nicht verstecken. Hier musste ich keine Angst haben, vor einer Entdeckung oder vor mir selbst. Alles, was ich mir immer gewünscht hatte. Eine Träne lief über meine Wange. Schon lange war mein Entschluss gefallen. Das wusste ich jetzt. Vielleicht hatten mich die großen Augen überzeugt, mit denen die Feen mich auf dem Samhain-Fest betrachtet hatten. Die Hoffnung und der Unglaube. Vielleicht war es auch der Stamm der Sidhe gewesen. Schnell wischte ich die Träne weg. Ich fühlte mich wie eine Verräterin, als ich mich umdrehte und zum Zelt zurücklief. Trotzdem wusste ich in meinem Herzen, dass ich die richtige Entscheidung getroffen hatte.

Taméas Augen waren geöffnet, kaum dass ich mich zurück auf meine Matte legte. Sie sah mir zu, während ich meine Decke richtete und versuchte, es mir auf der harten

Matte bequem zu machen. Ich wollte gerade die Augen schließen, da formte ihr Mund ein tonloses, aber unverkennbares Wort. »Danke.«

Kapitel 24

Annie

Der Rauch der Zigarette verschmolz mit der Dunkelheit der Nacht, als Annie ausatmete. Sie genoss das sanfte Brennen in ihrer Lunge und schaute gleichzeitig verächtlich auf den Glimmstängel in ihrer Hand herunter.

Nicht einmal das kriegst du hin!

Sie atmete den Geruch nach Zigaretten, der an ihren Klamotten haftete, und die bittere Note von Alkohol ein. Ein Geruch, der sie vor einem Jahr noch in Erregung versetzt hätte.

Jetzt löste er ein Seufzen in ihr aus. Gott, waren wirklich nur etwas mehr als zwei Monate seit dem Tag am Steinkreis vergangen? Manchmal fühlte sich die Zeit an wie eine ganze Lebensspanne.

Sie zog ihren schwarzen Mantel fester an sich, um dem kalten Wind auszuweichen. Ihr Oberkörper war zwar gut eingepackt, doch das enge schwarze Satinkleid ihres Vampirkostüms schützte ihre Beine nicht, die von einer Gänsehaut überzogen wurden.

Die Nacht wirkte friedlich. Nur von dem dumpfen Dröhnen der Musik aus dem Club hinter ihr wurde die Stille durchbrochen.

Schritte näherten sich von hinten. »Eintritt kostet zehn Euro, Happy Hour ist ab zweiundzwanzig Uhr«, verkündete Lian und rieb sich energisch die roten Hände. Das schwarze Jackett des Dracula-Kostüms schmeichelte seinen breiten Schultern. Seine schulterlangen dunkelbraunen Haare trug er in einem lässigen Zopf zusammengebunden.

Ein letztes Mal zog Annie an ihren Zigarettenstummel und entsorgte den glimmenden Rest im Aschenbecher neben ihr. Sie legte den Kopf in den Nacken und blies den Rauch in den Himmel. Dann holte sie den Lippenstift aus ihrer Handtasche und fuhr die Konturen ihres Mundes nach. »Wie sehe ich aus?«

»Du wirst jeden Vampir da drin blenden«, sagte Lian und grinste.

Annie würgte. »Das war mit Abstand das Kitschigste und Schlimmste, das ich jemals aus deinem Mund gehört habe. Ich werde mein Bestes geben, das zu vergessen.«

»Dann sollten wir reingehen, damit ich meinen Mund auswaschen kann.« Er schmunzelte.

»Schon besser!«

Lian streckte ihr eine Hand entgegen und sie nahm sie mit einem Lächeln.

Vor dem Eingang hatte sich bereits eine beträchtliche Schlange gebildet. Fröstelnd wandte Annie den Blick zum Himmel. Jetzt, wo die Temperaturen unter zehn Grad gefallen waren, wirkten die Sterne noch kälter als sonst.

Sie versuchte, ein Augenrollen vor Lian zu verbergen, als sie die Schlange vor ihnen betrachtete. Genauso gut könnte sie sich herumdrehen, den nächsten Bus nach Hause nehmen und einen Film schauen. Feli hätte das getan. Sie hätte heute Nacht sowieso nicht hier sein dürfen, nicht bei dem, was sie inzwischen wusste. In einer Nacht, in der der Schleier zwischen den Welten so dünn war. Sie vertrieb den gruseligen Gedanken.

Was ist aus mir geworden? Ich freue mich noch nicht einmal auf eine einfache Party!

Und trotzdem stehst du hier, an einem Ort, wo du gar nicht sein möchtest und setzt wieder die alte Maske auf. Deutlich hörte sie die Antwort ihrer Gedanken, gesprochen von Felis Stimme, in ihrem Kopf.

Das ist nicht wahr, protestierte Annie.

Ich bin ein Produkt deiner Fantasie. Du kannst vor mir nichts verstecken.

Und seit wann bist du mein Gewissen?

Seit deins offensichtlich kaputt ist.

»Ich werde dir zeigen, dass ich genau jetzt an diesem Ort sein möchte. Bist du dann zufrieden?«, flüsterte Annie.

»Alles in Ordnung?«, fragte Lian.

»Mir geht's bestens«, erwiderte Annie, eine Spur zu kalt.

Lian runzelte die Stirn.

Nein, ich möchte, dass du du selbst bist.

Felis Worte hinterließen ein scharfes Ziehen in ihrem Bauch. Sie schüttelte den Kopf. Sie musste ihr Gespenst aus ihrem Kopf vertreiben, und das ging am besten, indem sie in diesen Club ging und sich auf andere Gedanken brachte.

Annie nahm ihr Getränk aus Lians Hand und nippte am Strohhalm.

Belustigt funkelten Lians Augen, doch Annie erkannte auch die Sorge darunter. »Dein wievieltes ist das jetzt?«

Sie zuckte mit den Schultern. »Spielt das eine Rolle? Es ist Halloween!«

Skeptisch betrachtete Lian sie. »Hältst du es noch durch bis Mitternacht?«

Annie schnaubte. »Ich bin nicht zwölf!«

»Im Moment bin ich mir da nicht so sicher.«

»Was soll das heißen?« Annie nahm den Strohhalm von ihren Lippen.

»Gar nichts. Ich gehe auf Toilette. Versprich mir, dass du noch hier stehst, wenn ich wiederkomme.«

Schnaubend drehte sich Annie zur Theke herum. Glaubte er, dass sie das bisschen Alkohol nicht bei sich behalten konnte? Es war schließlich Happy Hour und sie würde diese Feier nicht nüchtern verlassen. Erneut nippte sie am Strohhalm und beobachtete das Meer an Personen, die vor ihr auf und ab hüpften. Annie wusste nicht, wie viele Menschen in diesen Saal passten, doch »The Veil« war einer der größten Tanzclubs Magdeburgs. Sie hatte nicht den leisesten Schimmer, wer auf diesen Namen gekommen war oder was er zu bedeuten hatte. Außer dem Kunstnebel deutete nichts auf einen Schleier hin.

»Und was macht dich einzigartig?«, sagte eine tiefe Stimme hinter ihr.

Annie drehte sich um. »Sorry?«

Dunkle Augen musterten sie undurchschaubar. Gekrönt wurden sie von zwei buschigen Augenbrauen, scharfen Wangenknochen und vollen Lippen, die sich zu einem süffisanten Grinsen verzogen hatten. Annie befeuchtete ihre Lippen bei der Vorstellung, wie sich die Muskeln des Mannes unter seinem zugegeben lächerlichen Sträflingskostüm bewegten.

»Jeder Mensch denkt heutzutage, er sei einzigartig. Also, was macht dich unersetzbar?«

Annie schnaubte. Der Inhalt des Glases in ihrer Hand schwappte nach oben, als sie den Arm bewegte. »Was ist das für ein bescheuerter Anmachspruch? Hattest du damit jemals schon Erfolg?«

Der Mann grinste und offenbarte schneeweiße, gerade Zähne. *Scheiße, sogar sein Gebiss ist sexy*, dachte Annie verschwommen.

»Alex«, stellte er sich vor.

»Annie.«

»Er funktioniert bei einzigartigen Menschen«, sagte Alex und trat dabei näher an sie heran. Gänsehaut rann über Annies Rücken. Sie richtete sich auf und schaute ihm fest in die Augen. »Oh, ich *bin* einzigartig. Du musst disch allerdings ein bisschen mehr anstrengen als das, um herauszufinden auf welche A… Art«, lallte sie in sein Ohr.

Die letzten Töne des Lieds verschmolzen mit dem Beginn einer Rockhymne. Die Scheinwerfer wechselten ihre Farbe von blau zu einem blinkenden Rot. Um sie herum jubelte die Menge.

Alex legte den Kopf schief. »Beweis es!«

Annie wich einen Schritt zurück und schaute ihn verächtlich an. »Ich muss dir gar nichts beweisen.« *In diesem Jahr habe ich genug bewiesen. Ich habe Welten kennengelernt, von denen du nur träumst. Ich bin durch ganz Schottland gefahren und habe Feenmagie überlebt. Ich bin der einzigartigste Mensch im gesamten Raum!*

Alex wandte sich ab. »Schade, also doch nur gewöhnlich.«

Mit geballten Händen musterte Annie sein kantiges weißes Gesicht von der Seite, wie er den Raum beobachtete. Ihr Blick glitt zur Tribüne, auf der der DJ gerade auf und ab hüpfte. *Du willst einzigartig, arroganter Schnösel? Wart's ab!*

Sie zog ihr enges Kleid gerade, exte den Rest ihres Glases und machte sich auf den Weg in Richtung Bühne. Die verärgerten Ausrufe ignorierte sie, als sie sich durch die Menge drängte. Letztendlich spielte nichts im Leben eine Rolle. Sie hatte nichts zu verlieren. Sie hatte bereits alles verloren!

Die Blicke dutzender Menschen im Saal ruhten auf ihr, als sie auf die Bühne trat. Ihre Mundwinkel verzogen sich zu einem Lächeln. Ein altbekanntes Gefühl machte sich in ihr breit. Eines, das sie schon sehr lange nicht mehr gespürt hatte. Die Macht des Raumes, die in ihren Händen lag; endlich wieder die Aufmerksamkeit, die allein ihr gebührte. Das Rauschen des Adrenalins. Der DJ klatschte in die Hände und pfiff ihr ermunternd zu, während drei weitere Frauen und ein Mann ihr auf die Bühne folgten. Er drehte den Bass auf, und Annie begann zu tanzen. Die Menge johlte begeistert. Sie wusste, welche Wirkung ihr Körper hatte, besonders in dem schwarzen Kleid. Trotzdem empfand sie keine Freude, eher einen wütenden Trotz. Sie war einzigartig. Sie versank nicht in der Menge und sie war kein Langweiler! Die Ereignisse des letzten Jahres würden sie nicht besitzen! Nichts davon würde sie mit ins neue Jahr nehmen. Sie würde die Feen vergessen, sie würde S.T.A.R.S. vergessen.

Annie hörte auf zu tanzen. Ihre Lungen drohten zu platzen.

Ein letztes Mal hob sie vor der jubelnden Menge die Hand und stieg so selbstbewusst, wie ihre schmerzenden Füße und ihr schwummriger Kopf das erlaubten, von der Bühne. Unten angekommen, wischte sie sich den Schweiß von der Stirn und schnaufte, während das Blut in ihren Ohren rauschte. Eine Hand berührte von hinten ihre Schulter und sie zuckte zusammen.

»Also doch nicht gewöhnlich«, raunte Alex ihr ins Ohr.

Annie brachte bloß ein verzerrtes Grinsen zu Stande. Der Raum um sie herum drehte sich.

»Ich gebe dir den nächsten Drink aus, und dabei besprechen wir, wie wir den Rest des Abends verbringen. Wie hört sich das für dich an?«, schlug er einladend vor.

»Großartig«, murmelte Annie. Sie griff nach Alex' ausgestreckter Hand und folgte ihm durch den Raum.

Bist du komplett bescheuert? Was möchtest du hier beweisen? Felis Stimme schoss scharf und schneidend durch ihren Kopf.

Du gönnst mir kein bisschen Spaß, oder?, blaffte Annie zurück.

Du weißt nicht einmal, wer er ist und lässt dir von ihm einen Drink ausgeben.

Ich kenne mindestens ein Dutzend Männer wie ihn. Ich weiß, wie ich mit ihnen umgehe.

Wenn es so wäre, würdest du nicht einfach mit ihm mitgehen.
Halt die Klappe! Ich brauche dich nicht als Babysitterin!
Du wärst komplett verloren, würde ich dich nicht babysitten!
Du bist noch nicht einmal hier!
Und wessen Schuld ist das, hm?

»Halt die Klappe!«

Annie realisierte erst, dass sie die letzten Worte laut ausgesprochen hatte, als Alex sich stirnrunzelnd zu ihr umdrehte. »Hast du was gesagt?«

»Pina Colada«, antwortete Annie. »Ich hätte gern eine Pina Colada!«

Alex lächelte. »Kommt sofort!«

In Annies Kopf schrillten die Alarmglocken, dass sie irgendwas Wichtiges übersehen hatte, doch sie war zu müde und zu durstig, um einen weiteren Gedanken an das Warnsignal zu verschwenden. Sie lehnte an einem der kleinen Stehtische und wartete, bis Alex mit zwei Getränken zurückkam.

»Happy Halloween!«, rief Alex und hob sein Glas in die Luft.

Annie setzte ihren Cocktail an den Mund. Beim Trinken sah sie Alex dunkle Augen auf sich gerichtet, und Annie lächelte verstohlen. Wenn sie in diesen Augen heute Nacht noch baden würde, hätte sie nichts dagegen.

Sie trank einen Schluck vom Cocktail, doch kaum hatte sie den süßen Inhalt runtergeschluckt, drang ein Teil ihres Mageninhalts zurück in die Speiseröhre. Annie schluckte schwer und schmeckte die bittere Säure auf ihrer Zunge. Ihr Magen revoltierte. Das wievielte Getränk war das jetzt? Sie hatte wirklich den Überblick verloren.

»Kannst du das mal für ein paar Minuten halten? Ich muss auf die Toilette.«

Alex lächelte. »Kein Problem!«

Annie holte tief Luft und schob sich an zwei tanzenden Mumien vorbei, darauf konzentriert, einen Atemzug nach dem anderen in ihre Lungen zu holen. Nach einer quälend langen Odyssee durch den Pool an Menschen, erreichte sie die Damentoilette. Erfolglos versuchte sie sich mit dem schwarzen Kleid Luft zuzufächeln.

Zum Glück musste sie auf keine freie Kabine warten. Als sie sich die Haare aus dem Gesicht hielt und über die Kloschüssel beugte, brachte sie jedoch nur ein Würgen zu Stande. Schnaufend lehnte sie sich an die dunkle Trennwand. Die Übelkeit schwappte in Wellen in ihrem Magen.

Jemand klopfte gegen die Tür. »Hey, alles okay da drin?«

»Ja, geht schon wieder.«

Annie wartete, bis sich ihr Herzschlag beruhigt hatte und schloss die Tür auf. Eine Frau stand vor der Tür, vermutlich Mitte zwanzig mit langen blonden Haaren und einem hohen schwarzen Hexenhut. »Hast du eine Sauerei hinterlassen?«

Verächtlich schnaubte Annie. »Ne, alles sauber.«

Die Frau wackelte an ihr vorbei in die Kabine.

Seufzend stützte sich Annie auf die perlweißen Waschbecken. Zwei weitere Hexen standen neben ihr. Eine wusch sich gerade die Hände, während die andere ihren Lippenstift nachzog. Annie betrachtete ihr eigenes Spiegelbild. Sie sah besser aus, als erwartet, ließ man die kleinen, betrunkenen Augen weg, die ihr entgegenstarrten.

Im Stillen dankte sie dem Make-up. Sicher ähnelte ihr Gesicht darunter den Farben der Wandfließen.

Die Frau rollte ihren Lippenstift ein und warf einen skeptischen Blick zu ihr herüber. »Geht's dir gut?«

Mit der Faust umfasste Annie ihre Kette. Ihr Hals schnürte sich zusammen. »Natürlich geht's mir gut! Warum fragt alle Welt, wie es mir geht?«, blaffte sie.

Abwehrend hob die Frau die Hände, und Annie bereute ihre Worte sofort. »Sorry, du siehst eben nicht gut aus.«

»War ein anstrengender Tag«, murmelte Annie.

»Schöne Kette«, meinte die Frau und folgte Annies Blick auf den grünen Smaragd.

Annie nickte nur. Eine neue Welle der Übelkeit überkam sie. Mit den Fingern fuhr sie über das silberne Band, das an einigen Stellen bereits dunkle Flecken aufwies. Der raue Wind der Highlands und die salzige Meeresluft hatten dem Band zugesetzt. Kein einziges Mal hatte Annie die Kette abgelegt, weder beim Duschen oder beim Schlafen. Doch was für einen Sinn hatte das jetzt noch? Die Person, der sie galt, war nicht mehr da. Ebenfalls würde keine Fee nachts in ihr Zimmer kommen. Sie interessierten sich nicht für sie.

Was sie dafür geben würde, eine Fee in ihrem Zimmer stehen zu sehen! Was sie dafür geben würde, ihr gehörig in den Arsch oder die Kronjuwelen zu treten! Vielleicht bekamen sie dann den richtigen Ansporn, Feli wieder rauszurücken. Annie öffnete den Verschluss der Kette, um das Band im Detail zu betrachten. Es fühlte sich komisch an. Nackt, als hätte man ihr nach einem Jahr eine Halskrause ausgezogen, obwohl die Kette kaum größer als ein paar Millimeter im Umfang war. Sie betrachtete die angelaufenen Stellen, die wohl ein Juwelier bearbeiten musste. Da halfen auch keine Hausmittel mehr.

Die beiden Frauen gingen aus dem Bad, vertieft in ein Gespräch, und Annie blieb allein am Spiegel zurück.

Plötzlich erschien ihr der Raum doppelt so groß und die Decke begann sich zu drehen. Annie stützte sich ein zweites Mal am Waschbecken ab, um die schwarzen Punkte vor ihren Augen zu vertreiben.

Sie warf einen Blick in den Spiegel und zuckte zusammen. »Feli?« Hoffnungsvoll, mit klopfendem Herzen, drehte sie sich um. Hinter ihr befand sich nur die weiße Wand.

Annie schaute zurück in den Spiegel, wo Felis Gestalt ihr ausdruckslos über die Schulter starrte. Sie war blasser als Annie sie in Erinnerung hatte, aber das konnte auch an der hellen Umgebung liegen.

Ein weiteres Mal drehte Annie sich um. Hinter ihr befand sich immer noch keine Person. »Feli?« Ihre Stimme war kaum mehr als ein Wispern. Konnten Spiegel tatsächlich Geister zeigen, wie im Film?

»Warum kann ich dich sehen?«

Lag es an dem Schleier zwischen den Welten, der heute Nacht am dünnsten war? Konnte Felis Geist tatsächlich …

»Ich bin nicht wirklich hier«, sagte die Gestalt im Spiegel, obwohl sich ihre Lippen nicht bewegten. Ihre Stimme klang seltsam fern und blechern in ihrem Kopf, als wäre auf der anderen Seite des Spiegels der Empfang schlecht. Trotzdem war es unverkennbar Felis Stimme, die rief: »Du hast mich allein gelassen!«

»Was passiert hier?« Annie trat einige Schritte zurück. Sie blinzelte gegen das schwere Watteknäul an, das dabei war, sich über ihr Gehirn zu legen.

»Du hast mich aufgegeben«, sagte die seltsame Stimme.

»Ich habe nie … ich könnte nie«, antwortete Annie, diesmal laut. Sie zuckte beim Klang ihrer eigenen Stimme in dem hohen Raum zusammen.

Felis Augen blitzten bedrohlich. »Und doch hast du es getan. Du könntest nach mir suchen. Stattdessen feierst du Partys!«

»Was soll ich denn tun?«, rief Annie.

»Ich sterbe. Jeden Tag rückt mein Schicksal näher.«

»Es tut mir so leid«, sagte Annie, mehr eine Bitte als eine Entschuldigung.

»Es ist deine Schuld!«, blaffte die Stimme, von der Annie sich inzwischen sicher war, dass sie doch nicht zu Feli gehörte. Feli würde so etwas nie sagen.

»Ich sagte, es tut mir leid!«

Immer wieder wisperte sie dieselben Worte wie eine Drohung. *Deine Schuld!*

Mit einem Aufschrei schlug Annie mit der Faust auf den Spiegel ein. Schmerz schoss heiß und gleißend durch ihre Hand, als das Glas unter der Wucht des Aufpralls zerbrach.

Die Scherben fielen klirrend in das Waschbecken und gaben den Blick auf die steinerne Wand dahinter frei. Keine andere Dimension, keine Feli. Nur weißer, kalter, toter Stein. Hinter Annie keuchte jemand erschrocken.

Tranceartig starrte sie auf das Blut, das von ihrer Hand auf den Boden tropfte, und vor ihren Augen verschwamm.

»Oh mein Gott, geht es dir gut?« Die blonde Frau von eben eilte herbei und betrachtete mit großen Augen das Massaker.

Annie öffnete den Mund, doch eine seltsame Schwere hatte sich auf ihre Zunge gelegt. Das Bild der Frau verblasste vor ihren Augen und sie spürte, wie ihre Beine unter ihr nachgaben. Jemand fing sie auf, bevor die Dunkelheit sich über sie legte.

Kapitel 25

Annie

Der fade Geschmack in Annies Mund ließ sich auch durch Schlucken nicht vertreiben. Sie öffnete die schweren Augenlider und starrte an die weiße Zimmerdecke. Wo war sie?

Das war nicht ihr Zimmer, nicht ihre Bettwäsche und auch nicht ihr Bett. Für ein Boxspringbett besaß sie definitiv kein Geld, doch es war verdammt bequem. Als nächstes spürte sie das Stechen in ihrer rechten Hand. Sie schaute auf den Verband hinunter, der ihren Handrücken bedeckte, und strich mit den Fingern darüber. Ihre Haut antwortete mit einem Pochen. Vorsichtig schob sie den Verband zur Seite und zog scharf die Luft ein, als sie den Zustand des Körperteils sah. Verkrustete Wunden schmückten die Knöchel ihrer Finger. Darunter thronten hässliche rote und blaue Flecken. Langsam bewegte sie die Hand. Problemlos ließ sie sich öffnen und schließen. Kein Bruch also, vielleicht geprellt. Die Uhr an der Wand über der Tür zeigte zehn Uhr morgens an. Mit der Hand tastete Annie an die andere Seite des Bettes. Sie atmete laut aus, als sie keinen Körper spürte, doch die Decke war zurückgeschlagen und das Laken warm. Bis vor Kurzem hatte jemand dort gelegen. Mit klopfendem Herzen, dessen Schläge schmerzhaft in ihrem Kopf widerhallten, hielt Annie die Decke hoch. Noch immer trug sie ihr schwarzes Satinkleid. Die Strumpfhose hatte man ihr ausgezogen. Ihre Schuhe sah sie am anderen Ende des Bettes vor dem massiven Kleiderschrank. Große Fenster sorgten für Licht in jeder Ecke des Raums. Das geräumige Zimmer war spartanisch eingerichtet. In einer kleinen Nische des Zimmers sah sie einen Arbeitsbereich mit einem Schreibtisch, einem Regal und einer großen Lampe. Je mehr sie sich umschaute, desto mehr wusste sie, dass sie hier schon einmal gewesen war. Doch sie konnte den Raum genauso wenig einordnen, wie sie sich erinnern konnte, was letzte Nacht passiert war.

Sie setzte sich auf und hielt sich für wenige Sekunden den Kopf, um das Dröhnen des ausgewachsenen Katers abzuwarten. Ihr Herz schlug schmerzhaft gegen ihre Rippen. Das war eine Katastrophe, ein Desaster! Ihr Hals schnürte sich zu. Wie hatte sie gestern Nacht so die Kontrolle verlieren können?

Sie zuckte zusammen, als die Zimmertür sich öffnete und hob reflexartig die Bettwäsche über ihren Oberkörper. Bei Lians Anblick in der Tür hätte sie fast vor Freude geweint.

»Morgen, Schlaftablette«, grüßte er. »Willst du was essen?«

Lian, natürlich!

Beim Gedanken an Essen schnürte sich Annies Magen zu. Lian betrachtete sie mitleidig und stellte ihr ein Glas Wasser ans Bett. »Du solltest dich sehen. Du siehst aus wie von einem Nashorn überrannt.«

»So schlimm?«, fragte Annie.

Lian setzt sich an die Bettkante und beobachtete, wie Annie das Glas Wasser exte.

»Danke«, keuchte sie und stellte das Glas auf den Boden.

Lians Blick fiel auf ihre Hand. »Ich glaube nicht, dass die gebrochen ist. Aber du solltest definitiv einen Arzt draufschauen lassen.«

Annie nickte monoton. »Was ist gestern Nacht passiert?«

»Ich weiß nicht, sag du's mir! Als ich von der Toilette kam, hast du auf der Bühne getanzt.«

Bei der Erinnerung biss Annie sich auf die Lippen. Sie räusperte sich. »Ja … nicht einer meiner Glanzmomente.«

»Danach bist du in die Arme von irgendeinem Typ gelaufen. Ich wollte euch nicht stören, aber als ich sah, wie er dir was ins Getränk mixte, bin ich dir gefolgt. Du kamst nicht aus der Toilette raus, also bin ich rein. Dort lagst du in den Armen von einer ängstlichen Frau, bewusstlos, die Hand blutig geschlagen und Scherben überall um dich herum. Gott sei Dank weiß ich, wie man sich um Wunden kümmert. Was hast du dir dabei gedacht? Erst betrinkst du dich hemmungslos, dann lässt du mich stehen, obwohl wir zusammen feiern wollten, und verschwendest keinen Gedanken daran, wer dich abschleppt, sondern auch, wie? Stell dir vor, du wärst heute Morgen in seinem Bett aufgewacht anstatt in meinem. Wer weiß, was er mit dir angestellt hätte!«, rief Lian aufgebracht.

Annie senkte den Blick. Sie presste schuldbewusst die Lippen zusammen. »Tut mir leid!«

Lian hatte recht.

Mit allem, was er sagte. Sie hatte gestern Nacht nicht nur seine Freundschaft missbraucht, sondern ihm auch die Halloweennacht versaut.

»Du musst dich ein bisschen mehr anstrengen als eine einfache Entschuldigung«, entgegnete Lian. »Es gibt einen Unterschied zwischen Betrinken, um Spaß zu haben und selbstzerstörerischem Verhalten.«

»Ich war nicht ich selbst«, antwortete Annie. Eine schlechte Ausrede, das wusste sie. Doch ihre Scham machte ihre Fehler nicht ungeschehen.

»Das habe ich gemerkt …« Lian schaute sie erwartungsvoll an, als würde ihm die Erklärung immer noch nicht reichen.

»Du bist nicht du selbst, seit du im August von deiner Reise wiedergekommen bist. Ich kann verstehen, dass dich das Verfahren gegen dich mitgenommen hat. Ich habe das im Fernsehen verfolgt. Ich kann mir nicht vorstellen, wie das für dich gewesen sein muss. Die Infos, die nach Deutschland gekommen sind, waren leider spärlich«, sagte Lian mitfühlend.

»Glaubst du, ich habe es getan?«, fragte Annie leise. Sie kannte Lians Antwort auf die Frage.

»Wir hatten diese Unterhaltung bereits. Du bist ein ausgewachsenes Arschloch, Annie, aber keine Mörderin.« Lian lächelte. »Glaubst du, ich hätte den ganzen Herbst mit dir verbracht, wenn ich gedacht hätte, du hast jemanden umgebracht?«

Annie schüttelte den Kopf. »Es sind nicht nur die Ermittlungen.«

»Das dachte ich mir«, sagte Lian. Er saß ihr gegenüber auf dem Bett und schaute sie mit einfühlsamen Augen an. »Ich dachte mir auch, dass du es mir erzählst, wenn du soweit bist. Stattdessen ertränkst du deine Gefühle und stößt alle, die dir helfen möchten, von dir. Was ist auf dieser Reise passiert, von der du mir weder den Grund erzählen möchtest, noch warum du allein zurückgekommen bist?«

Annie wollte an ihre Kette packen und stellte fest, dass sie die nicht trug. Ein Blick zur Seite offenbarte, dass die Kette auf dem Nachttisch lag. Sie begegnete Lians Blick und suchte nach geeigneten Worten. Er verdiente die Wahrheit, doch die konnte sie ihm nicht sagen.

So musste Feli sich immer gefühlt haben.

»Du verdienst eine Antwort«, begann sie mit rauer Stimme. »Und nein, es geht mir nicht gut. Ich habe im Sommer jemanden verloren, der mir sehr viel bedeutet hat.«

Lian nickte langsam.

»Seitdem fühle ich mich wie eine Vase aus Glas, die kurz davor ist, zu zerspringen. Ich habe so viel Wut im Bauch. Wut auf mich, Wut auf Feli, auf die Welt, aber ich weiß nicht, wohin damit. Ich stecke fest! Das ist das schlimmste Gefühl, wenn du weinen willst, aber keine Tränen kommen. Also sitzt du nur still da, während dein Herz in tausend Stücke zerbricht und die Welt sich weiterdreht.«

Beim letzten Satz brach ihre Stimme. Sie wehrte sich nicht dagegen. Zitternd holte sie Luft, als die Worte endlich rauskamen. Wie Steine, die sich plötzlich in Federn verwandelten. Lian legte einen Arm um sie und Annie ließ ihren Kopf an seine Brust fallen. Das Dröhnen des Schmerzes passte sich Lians Herzschlag an. Annie konzentrierte sich auf ihre Atemzüge.

»Du kannst weinen, wenn du möchtest«, sagte Lian.

»Ich wünschte, ich könnte«, erwiderte Annie. »Ich bin so eine Idiotin. Ich hätte es sehen müssen. Ich hätte vorsichtiger sein müssen. Natürlich habe ich mir wieder den erstbesten Depp ausgesucht.«

»Du hättest es besser wissen müssen«, bestätigte er. »Aber was passiert ist, ist passiert.«

»Zu meiner Verteidigung, er war verdammt heiß", sagte Annie.

Lian schmunzelte. »Davon bin ich überzeugt. Ich bereue, ihn nicht von nahem gesehen zu haben.«

Annie löste sich aus seiner Umarmung.

»Also war es Felicia, die du verloren hast?«, fragte Lian nach einer Weile.

Annie nickte.

»Möchtest du mir von den Umständen erzählen?«

Die Bilder vom Ring of Brodgar tauchten vor ihren Augen auf; die Erinnerung an die Hitze, den gequälten Schrei und Feli, die brannte.

»Ich möchte nicht darüber reden.«

»Okay. Ich bin nur froh, dass du endlich ein bisschen redest.«

Annie richtete sich auf und streckte ihre Glieder, bis ihre Wirbelsäule knackte.

Sie fühlte sich tatsächlich wie von einem Nashorn überrannt. Ihre Beine schmerzten wie nach einem Marathon. Die Blasen an ihren Füßen hatte sie noch nicht gezählt. Das kommt davon, wenn man Heels zum Tanzen anzieht.

»Danke, dass du dich um mich gekümmert hast.«

Sie schaute auf die dunkle Nylonstrumpfhose, die auf dem Teppich neben dem Bett lag. Lian folgte ihrem Blick und schob sich eine lockige braune Haarsträhne hinter das Ohr. Sein weißes Schlafshirt spannte sich über seine Oberarme und brachte die Tattoos auf seiner braunen Haut zum Leuchten.

Er hat vollkommen recht, dachte sie. *Ich bin ein ausgewachsenes Arschloch, dass ich nicht erkenne, was direkt vor mir sitzt.* Lian war das, was sie am ehesten als besten Freund bezeichnen konnte. Er war die einzige Person, die sie zurzeit als Freund bezeichnen konnte, wenn sie es sich recht überlegte. Sie hatte ihn stehenlassen und er hatte sich trotzdem um sie gekümmert, obwohl sie es nicht verdiente. Genau wie Feli! Warum waren es immer die Menschen mit dem größten Herz, die sich zu herzlosen Personen hingezogen fühlten?

»Und wir haben sicher nicht …«, begann Annie.

Lian betrachtete sie mit einem Blick, der gleichzeitig Belustigung und Entsetzen ausdrückte. »Du bist unmöglich, Annie!«

Sie grinste.

Kapitel 26

Fell

Der erste Schnee fiel zwei Tage nach unserer Ankunft im Gleann nan Sidhe. Im Gegensatz zu dem Leben, das ich in den letzten Monaten bei den Feen kennengelernt hatte, wirkte das Tal nun wie ausgestorben. Das Leben spielte sich jetzt hauptsächlich im Sid ab. Die Sidhe versammelten sich in ihren Wohnstuben, schnitzten, reparierten Möbelstücke, nähten, und erzählten Geschichten des Tages, immer in Begleitung von Flöten- oder Harfenmusik. An keinem Abend fehlte die Musik. Immer hatte irgendjemand eine Knochenflöte in der Hosentasche. Obwohl die Kälte und die Dunkelheit des bevorstehenden Winters jetzt durch jede Ritze des Feenhügels drangen, ließen diese Abende die Sorgenfalten in den Gesichtern der Sidhe nur halb so tief wirken. Diese Abende waren eine Erinnerung, dass trotz der schweren Jahreszeit niemand allein war; ein Versprechen, dass der Frühling wiederkehren würde, und mit ihm die Sonne und das Grün.

Taméa und ich stapelten Feuerholz in unsere Körbe, um es in die Küche zu bringen, als die erste dicke weiße Flocke wenige Zentimeter vor meinen Augen zu Boden segelte. Blinzelnd legte ich meinen Kopf in den Nacken.

Tausende weiße Flocken hoben sich von dem grauen Himmel ab und bahnten sich langsam ihren Weg zur Erde. Eine setzte sich genau auf meine rote Nasenspitze, wo sie direkt schmolz. Ich wischte das Wasser mit dem Ärmel weg.

»Schnee!«, verkündete ich lautstark auf Gälisch. Inzwischen beherrschte ich ganze Sätze, litt aber oft unter Wortfindungsproblemen. Genauso brachte ich die Aussprache manchmal durcheinander, doch die meiste Zeit verstanden die Feen, was ich meinte. Im nächsten Frühling würde ich die Sprache vielleicht fließend beherrschen, nach vier Monaten eingeschlossen mit Feen in einem unterirdischen Berg.

»Damit ist dann endgültig Winter.« Taméa stellte ihren Korb voll Holz neben meinen leeren und rümpfte die Nase. »Wart's ab! Du wirst diesen Anblick noch leid.« Sie sprach immer seltener Englisch mit mir. Die Aussprache der englischen Worte fiel ihr genauso schwer wie mir die gälischen.

»Niemals!«, rief ich und kniff die Lider zusammen, damit die inzwischen murmelgroßen Flocken nicht in meine Augen fielen.

Taméa streckte die Hand aus, um eine Flocke abzufangen. Doch anstatt auf ihrer Haut zu schmelzen, wirbelte der Eiskristall erneut durch die Luft und schloss sich wieder seinen Geschwistern an.

"Wenn der Schnee fällt, bleibt die Zeit für einen Moment stehen«, murmelte sie. »Wenn der Schnee fällt, wird die

Welt still. Reglos. Beobachtend. Jedes Geräusch wird absorbiert, während sich die dicken weißen Flocken als kalte, aber kuschelige Decke auf die Erde legen. Jede Sorge, jeder Gedanke in deinem Kopf wird weggespült, und für einen Moment gibt es nur dich und den Schnee. Wir beobachten, wie die Natur langsam die Augen schließt und einschläft. Und mit der Gewissheit, dass sie wieder da sein wird, wenn wir erneut rausgehen, können wir ruhen. Denn das Leben fängt wieder von Neuem an."

»Das ist wunderschön. Woher stammt das?«

Taméa blinzelte, als hätte ich sie aufgeschreckt, und starrte wieder in den Himmel. »Oh, das? Nur ein paar Verse, die irgendwer mal gesagt hat. Ich finde sie schön. Sie fühlen sich abschließend und trotzdem zuversichtlich an.«

Auch ich streckte die Hand aus. Zuerst wirkte die Flocke, als wollte sie auf meiner Hand Trampolin springen. Es war nicht einfach, das richtige Maß zu finden, bei dem sie weder mit meiner Körperwärme in Berührung kam noch sofort wieder hinauf in den Himmel katapultiert wurde.

»Wir sollten reingehen.« Taméa schulterte ihren Korb. Ihre Augen verdunkelten sich. Sie schaute nach hinten, als wollte sie sich versichern, dass dort nichts lauerte. Nicht viele Sidhe befanden sich außerhalb des Sid. Die paar wenigen Gestalten um uns herum befanden sich ebenfalls in Aufbruchstimmung.

»Warum? Es ist bloß Schnee«, erwiderte ich.

»Es ist nicht der Schnee, der mir Sorgen macht, sondern das, was mit dem Schnee kommen kann.« Sie warf einen finsteren Blick zum Himmel. »Komm, der Winter ist da. Zeit, in den Sid zu …«

Der Rest ihres Satzes ging in einem Geräusch unter, das klang, als hätte man ein Megafon vor einen Wolf gehalten. Ein langgezogenes Bellen, das alle Geräusche im Umkreis des Fairy Glens verschluckte. Taméa hob den Kopf. »Wer kommt uns denn zu dieser Jahreszeit besu…«

Ein zweites Bellen erstickte auch diesen Satz. Ich zuckte zusammen und presste die Hände vor die Ohren.

»Nein!« Taméas Hände zitterten. »Das kann nicht sein. Der Winter hat doch gerade erst begonnen.« Ihr Korb fiel zu Boden. Das Holz verteilte sich auf der dünnen Schneeschicht. Sie spuckte ein Wort aus, das ich auch ohne Gälisch-Kenntnisse verstanden hätte. »Cac!«

»Was ist los?«, fragte ich alarmiert.

»Wir müssen weg!« Sie griff nach meinem Arm und zog mich mit. »Wenn Craig einmal bellt, bekommen wir Besuch. Wenn er zweimal bellt … werden wir angegriffen!«

»Von wem? Einem anderen Feenstamm?« Keuchend versuchte ich, mit Taméa mitzuhalten.

»Es gibt schon lange keinen Krieg mehr zwischen den Stämmen. Dafür sind wir zu wenige. Es ist eine Kreatur!« Sie spuckte das letzte Wort förmlich aus.

»Aber sagtest du nicht, dass wir durch unsere Magie geschützt sind?« Mein Atem flatterte, als das Adrenalin durch meine Adern pumpte.

»Es gibt eine Kreatur, der ist das herzlich egal«, knurrte sie. »Der Nuckelavee jagt, sobald der Schnee fällt. Wenn es Winter wird und er nicht mehr in der See gefangen gehalten wird. Aber normalerweise trifft es den Stamm auf dem Festland.«

»Der Nuckelavee?« Kälte kroch in mein Blut, und das lag nicht an den Außentemperaturen. In diesem Moment stieß Craig sein schicksalhaftes drittes Bellen aus. Ich presste die Hände auf meine Ohren. Für einen Moment tanzten schwarze Flecken vor meinen Augen, aber weitere Auswirkungen hatte das Bellen nicht.

Taméa blieb stehen. Der Versammlungsplatz bei der Spirale am Fuße des Sids glich einem aufgescheuchten Hühnerstall. Überall rannten Feen umher, brachten ihr weniges Hab und Gut in Sicherheit, das sie draußen lagerten. Immer mehr, die unseren Weg kreuzten, hielten Bögen in den Händen, Speere oder Klingen.

»Ich hatte gehofft, du würdest dieser Kreatur niemals begegnen«, flüsterte Taméa. Zum ersten Mal sah ich die blanke Angst in ihren Augen. »Lauf in den Sid! Versteck dich, so gut du kannst!«

»Was ist mit dir?«

»Ich bleibe hier und helfe den anderen.«

»Ich kann auch helfen!«

»Nein!« Taméas Augen sprühten Funken. »Du bist noch nicht so weit. Was sollen wir machen, wenn du tot bist?«

Ich wich vor ihr zurück. Sie hatte recht. Die gefährlichste Waffe, die ich bisher in die Hände genommen hatte, war ein Küchenmesser.

Und damit hatte ich mich geschnitten. Ich würde eine Last für sie sein. Eine Last, deren Tod nicht nur ärgerlich war, sondern eine Katastrophe.

Der Ausdruck in ihren Augen setzte meine Beine in Bewegung. Ich rannte den Sid hinauf, bis sich der erste Eingang in das unterirdische Höhlensystem vor mir auftat.

Danach lief ich in den Tunnel, bis das Tageslicht bloß noch ein kleiner Kreis am unteren Ende war. Dort warf ich den Korb ab und sank, nach Atem ringend, mit dem Rücken zur staubigen Wand zu Boden. Ich schlang die Arme um meine Beine und versuchte, aus dem Stimmengewirr von draußen etwas zu verstehen. Zwecklos! Die Entfernung war zu groß.

Ich brauchte nicht viel Fantasie, um zu ahnen, was der Nuckelavee jagte. Welche Feen schmeckten ihm wohl am besten? Die jungen, die sich zur Wehr setzten oder die Alten, die die Kreatur einfach nur fangen musste? Vielleicht auch kleine, hilflose Wechselbälger, die in Höhlen kauerten? Zitternd versuchte ich das Bild von einem riesigen Maul zu verdrängen, das auf mich zustürzte.

Draußen verstummten die Rufe. Die Sidhe warteten. Auf das Auftauchen der Kreatur oder auf einen guten Schuss. Wie viele von ihnen warteten auf den Tod?

Jeder Moment, der verstrich, knabberte an meinen Nerven wie ein Reh an den frischen Baumtrieben im Frühling. Ich rieb meine zitternden Fingerknöchel aneinander.

Die Höhle kam mir plötzlich schrecklich groß und dunkel vor. Trotz der Fackeln an den Wänden. War ich die Einzige, die hier kauerte? Mit Sicherheit befanden sich die Alten und Kinder auch irgendwo in diesen Gängen. Was hätte ich für jemanden gegeben, der diese zerreißende Stille mit mir teilte. Was hätte ich dafür gegeben, dass dieser Jemand Annie war! Ich konnte die Augen schließen und mir vorstellen, dass sie neben mir saß, ihren Arm fest um meine Schultern geschlungen hielt. Wie damals nach dem Angriff auf die Pension. Doch als ich die Augen öffnete, berührte mich nichts als Sand.

Vielleicht doch besser so. Sonst wäre sie jetzt auch in Gefahr!

Am liebsten wäre ich auf allen Vieren zurück zum Eingang gekrochen, um zu sehen, ob der Kampf vorüber war. Vielleicht hatte die Kreatur sich umentschieden. Vielleicht hatte sie einen anderen Happen als eine Fee gefunden.

Ich musste Taméa glauben. Hier war ich in Sicherheit.

Das Erste, was ich hörte, war ein schleifendes Geräusch von der anderen Seite des Tunnels. Als würde jemand eine Decke über den Boden ziehen. Ich wagte nicht, den Kopf zu drehen, als das schleifende Geräusch lauter wurde. Aus Angst davor, was ich sehen würde. Dumpfe Schritte wie die schweren Hufe eines Kaltblutes hallten von der Tunneldecke wider. Zitternd atmete ich ein und aus.

Meine Magie registrierte die Kreatur, bevor ich sie sehen konnte. Sie war groß. Ich wollte nicht herausfinden, wie groß genau. Und sie war im Berg, hier bei mir. In unmittelbarer Nähe. Wussten die Sidhe, was sich gerade im Inneren des Sid abspielte?

Tat ich nichts, konnte ich entweder auf einen schnellen Tod hoffen, oder die Kreatur schlich weiter beliebig durch die verdammten Tunnel. Direkt in das Herz des Sid. Vorbei am Thronsaal, der Küche, den Wohnhöhlen, solange bis ihm ein armes Kind vor die Nase lief oder eine alte Fee. Die Kreatur in diesem Labyrinth aufzuspüren, konnte Tage dauern. Tage, in denen der Sid nicht bewohnbar war. Tage ohne Nahrung, Kinder, Alte und Kranke in eisiger Kälte im Freien ohne Decken, Tage der Angst …

Ich wusste schon immer, dass du sie nicht alle am Christbaum hast, aber das ist die Spitze des Sterns!

»Das ist deine endgültige Bestätigung«, antwortete ich Annies Stimme, und sprang auf.

»Hier, du hässliches Vieh!«, schrie ich, so laut ich konnte in den Gang hinein. Dann setzte ich meine Beine in Bewegung, ohne zurückzuschauen.

Seine Hufe donnerten über den Boden. Es war schnell. Zu schnell!

Ich rannte den Tunnel abwärts auf den Ausgang zu.

»Haut ab!«, schrie ich möglichen Feen zu, die vor dem Eingang sitzen könnten. Dann sprang ich in das gleißende Tageslicht.

Für wenige Sekunden schwebte ich im Nichts, schwerelos, zeitlos. Im nächsten Moment prallte ich mit dem Boden zusammen und rollte den Abhang hinunter. Der Aufprall presste mir die Luft aus den Lungen. Als ich hustend den Kopf hob, brach die Kreatur durch den Tunneleingang. Steine rollten zu Boden, als sie sich gewaltsam Platz schaffte und den Eingang einriss. Da stand sie nun, und starrte auf das Glen mit den Feen. Ihr Pferdekopf drehte sich von einer Seite zur anderen.

Hätte ich geahnt, wie richtig ich mit meiner Bezeichnung hässliches Vieh lag, hätte ich gelacht. Doch das Lachen blieb in meiner Kehle stecken und verwandelte sich dort in ein Würgen.

Der Nuckelavee erinnerte an einen Zentauren und trotzdem hatte er nichts mit dem majestätischen Wesen der griechischen Mythologie gemein. Auf dem pferdeähnlichen Körper saß ein Reiter, dessen Beine mit dem fleischigen Körper des Pferdes verschmolzen. Die Arme des Reiters schliffen auf dem Boden, was das Geräusch erklärte. Gelbe

Adern umspannten die Masse aus Muskeln, Sehnen und Fleisch wie ein Netz, das alles zusammenhielt. Der Nuckelavee stieß ein Knurren aus, das an das tiefe Grollen eines Elefanten erinnerte. Wie der Schwanz einer Klapperschlange rasselten die Flossen an seinen Pferdebeinen.

»Schuss!« Rayannes Ruf nahm ich bloß gedämpft wahr.

Pfeile regneten nieder. Nur wenige trafen ihr Ziel. Mit einem Sprung zur Seite fokussierte der Nuckelavee seine Jagd auf das einzige Wesen, das sich nicht mit Waffen zur Wehr setzen konnte. Mich!

Fluchend sprang ich auf und rannte los. Ich rannte durch die zerklüfteten Wege des Glenn na Sidhe, die Hufe des Nuckelavees stetig näherkommend. Über mir hörte ich die Sidhe an den Hängen rufen. Ich wusste, dass meine Flucht sinnlos war. Auf Dauer konnte ich die Kreatur nicht abhängen, egal wie viele Abzweigungen ich nahm. Vielleicht warf ich deshalb einen Blick zurück. Viel zu nah starrte mir das riesige Auge des Pferdekopfes entgegen. Wie eine rote Flamme brannte die Pupille. Ich stolperte, als sich der Boden unter mir plötzlich absenkte, und landete in einem See. Eisiges Wasser durchweichte meine Kleidung. Das riesige Maul des Nuckelavees öffnete sich, bereit, mich zu verschlingen. Ich hob die Hände, um sein faules, mit Dämpfen gefülltes Maul nicht sehen zu müssen. Die Kreatur stieß ein hohes pfeifendes Fauchen aus, wie das Quietschen eines bremsenden Zuges. Als ich die Augen aufschlug, sah ich gerade noch, wie das Wasser des Sees sich unter meinen Händen in einem Schwall auf den Nuckelavee ergoss. Dort, wo die Tropfen seine Haut berührten, bohrten sie sich in das Fleisch. Heulend und dampfend wich die Kreatur zurück und wurde von der nächsten Ladung Pfeile erwischt. Auch sie brachten das Fleisch zum Brodeln wie glühendes Eisen, das man in kaltes Wasser steckte. Mit ihrer Magie banden die Sidhe Wasser an ihre Pfeilspitzen. Sie bewarfen den Nuckelavee mit Speeren, getränkt in Wasser. Die Kreatur krümmte sich vor Schmerzen.

Ich saß bis zur Hüfte im See und beobachtete, wie der Nuckelavee sich schrie und fauchte. Immer wieder brach er ein Stück zusammen, bevor er sich zitternd aufrichtete. Rayanne brüllte Befehle. Auf der anderen Seite tat Muirne das Gleiche. Dann sah ich, wie Tainéa leichtfüßig über den Hügelkamm sprang. Sie legte einen Pfeil in die Spitze ihres Bogens und flog. In der Luft schoss sie ihren Pfeil ab, der zischend im Auge des Pferdekopfes landete. Wasser spritzte zu allen Seiten, als sie mit einem lauten Platschen in dem kleinen See landete.

Der Nuckelavee brüllte. Sein Auge dampfte. Den Kopf schüttelnd, tänzelte er orientierungslos umher, eingekesselt von einem Ring aus Feen. Sie hielten ihre Bögen gespannt und die Speere bereit zum Wurf, blieben aber in sicherer Distanz. Rayanne zog ihr Schwert aus der Scheide und wagte sich entschlossen vor. Die scharfe Klinge blitzte, als sie durch die Luft sauste. Mit einem gezielten Hieb trennte sie den Menschenkopf von den Schultern des Nuckelavees. In einem Schwall aus schwarzem Blut brach die Kreatur zusammen. Eine letzte Wolke aus Dampf entwich durch die Nüstern des Pferdekopfes hinaus in die Welt. Dann lag er still.

Taméas Kopf tauchte prustend am Ufer des Sees auf. Tropfend wie ein nasser Schwamm, aber mit einem riesigen Grinsen auf dem Gesicht, stapfte sie aus dem Wasser.

»Habt ihr das gesehen? Das war der beste Schuss in meinem ganzen Leben!«

»Ja, und ich hoffe, du tust das nie wieder!«, blaffte Rayanne ihr zu. Ihre majestätische Maske hatte sich in Luft aufgelöst, wie die Dämpfe des Nuckelavee. Zum ersten Mal sah ich echte Emotionen in ihrem Blick. Kochende Wut, aber darunter lag blanke Angst. Mit einem Stück Stoff wischte sie das schwarze Blut von ihrem Schwert und steckte es zurück in die Scheide. *Also doch kein zeremonielles Schwert*, dachte ich verschwommen. Rayanne eilte auf mich zu.

»Geht es dir gut?« Ihre goldenen Augen schauten hastig an mir herunter.

Ich nickte. Mit wackeligen Beinen hob ich meinen tropfenden Hintern aus dem See. »Ich denke schon.«

Meine Stimme zitterte. Rayanne half mir auf die Beine. Ohne ihre Stütze wäre ich vermutlich sofort zurück ins Wasser gefallen.

»Hast du seinen giftigen Atem eingeatmet?«

Ich schüttelte den Kopf.

»Das war der Wahnsinn!« Taméas Arme umschlangen mich von der Seite. »Erst springst du wie wild geworden aus der Höhle, hinter dir die wütende Bestie, und dann gießt du den halben See auf ihn.«

»Du hast sie gut trainiert.« Rayanne lächelte ihrer Enkelin anerkennend zu. Der emotionale Riss in ihrer Maske war wieder geschlossen. »Setz dich am besten hin. Ich sorge dafür, dass man dir trockene Kleidung bringt.«

Ich starrte auf den toten Haufen aus Muskeln, Sehnen und Adern. Taméa neben mir schnaubte. »Das gibt ein schönes Feuer.«

»Er wird verbrannt?«

»Nun, hier liegen lassen, damit er den Boden verseucht, können wir ihn nicht. Der stinkt uns noch in zwei Monaten das Lager voll. Essbar ist an ihm auch nichts.« Sie verzog das Gesicht. »Und selbst wenn würde ich lieber verhungern.«

Schnee tanzte vor meinen Augen. Langsam legten sich die Flocken auf den Kadaver, als wollten sie ihn verstecken.

Ich sah Arianwen und weitere Heiler zwischen den Sidhe umhereilen. Sie verteilten Decken und versorgten Schürfwunden, Platzwunden und Prellungen durch Stürze oder den Kampf mit dem Nuckelavee. Ernsthaft verletzt schien jedoch niemand. Die Gewissheit kroch langsam in mir hoch und kämpfte sich durch den Nebel in meinen Gedanken. Alle waren am Leben. Ich war am Leben! Das Adrenalin, das durch meinen Körper pulsierte, sorgte für ein seltsames Hochgefühl. Noch nie war ich dem Tod so nahe gekommen, und nie hatte ich mich lebendiger gefühlt. Das Lachen, das über meine Lippen quoll, glich eher einem deliranten Keuchen.

»Alles gut?«, fragte Taméa.

»Ja«, antwortete ich. »Sogar mehr als gut!«

Knisternd fraß sich das Feuer durch den riesigen Holzhaufen, unter dem der Kadaver des Nuckelavees lag. Das Tageslicht war schon lange hinter dem Quiraing versunken. Ariwanwen hatte meine Wunden versorgt.

Zwei aufgeprallte Knie und eine geprellte Schulter vom Sprung aus der Höhle, die sich allmählich bemerkbar machte, wo das Adrenalin meinen Körper verließ. Mit einem Krug heißem Met saß ich, in eine warme Decke gehüllt, mit den Sidhe am See und starrte in die Flammen. Die Reste würden vermutlich in zwei Tagen noch glühen.

»Es ist zwei Jahre her, seit der letzte Nuckelavee uns angegriffen hat. Normalerweise machen sie Jagd auf dem Festland. Selten verirrt sich einer auf die Insel. Er muss wirklich hungrig gewesen sein«, sagte Taméa.

»Es gibt mehr von denen?« Entsetzt sah ich sie an.

»Leider. Aber sie jagen bloß einmal. Danach ziehen sie sich wieder ins Meer zurück bis zum nächsten Winter. Ursprünglich jagten sie Menschen, doch jetzt, wo es in Tír na nÓg keine mehr gibt … Vermutlich war er der Einzige. Sie sind ziemlich selten geworden. Hoffen wir es!«

Die Funken wirbelten im Wind und stiegen hinauf in die Nacht. »Wenn er im Meer lebt, warum vertrug er dann kein Wasser?«

»Süßwasser«, verbesserte Taméa. »Er lebt in Salzwasser, aber Süßwasser verträgt er nicht. Im Sommer, wenn Sea Mither über die See herrscht und das Wasser ruhig hält, kann er nicht an Land gehen. Sea Mither hält ihn gefangen.«

Ich dachte zurück an die rasselnden Flossen der Kreatur, und zog die Decke fester um mich. »Was ist ein Sea Mither?«

Taméa zuckte mit den Schultern. »Das weiß niemand so genau. Manche sagen, ein freundlicher Wassergeist, andere sind überzeugt, es ist Uisgia selbst. Jeden Frühling kämpft es mit Teran über die Herrschaft im Ozean. Es beruhigt die Stürme und hält die Wellen niedrig. Doch jeden Herbst verliert es den Kampf. Dann zieht es sich in die Tiefen des Meeres zurück, um wieder Kraft für den Frühling zu sammeln. Dadurch kann der Nuckelavee das Meer verlassen.« Sie trank einen Schluck warmen Met. »Wer immer es ist, ich bin froh, dass es uns diese Kreatur wenigstens für den Rest des Jahres vom Hals hält. Er musste wirklich intelligent gewesen sein, um sich an Craig und uns vorbeizuschleichen. Ich dachte, im Sid bist du sicher.« Sie senkte bedauernd den Kopf.

»Oder er war einfach verdammt hungrig«, murmelte ich. Eine Kreatur, die um ihr Überleben kämpfte, in einer sterbenden Welt. Kein Wunder, dass sie so erbittert Jagd gemacht hatte.

»Merlin hat einst einen allein besiegt«, sagte Taméa. Ihre Stimme klang beiläufig, doch der stolze Glanz in ihren Augen verriet ihre wahren Emotionen.

»Er hat gegen das da …« Ich deutete in die Flammen. »Allein gekämpft?«

»Es heißt, er öffnete einfach den Schlund der Erde und das Biest wurde verschluckt.« Taméas Mundwinkel zuckten. »Stell dir vor, wie es sein wird, wenn er wiedergeboren wird. Ich würde sterben, um ihn zu treffen.« Seufzend lehnte sie sich zurück. »Man sagt, er kommt zusammen mit Arthur wieder, um Feen und Menschen erneut zu vereinen.«

»Sofern er als Fee wiedergeboren wird«, warf ich ein.

Taméa schaute mich stirnrunzelnd an. »Natürlich wird er das. Wie soll er Arthur sonst helfen, ohne seine Magie?«

»Aber Arthur war ein Mensch. Wie kann er wiedergeboren werden?«, fragte ich.

»Es heißt, Merlin schaffte es, Arthur vor seinem Tod nach Tír na nÓg zu bringen. Wenn ein Mensch in Tír na nÓg stirbt, kann auch er erneut geboren werden.«

Ich nippte an meinem Krug Met. »Und du glaubst, diese Zeit ist jetzt?«

»Vielleicht, vielleicht nicht.« Taméa schaute schulterzuckend in das Feuer, doch die Euphorie in ihrer Stimme verriet sie. »Ich hoffe es. Wir haben dich! Die Welt der Feen und Menschen war lange nicht mehr so kurz davor, vereint zu werden.«

Vorausgesetzt mit der Einigung war die Öffnung der Brücke gemeint. So wie ich die Geschichte verstand, war die Einigung zu Zeiten von Merlin und Arthur eher eine diplomatische gewesen.

Ich schnaubte. »Ja, aber ich bin definitiv nicht Arthur.« Ich verzog das Gesicht. Allein der Gedanke war grotesk.

Taméa lachte leise. »Nein, das bist du nicht.«

Ich wusste nicht, ob sie mich gerade beruhigt oder beleidigt hatte.

Vermutlich beides zusammen.

»Aber wenn du hier bist, vielleicht ist Arthur nicht weit«, fuhr Taméa mit leiser Stimme fort. Die Flammen warfen tiefe Schatten auf ihre Haut, als sie einen weiteren Schluck aus ihrem Krug nahm. Sie stellte das leere Gefäß zur Seite. »Das ist das Schöne an Wiedergeburten. Man weiß nie, wo und wann sie geschehen.«

»Dann könnte Arthur auch in der Gestalt einer Fee wiederkommen?«, fragte ich nachdenklich.

»Natürlich!«

»Vielleicht ist es Rayanne.«

Die Königin saß auf der anderen Seite des Feuers und war in ein ruhiges Gespräch vertieft. Sie war eine geborene Anführerin, ganz wie der Arthur in der Legende. Sie wollte beide Welten vereinen. Alles passte zusammen.

»Da bist du nicht die Einzige, die das denkt«, antwortete Taméa schmunzelnd. Erst jetzt realisierte ich, dass ich den Gedanken laut ausgesprochen hatte.

»Sie trägt sein Schwert, weißt du.«

»Excalibur?«, rief ich aus. Verblüfft starrte ich auf die lederne Schwertscheide, die an ihrer Seite hing. Die Klinge, mit dem sie den Nuckelavee geköpft hatte.

»Als die ersten Feen Èirinn besiedelten, besaßen sie vier Gegenstände, die unter den Stämmen aufgeteilt wurden, als diese sich von den Tùatha abspalteten. Lia Fàil, der Stein, der der Legende nach aufschreit, wenn sich der wahre König von Èirinn daraufsetzt, ging an die Faie von Albion. Er ist aber heute verschollen. Die Faie vermuten, dass er in der Welt der Menschen liegt. Der Speer von Lugh und das Schwert des Nuada, das Schwert, das nie sein Ziel verfehlt, waren ein Geschenk an die Tylwyth Teg. Nur der Kessel des Dagda, ein Kessel, der niemals leer wird, blieb bei den Tùatha. Ich schätze, deshalb sind sie alle so gut genährt.« Taméa lachte. »Die Sidhe waren der letzte Stamm, der sich von den Tùatha abspaltete. Der Legende nach schenkte Merlin das Schwert des Nuada Arthur. Leider konnte auch das Schwert nichts gegen sein Schicksal in der Schlacht von Camlann ausrichten. Nach der Schlacht übergab Merlins Schwester Nimue das Schwert schließlich an die Sidhe, die es nach Alba brachten. Seitdem wurde es an alle unsere Könige weitergegeben. Ob es sich dabei tatsächlich um das Schwert des Nuada handelt, wissen wir nicht, aber dass dieses Schwert einst ihm gehörte, ist sicher.«

Ungläubig starrte ich auf das Schwert an der Seite von Rayanne. Das echte Excalibur! Diese Welt hörte niemals auf, mich zu beeindrucken. »Und was wurde aus Nimue?«

»Sie war lange Königin der Tylwyth Teg, nachdem Cormac von Arthur besiegt worden war. Und sie kämpfte in der Schlacht von Camlann an der Seite ihres Bruders, aber danach wird ihre Geschichte nicht weitererzählt. Vermutlich lebte sie noch bis zur Schließung der Brücke oder darüber hinaus. Vielleicht wird sie zusammen mit Merlin und Arthur wiedergeboren. Die beiden mächtigsten Feen zusammen, stell dir das vor. Ich beneide alle, die das erleben dürfen«, schwärmte Taméa. »Nimue war die Einzige, die zwei Elemente beherrschte. Feuer und Wasser wählten sie gleichzeitig. Das ist in der Geschichte der Feen kein zweites Mal vorgekommen.«

Taméa nahm ihren Krug und schlang die Decke fest um sich. Sie öffnete den Mund, um noch etwas zu sagen, doch ihre Worte endeten in einem herzhaften Gähnen. »Ich gehe besser schlafen.«

»Ich komme mit.« Ich hatte kein Interesse daran, dem Holzstapel weiter beim Kokeln zuzuschauen.

Augenblicklich überzog die kalte Nachtluft meinen Körper mit einer Gänsehaut, als ich aus dem warmen Feuerschein hinaustrat. Morgen hatte ich bestimmt eine Blasenentzündung.

Nichts deutete an der Stelle, wo ich in den See gefallen war, noch auf den Schrecken hin, der hier vor wenigen

Stunden stattgefunden hatte. Sämtliche Spuren des Kampfes waren von einer dünnen Schneeschicht überzogen. Langsam ging ich an dem kleinen Flusslauf entlang, der dunkel und leise dem Glen abwärts in den See folgte, als es plötzlich unter meinen Füßen knirschte. Ich schaute zu meinen Schuhen.

Eine glasige Schicht aus Eis überzog den Boden, die unter meinen Füßen zerbrochen war. Die Reste des Wassers, das ich in meiner Todesangst gegen den Nuckelavee geschleudert hatte. Doch das Eis war nicht der Grund, warum ich stehenblieb.

Die Blütenblätter waren bereits gefroren, aber ihre blühenden Köpfe steckten die Margeriten immer noch aus der dünnen Eisschicht heraus, als hofften sie, dass die Sonne sie retten würde. Im schwachen Schein des Feuers glitzerten die Eiskristalle. Wenn sie nicht bereits erfroren waren, überlebten die Blumen die Nacht nicht. Trotzdem existierten sie, umgeben von Schnee, zu einer Jahreszeit, in der von Blumen noch lange keine Rede war, an einer Stelle, wo ich ein paar Stunden vorher alle Kraft und Emotionen ins Überleben gepumpt hatte.

Es gab in den vergangenen Jahrhunderten einige Wechselbälger, die auch das fünfte Element kontrollieren konnten. Die Worte spukten mir im Kopf herum.

»Kommst du oder willst du da hinten Wurzeln schlagen?«, rief Taméa.

Zum ersten Mal in meinem Leben fragte ich mich, ob ich das wirklich konnte.

Kapitel 27

Fell

Draußen herrschte tiefe Nacht, doch die dünne Schneeschicht und das Licht des Vollmondes ließen die Berge leuchten, wie von einem Scheinwerfer angestrahlt. Das Gras knirschte unter meinen Füßen, als ich den Abhang herunterging. Ich zog meinen dicken Fellüberwurf fester um mich und gähnte in den Wollschal.

Der Grund, warum ich an diesem kalten Tag vor Sonnenaufgang aus dem Bett stieg, war irgendein besonderer Ort im Quiraing Gebirge, den Taméa mir zeigen wollte. Mehr Eigenschaften als *besonders* bekam ich aus ihr jedoch nicht heraus.

»Das ist die letzte Gelegenheit, bevor das Gebirge unter einer dicken Schneeschicht versinkt«, hatte Taméa am Abend zuvor gemeint.

Viel zu lange hatte ich mit dem Gedanken gespielt, mich einfach umzudrehen und weiterzuschlafen, bevor ich mich schließlich doch aus den warmen Decken wälzte und mehrere Lagen Leder und Fell überstülpte. Taméa wartete bereits am Fuß des Sid, in Begleitung von zwei Wesen.

»Wir reiten?« Entgeistert starrte ich auf die beiden Kelpies, deren Atem große weiße Wolken in der Luft hinterließ.

»Guten Morgen auch!« Taméa begrüßte mich strahlend. Ihre Stimme klang viel zu wach für diesen frühen Morgen.

»Es ist Jahre her, dass ich das letzte Mal auf einem Pferd saß.«

Selbst bei Flora war ich nicht oft geritten. Die Größe von Penelope hatte mich jedes Mal abgeschreckt.

»Dann hast du Glück, dass das hier keine Pferde sind. Setz dich drauf. Du wirst sehen!«, erwiderte Taméa geheimnisvoll.

Vorsichtig ging ich auf das eine Kelpie zu.

»Wehe, dieser besondere Ort lohnt sich nicht«, sagte ich und legte die Hand auf den Rücken der Kreatur. Taméa nahm mein Bein und mit ihrer Hilfe hievte ich mich stöhnend nach oben. Dann richtete ich mich schnaufend auf. Meine Beine klebten an dem Rücken des Kelpies, als hätte jemand Sekundenkleber in sein Fell geschmiert.

»Ich klebe!«, rief ich erschrocken aus.

Taméa schwang sich lachend auf den Rücken des anderen Kelpies. Ihre Finger vergrub sie in der Mähne. »Das meinte ich! Du kannst nicht runterfallen, selbst wenn du abspringen möchtest. So fangen sie ihre Beute. Aber keine Angst …«, fügte sie schnell hinzu. »Ich habe das Tuch extra festgebunden. Außerdem hatten die beiden heute Morgen schon genug Fisch. Die dürften keinen Hunger mehr haben.«

Das beruhigte mein klopfendes Herz nur bedingt.

»Aber wie komme ich wieder runter?«

»Du befiehlst es ihm, hier oben.« Taméa tippte auf ihre Stirn. »Genau wie du ihm befiehlst, loszugehen oder zu rennen.«

Mit einem Satz hüpfte ihr Kelpie nach vorn und trabte einige Sätze durch das Glen. »Siehst du«, rief sie zu mir herüber. »Jetzt du!«

Ich holte tief Luft, schloss die Augen, und versuchte, einen klaren Befehl zu geben. Reichte ein Gedanke aus? Gab es eine Bedienungsanleitung für Gedankenübertragung?

Das Wesen unter mir schnaubte und tänzelte. Dann sprang es wie ein Stier nach vorn, bevor es in einem gemächlichen Trab zu Taméa aufschloss. Ich krallte mich an der Mähne fest. Mein Herz hämmerte. Ohne den klebrigen Rücken hätte ich definitiv Bekanntschaft mit dem Boden gemacht.

»Für den Anfang gar nicht schlecht«, meinte Taméa.

»Ich beginne, diesen Rücken zu mögen«, murmelte ich.

Gemächlich ritten wir aus dem Glen hinaus, ließen das Tor der ineinander gewachsenen Weideäste hinter uns und ritten in die offene Hügellandschaft der Highlands. Der Quiraing erhob sich als die Umrisse dunkler, schroffer Riesen am Horizont. Darüber sah ich nur den milchigen Nachthimmel. Frostig wie Eiskristalle funkelten die Sterne am wolkenlosen Himmel.

Ginge es nach mir, hätte ich auf den besonderen Platz verzichten können. Ich konnte mich bereits an den Highlands in der Nacht nicht sattsehen. Doch Taméa trieb ihr Kelpie in einem schnellen Schritt voran, bis wir das

Waldstück erreichten, in dem wir vor einiger Zeit noch zusammen trainiert hatten. Langsam folgte ich ihr auf einem Trampelpfad durchs Unterholz. Die Hufe der Kelpies klangen dumpf auf dem mit modrigen Blättern bedeckten Boden. Zuerst dachte ich, der Mond spielte meinen Augen einen Streich, doch den suchte ich durch die knorrigen Stämme der Bäume vergeblich. Trotzdem glühte der Wald in einem silbrigen Licht, als hätten sich die Bäume zuvor in Mondlicht gewälzt. Das Licht pulsierte aus dem Inneren der Bäume heraus wie ein Herzschlag und verbreitete sich im ganzen Wald. Die Bäume wirkten lebendig, als wollten sie gleich ihre Wurzeln heben und aus der Erde treten.

»Es ist wunderschön«, flüsterte ich.

»Diese Art von Bäumen gehörte zu den Samen, die Danu aus dem Garten ihrer Eltern mitbrachte. Sie beginnen zu leuchten, wenn es dunkel wird, in Erinnerung an Gealach, der jede Nacht durch ihren Garten wanderte.« Auch Taméa schaute sich, gebannt vom Licht, um.

Je länger wir durch den Wald ritten, desto mehr fielen mir die verschiedenen Farbnuancen auf, in denen die Pflanzen erstrahlten. Ich entdeckte Pflanzen in blauem Licht, kalt und frostig wie Eis. Ein zartes Grün, warmes Rot.

Ein Windstoß streifte meine Wange. Zuerst dachte ich, eine Fledermaus flatterte an meinem Gesicht vorbei. Doch was vor mir auf dem Stein landete, war keine Fledermaus trotz der Ähnlichkeit der Flügel. Das Wesen besaß ungefähr die Größe einer Kröte. Sein Körper war stattdessen bedeckt von Schuppen wie bei einem Reptil. Winzige Stacheln, nicht größer als ein Fingernagel, zogen sich über den Rücken vom Kopf bis zum Schwanz. Der hintere Teil des Wesens leuchtete Grün, während Brust und Maul in einem auffälligen Rot erstrahlten. Eine zweite Kreatur landete neben ihr. Sein Körper war schmaler als sein pummeliger Verwandter. Gelb-grüne Schuppen, wie die Farbe von Weintrauben, zierten seinen Körper.

»Blumendrachen«, sagte Taméa. Sie hielt ihr Kelpie an und schaute auf die winzigen Drachen herunter, die mit ihren Nasen im Schnee nach etwas Essbarem wühlten.

»Drachen? Aber die sind winzig!«, rief ich aus.

»Möchtest du lieber einem ihrer großen Verwandten begegnen?«, fragte Taméa belustigt.

Ich schüttelte schnell den Kopf.

Taméa stieg ab und streckte ihre Hand nach den Drachen aus. Vorsichtig schlich sie Schritt für Schritt näher an den Stein. »Sie speien zwar kaum Feuer und fressen hauptsächlich Nektar von Blumen und Insekten, aber wenn man sie verärgert, können sie dir einen Finger abbeißen.« Sie beugte sich herunter.

Der grüne Drache schnupperte argwöhnisch an ihrem Finger. Er schnaubte und zwei winzige Rauchfäden stiegen aus seinen Nüstern. Mit einem Flügelschlag sprang er auf Taméas Handrücken und kletterte in Windeseile ihren Arm hinauf. Taméa lachte. »Du bist aber ein flinkes Ding. Das kitzelt!«

Der Drache saß inzwischen auf ihrer Schulter und schlich, wie eine Schlange schnüffelnd, um ihren Nacken. Dann stieß er sich von ihrer Schulter ab und katapultierte sich in die Luft. Sein Artgenosse folgte ihm. Wehmütig schaute Taméa ihnen hinterher, bis sie in den Bäumen verschwanden.

»Manchmal wünschte ich, ich könnte einfach hier leben, in einer kleinen Hütte im Wald, wo jede Kreatur willkommen ist. Ich würde für sie sorgen, sie pflegen, und wenn sie krank sind, ihnen ein Dach zum Schutz vor dem Regen geben. Ich habe einmal einen Blumendrachen mit in den Sid genommen. Als der sich aber ausgerechnet in Rayannes Krone ein Nest baute …«

Ich lachte. »Was ist mit dem Drachen passiert?«

Taméa stieg zurück auf den Kelpie. »Och, dem geht's gut, glaube ich. Rayannes Zeigefinger hat's mehr erwischt. Sie trägt da heute noch eine Narbe. Hör mal!«

Ich lauschte in den Wald hinein. Zuerst hörte ich nichts außer das Zwitschern einiger verschlafener Vögel. Dahinter aber meinte ich, leises Singen zu vernehmen. Es hätte genauso gut das Heulen des Windes sein können. Taméa trieb ihr Kelpie an.

»Du hast heute wirklich Glück«, rief sie.

Als wir den Wald verließen, drückte der kalte Wind unbarmherzig von der Seite, sodass ich meinen Schal noch höher zog. Die Klippen vor uns konnte ich im Dämmerlicht bereits gut erkennen.

Jetzt hörte ich die Stimmen deutlich. Hoher Gesang von Frauen- und Männerstimmen von unterhalb der Klippen, begleitet von dem stetigen Rauschen des Meeres. Ich verstand kein Wort, aber das minderte die Schönheit der Stimmen nicht im Geringsten. Taméa sprang von dem Kelpie und legte sich flach auf den Bauch. Auch ich rutschte nach mehreren gedanklichen Befehlen, mich loszulassen, von dem klebrigen Rücken herunter. Das feuchte Gras kitzelte mein Kinn, als wir an den Rand der Steilklippe krochen. Zwanzig Meter unter uns, wo das Meer auf die Felsen prallte, tanzten im verbliebenen Schein des Vollmondes sechs nackte Gestalten auf dem steinigen Ufer. Sie lachten und sangen ausgelassen, ohne Instrumente, bloß mit der Kraft ihrer Stimmen und dem Rauschen des Meeres.

»Das sind Selkies«, flüsterte Taméa. »Sie tanzen ein letztes Mal an Land, bevor sie den Winter im Meer verbringen. Sobald die Sonne aufgeht und sie ihre Häute anziehen, werden sie in den Wellen verschwinden.« Sie klang wehmütig.

»Sind das Robbenhäute?« Ich starrte auf den Haufen öliger Haut, der geschützt vor der Brandung neben einem großen Felsen lag.

Taméa nickte. »So können sie ihre Gestalt verändern.«

Ein schmaler, heller Streifen tauchte am Horizont auf. Wie auf ein unsichtbares Zeichen endete der Gesang. Nach und nach gingen die Selkies zu dem Felsen und zogen sich ihre Robbenhaut an. Mit den Beinen voran schlüpften sie in das unappetitlich wirkende Stück Haut und nahmen die Gestalt von sechs grauen, dicken Robben an. Nacheinander rutschten sie über das felsige Ufer und verschwanden in der Brandung. Das Letzte, was ich von ihnen sah, war eine Flosse, die kurz aus den Wellen auftauchte.

»Die Sonne geht auf. Wir müssen uns beeilen!« Taméa deutete auf den schmalen orangenen Streifen, der nun den grauen Schleier am Horizont über dem Meer durchbrach.

»Wie funktioniert das? Ist ihre Haut wie ein Mantel oder ein Schwimmanzug? Haben sie darunter noch ihre menschliche Gestalt? Wenn sie sich verletzen, bluten sie dann oder macht ihnen das gar nichts aus?«

»Wenn ich mal eine Selkie treffe, frage ich sie«, antwortete Taméa.

Wir ritten weiter nach Norden, die aufgehende Sonne als stetige Begleitung neben uns über dem Horizont. Inzwischen hatten sich die dunklen Umrisse des Quiraing in stattliche weiß gesprenkelte Berge mit scharfen, felsigen Abbruchkanten verwandelt. Ein schriller Schrei durchriss die Stille, wie der Ruf eines Adlers, bloß lauter. Erschrocken schaute ich in den Himmel. Weitere Schreie gesellten sich dazu. Über dem Gebirge zogen dunkle Umrisse ihre Kreise wie Greifvögel. Bloß waren diese Wesen viel zu groß für Vögel.

»Das sind keine Adler, oder?«, murmelte ich. »Was sind das für Wesen?«

»Deine Überraschung«, antwortete Taméa geheimnisvoll.

Die Steigung führte nun merklich bergauf. Ich hatte meinen Schal soweit ins Gesicht gezogen, dass nur noch meine Augen daraus hervorschauten. Trotzdem fühlten sich meine Wangen wie Eiskristalle an, von dem starken Wind, der hier oben herrschte.

»Hier steigen wir ab.« Taméa gab mir ein Handzeichen. Im Rauschen des Windes klang ihre Stimme leise. Die Farbe ihrer Ohrenspitzen ähnelte einer reifen Tomate.

Mit steifen Gliedmaßen plumpste ich von dem Rücken des Kelpies und vollführte einen kleinen Tanz, um wieder Blut in meine untere Körperhälfte zu pumpen.

»Geh schon mal vor. Ich binde ihnen die Tücher ab. Dann können sie abhauen.«

»Laufen wir zurück?«, fragte ich stirnrunzelnd.

Taméa zwinkerte mir zu. »Zurück kommen wir auf einem anderen Weg.«

Lägen meine Arme vor Kälte nicht schon um meinen Körper, hätte ich sie jetzt missmutig über ihre Geheimniskrämerei vor der Brust verschränkt.

Taméa lachte über meinen Gesichtsausdruck. »Du wirst gleich sehen. Es ist nicht mehr weit.« Sie band die Tücher von den Augen der Kelpies. Die Wesen schnaubten laut. Dann warfen sie die Köpfe in die Höhe und drehten sich auf den Hinterbeinen herum. Im gestreckten Galopp rannten sie davon, geradewegs auf den nächsten Loch zu.

»Untreue Biester«, murmelte Taméa. Sie stopfte beide Tücher zurück in ihre Felltasche. »Bereit?«

»Wenn ich wüsste, wofür«, erwiderte ich.

Taméa lächelte. »Schau geradeaus. Siehst du die Höhle dort im Felsen?«

Zunächst sahen alle Felswände gleich aus. Nach einem Moment entdeckte ich ein dunkles Loch, das aussah wie ein Felsspalt. Ich nickte.

»Das ist unser Ziel«, antwortete Taméa.

Immerhin waren wir dort vor dem Wind geschützt.

Die Höhle war nicht unser Ziel, wie ich Minuten später feststellte. Das Ziel lag auf der anderen Seite. Nur kurz gingen wie durch den dunklen Bauch des Berges, das Licht von wo wir herkamen auf der einen und das Licht unseres Ziels auf der anderen Seite des Tunnels. Die Rufe der Tiere klangen jetzt ganz nah.

Taméa stand bereits im Licht auf der anderen Seite des Tunnels. Mit zusammengekniffenen Augen trat ich aus der Höhle. Zehn Meter vor mir stürzte der Felsen ohne Vorwarnung mindestens fünfzig Meter in die Tiefe. Dahinter wuchsen die rauen Berge in die Höhe, so weit ich schauen konnte. Die aufgehende Sonne tunkte ihr blasses Grün in ein sanftes, leuchtendes Orange, wie Pinselstriche, die jemand mit äußerster Sorgfalt auf ein Blatt Papier malte. Hätte Taméa mich hierhergeführt, um die Aussicht zu bewundern, ich wäre nicht enttäuscht gewesen. Die Landschaft wirkte wie ein Gemälde aus der Romantik mit den vielen Flüssen und Lochs, die sich durch die Berge schlängelten. Aber die Landschaft war nicht der Grund, warum meine Kinnlade nach unten fiel. Überdimensional große Adler zogen über den Bergen ihre Kreise. Doch diese Adler besaßen vier Beine und einen Schwanz, der aussah wie der eines Löwen, bloß mit Federn am Ende.

Taméa zog das Band aus, das sie um ihren Hals trug. Eine kleine Pfeife aus Knochen hing daran. Als sie hineinblies, ertönte ein langgezogenes, schrilles Pfeifen. Melodisch echote es an den Felswänden. Ein paar Sekunden lang geschah nichts. Dann hörte ich das Schlagen großer Flügel und sah einen Schatten. Mit einem Quieken sprang ich zur Seite, als der orangene Greif neben Taméa auf einem Felsbrocken landete.

»Da steckst du!« Beim Anblick des Wesens leuchteten die Augen der jungen Fee wie die Sonne selbst. An seinen Schultern maß es bestimmt zwei Meter. Mit dem gelben Schnabel und den scharfen Augen ähnelte das Gesicht stark einem Adler. Auch die Flügel mit mindestens vier Metern Spannweite besaßen große Ähnlichkeit mit einem Vogel. Dagegen waren die Vorderbeine ein seltsamer Mix aus Pfoten und Adlerklauen mit scharfen Krallen an allen vier

Zehen. Die kräftigen Muskeln der Hinterbeine und der gefiederte Schwanz besaßen dagegen Ähnlichkeit mit einem Löwen oder einer anderen Großkatze. Kleine verkümmerte Ohren schauten zwischen den orangenen Federn am Kopf hervor, die an der Brust allmählich in Weiß übergingen. Den Rest des Tieres bedeckte ein Gemisch aus Fell und Federn. Je weiter man in Richtung Schwanz schaute, desto mehr dominierte das Fell. Ich erinnerte mich an die seltsamen Federn in der Decke der Krankenstation.

»Das ist Gwydion«, sagte Taméa. Sie holte zwei Ratten aus ihrer Felltasche und warf sie ihm zu. Mühelos fing der Greif sie mit seinem Schnabel auf und verschlang sie in einem Stück. »Wenn man ihn vorher füttert, kann man gut auf ihm reiten. Davor ist er immer ein bisschen beleidigt.«

»Ihr reitet auf denen?« Ich starrte auf den spitzen Schnabel, der mit Sicherheit leicht einen Schädel durchbohren konnte. Auf die Krallen, die schabend über den Felsen kratzten und weiße Spuren hinterließen.

»Nimue ist sogar einmal auf einem Drachen geritten. Greife sind treue Tiere. Manchmal kommt es vor, dass sie ihr ganzes Leben nur eine einzige Fee auf sich reiten lassen. Wie Gwydion. Ich habe ihn mit der Flasche aufgezogen, nachdem seine Mutter ihn als Jungtier verlassen hat. Seitdem ist er etwas … anhänglich.« Taméa lachte, als der Greif an ihrer Tasche nach mehr Ratten schnupperte und pfeifend seinen Kopf an ihrem Bein rieb, sodass sie stolperte. Liebevoll schob sie ihn von sich.

»Warum sind wir dann den ganzen Weg bis zum Samhain-Fest gelaufen, wenn wir hätten fliegen können?«, fragte ich.

»Greife sind Rudeltiere«, antwortete Taméa. Sie schob sich ihre Haare hinter das Ohr mit dem Ohrring aus orangenen Greifenfedern. Gwydions Federn, wie mir nun auffiel. »Sie besitzen ausgeprägte Hierarchien. Von ihrem Rudel und dem Leittier entfernen sie sich nie lange. Wir hätten sie alle oder keinen mitnehmen müssen. Und mehrere hundert Greifen auf dem Fest ginge nicht gut. Am Ende kacken sie noch auf die Statuen von Grian und Gealach.« Sanft streichelte sie Gwydion durch die Federn. Das Tier schloss genüsslich die Augen. Wäre er eine Katze, hätte er sicher geschnurrt. »Bevor du auf einem Greifen fliegst, musst du ihn mit Wasser besänftigen. Steigst du einfach auf ihren Rücken, wird auch der treueste Greif dich abwerfen. Sie haben ihren Stolz, nicht wahr?« Sie zwinkerte Gwydion zu. Dann nahm sie ihre Fellflasche und goss einen Strahl Wasser auf ihre Hand, der sich zu einer Kugel formte, bevor er ihre Haut berührte. In einem eleganten Tanz ließ sie die Tropfen um ihre Finger schweben. Gwydions Augen folgten dem Wasserspiel gebannt.

»Sie lieben die Formen und den Glanz von Wasser.«

Plötzlich senkte der Greif den Kopf und tänzelte zur Seite, sodass er Taméa seinen Rücken anbot. Ohne zu zögern, kletterte sie vor die Flügelgelenke des Tieres. Sie nahm ein Seil aus ihrer Tasche und band es wie ein Kreuz vor Gwydions Brust. Die Enden verknotete sie, sodass eine Art Zügel entstand, an denen sie sich festhielt.

Gwydion trat an den Rand des Abgrundes. Kleine Steine bröckelten unter den Klauen seiner Vorderbeine von der Abbruchkante. Taméa stieß einen hohen Ruf aus. In einer fließenden Bewegung breitete der Greif seine Flügel aus, wobei die riesigen Schwingen fast meine Nase streiften. Dann stürzte er sich in die Tiefe.

Ich rannte an die Abbruchkante, in der Erwartung, Taméa fallen zu sehen. Stattdessen schoss der Greif mit ausgebreiteten Flügeln nach oben, drehte und flog dicht über meinen Kopf hinweg, sodass ich mich ducken musste, um von seinen Pranken nicht zu Boden geschleudert zu werden. Hoch über mir hörte ich Taméas ausgelassenes Lachen, begleitet von dem Pfeifen des Windes. Wie ein Rennfahrer legte sie sich in die Kurven. Das war kein Flug, das war ein Tanz. Ein Tanz mit der Luft, dem Wind und den Elementen. Flügelschlagend landete der Greif wieder auf dem Felsen. Gwydion stieß einen begeisterten Schrei aus.

»Unglaublich!«, hauchte ich, als Taméa von seinem Rücken sprang.

»Das ist das schönste Gefühl auf Erden!«, rief sie. »Freut mich, dass es dir gefällt, denn jetzt bist du dran!«

Mein Herz setzte einen Schlag aus. »Ich?«

Natürlich ich! Sonst war keiner hier. »Ich soll auf sowas fliegen? Wie soll das gehen?«

»Genau wie du das Kelpie geritten hast. Dein Geist weist ihm die Richtung.«

»Was, wenn ich runterfalle?«

»Kannst du nicht.«

»Haben sie auch einen klebrigen Rücken?«

Taméa lächelte. »Nein, aber genauso groß wie der Stolz eines Greifs sind seine Schuldgefühle. Er lässt dich nicht fallen. Eher stürzt er sich mit dir in die Tiefe.«

»Das beruhigt mich nicht wirklich«, murmelte ich.

Taméa zuckte mit den Schultern. »Du kannst immer noch zurücklaufen.«

Hin und wieder muss man es darauf ankommen lassen und mal was riskieren, leichtsinnig sein!

Ausgerechnet jetzt kamen mir Annies Worte in den Sinn.

Ich war durch einen Steinkreis gegangen, hatte einen Mann getötet, schwere Verbrennungen überlebt, ganz Schottland und England zweimal zu Fuß durchquert und mir mit dem Nuckelavee eine halsbrecherische Verfolgungsjagd geliefert. Auf einem Greifen fliegen fügte sich wunderbar in die Liste ein. Wie würde Annie reagieren, wenn sie hiervon erfuhr? Wäre sie geschockt oder stolz?

»Nein, ich mach's!« Ich wusste nicht, woher diese plötzliche Entschlossenheit in meiner Stimme kam. Zu mir gehörte sie jedenfalls nicht.

Taméa grinste über beide Ohren. »Du wirst es nicht bereuen.« Ein zweites Mal blies sie in ihre Flöte. Diesmal löste sich ein weißer Greif aus der Luft und landete sanft neben mir auf dem Felsen. Seine Flügelspitzen und die Federn seiner Brust wurden von schwarzen Sprenkeln durchzogen. Schwarze Ohrenspitzen stellten sich neugierig auf, als die scharfen gelben Augen mich aufmerksam musterten.

»Streck deine Hand aus. Mal sehen, ob sie dich auf ihren Rücken lässt«, sagte Taméa.

»Hat sie einen Namen?«

Taméa schüttelte den Kopf. »Sie wurde nicht von uns aufgezogen.«

»Dann nenne ich sie Flora«, sagte ich lächelnd. Vielleicht waren es die schwarzen Sprenkel, die mich an ihre Haare erinnerten, vielleicht auch die intelligenten Augen.

»Ein guter Name!«

Wird sich zeigen, dachte ich, und hielt meine Hand unter Taméas Flasche. Die Tropfen umkreisten zunächst meine Handinnenfläche. Dann ließ ich sie an meinem Zeigefinger nach oben klettern, wo sie sich zu einer Kugel vereinten. Flora legte interessiert den Kopf schief; eine Geste, die mich an meine Flora erinnerte. Auf einmal drehte sie ihren Rücken zu mir. Taméa wickelte ein zweites Seil um die Brust des Greifs.

»Halt dich daran fest. Sie mögen es nicht, wenn man sich an ihren Federn festkrallt«, sagte sie. »Wenn irgendwas ist, ich bin direkt hinter dir.«

Ich stieg auf den Stein und kletterte von dort auf den Rücken des Greifs. Die Federn wurden von einer öligen Schicht überzogen, um Feuchtigkeit abzuwehren. Mit zitternden Händen umfasste ich das Seil. Langsam bewegte sich der Greif zur Klippe. Die Schwingen seiner halb geöffneten Flügel flatterten im Wind.

»Für den Anfang reicht es, wenn du einfach geradeaus fliegst. Sturzflüge oder Winddrehungen kannst du später noch lernen«, sagte Taméa, als hätte ich sowas ernsthaft im Sinn gehabt.

Ihre Stimme klang dumpf durch das Dröhnen meines eigenen Blutes in meinen Ohren. Ich schloss die Augen, um den geöffneten Schlund des Abgrundes nicht sehen zu müssen.

Das ist wie Achterbahnfahren, redete ich mir ein. Wenn die Sicherung erstmal zurückgeklappt war, gab es auch dort kein Zurück mehr.

Flieg! Ein einziger, klarer Gedanke. Dann das Gefühl, als würde ich mit dem Aufzug nach unten fahren. Schwerelos, gedankenlos. Ich öffnete die Lider und Tränen schossen in meine Augen. Ob von der Schönheit oder dem beißenden Wind konnte ich nicht sagen. Um mich erhoben sich die Berge als stumme Riesen. Ich schwebte durch sie hindurch wie ein Blatt im Wind. Vor mir befand sich nichts als der Himmel, neben mir spannten sich die gewaltigen Flügel des Greifs, unter denen sich der Wind sammelte. Ich war eins mit der Luft. Frei. Hier oben existierte keine Zeit, keine Angst. Hier galten die Regeln des Lebens nicht.

Ich warf einen Blick zurück. Taméa auf der Klippe wirkte wie eine Ameise. Ich sah, wie sie auf und ab hüpfte, doch ihr Jubelschrei ging im Heulen des Windes unter.

Im langsamen Sinkflug glitten wir über den Fluss, der sich durch das Glen schlängelte. Die Sonne brachte die Wasseroberfläche zum Glänzen wie tausend Diamanten. Das gebrochene Spiegelbild eines weißen Greifs schwebte darüber hinweg. Noch ein paar Meter weiter runter und ich könnte das Wasser berühren. Vorsichtig ließ ich mit der rechten Hand das Seil los. Zitternd streckte ich den Arm aus und ließ für ein paar Sekunden das Gefühl absoluter Schwerelosigkeit durch meinen Körper strömen. Dann rutschte ich plötzlich ab und krallte mich schnell mit beiden Händen zurück an das Seil. »Scheiße!«

Besser erstmal nicht zu leichtsinnig!

In diesem Moment zog der Greif seine Flügel zusammen. Die erneuten Flügelschläge liefen ruckartig durch seinen ganzen Körper. Unter meinen Beinen spürte ich seine Muskeln arbeiten, während das Tier Stück für Stück nach oben stieg. Was hatte das Tier vor? Ich klammerte mich bloß ängstlich an dem Seil fest, unfähig, irgendeinen Befehl in meinen Gedanken zu formen.

Plötzlich klappte Flora ihre Flügel halb ein, und ich lehnte mich automatisch nach vorne, als sie zum Sinkflug ansetzte. Der Wind rauschte um meine Ohren. Eisige Kristalle stachen in mein Gesicht. Der Boden kam immer näher. Gerade als ich meinte, auf das Wasser prallen zu müssen, breitete der Greif erneut seine Flügel aus. Wir schossen über das Wasser wir ein Pfeil, immer der Sonne entgegen, und ich stieß ein Brüllen purer Euphorie aus. Keine Achterbahn der Welt konnte es mit diesem Gefühl aufnehmen. Annie hatte recht: leichtsinnig war wunderschön!

Irgendwo von oben hörte ich Taméas Lachen, als Gwydions Schatten über mich hinwegglitt.

Das war meine Welt. Hierfür war ich geboren, hier gehörte ich her. Von hier wollte ich niemals weg!

Kapitel 28

Annie

Sieben Monate später

K ommen wir nun zu Ihren Ergebnissen.« Der Jahrgangsstufenleiter stand auf der großen Bühne der Aula und
hielt einen braunen, schicksalshaften Umschlag in die Luft.
Annie hielt mit der rechten Hand seit fünf Minuten ihre
Kette fest. Die andere hatte sie unter ihrem Schenkel
vergraben, der nervös auf und ab wippte. Ihr Blick
schweifte kurz zu den bekannten Gesichtern vor und hinter
ihr. Sie alle teilten denselben nervösen Gesichtsausdruck,
mal mehr, mal weniger finster.

Seit einer halben Stunde saßen sie nun schon hier fest.
Niemand wollte die Ansprachen des Jahrgangstufenleiters,
des Direktors oder irgendwelchen Schulsprechern oder
Sponsoren hören. Genau wie Annie wollten sie dieses kleine
bedruckte DIN-A4-Blatt aus dem Umschlag bekommen, auf
dem ihr Name stand und verschwinden. Kaum zu glauben,
dass dieses winzige Blatt ihre weitere Zukunft bestimmen
sollte, bestanden oder nicht bestanden, Uni oder nicht Uni,

raus aus dieser Stadt oder ein weiteres Jahr hier sitzen.

Der Jahrgangsstufenleiter nahm einen Brieföffner vom Tisch neben ihm. Die Kerzen darauf flackerten bei der hastigen Bewegung. Zwei Kerzen für zwei Personen, die eigentlich hier sitzen sollten, aber nie ein Abschlusszeugnis in den Händen halten würden. Manche der Schule nannten ihren Jahrgang inzwischen verflucht. Zwei Mädchen, aus demselben Jahrgang, die innerhalb eines Jahres zu Tode kamen, beste Freundinnen noch dazu.

Und Annie war bei beiden Toden eine direkte Zeugin gewesen. Sie war die Einzige, die die wahren Umstände kannte. Für alle anderen war Feli bei einem Unfall im Urlaub ums Leben gekommen. Tragisch, aber nachvollziehbar. Feli war nie am Ring of Brodgar und nie in einen Mordfall verwickelt gewesen. Annie mochte sich die Summe nicht ausmalen, die S.T.A.R.S. der Polizei in Inverness untergejubelt hatte, damit diese Hinweise nicht an die Öffentlichkeit gelangten.

Floras Eltern hatten der Schule ein Bild von dem Mädchen geschickt. Auch von Feli hatten die Organisatoren versucht, ein Bild zu bekommen. Leider war Amanda in Schottland auf geheimer Mission und vermutlich mit Wichtigerem beschäftigt, als ein Bild für ihre Tochter herauszusuchen.

Annie besaß hunderte Bilder von Feli. Doch der Ordner mit den Bildern aus Schottland lag unangetastet auf ihrem Handy. Schon der Gedanke, den zu durchsuchen, bereitete ihr Übelkeit.

In Felis Wohnzimmer fand sie schließlich ein geeignetes Bild. Das Bild zeigte Feli an Weihnachten, vor circa zwei Jahren. Ihre roten Krauslocken standen in alle Himmelsrichtungen ab. Sie hielt eine neue Zeichenmappe mit dutzenden Bleistiften in den Händen, und strahlte heller als der Baum hinter ihr.

»Annie Winnecker!«

Beim Klang ihres Namens tat ihr Herz einen schmerzhaften Ruck. Mit wackeligen Beinen stand Annie auf, zog ihre rot-karierte Bluse gerade und ging schnellen Schrittes auf die Bühne. Sie spürte, wie sie zu schwitzen begann, als sie die letzten Stufen erklomm und in die ermunternden Augen des Lehrers schaute. *Das geht nicht gut, ich habe nie im Leben bestanden.*

Er überreichte ihr das zusammengefaltete Blatt mit ihren Ergebnissen. Annie nahm es entgegen und beeilte sich, von der Bühne zu kommen. Auf ihrem Platz angekommen, starrte sie mit zusammengepressten Zähnen auf das Blatt. Um sie herum brach bereits Jubel aus. *Ich habe keine guten Prüfungen geschrieben.* Annie erinnerte sich an die Fehler, die sie im Nachhinein festgestellt hatte. *Einfach das Schlechteste annehmen. Dann kannst du nicht enttäuscht werden.*

»Nun mach schon auf!« Mara beugte sich von hinten über sie. Typisch, dass sie Annie keinen Moment Privatsphäre gönnen konnte. Annie öffnete das Blatt und schielte auf das Ergebnis. Ihr Herz tat einen freudigen Sprung, als sie die Gesamtpunktzahl sah. Grinsend ließ sie sich zurück in den Stuhl fallen und starrte einen Moment an die Decke. Mara riss ihr das Blatt aus der Hand.

»Zwei Komma sechs, du Streber! Das ist ja eklig!«

Annie nahm von ihren Worten keine Notiz. Sie hatte es geschafft! Sie hatte einen verdammten Abschluss. Jetzt stand ihr die Tür offen, ihre kleine erdrückende Welt zu verlassen und irgendwo neu anzufangen, weit weg von all den Erinnerungen.

Herzlichen Glückwunsch!

Da war sie! Die Stimme, die sie seit Monaten nicht mehr gehört hatte. Sie hatte schon gedacht, sie hätte sie verlassen.

Ich bin stolz auf dich!

Es ist auch dein Abschluss!

Sie erwartete einen frechen Kommentar, doch Feli antwortete nicht. In ihrem Kopf herrschte Stille. Annies Herz krampfte sich zusammen, als sich kalte Abwesenheit in ihr breitmachte. Schon wieder!

»Kommst du zu der Party heute Abend?«, fragte Mara.

»Oh, ich bin schon verabredet«, antwortete Annie.

»Sicher? Wir treffen uns bei …«

»Ich kann leider wirklich nicht kommen«, unterbrach Annie sie. *Lieber verbringe ich den Abend allein, als mir mit euch in irgendeinem Partykeller die Birne wegzusaufen,* fügte sie in Gedanken hinzu. »Wir sehen uns spätestens bei der Zeugnisvergabe.«

Sie stand auf, krallte ihre Finger fest ums Papier und ging aus der Aula ins Foyer. Dort faltete sie den Zettel erneut auf und betrachtete die einzelnen Ergebnisse. Glücklich rieb sie den Stein ihrer Kette zwischen zwei Fingern. Das Handy vibrierte in ihrer Hosentasche. Schnell schaute sie auf das Display. In ihrem Bauch breitete sich eine flatternde Wärme aus, als sie Lians Nachricht sah.

Und? Hol ich den Sekt oder das Schokoladeneis?

Ich komme gleich, schrieb Annie zurück und steckte das Handy zurück in ihre Hosentasche. Ein sadistisches

Grinsen breitete sich auf ihrem Gesicht aus. Lian konnte ruhig noch warten.

Der Regen prasselte gegen das Vordach der Aula. Draußen hatten sich bereits Pfützen vor dem Eingang gebildet. Annie steckte das Dokument in ihren Rucksack, damit sie nachher noch etwas zum Vorzeigen in der Hand halten konnte, und trat vor die Tür. Sie nahm den Regenschirm aus ihrem Rucksack, als ihr Handy erneut vibrierte.

Die Nachricht, die Annie auf ihrem Display sah, stammte nicht von Lian. Es war eine Nummer, mit der sie den einseitigsten Chatverlauf teilte, den diese gute Erde jemals gesehen hatte. Sie hatte bisher nur auf eine einzige Nachricht geantwortet, was die Person jedoch nicht davon abhielt, fleißig weitere zu schicken. Mindestens einmal im Monat bekam sie einen mehrzeiligen Statusbericht und einmal in der Woche eine kurze Nachricht über neue Erkenntnisse oder Pläne. Für diese Woche war Amandas Nachricht längst überfällig. Annie hatte schon gehofft, sie hätte es endlich aufgegeben, sie für S.T.A.R.S. rekrutieren zu wollen. Sie öffnete die Nachricht. Der Text war nicht lang, doch während sie ihn überflog, stand die Zeit still.

Lucas ist wirklich nicht zu viel zu gebrauchen, doch der Bastard hat einen Weg gefunden, Nachrichten in die Anderswelt zu schicken. Wir haben die Information jetzt von den Feen. Feli lebt! Sie ist dort drüben. Ich weiß nicht, warum die Sidhe sie nicht opfern, aber sie tun es nicht!

Annies Hals schnürte sich zu. Sie las die Nachricht ein zweites und ein drittes Mal. Das Gefühl, ein Stück Holz in ihrer Kehle stecken zu haben, wurde mit jedem Mal stärker. In dieser Nachricht steckte so viel, das ihr Verstand nicht begreifen konnte. Nachrichten in die Anderswelt? Wie war das möglich?

Sie ist dort drüben. Die ganze Zeit über. Annie fühlte sich, als wollte das Frühstück auf falschem Weg wieder aus ihrem Körper kommen. Feli war seit Monaten in der Anderswelt, verängstigt, allein, vermutlich gefangen gehalten, und sie stand hier, ihre Abiturergebnisse in der Hand und freute sich auf ein neues Leben. Sie war das egoistischste Wesen auf Erden. *Feli lebt!*

Annie stieß ein Geräusch, irgendwo zwischen Stöhnen und Keuchen, aus. *Gott, Feli lebt noch!* Die Tränen zwangen sich aus ihren Augen heraus. Tränen der Freude. Gleichzeitig brach die Schuld über sie herein wie ein Eimer kaltes Wasser.

Sie konnte nicht sagen, ob sie sich besser fühlte, wenn sie die Nachricht nie gelesen hätte. Wenn Feli tot geblieben wäre, wie Annie es sich in den letzten Monaten eingeredet hatte.

Regentropfen sammelten sich auf dem Display. Schnell steckte sie das Handy ein. Den Schirm hielt sie ungeöffnet in der Hand.

Schritte näherten sich von hinten und sie drehte sich um.

»Zum Glück sind Sie noch da!« Eine Lehrerin lief schnellen Schrittes auf sie zu. »Herr Malkus meinte, das Foto stammt von Ihnen?«

Sie reichte Annie das Foto von Feli in dem weißen Bilderrahmen.

»Wir haben Frau Schwarz leider immer noch nicht erreichen können. Wären Sie so lieb und geben es ihr zurück?«

Annie brachte nur ein Nicken zu Stande und nahm das Bild an. Erleichtert stapfte die Lehrerin zurück in die Aula.

Sie starrte auf das Foto hinab, wo sich die Tropfen auf Felis Locken sammelten und ihr Gesicht hinunterliefen, sodass es aussah, als würde sie weinen. Freudentränen.

Sie streckte eine Hand aus und spürte die Tropfen auf ihrer Haut.

Ich habe dich tanzen sehen. Das sah schön aus. Nicht absichtlich. Ich habe zufällig aus dem Fenster geschaut.

Warum bist du nicht rausgekommen?

Weil es in Strömen regnet.

Und?

Annie starrte in den grauen Himmel. Wäre es nicht helllichter Tag und würden nicht immer noch Schüler aus dem Eingang der Aula kommen, hätte sie getanzt.

Kapitel 29

Annie

Lian wohnte nahe dem Stadtzentrum in Magdeburg, in einem Gebäude mit einer hellen, freundlichen Fassade. Die gesamte Straße bestand aus Gebäuden dieser Art, mit großen Fenstern, in denen sich die Mittagssonne spiegelte und weißen Türen. Annie klingelte. Mit klopfendem Herzen wartete sie auf das bekannte Ringen des Türöffners. Lians Wohnung lag im dritten Stock. Das Treppenhaus wurde durch die schaufenstergleichen Scheiben mit Licht geflutet, die jede Zwischenetage schmückten. Nur das Knarzen der Holztreppe verriet, wie alt das Haus in Wahrheit war.

Lian wartete in der geöffneten Haustür auf sie. Seine welligen Haare trug er heute offen.

Er lächelte breit, als er sie sah. Annie strich über ihre Kette.

Was sollte sie ihm sagen? Dass Feli am Leben war? Dass alles, was er letztes Jahr mit ihr durchgemacht hatte, vergebene Zeit gewesen war?

»Und?«, fragte Lian. Das Grinsen aus seinem Gesicht verschwand, als er ihren Gesichtsausdruck sah. »Oh Gott, du hast es nicht …«

Jetzt fiel Annie der eigentliche Grund ein, warum sie hier war. Die Verkündung der Ergebnisse erschien ihr bereits Tage her. »Achso, doch! Durchschnitt von zwei Komma sechs.«

Das Grinsen kehrte in Lians Gesicht zurück. »Herzlichen Glückwunsch!« Er klopfte ihr im Vorbeigehen kamerad-schaftlich auf die Schulter, und Annie erlaubte sich ein kurzes Gefühl des Triumphs.

»Ohne dich hätte ich es nicht geschafft!«

»Und ohne meine ausgezeichnete brasilianische Küche«, erwiderte er selbstgefällig.

Annie schmunzelte. »Stimmt, ohne die auch nicht!«

Hinter ihr zog Lian die Tür zu und marschierte in die Küche. »Hast du dir schon eine Uni rausgesucht?«

Ihre Schuhe stellte sie auf das weiße Ablagebrett und folgte ihm in Richtung Küche. In Lians Wohnung standen nirgends Kartons oder kitschige Deko, wie in der Wohnung ihrer Mutter. Sogar an der Garderobe befand sich Platz für mindestens drei weitere Jacken. Am Kühlschrank hingen Postkarten aus allen Ecken der Welt, die sich über die Jahre angesammelt hatten. Wenn es etwas gab, wo Lian nicht minimalistisch lebte, dann Postkarten. Durch seinen brasilianischen Vater und seine irische Mutter hatte er bereits in seiner Kindheit mehr Länder gesehen als andere in ihrem ganzen Leben. Sehnsüchtig starrte Annie auf die beachtliche Sammlung. Sie kannte jeden Ort mittlerweile auswendig. Am liebsten wäre sie im Türrahmen an Ort und

Stelle zu einem kleinen Kokon zusammengesunken. »Nein … doch, ja …«

Lian runzelte die Stirn. »Aber?«

Lange betrachtete Annie sein Gesicht, das nach einer Antwort verlangte. Wie sollte er begreifen, was geschehen war? Dass Feli wieder da war? Sie würde in seinen Ohren verrückt klingen.

Annie hatte keine Wahl. Sie holte tief Luft. »Das mag sich seltsam anhören, aber es gibt eine Chance, dass Feli lebt.«

Auf Lians Stirn verdichteten sich die Falten. »Wie?«

Annie löste sich vom Türrahmen und trat in die Küche. Sie nahm die Flasche Sekt und schüttete sich ein Glas voll. Am liebsten hätte sie den Inhalt geext. »Was weiß ich! Ihre Mutter hat mir gerade geschrieben.«

»Das ist großartig!«, rief Lian.

Annie setzte sich halb auf den Küchentisch. »Ich weiß es nicht! Ich weiß nicht, was ich denken soll … Ich hatte mich mit dem Gedanken abgefunden, dass sie tot ist!«

Lians verwirrter Gesichtsausdruck verriet ihr, dass er nur die Hälfte ihres Gestammels verstand.

»Jetzt fühlt es sich an, als hätte ich eine zweite Chance.«

Nachdenklich verschränkte Lian seine breiten Arme vor der Brust. »Ich verstehe nicht, wo dabei der Haken ist?«

»Die Nachricht hat mir Hoffnung gegeben, die ich nicht gebrauchen kann«, sagte Annie.

Lian schnaubte belustigt. »Also, nochmal zur Wiederholung. Du bist wütend, weil du Hoffnung hast?«

»Ich hatte einen Plan! Ich hatte mir wieder ein Leben aufgebaut. Ich wollte an die Uni gehen. Es war alles klar in meinem Kopf. Jetzt weiß ich gar nichts mehr«, erwiderte sie aufgebracht.

»Ist sie in Schottland?«, fragte Lian.

»Ja, beziehungsweise nicht unbedingt. Niemand kann genau sagen, wo sie eigentlich ist.« Annie presste die Lippen zusammen. Außer, dass sie in der Anderswelt ist, dass sie am Leben ist und dass diese Tatsache alles durcheinanderwarf, worauf Annie die letzten Monate ihr Leben gebaut hatte. Am liebsten hätte sie geschrien, ob vor Verzweiflung, Freude oder Verärgerung wusste sie nicht. Vielleicht auch alles zusammen.

»Dann ruf sie an, fahr nach Schottland, sprich dich mit ihr aus und geh danach auf die Uni«, sagte Lian.

Erstaunt betrachtete Annie ihn. Er nahm die Situation einfach hin, ohne Informationen aus Annie herauszwängen zu wollen.

Annies Herz pochte wild in ihrer Brust.

Ich muss es aus seinem Mund hören. Ich muss wissen, dass ich mir das nicht einbilde!

»Wenn ich nach Schottland fahre, werde ich vielleicht für eine lange Zeit nicht zurückkommen«, fuhr sie fort. Wer wusste, was S.T.A.R.S. geplant hatte, oder wie sie Feli aus der Anderswelt zurückholen sollten. »Ich hatte ein Leben hier.«

»Aber warst du glücklich?«

Wie eine Nadel bohrte sich Lians Frage in Annies Magengrube.

»Natürlich war ich das!«, antwortete sie, ohne zu überlegen. »Die Sache zwischen uns …«

»Zwischen uns?« Erneut runzelte Lian die Stirn.

Annies Atem flatterte. Der Moment der Wahrheit. Sie fühlte sich wie damals nach ihrem ersten Kuss. »Du hast mir diesem Sommer unglaublich viel Halt gegeben. Du bist zu einer Person in meinem Leben geworden, die …«

»Annie …«, unterbrach er sie langsam.

Unbeirrt fuhr sie fort. »Dich jetzt einfach zu verlassen, wäre unfair und …«

»Annie«, sagte Lian energisch.

»Ich hab mich …« Sie holte tief Luft.

»Annie, stopp!« In der Küche herrschte vollkommene Stille. In Lians Gesicht kämpften die Emotionen miteinander.

»Du bist eine wundervolle Frau, humorvoll, gutaussehend, intelligent, und ich meinte es nie ernst, wenn ich dich Arschloch genannt habe … meistens zumindest. Aber du bist eine Frau!« Die Worte klangen fast schon verzweifelt.

Annie starrte ihn an, bevor sich in ihrem Gehirn ein Vorhang zurückzog. »Warum hast du nie etwas gesagt?«, fragte sie mit rauer Stimme.

»Weil ich mich nie überwinden konnte. Ich weiß, ich hätte es tun sollen.« Lian nahm sich einen Stuhl vom Küchentisch und setzte sich, mit der Lehne zwischen den Beinen, darauf. »Die Gefühle, die du für mich hast, sind das Bedürfnis nach Halt und Hoffnung. Du magst dich für eine spontane Persönlichkeit halten, aber du brauchst eine Menge Halt. Feli hat dir genau diesen Halt gegeben.« Zaghaft lächelte Lian. »Wenn du mich fragst, hattest du deine Entscheidung bereits gefällt, bevor du bei mir geklingelt hast. Selbst wenn ich Gefühle für dich hätte, würdest du dich nicht für mich entscheiden und hierbleiben. Ich habe dich letzten Sommer erlebt. Wenn du eine zweite Chance bekommen hast, solltest du sie ergreifen. Wer weiß, ob es eine dritte geben wird.«

Annie wollte protestieren. Sie erwartete irgendeinen Schmerz oder Wut über Lians Zurückweisung. Zu ihrem Erstaunen empfand sie bloß Erleichterung. Erleichterung, dass er keine Gefühle für sie empfand. Sie teilte eine Verbundenheit mit Lian.

Er war ihr bester Freund, und hätte Lian mehr gewollt, wäre sie sofort mit ihm ins Bett gegangen. Schon vor Jahren hatte sie aufgegeben, die Wirkung zu leugnen, die sein Körper auf sie hatte.

Doch eine romantische Beziehung? Ihr ganzes Leben war sie davon ausgegangen, dass sie irgendwann so jemanden finden würde, eine Beziehung eingehen und eine Familie gründen würde, weil es von ihr erwartet wurde. Vielleicht war sie noch nicht bereit für diese Art von Beziehung. Vielleicht würde sie das nie sein.

Ich möchte schon jemanden finden, mit dem ich gemeinsam alt werden kann, eine Person, die ich mein Zuhause nennen kann, aber ich glaube nicht, dass ich möchte, dass dieser Jemand für mich ein romantischer Lebensgefährte ist.

Felis Worte kamen zurück in ihr Gedächtnis. Damals, bevor ihr Leben sich auf einen Schlag um einhundertachtzig Grad drehte. Sie wünschte, sie hätte Feli damals geantwortet, dass sie genauso empfand. Dass genau diese Art von Beziehung alles war, was sie brauchte und suchte. Eine tiefe, emotionale Verbundenheit. Eine Freundschaft wie mit Feli.

»Danke, Lian!« Annie war in diese Wohnung gekommen, in der Erwartung, in einer Beziehung wieder rauszukommen. Genau das Gegenteil hatte sie dazu gebracht, zu wissen, was sie wirklich wollte. Fast hätte sie über die Ironie gelacht. Niemals zuvor war sie dankbar für einen Korb gewesen.

Sie zog ihr Handy aus der Tasche und öffnete Amandas Chat. Die Nachricht wartete immer noch auf eine Antwort. Mit einem letzten tiefen Atemzug schrieb sie:

Ich komme!

Annie hielt ihren Zigarettenstummel aus dem Fenster und warf einen besorgten Blick auf die dunklen Regenwolken am Himmel. Feli hätte genau sagen können, ob und wann die Wand sich entladen würde, doch auch Annie konnte sehen, dass es nicht mehr lang dauern konnte. Im besten Fall gab es einen Wolkenbruch. Im schlimmsten Fall entwickelte sich daraus ein krachendes Frühlingsgewitter. Annie zog ein letztes Mal an ihrer Zigarette, bevor sie den Stummel in den Aschenbecher des Kombis drückte.

Als sie heute Morgen das Tor zur ihrer angemieteten Garage geöffnet hatte, war Betsy ihr vorgekommen wie ein Gespenst. Der Lack sah stumpf aus vom Staub ihres vorübergehenden Grabes. An den Außenspiegeln hatten einige Spinnen sich häuslich eingerichtet. Sie öffnete den Wohnraum und blieb einen Moment in der Tür stehen. Was hatte sie erwartet?

Tief in ihrem Inneren hatte sie geglaubt, dass Betsy sich verändert hatte. Ein sinnloser Gedanke. Trotzdem breitete sich beim Anblick des Innenraums ein seltsamer Frieden in Annie aus, als sie erkannte, dass sich alles noch an Ort und Stelle befand. Gleichzeitig zog sich ihr Herz zusammen. Fast ein Jahr lang war diese Tür nicht geöffnet worden. Von jetzt auf gleich war dieser Bus in Totenstarre verfallen. Annie hatte sich nicht getraut, ihn noch einmal anzurühren, aus Angst, welche Erinnerungen er auslösen konnte. Sie hörte Felis Stimme, während ihr Blick über das Bett schweiften, spürte, wie sie sich nachts umdrehte. Sie hörte das Klirren, wenn sie morgens ihre Müslischüssel in die Spüle stellte, oder ihr Lachen auf dem Beifahrersitz. Oft auch ihr Schnarchen. Es fühlte sich an wie gestern und doch ein Jahrzehnt entfernt. Problemlos sprang Betsy an, als Annie den Motor startete. Mit zitternden Fingern strich sie über das Lenkrad. Vor ihrem inneren Auge sah sie die Highlands. Die Realität zeigte jedoch nur das braune Garagentor. Bald, dachte sie.

»Zeit, dich hier rauszuholen«, murmelte sie. Es kam ihr vor, als brummte Betsys Motor bei den Worten lauter. Das nächste Flugzeug startete in zwei Tagen nach Inverness. Es wäre eine problemlose, kurze Reise gewesen, doch bei dem Gedanken, in einem von S.T.A.R.S. gebuchten Flugzeug zu sitzen, von Mitgliedern von S.T.A.R.S. am Flughafen abgeholt zu werden und ohne Umweg ins S.T.A.R.S. Hauptquartier geleitet zu werden, drehte sich Annie der Magen um. Sie wollte selbstständig nach Inverness reisen, ohne dass S.T.A.R.S. jeden ihrer Schritte kannte. Bald würden sie die ohnehin kontrollieren.

Das Haus von Felis Familie wirkte wie ein Geisterhaus im Schatten der Regenwolken. In der zweiten Haushälfte wurden jeden Morgen die Gardinen zurückgezogen. Auch die Rosen im Vorgarten blühten noch, doch durch die Fenster in der ersten Haushälfte hatte schon lange niemand mehr geschaut. Amanda hatte ihr eine Liste an Dingen geschrieben, die sie nach Inverness bringen sollte. Annie packte den Stapel an Zeitungen unter dem Briefkasten und schloss die Haustür auf. Die Zeitungen legte sie in den Flur. Sofort wurde sie von der Stille im Haus eingenommen. Sie ging in das Wohnzimmer und öffnete einige Fenster. Als sie die schweren Gardinen von einem der Fenster zurückzog, wirbelten die Staubkörner im Tageslicht.

Sie trat vor das Regal mit den Bilderrahmen. Eine staubfreie Fläche verriet, wo das Foto gestanden hatte. Aus ihrer Tasche zog sie Felis Foto und betrachtete es. Ihr Blick wanderte zu den anderen Bildern. Eine Menge Bilder von Feli. Es würde nicht auffallen, wenn eins davon fehlte.

Statt das Foto zurückzustellen, steckte sie es wieder in ihre Tasche.

Amandas Sachen zusammenzusuchen, dauerte nicht lange. Felis Mutter hatte ihr detaillierte Beschreibungen gegeben, wo sich die Dinge befanden. Gerade öffnete Annie die Tür zum Badezimmer, als ihr Blick auf Felis Zimmertür fiel. Wenn sie wieder in dieser Welt war, brauchte sie auch etwas zum Anziehen. Von S.T.A.R.S. erwartete Annie keine modischen Meisterleistungen. In ihren eigenen Klamotten würde Feli sich bestimmt wohler fühlen als in irgend-welchen Uniformen. Und was würde sie für Augen machen, wenn in Inverness auch ihre Zeichenutensilien auf sie warteten. Lächelnd öffnete Annie die Tür zu Felis Zimmer.

Wenn es stimmte, was man über Geister sagte und sie tatsächlich an einen Ort gebunden waren, dann war das der Ort von Felis Geist. Sie steckte überall hier drin. In ihrem Bett, das immer noch mit der gestreiften Bettwäsche bezogen war, in der auch Annie ein paar Mal geschlafen hatte. In der großen Staffelei neben dem Fenster; den unzähligen Bildern und Kritzeleien auf dem Schreibtisch und an den Wänden. Dem Schulrucksack, der achtlos in die Ecke geworfen war; den Fingerabdrücken aus Bleistift auf der Fensterbank und dem Rolladengurt. Den vier Kuscheltieren auf der Kopflehne des Betts. Annie hätte ewig so weitermachen können, einfach hier stehen und Dinge absorbieren, die sie an Feli erinnerten.

Ich hatte so hart versucht, sie zu vergessen, dabei wollte ich nicht sie vergessen, sondern mein eigenes Versagen.

Überrollt von einer plötzlichen Wut sammelte sie aus jedem Fach im Kleiderschrank ein paar Kleidungsstücke sowie eine Mappe mit Stiften und Zeichenutensilien ein, und schloss die Tür des Zimmers hinter sich. Sie hörte, wie der Regen an die Fensterscheiben prasselte, gefolgt von einem rollenden Donner in der Ferne. Schnell öffnete sie die Haustür. Der Schotterweg zur Straße hatte sich bereits in ein Feld aus mehreren Pfützen verwandelt. Annie schloss die Haustür zu, die Sporttasche schützend über ihrem Kopf, und rannte zurück zu Betsy. Sie kletterte auf den Fahrersitz, legte die Tasche neben sich und schaltete das Radio ein. Doch anstatt loszufahren, starrte sie wie hypnotisiert auf das

gleichmäßige Prasseln der Tropfen auf der Windschutzscheibe. Ein weiterer Donner grollte am Horizont, weit
entfernt.

Wie fühlt es sich an?

*Viele Menschen versuchen den Begriff Freiheit zu beschreiben
oder zu finden und wissen nicht wie. Wenn mich jemand fragen
würde, würde ich vorschlagen, genau das zu tun.*

Damals im Bulli hatte Annie Felis Worten keine tiefere
Bedeutung zugemessen. Sie war eingeschlafen und hatte am
nächsten Morgen nicht weiter nachgedacht, was Feli mit
»Freiheit« meinte.

Jetzt verstand sie es. Freiheit, Dinge loszulassen, den
eigenen Ballast wegzuwerfen. Freiheit, für ein paar Minuten
unverfälschtes Glück zu empfinden. Freiheit, etwas zu tun,
gegen das sich der Kopf sträubt.

In Erinnerung an Feli, dachte sie. Sie wollte nichts mehr
verdrängen!

Das Radio drehte sie laut und trat auf die Wiese neben
dem Haus. Die Erde schmatzte unter ihren Schuhen. Sofort
drang die Feuchtigkeit durch und den Stoff in ihre Socken.
Annie verzog das Gesicht, zuckte dann mit den Schultern.
Ihre Haare klebten ihr mittlerweile im Gesicht und ihre
Kleidung wies große dunkle Flecken vom Regen auf. Was
machten da noch nasse Füße?

Sie begann zu tanzen. Zuerst langsam, kaum mehr als ein
paar Schritte. Was, wenn sie jemand sah? Sie kam sich albern
vor!

Räuspernd strich sie sich die Haare aus dem Gesicht und
richtete sich auf. *Ich hoffe, du siehst das, wo auch immer du bist,
Feli. Ich mache das nämlich nicht noch einmal!*

Sie tat einen weiteren Schritt, dann einen zweiten, schließlich eine Drehung. Die Bewegungen begannen von allein zu fließen. Ein warmes Gefühl des Glücks breitete sich von ihrer Brust bis in ihre Arme aus, und sie erwischte sich, wie sie trotz des zugeschnürten Halses lächelte. Um die Blicke, die ein Ehepaar ihr zuwarf, als es an ihr vorbeihetzte, um schnell ins Trockene zu kommen, kümmerte sie sich nicht. Sie kümmerte sich auch nicht, dass die Nachbarn aus den Fenstern freie Sicht auf ihre kleine Vorstellung hatten, oder um irgendwelche Schrittfolgen oder wie sie sich als nächstes bewegte. Der Regen wischte die Spuren der Tränen auf ihren Wangen weg und mit ihm den Ballast des letzten Jahres. Zumindest für ein paar Sekunden. Schließlich lachte sie laut. Schnaufend und nach Atem ringend kam sie zum Stehen. Mit dem T-Shirt wischte sie sich das Wasser aus dem Gesicht und schaute hinauf zum Himmel. Zum ersten Mal fühlte sich ihr Herz wieder leicht an, frei, als wollte es jeden Moment wegfliegen.

»Bist du jetzt zufrieden?«, fragte Annie.

Sehr, antwortete Feli. Ihre Stimme klang diesmal laut und deutlich.

Kapitel 30

Annie

Die Kegel der Straßenlaternen und die Lampen aus den umliegenden Häusern warfen Licht auf die finstere Straße.

Sia war allein. Das war alles, was heute Abend zählte. Annie fühlte sich wie der schlimmste Stalker, seit fünfzehn Minuten hier draußen zu stehen. Sie traute sich nicht zu klingeln, aus Angst, Scham oder beides zusammen. Noch bis zum Ende des Jahres hatte Annie einmal im Monat eine Nachricht von Sia bekommen, die fragte, wie es ihr ging, ob es was Neues zu Feli gab oder wegen den Ermittlungen. Auf keine ihrer Nachrichten hatte Annie geantwortet. Im neuen Jahr hatte Sia aufgehört zu schreiben.

Annie öffnete das Handschuhfach, um ihre Bürste herauszuholen und sich die zwei Tage Fahrt aus den Haaren zu kämmen. Sie wollte wenigstens aussehen, als hätte sie ihre sieben Sinne beisammen, wenn sie vor Sias Tür trat. Anstatt der Bürste griffen ihre Finger jedoch etwas Weiches. Sie zog ihre Hand heraus und starrte auf die

Socken mit den Eiswaffeln. Felis Socken, zerknittert und zusammengeknüllt.

Schmunzelnd stopfte sie die Socken in ihre Handtasche. Sie würde sie nachher zu Felis Sachen hinten reinlegen.

Quietschend öffnete sie die Fahrertür und ging langsam über die vom Regen nassen Pflastersteine vor Sias Haustür. Viel hatte sich nicht verändert seit ihrem letzten Besuch. Vor der Tür blühten immer noch Blumen in den Kästen und der Rasen wirkte wie mit einem Lineal geschnitten.

Sie drückte die Klingel.

Dumpfe Schritte näherten sich der Tür. Annie atmete tief durch, als jemand von der anderen Seite die Klinke herunterdrückte. Ein Kopf streckte sich misstrauisch durch den Spalt in der Tür. Eine Seite des Kopfes schien durch die roten Haare in Flammen zu stehen, die andere verschwand in der Dunkelheit des Flurs. Ihre Augen weiteten sich, als sie Annie sah.

»Hey!«, rang Annie sich mit rauer Stimme ab und hob verlegen die Hand.

»Du lebst!«, rief Sia erstaunt. Ihre Stimme klang weder wütend oder genervt, und ihre Augen strahlten. Aus irgendeinem Grund sackte Annies Herz bei diesem Anblick noch tiefer. Wäre es ihr lieber gewesen, Sia hätte sie hochkant wieder vor die Tür gesetzt? Vielleicht.

»Warum soll ich nicht mehr leben?« Annie blinzelte verwirrt.

»Du hast nie irgendeine meiner Nachrichten beant-wortet. Ich hatte schon das Schlimmste vermutet.« Ein leichter Vorwurf schwang in ihrer Stimme mit.

Annie umfasste den Stein ihrer Kette. »Ich … äh … war in keiner guten Phase. Aber das ist jetzt besser, und ich war gerade wieder in der Gegend und da dachte ich, schau ich mal vorbei.« Sie bemühte sich um einen positiven Ton.

»Ich freu mich so, dich zu sehen! Komm rein!« Mit einer einladenden Geste deutete sie in das Haus. Ihre Augen leuchteten.

Ich hoffe, die Freude vergeht dir gleich nicht!

Annie trat an ihr vorbei in den Flur. »Sorry, dass ich so spät reinplatze.«

»Ach, das ist kein Problem. Möchtest du etwas essen oder eine Tasse Tee?«, erwiderte Sia.

Schnell schüttelte Annie den Kopf. Das Herz schlug ihr bis zum Hals. Der Gedanke an Essen verursachte ihr ein flaues Gefühl im Magen. »Danke, aber nein.«

Als Sia die Tür zum Wohnraum öffnete, sprangen drei schnurrende Katzen auf sie zu und rieben sich an Annies Beinen. Lächelnd beugte sie sich hinunter und strich über die samtweichen Felle. Ihr Herzschlag beruhigte sich ein wenig.

Sia deutete Annie, auf dem Sofa Platz zu nehmen. Mit zwei Fingern strich Annie über den Stoffbezug und erinnerte sich lächelnd an die himmlische Nacht zurück, die sie auf diesem Sofa verbracht hatte.

Mit einer Tasse Tee in der Hand kam Sia vom Küchentisch und setzte sich neben sie. »Was führt dich in die Gegend?«

»Ich war auf der Durchreise«, antwortete Annie.

»Wo geht es diesmal hin?«, fragte Sia neugierig.

Verlegen räusperte sich Annie. »Am Reiseziel hat sich nicht viel geändert.«

»Auch wenn der letzte Trip so katastrophal geendet hat?« Sia hob eine Augenbraue und betrachtete ihren Tee.

»Deshalb muss ich nochmal hin«, sagte Annie mit fester Stimme. »Es gibt noch ein paar Dinge, die … bedürfen der Klärung.«

Mit gerunzelter Stirn musterte Sia sie. Sie wusste, dass Annie nicht die ganze Wahrheit erzählte.

»Haben sie dich wieder zu einer Befragung eingeladen?«

Annie schüttelte den Kopf. *Jetzt oder nie*, dachte sie. »Ich fahre wegen Feli.«

Sia starrte sie mit großen Augen an.

»Was würdest du tun, wenn ich dir sage, dass Feli lebt?«

Sia kratzte sich am Kopf. »Na ja, ich würde dich zuerst für verrückt halten. Dann würde ich meinen Hut vor Feli ziehen, dass sie es geschafft hat, uns alle so lange an der Nase herumzuführen, und dann würde ich dich wieder für verrückt halten … Du machst keine Scherze, habe ich recht?« Die Erkenntnis trat langsam in ihre Augen. »Sie ist wirklich am Leben und deshalb bist du auf dem Weg nach Inverness.«

Annie nickte.

Sia stellte die Tasse Tee auf den Tisch. »Wie? Wie hat sie das Feuer überlebt?«

»Das kann ich dir nicht sagen«, antwortete Annie. »Als mir ihre Mutter vor ein paar Tagen schrieb, konnte ich es selbst kaum glauben.«

»Holst du sie ab?«, fragte Sia.

Annie stand auf und ging einige Schritte auf und ab. Wie sollte sie die richtigen Worte finden? »Ich fürchte, so einfach ist das leider nicht.«

»Wann ist es das jemals?«

»Erinnerst du dich an S.T.A.R.S.?«, fragte Annie.

»Du meinst diese wichtigtuerische Organisation, die einfach die Ermittlungen übernommen hat?« Sia schnitt eine Grimasse.

»Genau die! Amanda ist jetzt ein Teil von ihnen und …« Annie stoppte und presste die Kiefer zusammen. Konnte sie Sia davon erzählen? Würde S.T.A.R.S. sie dafür auspeitschen? Was konnten sie tun? Ihr den Zutritt verweigern? Dafür wusste sie zu viel. S.T.A.R.S. wollte sie vor allem rekrutieren, weil sie bereits zu viel wusste.

»Sie haben irgendeinen Beweis, dass Feli lebt. Ich weiß nicht, wie sie es herausgefunden haben oder was das für ein Beweis ist …«

»Was meinst du mit Beweis, dass Feli lebt? Sie ist nicht in Schottland?«, unterbrach Sia sie.

»Erinnerst du dich, als ich dir geschrieben habe, dass Steinkreise Portale sind?«, fragte Annie langsam.

Sia nickte, hielt einen Moment inne, dann strebte ihr Kinn zu Boden.

»Es sind Portale in die Anderswelt und zurück. Deshalb konnten die Sidhe damals durch das Ringheiligtum Pömmelte kommen und Feli ihre Kräfte übertragen«, erklärte Annie ihr in Kurzfassung.

»Aber kein Mensch ist bisher durch Stonehenge verschwunden«, entgegnete Sia.

»Das liegt daran, dass die Menschen die Portale vor langer Zeit geschlossen haben, und zwar auf unserer Seite. Das macht es für Menschen unmöglich, in die Anderswelt zu reisen«, sagte Annie.

»Und warum konnte es dann Feli?« Sias Tonlage verriet Annie, dass sie bereits ganz genau wusste, warum.

»Feli ist ein Wechselbalg, Mensch und Fee gleichzeitig. Deshalb konnte sie … übertreten. Sie ist in der Anderswelt und wird dort vermutlich gerade von den Sidhe festgehalten, weshalb sie den Weg zurück nicht findet. Ich vermute, S.T.A.R.S. hat vor, den Sidhe einen Handel vorzuschlagen. Sie haben einen Weg gefunden, mit ihnen zu kommunizieren.«

In Annies Bauch kämpften Euphorie, Zweifel und ihr eigener Unglaube über die Worte miteinander.

»Glauben sie, die Schließung kann wieder rückgängig gemacht werden?« Sias Augen leuchteten.

»Das ist laut S.T.A.R.S. das oberste Ziel der Sidhe«, antwortete Annie. »Doch dazu …« Sie holte tief Luft. »Müssen sie Feli opfern. Deshalb hat S.T.A.R.S. die Ermittlungen gestoppt, um mich zu rekrutieren, weil sie jede Unterstützung brauchen, die sie kriegen können. Sie wollen Feli retten.«

Das war die Lüge, die Annie versuchte zu glauben. S.T.A.R.S. mochte ein Haufen eingebildeter Schnösel sein, aber sie waren die einzige Chance, Feli zu retten. Sie wollte sich nicht mit anderen, möglicherweise dunkleren Absichten der Organisation beschäftigen.

»Und du möchtest dich ihnen anschließen?«, fragte Sia.

Annie nickte.

Wortlos drehte Sia sich um, ging zwei Schritte nach vorne und wieder zurück. Dann kratzte sie sich am Arm und begegnete vorsichtig ihrem Blick. »Glaubst du denn, dass Feli gerettet werden möchte?«

Annie stockte. Ihr Herz hämmerte schmerzhaft gegen ihre Rippen. »Was meinst du damit? Vermutlich hängt sie gerade in irgendeinem Gefängnis oder …« Sie mochte sich nicht ausmalen, welche Qualen Feli durchlitt. »Natürlich möchte sie gerettet werden!«

»Ein Übertritt muss freiwillig geschehen«, wiederholte Sia nachdenklich.

Annies Kopf schnellte herum. »Du wusstest von den Portalen?«

Abwehrend hob Sia die Hände. »Ich habe es für nichts als Erzählungen gehalten. Wie gesagt, einige aus der Gemeinschaft glaubten daran, aber ich habe den Sidhe nie viel Beachtung geschenkt, bis ich auf euch traf.«

»Was sagen die Leute aus der Gemeinschaft?«, fragte Annie interessiert.

Sia nahm ihren Tee zurück in die Hand und trank ein paar Schlucke. »Meistens sei der Druck des Steinkreises so hoch auf die oder den Betroffenen, dass man es schlicht nicht mehr aushält und freiwillig übertritt. Feli ist aus eigenen Stücken gegangen.«

»Weil sie ihr Leben retten wollte!«, rief Annie. »Oder, wie du selbst gesagt hast, sie hat den Druck des Steinkreises nicht mehr ausgehalten. Du hättest sie sehen sollen in den Flammen. Sie war nicht sie selbst, so verzweifelt.«

»Ich glaube dir!«, verteidigte Sia sich. »Aber warum haben die Sidhe sie noch nicht geopfert, wenn das ihr oberstes Ziel ist? Warum soll sie nach so langer Zeit noch am Leben sein? Das ergibt keinen Sinn!«

»Ihr Versagen ist unsere Chance«, sagte Annie entschlossen.

Heftig schüttelte Sia den Kopf. »Das ist absurd!«

»Das kannst du laut sagen!«

»Woher weißt du, ob S.T.A.R.S. die Wahrheit sagt? Vielleicht ist dieser Beweis eine Lüge, um dich nach Inverness zu locken. Sie wollten dich bereits bei den Ermittlungen rekrutieren«, entgegnete Sia.

Peanuts hüpfte aufs Sofa und rieb ihren Kopf an Sias Oberschenkel. Die junge Frau streckte eine Hand nach der Katze aus und strich ihr tranceartig über das schwarze Fell. Laut schnurrte das Tier.

»Deshalb bin ich hier«, murmelte Annie.

Klirrend stellte Sia die Tasse zurück auf den Tisch. Erschrocken sprang die Katze von der Couch. »Ich wusste, dass du nicht einfach so abends in meine Wohnung platzt, um mir hallo zu sagen. Fast ein ganzes Jahr höre ich nichts von dir und dann stehst du plötzlich vor meiner Tür«, polterte sie. »Ich wusste, da ist etwas faul!«

Annie seufzte. Sie hatte sich schon gefragt, wann der Moment kommen würde. »Tut mir leid! Ich war letztes Jahr in keiner guten Verfassung.«

»Ich auch nicht!«, rief Sia und schnaubte. »Ich habe mir Sorgen gemacht. Bei den Ermittlungen hast du so verzweifelt gewirkt. Ich dachte, du hättest dir etwas angetan!«

»Es war dumm und ungerecht von mir, mich nicht bei dir zu melden«, antwortete Annie. Sie schloss kurz die Augen, als die Schuld erneut in ihr aufflammte. »Ich habe letztes Jahr viele dumme und ungerechte Dinge getan und habe sehr viel dadurch verloren. Aber jetzt bin ich hier, weil ich sie wiedergutmachen möchte.«

Finster betrachtete Sia sie. »Spuck es aus, bevor ich verschimmele!«

»Ich muss es mit meinen eigenen Augen sehen«, fuhr Annie fort. »Ich muss wissen, ob S.T.A.R.S. mich nicht anlügt, ob Feli wirklich noch lebt.«

Sia hob die Augenbrauen. »Und wie willst du das anstellen?«

»Du bist eine Hexe, richtig?«, fragte Annie räuspernd.

Vorsichtig nickte Sia, immer noch fragend.

»Ich weiß nicht viel über euren Glauben oder Zaubersprüche, was tatsächlich möglich ist und was ein Produkt der Fantasie ist. Aber ich habe in der letzten Woche viel gelesen und bin auf ähnliche Dinge gestoßen … Gibt es einen Zauber, mit dem man in andere Dimensionen schauen kann, vielleicht sogar in die Anderswelt?«

»Du hast ganz klar die falschen Bücher gelesen«, murmelte Sia unter zusammengepressten Lippen.

Annie schloss die Augen. Zu viel Hoffnung in die Sache hineingesteckt, sich an diesen Zauber festgekrallt, wie an ein sinkendes Schiff. Sie musste sich damit abfinden, dass es keine Beweise gab.

Sias Bein wippte unaufhörlich auf und ab. Plötzlich sprang sie auf, als hätte Peanuts ihr in den Hintern gebissen. »Doch, es gibt einen Zauber …«

Ein Lächeln breitete sich auf Annies Gesicht aus.

»Aber das grenzt an schwarzer Magie und schwarze Magie ist …« Die junge Frau verschränkte ihre Hände vor der Brust und schüttelte den Kopf, um ihre Meinung von schwarzer Magie kundzutun.

»Wenn es an schwarzer Magie grenzt, kann man ein Auge zudrücken, oder nicht?« Entschuldigend lächelte Annie.

Sia rollte mit den Augen. »Ich muss keine Tiere dafür opfern. Trotzdem ist der Zauber verdammt gefährlich. Die Liste an Dingen, die schiefgehen können, ist lang. Ich wollte mich selbst schützen, nachdem ihr mir von den Sidhe erzählt habt«, begann sie. »Also habe ich in der Community herumgefragt und Zauber und Schutzformeln gegen die Sidhe zusammengetragen, ob nützlich oder nicht. Der Zauber war dabei.«

»Was bewirkt er?«, fragte Annie ehrfürchtig.

»Er erlaubt mir für einen kurzen Moment in eine andere Dimension zu schauen«, antwortete Sia leise.

Annies Kehle fühlte sich trocken an. Das war alles, worauf sie gehofft hatte. »Wie gefährlich ist er?«, fragte sie mit rauer Stimme.

»Die Person, die ihn ausführt, muss immer mit einem Anker, einer außenstehenden Person, die nicht in den Zauber involviert ist, in direktem körperlichem Kontakt bleiben, sonst kann ihr Bewusstsein in der Anderswelt gefangen bleiben«, erklärte Sia.

Annie hörte die Küchenuhr über der Spüle ticken. Die Spannung in ihrem Inneren fühlte sich dicker an als ein Drahtseil. »Und das heißt?«

»Wahnsinn, Koma, Tod … die Meinungen gingen da auseinander«, antwortete Sia trocken.

»Aber du hast ihn bereits durchgeführt?« Sie konnte es in Sias Augen sehen, wie sie vor ihr stand, zusammen-gesunken wie ein kleines Mädchen, das gerade eine

Blumenvase von der Fensterbank geworfen hatte. Wie sie an ihrer Unterlippe nagte.

Sia ging zu dem Wohnzimmertisch und schob ihn mit einem kurzen Stoß zur Seite. Sie hob den Teppich darunter an und klappte ihn um. Silberne Linien offenbarten sich auf dem Parkettboden des Wohnzimmers. Mit langsamen Schritten trat Annie näher heran und erkannte, dass die Linien sich zu einem Kreis zusammenfügten. Darin waren die vier Himmelsrichtungen eingezeichnet, zu denen sich Linien im selben Abstand von innen nach außen durch den ganzen Kreis bewegten.

»Ein Schutzkreis«, verkündete Sia geschlagen. »Kein übernatürliches Wesen kann dort hinein. Während des Zaubers ist es essenziell, dass man sich in dem Kreis aufhält. Meine Neugier war größer als meine Furcht. Nachdem ich euch kennengelernt hatte und Feli …« Sie stockte und holte tief Luft. »Ich musste es mit eigenen Augen sehen. Die Anderswelt, meine ich. Ich musste wissen, was davon tatsächlich existiert.«

»Würdest du ihn noch einmal durchführen?«

»Für jede andere Person, nein«, sagte Sia entschieden. »Für Feli, wenn sie wirklich in Lebensgefahr schwebt, ja!«

Verblüfft schaute Annie ihr hinterher, wie sie zum Wohnzimmerregal ging und eine Schachtel hervorholte.

Sia war bereit, ihr Leben aufzugeben, für ein Mädchen, das sie kaum mehr als zwei Tage kannte.

Damals hätte Feli wirklich mit Sia weiterreisen sollen. Sie wäre ihre Freundschaft wert gewesen. Sie hätte Feli nicht aufgegeben. Annie biss sich auf die Unterlippe.

Aus der Holzschachtel holte Sia eine Kette hervor, die sie Annie in die Hand drückte. »Zieh die an!«

Annie betrachtete den runden Anhänger aus Holz, der an einem schwarzen Lederbändchen befestigt war. Mit den Fingern fuhr sie die Linien des Anhängers nach und runzelte die Stirn. »Ein Pentagramm? Ich dachte, du wärst keine Satanistin.«

Sia rollte mit den Augen. »Eigentlich hätte ich es mir denken können«, murmelte sie, mehr zu sich selbst. »Das Pentagramm ist durch Recherchefaulheit und Dramatisierung, vor allem von Hollywood, ein zutiefst missverstandenes Symbol. Es hat nichts mit dem Teufel oder Satanismus zutun. Tatsächlich ist es, gemeinsam mit der Triskele, eines der ältesten Symbole der Menschheit und steht, neben anderen Bedeutungen, vor allem für den Schutz vor dem Bösen.« Der Ton in ihrer Stimme machte Annie deutlich, dass sie diese Erklärung nicht zum ersten Mal lieferte. »Allerdings musst du es richtig herum halten. Die Spitze des fünfzackigen Sterns muss nach oben zeigen. Nur dann wirkt es«, fügte sie hinzu und drehte den Stern, um zu symbolisieren, wie Annie ihn nicht anziehen sollte. »Wir wollen schließlich nichts in unsere Mitte lassen, was dort nicht hingehört.«

»Was meinst du damit?«, fragte Annie. Ein seltsames Kribbeln rann durch ihre Handinnenflächen, wie eine düstere Vorahnung.

»Ich zapfe eine andere Dimension an. Die Gefahr, dass es ungebetene Gäste auf die andere Seite schaffen, besteht immer«, erwiderte Sia beinahe gleichgültig.

Annie entschied sich, nicht zu fragen, wen sie mit ungebetenen Gästen meinte, stattdessen nickte sie. »Welche anderen Bedeutungen hat das Pentagramm?«

Einen kurzen Moment lang schmunzelte Sia. »Oh, da gibt es tausende. In jeder Kultur oder Jahrhundert eine andere. Kaum ein Symbol ist mehr von Bedeutungen belastet wie das Pentagramm, eben weil es so alt ist. Eine Bedeutung besagt, dass die Erde und alles Leben aus vier Elementen bestehen. Feuer, Wasser, Erde, Luft. Der fünfzackige Stern ähnelt einem aufgerichteten Menschen, der beide Arme ausgestreckt hält. Feuer ist die Wärme des Körpers, Wasser symbolisiert das Blut, Luft unseren Atem und Erde ist das Fleisch, aus dem der Körper besteht. Dann gibt es noch das fünfte Element.« Sia deutete auf den obersten Zacken, den Kopf des Sterns.

»Das ist der Geist oder die Seele. Alles zusammen ergibt den Menschen.«

»Oder Feenmagie«, murmelte Annie. »Feli konnte all diese Elemente in irgendeiner Weise beeinflussen. Mal mehr, mal weniger. Wasser, Luft, Feuer. Außer Erde.«

Sia starrte sie an. »So habe ich das nie gesehen!«

»Ich fragte mich …« Annie rieb das Pentagramm zwischen ihren Fingern wie den Smaragd ihrer Kette. »Wenn ein Pentagramm vor Bösem schützen soll, vielleicht ist damit die Feenmagie gemeint. Vielleicht ist Silber nicht das Einzige, das Feen fernhält.«

»Behalte es. Ich habe mein eigenes«, sagte Sia und deutete auf ihre silberne Kette. »Ich denke, du wirst diese Theorie schneller testen müssen als ich.«

Dankend wickelte sie sich die Kette als Armband um ihr Handgelenk. Schließlich befand sich an ihrem Hals schon eine Kette. Das Pentagramm baumelte in ihrer Handinnenfläche. Annie schob ihre Schultern zurück und folgte Sia an den Kreis.

»Jetzt kommt der knifflige Teil. Damit der Zauber funktioniert, benötige ich eine Verbindung in die Anderswelt. Zum einen, dass ich in die Dimension komme, zum anderen, dass ich nicht ziellos umherirre, sondern mich auf ein bestimmtes Ziel konzentrieren kann. Ein Ziel, das sich zurzeit in der Anderswelt befindet. Hast du irgendeinen Gegenstand, der mit Felis Körper in Berührung gekommen ist? Eine Haarbürste mit ein paar Haaren darin, zum Beispiel. Eins reicht schon«, fügte sie in einem sachlichen Ton hinzu.

Annies Mundwinkel verzogen sich zu einem verschmitzten Lächeln. »Würde eine ungewaschene Socke funktionieren?«

Sia blinzelte »Ich sehe nichts, das … dagegenspricht.« Als Annie ihre Handtasche öffnete und das Paar verknitterter Socken hervorzauberte, verzog sie das Gesicht.

»Möchte ich wissen, warum du ungewaschene Socken von Feli in deiner Handtasche herumträgst? Ich meine, nichts gegen Fetische, aber das ist …«

Annie verdrehte die Augen und hielt ihr die Socke hin. »Halt die Klappe!«

Kurz schluckte Sia, dann nahm sie die Socke entgegen und legte sie in die Mitte des Kreises. Sie deutete Annie, sich zu setzen, und legte eine Hand an die Socke.

Mit der anderen Hand griff Sia nach Annies Fingern. Ihre Haut war kalt und feucht.

Mit geschlossenen Augen begann sie, unverständliche Worte zu murmeln. Prüfend warf Annie einen Blick nach hinten, damit auch ja nichts von ihr aus dem Kreis herausragte.

Sias Murmeln gewann an Lautstärke. Immer wieder wiederholte sie dieselben Worte in einer ruhigen, monotonen, aber dennoch bestimmten Stimme. Annie verstand kein einziges davon. Es hörte sich an wie ein Mix aus Latein und irgendeinem anderen Kauderwelsch. Ihr Blick wanderte durch den Raum. Alles sah so aus wie vorher. Was hatte sie erwartet? Donnerschläge und einen Stromausfall?

Annie hatte den Überblick verloren, wie oft Sia die Worte bereits gesagt hatte, als sich der Satz plötzlich änderte.

Noch immer saß sie ruhig, die Augen geschlossen und eine Hand auf der Socke. Ihre zweite Hand krallte sich um Annies Finger. Nichts geschah. Annies Herz klopfte wie die Hufschläge eines wildgewordenen Pferdes.

War etwas schiefgelaufen?

Zusammengesunken wie ein Sack Mehl saß Sia im Kreis und sah aus, als würde sie schlafen. Der Griff um ihre Hand wurde von Minute zu Minute stärker. Sollte der Zauber länger dauern, verließ sie diese Wohnung im besten Fall mit gequetschten Fingerknochen.

Annie biss die Zähne zusammen. Irgendwas musste doch passieren! Irgendwas, das bewies, dass sie alles richtig machten und dass Sia gerade nicht in Lebensgefahr schwebte.

Nervös begann sie mit dem Bein zu wippen, als sie vorsichtig Sias Hand drückte. Keine Reaktion.

»Sia?«, fragte Annie.

Nicht einmal ein Wimpernzucken bekam sie von der jungen Frau.

»Ist alles in Ordnung?«

Es muss etwas schiefgelaufen sein, dachte Annie mit flatterndem Atem. *Vielleicht habe ich nicht fest genug ihre Hand gehalten oder saß doch nicht vollständig im Schutzkreis.*

Annie warf einen Blick auf die Socke. Sias blasse Finger bedeckten die Eiskugeln. Vermutlich war das keine gute Idee, doch sie konnte nicht einfach stillsitzen und beobachten, wie Sia vor ihren Augen dahinsiechte. Sie erhöhte den Druck um Sias Hand und streckte die Finger der anderen Hand nach der Socke aus. Kaum berührte ihre Haut den Stoff, als ihr Kopf durch einen Ruck nach hinten gerissen wurde und die Dunkelheit sie in schwarzen Nebelfeldern umgab. Langsam verschwanden die Schwaden.

Beim Anblick der steinigen Höhle, die sich über ihrem Kopf wölbte, klappte das Kinn nach unten. Eine Fackel brannte an der Wand über der Tür mit den dicken Eisenstäben, doch der spärliche Lichtkreis reichte kaum bis zur gegenüberliegenden Wand. Sie war in einem verdammten Kerker gelandet!

Von Sia fehlte jede Spur. Eine helle Stimme hinter ihr seufzte und sie wirbelte herum. Ihr Herz setzte einen Schlag aus.

Die Gestalt tauchte zunächst schwach in dem dämmrigen Licht auf. Mit dem Rücken lehnte sie an der Felswand, die Beine angewinkelt und die Arme um die Knie geschlungen.

»Feli!«, rief Annie. Ihre Stimme krächzte wie ein Rabe. Mit wenigen Schritten hatte sie die Distanz zu Feli geschlossen. Ein lederner Gürtel schmückte ihre Taille, auf dem große, seltsame Ornamente prangten. Die kurzen

Ärmel des grünen Kleides gaben den Blick auf ihre Oberarme frei, die immer noch viel zu dünn, jetzt jedoch mit sehnigen Muskeln bepackt waren. Die zerzausten Locken schob sie hinter die Ohren und legte ihren Kopf auf die Knie.

Annie wollte sie in die Arme schließen und drücken, bis ihre Knochen knackten. Sie wollte ihre Finger in den dicken Haaren versenken und ihren Atem an ihrem Ohr spüren. Annie wollte sie halten und nie wieder loslassen. Doch in der Sekunde, in der sich ihre Köper berühren sollten, huschten ihre Arme durch Feli hindurch wie ein Geist. Erschrocken taumelte Annie zwei Schritte zurück. Kalt rann ihr der Schauer über den Rücken, als sie realisierte, dass Feli sie nicht sehen konnte. Ihr Hals fühlte sich wie zugeschnürt an.

»Feli!«, rief Annie lauter. »Sieh mich an!«

Feli blinzelte. Auf ihren Wangen zeichneten sich die Spuren von Tränen ab, als sie aufschaute und durch sie hindurch in die Dunkelheit ihrer Zelle starrte.

Annies Herz hämmerte wie ein Amboss. Konnte sie …? Hatte sie sie gehört?

»Feli, ich bin hier!«, schrie sie.

Feli blinzelte erneut und öffnete den Mund, als die schwarzen Nebelfelder sie umhüllten und zurück in die Tiefe zerrten. In der Dunkelheit hörte Annie ihre Stimme, aber sie verstand die Worte nicht. Annie schrie, doch die Finsternis war zu stark, zu erdrückend.

Ein dumpfer Schlag riss sie schmerzhaft zurück ins Bewusstsein. Ein Arm lag auf ihrer Schulter und schüttelte sie immer wieder. Annie schlug die Augen auf und schaute in Sias panische Gesichtszüge. Kugelrunde Augen starrten auf sie hinunter, dann stieß Sia ein dankbares Stöhnen aus und sackte vor dem Sofa zusammen. »Gott sei Dank, ich dachte, es hätte dich erwischt!«

Annies Kopf dröhnte. »Sie konnte mich hören. Bloß eine Sekunde und sie hätte mich gesehen.«

»Noch eine Sekunde und du wärst nicht mehr zu retten gewesen!«, rief Sia.

Annie zuckte zusammen. Nicht, weil ihre laute Stimme wie ein Handbecken in ihren Ohren dröhnte, sondern wegen der Verzweiflung in Sias Stimme.

»Was hast du dir dabei gedacht, den Zauber zu unterbrechen?«

Blinzelnd, um den Nebel vor ihren Augen zu vertreiben, drehte Annie den Kopf. Sie ballte die Hände zu Fäusten, um das Zittern zu stoppen. »Ich dachte, es wäre etwas schiefgelaufen …«

»Es ist alles nach Plan verlaufen, bis du die Socke angefasst hast. Zum Glück hat dein Eindringen dafür gesorgt, dass ich im hohen Bogen rausgeflogen bin! Sonst wären wir jetzt beide gefangen!«, rief Sia, immer noch außer sich.

»Tut mir leid!« Mehr als ein Murmeln brachte Annie nicht zu Stande. Langsam wich das Adrenalin aus ihrem Körper und machte Platz für eine tiefe Erschöpfung.

»Tut mir leid reicht nicht im Geringsten!«, blaffte Sia.

»Ich wollte dir helfen!«, rief Annie. Sie setzte sich auf und lehnte sich ebenfalls gegen das Sofa.

»Ich hatte alles unter Kontrolle!«, zischte Sia.

»Dann hättest du mir vielleicht vorher erklären sollen, wie so ein Zauber nach Schema F abläuft!«

Sia schaute sie an. Dann schloss sie müde die Augen und legte den Kopf auf die Sitzfläche des Sofas. »Du hast recht. Das hätte ich! Wo hast du Feli gesehen?«

Annie nickte atemlos. Schwerfällig schluckte sie den Kloß in ihrem Hals herunter. »Sie saß in einer Art Höhle, ganz verzweifelt. Da waren Stäbe aus Eisen.« Bei der Erinnerung zuckte sie innerlich zusammen. »Sie halten sie gefangen.«

Kapitel 31

Annie

Diesmal hatte Sia keine Übernachtung vorgeschlagen. Übelnehmen konnte Annie es ihr nicht. Sie waren beide verdammte Glückpilze, mit dem Leben davongekommen zu sein, nach Annies Unterbrechung des Zaubers. Annie verstand, wenn Sia ihr Gesicht nicht länger als nötig in der Wohnung haben wollte.

Bis an ihr Lebensende stand sie in der Schuld der jungen Frau. Sie hatte Sia schwören müssen, sie von nun an ständig auf dem Laufenden zu halten. Annie wusste noch nicht, wie sie das anstellen sollte, als Mitglied einer geheimen Organisation, doch Amanda schaffte es schließlich auch, Informationen durchsickern zu lassen. Dann konnten einige Nachrichten an Sia nicht so schwer sein! Hoffentlich.

Die beleuchteten Straßen des Städtchens ließ sie hinter sich und wechselte auf die Schnellstraße. Das Armaturenbrett zeigte zweiundzwanzig Uhr an. Kaum ein Auto kreuzte zu dieser Zeit ihren Weg. Nur Betsys Scheinwerfer und das gleichmäßige Röhren ihres Motors führten sie verlässlich durch die Dunkelheit. Nach einer Weile sah Annie die Lichter einer Raststätte zwischen einer Gruppe von Bäumen strahlen. Sie kaufte sich ein Sandwich gegen das Brüllen in ihrem Bauch, und entschied sich, die Nacht auf dem Parkplatz zu verbringen. So sehr es sie in den Fingern kribbelte, heute Nacht noch nach Schottland zu fahren, weder sie oder Feli hatten etwas davon, wenn sie dabei im Graben landete.

Nach einer Nacht mit wirren Träumen und einem weiteren enttäuschenden Sandwich zum Frühstück, brach sie am nächsten Morgen bei Sonnenaufgang auf.

Zweimal machte sie an diesem Tag eine kurze Pause. Sie traute ihren Augen kaum, als sie am Abend die Grenze zu Schottland überquerte. An einem Tag hatte sie fast das ganze Vereinigte Königreich durchquert.

Annie fotografierte das Grenzschild und schickte das Bild an Amanda. Dann fuhr sie, bis die Sonne bloß ein roter Streifen am Horizont war.

Als sie Betsy am Straßenrand an den Ausläufern zweier Berge abstellte, eine Portion Nudeln herunterschlang und die Decke für die Nacht herrichtete, fielen ihr Felis Socken in der Handtasche wieder ein. Die zusammengeknüllten Stoffbälle stopfte sie zu Felis anderer Kleidung und setzte sich auf die Matratze. Sie schlang die Decke um ihren Körper und schaute aus dem Fenster. Dort draußen wirkte die bekannte Erde bereits unendlich. Die Vorstellung, dass es noch eine Dimension geben sollte, ließ Annie erschaudern.

Nie hatte sie zu den Personen gehört, die sich vor dem Einschlafen mit Gruselgeschichten ängstigten. Für sie waren die Welt der Fiktion und die der Realität klar getrennt gewesen.

Es gab keine Monster unter ihrem Bett und keine Gespenster in dem Kleiderschrank. Seit letztem Jahr existierte diese Grenze nicht mehr. Das Monster unter ihrem Bett war real. Vielleicht legte es sich nicht gerade unter ihr Bett, doch es kroch ohne Zweifel dort draußen gerade eines durch die Dunkelheit. Auf ein Dasein im Schatten verdammt, bis zu ihrem Tod. Kein Wunder, dass manche von ihnen durchdrehten.

Sie warf einen letzten Blick auf das Pentagramm an ihrem Arm und prüfte, ob das Lederband richtig saß. Zufrieden strich sie ebenfalls über ihre Silberkette, bevor sie das Licht im Bulli ausschaltete und die Decke hochzog.

Draußen prallte der Wind heulend gegen das Dach des Bullis. Das Heulen trug ein Flüstern, oder war das Einbildung? Die Worte sanft und genauso einsam, wie sie sich selbst in diesem Moment fühlte.

Gute Nacht!

Am nächsten Morgen schien der Bus in Flammen zu stehen. Annie strampelte die Decke zur Seite und trat nach draußen, nur gekleidet in Unterhose und einem seichten Hemd. Es kümmerte sie nicht. Um diese Uhrzeit fuhr noch kein Auto auf der schmalen Straße und die nächste Ortschaft war zehn Kilometer entfernt.

Mit offenem Mund starrte sie auf die wabernden Flammen am Horizont, die langsam schwächer wurden, je höher die Sonne stieg. Die finsteren Riesen von letzter Nacht wuchsen nun in vollem Ausmaß vor ihr in die Höhe. Ihr dunkles Nachtgewand hatten die Berge in ein festlich grünes Kleid getauscht, das im Schein der aufgehenden Sonne mit einem orangenen Glanz überzogen wurde, als hätte der Himmel einen Farbeimer ausgeleert. Annie vergrub ihre nackten Füße im feuchten Heidekraut und rubbelte kräftig über ihre Unterarme, um die Gänsehaut zu vertreiben, die sie überzog.

Manchmal merkte man erst bei der Rückkehr an einen bestimmten Ort, welche Abdrücke dieser ins Herz gebrannt hatte. Vielleicht, weil Annie nie gedacht hätte, eines Tages wieder am Fuße eines Munros zu stehen. Mit einem tiefen Atemzug versuchte sie den Kloß zu vertreiben, der ihr den Hals zuschnürte. Niemals wollte sie die Highlands wieder verlassen.

Am Abend erreichte Annie Inverness. Mit zusammengepressten Zähnen schaute sie an der Außenfassade des großen Gebäudes empor. Sie parkte mitten in einem Industriegebiet. Zwischen den großen Lagerhallen und grauen Gebäuden stach Betsy hervor wie ein Rotfuchs im Schnee. Annie verglich die Adresse mit Amandas Nachricht und kaute auf ihrer Unterlippe. Sie hatte sich einen dunklen Keller vorgestellt oder eine alte U-Bahn-Station, verkabelt mit Rechnern, irgendwas mit Flair, wie in einem amerikanischen Agenten-Film.

Annie stieg aus und ging mit langsamen Schritten in Richtung Haupteingang. Sie hob den Arm und streckte ein Peace-Zeichen der gläsernen Fassade entgegen. Vermutlich wurde sie bereits von dutzenden Augen hinter der Fassade beobachtet.

Den Haupteingang schmückte noch der rote Schriftzug des vorherigen Inhabers. Annie konnte verstehen, warum die Organisation ausgerechnet in die Überbleibsel einer Metall-Firma gezogen war. Das Gebäude bot jede Menge Platz und fertige Büroräume mit Strom-, Telefon- und Internet-anschluss, anders als eine stillgelegte U-Bahn-Station.

Kein Mensch befand sich auf dem Bürgersteig oder dem Innenhof. Fast schien es, als ob das gesamte Industriegebiet ausgestorben war.

Die Hände in die Hüften gestemmt, ging sie zu dem hohen Maschendrahtzaun und schielte misstrauisch in den Vorhof der großen Lagerhalle. Säcke häuften sich dort unter einem Vordach, offenbar auch Überbleibsel der Firma. Zwei orangene Stapler standen daneben, bereit, dass eine Person einstieg. Auch wenn es sich hierbei um eine Geheim-organisation handelte, sollte von außen nicht mindestens eine Menschenseele zu finden sein? Wenn sie den Schein einer Firma wahren wollten, dann mussten doch Leute einer Arbeit nachgehen. Schnaubend ließ Annie vom Zaun ab und marschierte erneut zur großen Eingangstür. Sollte sie klingeln, klopfen oder vielleicht am Briefschlitz klappern? Warum nahm sie niemand in Empfang?

Sie rüttelte an dem breiten Türgriff und wäre fast von der Tür gerammt worden, ohne einen schnellen Sprung zur Seite. Räuspernd strich sie ihre Lederjacke gerade und schob die Sonnenbrille nach oben auf ihre Haare. Dann ging sie in die riesige Eingangshalle. Gemeinsam mit der großen Fensterfront, dem offenen Raum und den hellen Fliesen erinnerte das Foyer ein wenig an die Universität von Inverness. Annie warf einen Blick nach oben auf die Büroräume. Die einzelnen Etagen waren durch Treppen verbunden. Wie Balkone hingen die Flure der Büros in das Foyer hinein. Am anderen Ende der Eingangshalle vor einer großen schwarzen Doppeltür saß eine Frau, vielleicht Mitte vierzig, an einem Schreibtisch, der so verloren in dem riesigen Raum wirkte wie eine Ameise in einem Elefantenhaus. Ihre blonden Haare trug sie zu einem Dutt zusammengebunden und schien akribisch etwas von größter Wichtigkeit aufzuschreiben. Die Frau schaute nicht auf, als Annie sich auf sie zubewegte, doch sie hätte ihre letzten fünf Pfund im Geldbeutel verwettet, dass sie Frau jeden ihrer Schritte genau beobachtete.

Erst als sie direkt vor dem Schreibtisch stand, sah die Frau auf, in den Augen ein überraschter Ausdruck, als hätte sie Annie gerade erst bemerkt.

»Kann ich helfen?«, fragte sie.

Annie hätte sich einen Satz für diese Situation überlegen müssen, irgendwas, das sie nicht wie der Tölpel dastehen ließ, wie sie sich gerade fühlte. Wie begann man eine Unterhaltung mit einer geheimen Organisation?

»Ich bin Annie Winnecker«, sagte sie.

Die Frau hob erwartungsvoll die Brauen.

Anscheinend war Amandas Memo nicht zu ihr durchgedrungen. Was, wenn Amanda nicht da war und niemand wusste, dass sie kam?

»Ich suche Amanda Schwarz ...«, begann sie vorsichtig.

Endlich trat Erkenntnis in den Blick der Frau. Sie erhob sich mit den Worten: »Einen kleinen Moment!« und ging zu der schwarzen Tür.

Annies Blick fiel auf die schwarze Cargohose und den Gürtel mit der Pistole um ihre Hüften geschnallt, der nicht zu der schicken weißen Bürobluse passen wollte. Auf dem Rücken der Bluse prangten in silberner Farbe die drei Sterne von S.T.A.R.S.

So viel zu einem latenten Auftreten!

Die Frau nahm einen schwarzen Hörer von der Wand und sprach ein paar Worte hinein. Annie verstand nichts. Einige Male nickte die Frau, dann legte sie auf und ging zurück zu Annie.

»Du kannst reingehen«, verkündete sie und drückte unter ihrem Schreibtisch auf einen Knopf. Laut surrend öffneten sich die beiden Flügel der Tür und offenbarten eine Art Wartezimmer dahinter, das in einen langen Flur mündete.

Gnädig, dachte Annie zynisch und ging an ihr vorbei. Hinter ihr schloss sich die Tür mit dem gleichen surrenden Geräusch. Annie zuckte zusammen und schluckte. Gänsehaut überzog ihre Unterarme.

Du befindest dich mitten im Herzen einer geheimen Organisation, deine einzige Verbindung zur Außenwelt wurde soeben versperrt, und du siehst noch immer keine Menschenseele. Einfach fantastisch! Was soll schon schiefgehen?

Türen gingen zu beiden Seiten von ihm ab, doch sie schienen alle geschlossen. Schmale Fenster an der Decke über den einzelnen Türen ließen nur so viel Licht in den Gang, dass Annie ihre eigenen Füße erkennen konnte.

Plötzlich ertönte ein weiteres surrendes Geräusch und Licht flackerte an der Decke auf.

Annie hörte das Quietschen einer Tür. Schwere Stiefel, dem dumpfen Klang nach zu urteilen, eilten den Gang hinab, auf sie zu. Als erstes nahm Annie die blonden Haare wahr, die beträchtlich an Länge gewonnen hatten, sodass sie nun in einem Pferdeschwanz steckten. Einige kurze Strähnen hatten sich daraus gelöst und wirbelten beim Laufen um ihr Gesicht. Sie trug dieselbe schwarze Cargohose wie die Frau am Empfang. Das einfache T-Shirt darüber war nicht weiß, sondern in einem ebenso alles verschlingenden Schwarz. Nur das silberne Sternenlogo auf Höhe der Brust leuchtete wie ein Reklameschild.

Ein breites Grinsen erschien auf ihrem Gesicht, als sie Annie sah, und sie beschleunigte ihre Schritte, bis sie joggte. Annie konnte den kleinen erleichterten Hüpfer ihres Herzens bei Amandas Anblick nicht verleugnen. Ein bekanntes Gesicht!

Amanda drückte sie grinsend an sich. Die Umarmung dauerte nur den Bruchteil einer Sekunde, doch Annie schoss das Blut in den Kopf. Plötzlich war sie froh über die spärliche Beleuchtung des Flurs. Räuspernd strich sie sich einige Haarsträhnen hinter das Ohr.

»Endlich bist du da! Du kannst dir nicht vorstellen, wie sehr es mich freut, jemanden mit Verstand in diesem Affenstall zu sehen!« Erleichtert lachte sie.

Ich bin froh, dass ich nicht die Einzige bin, die diese ganze Versammlung für einen Affenstall hält. Annie verkniff sich den Kommentar.

Sie sah gut aus, ein wenig müde, aber aufgeweckt. Ihre verletzte Hand ruhte entspannt an ihrem Hosengürtel.

»Wie war die Fahrt?«, fragte Amanda.

»Ereignislos«, log Annie.

Amanda nickte, immer noch lächelnd. »Komm mit in die Zentrale. Max und die anderen dürften allmählich mit der Besprechung fertig sein.«

Genauso schnell wie sie gekommen war, ging sie den Gang zurück. Annie folgte ihr durch eine weitere schwarze Tür am Ende und fand sich in einer großen, hellen Halle wieder. Nicht so riesig wie die Lagerhalle, die sie draußen gesehen hatte, doch groß genug, um ein Einfamilienhaus mit Spitzdach darin unterzubringen. Zuerst ließ Annie die frische Luft in der Halle durch ihre Lungen strömen, um den muffigen Geruch des kleinen Flurs zu vertreiben. Dann starrte sie mit großen Augen nach unten. Sie standen auf einer Empore aus Stahl. Eine Treppe führte hinunter in die Halle, die offenbar bis in den Erdboden reichte. Unzählige Computer standen dort unten über den gesamten Raum der Halle verteilt auf paarweise angerichteten Schreibtischen. Vor jedem Monitor saß eine Person. Das Bild erinnerte Annie ein wenig an die Frankfurter Börse. Am Ende der Halle hing eine gewaltige Leinwand, auf der dutzende Bilder von Kameras übertragen wurden, die alle zwanzig Sekunden wechselten.

»Nicht übel, oder?«, verkündete Amanda grinsend und deutete auf die Halle.

So viel zu den Vorteilen eines fertigen Büroraumes, dachte Annie. Sie wollte gerade fragen, was genau sie vor sich sah, als Schritte die Treppe hinaufkamen. Ein groß gewachsener

Mann in derselben Kleidung wie Amanda kam auf sie zu. Seine kurzen braunen Haare wippten fröhlich, während er in kraftvollen Bewegungen gleich zwei Stufen auf einmal nahm.

»Ah, Max«, sagte Amanda.

Max' T-Shirt spannte sich über den muskulösen Brustkorb und die massiven Arme, als hätte er absichtlich eine Nummer zu klein genommen. Annie reichte ihm gerade mal bis zum Hals. An den Wangenknochen hätte man sich schneiden können und die tief liegenden buschigen Augenbrauen warfen dunkle Schatten über seine Augen. Ein Lächeln erschien auf Max' Lippen, als er seinen Blick über Annie gleiten ließ.

Annie schob trotzig das Kinn nach vorne. Was bildete sich der Kerl ein, sie zu mustern wie einen Gaul? Zu spät fiel ihr auf, dass sie gerade dasselbe getan hatte.

»Du musst Amandas Wildfang sein«, sagte er mit einer tiefen, amüsierten Stimme, in der ein leichter schottischer Akzent mitschwang. »Das Mädchen, das Shaws Waffenarsenal geplündert hat und mit einem Caliber.45 auf Feen schießen wollte.«

»Genau die!«, verkündete Annie unbeeindruckt und streckte Max herausfordernd die Hand entgegen. »Annie Winnecker!«

Die Begrüßung erwiderte Max mit einem kräftigen Händedruck. »Freut mich, Annie. Mein Name ist Max Sinclair, eigentlich Captain Sinclair, aber auf militärische Titel verzichten wir hier.«

Gut, den werde ich mir sowieso nicht merken. Annie lächelte.

»Ich habe bereits einiges von dir gehört!« Anerkennend nickte Max in Amandas Richtung. »Ich habe das Kommando über die Suchtruppen bei S.T.A.R.S. Dein zukünftiges Team, vorausgesetzt du machst dich gut!«

Also spreche ich hier gerade mit meinem Boss. Das wird ja immer besser! Annie unterdrückte ein Schnauben.

»Suchtruppen für was? Und was genau bedeutet S.T.A.R.S.?«

»Special task force against refugees of supernatural nature. Wir sind die, die rausfahren und verirrte Feen einfangen«, sagte Max, und Annie meinte, dass seine Brust bei den Worten noch ein kleines Stück breiter wurde. *Wie ein verdammter Cockel, der sich aufplustert,* dachte sie belustigt. *Klassischer Fall von zu viel Testosteron für einen Körper!*

»Der Name ist ein wenig rassistisch, findest du nicht? Und ihr habt einige Buchstaben ausgelassen.«

Hinter sich hörte sie Amanda prusten.

Max nickte lächelnd. »Alles andere war ein ziemlicher Zungenbrecher.« Er deutete Annie, ihm zu folgen und begann mit dem Treppenabstieg. »Zurzeit befinden sich die Suchtruppen noch in Vorbereitung, aber die ersten Gruppen der Feen können jeden Tag durch die Portale kommen. Amanda hat mir von deinen beeindruckenden Grundkenntnissen im Nahkampf erzählt. Ich denke, mit ein wenig Feinschliff wirst du eine gute Ergänzung zum Team. Den erforderten Mut und das nötige Wissen über die Feen besitzt du allemal! Du warst mit dem Wechselbalg unterwegs, nicht wahr?« Auf der letzten Treppenstufe drehte sich Max herum. Seine Augen funkelten neugierig, fast schon gierig.

Annie ballte beide Hände in ihren Jackentaschen zu Fäusten. »Felicia«, zischte sie. »Ihr Name ist Felicia! Und ich bin nur hier, um ihr zu helfen! Danach kehre ich eurer kleinen Party wieder den Rücken.«

Max ging nicht darauf ein. »Dann hast du Feenmagie aus der Nähe gesehen. Du weißt, wie sie funktioniert und wie man sie schwächen kann.«

Annie nickte.

»Ausgezeichnet! Da Amanda leider in der Zentrale bleiben wird, bist du eine exzellente Ergänzung im Feld.« Sie zogen an den Schreibtischen in der Mitte vorbei. »Wir haben an jedem uns bekannten Portal in Europa in den letzten Wochen Kameras installiert sowie Bewegungsmelder und Wärmebildsensoren. Im Moment arbeiten wir an den Genehmigungen der Regierungen außerhalb von Europa. Keine außergewöhnliche Regung an den Portalen wird uns somit entgehen. Hier in der Zentrale laufen die Informationen rund um die Uhr zusammen und werden überwacht und ausgewertet.«

»Und wie genau hilft das Feli?«, fragte Annie. Sie musste den Kopf in den Nacken legen, um zu sehen, wohin die Kabel an der Decke verschwanden.

»Ganz einfach«, sagte Max. »Shaws Team trägt wissenschaftliche Informationen zum Verhalten der Feen zusammen. Die Botschaften, die wir von den Sidhe erhalten, werden von ihm übersetzt, und er lässt ihnen unsere Antworten zukommen. Er hat die Häufigkeit berechnet, in der pro Jahr eine Fee die Dimension wechselt. Es sind immer einzelne Exemplare. Einen Krieg gewinnt man jedoch nicht mit Individuen und ohne Rückzugsmöglichkeit. Sie werden daher erst in großer Anzahl kommen, sobald ihnen der Rückweg wieder offensteht.«

Mit anderen Worten, wenn Feli tot ist. Der entsetzliche Gedanke fuhr durch sie hindurch wie ein Blitzschlag.

»Sowie eine größere Gruppe von Feen von unseren Geräten registriert wird, müssen wir bereit zum Eingriff sein. Durch unsere neue Möglichkeit der Kommunikation können wir nun gezielte Forderungen an sie stellen. Darüber hinaus wissen wir rund um die Uhr, wer die Steinkreise betritt und verlässt. Sollte das Wechselbalg … Felicia …«, verbesserte Max sich schnell, »zurück in unsere Welt kommen, sind wir die ersten, die davon erfahren.«

»Und dann?«, fragte Annie unverhohlen. »Wenn sie zurückkommt, was werdet ihr dann tun?«

»Wir holen sie zu uns«, entgegnete Max ruhig. »Und dann stellen wir ihr ein paar Fragen.«

»Fragen zu was?«

Max schaute sie vielsagend an. »Ich glaube, das kannst du dir denken. Sie hat bei den Feen gelebt. Vermutlich hat sie einige sehr interessante Informationen. Wenn sie uns die freiwillig gibt, umso besser.«

»Warum sollte sie die nicht freiwillig geben?«

»Sie hat lange bei den Feen gelebt.« Ohne seine Worte zu erklären, drehte Max sich wieder um, doch seine nüchterne Stimme schickte Gänsehaut über Annies Körper.

Glaubst du denn, dass Feli gerettet werden möchte? Sias Worte kamen ihr erneut in den Sinn. Beide Sätze sprachen es nicht direkt aus, aber in beiden versteckte sich dieselbe Bedeutung. Warum sollte Feli in der Anderswelt bleiben wollen? Sie saß im Kerker. Das hatte Annie mit eigenen

Augen gesehen. Die Sidhe wollten sie opfern. Viel zu lange hatten die Feen sie mental terrorisiert, viel zu lange kontrollierten sie ihr Leben. Der Gedanke, dass Feli sich mit den Feen verbünden würde, war absurd, undenkbar, lächerlich!

Annies' Spott erstarb in ihrer Kehle. Denn jetzt, als sie darüber nachdachte, konnte sie die Ähnlichkeiten nicht ignorieren. Schließlich hatten sie die gleichen Kräfte. Feli hatte sich nie in dieser Welt zugehörig gefühlt. Sie hatte immer nach jemandem wie sie selbst gesucht, jemanden, mit dem sie sich mit ihren Fähigkeiten identifizieren konnte. Wie leicht konnten die Sidhe sie manipulieren?

Feli würde niemandem etwas zu Leide tun, Annie wusste das. Aber wenn S.T.A.R.S. das nicht glaubte? Wenn sie zu der Meinung kamen, dass Feli nicht zu trauen war? Was würden sie mit ihr machen, in Zeiten eines bevorstehenden Krieges?

Sollte Feli durch den Steinkreis kommen, musste Annie dafür sorgen, dass sie zuerst an ihrer Seite war. Um sie vor S.T.A.R.S. in Sicherheit zu bringen. Alles andere würden sie unter vier Augen herausfinden, genau wie sie es immer getan hatten.

»Warum glaubt ihr, dass wir im Krieg stehen?« Annies Mund fühlte sich trocken an.

»Die Menschen haben das Portal geschlossen. Dafür werden die Feen Rache nehmen«, antwortete Max.

»Aber wir haben das Portal nicht geschlossen. Das war vor mehr als tausend Jahren«, erwiderte Annie.

»Das spielt für sie keine Rolle! Wir sind Menschen. Das ist für sie Grund genug. Unsere Aufgabe ist es, die Menschheit vor dem drohenden Krieg dieser Dämonen zu schützen. Von den Feen können wir keine Gnade erwarten. Das Wort kennen sie nicht!«, sagte Max finster und blieb mitten im Gang stehen. »Amanda wird dir dein Zimmer zeigen und dir eine Uniform geben. Wenn du auf der Seite der Menschen kämpfen möchtest, sehe ich dich morgen um halb acht in Halle drei. Dann erfährst du alles Weitere!« Die Hände hinter dem Rücken verschränkt, marschierte Max davon. Annie schaute ihm nach, bis sie ihn nicht mehr sehen konnte. Sie drehte den Kopf und begegnete Amandas Blick. »Glaubst du, was er sagt?«

Amanda schaute auf ihre Hände. »Ich glaube, die Feen wollen Rache für das, was man ihnen damals angetan hat. Aber ich glaube auch, dass sie ein Gewissen haben, sonst hätten sie Feli nicht so lange am Leben gelassen. Allerdings fürchte ich, dass Moral in diesem Krieg keine große Rolle spielen wird, auf beiden Seiten.« Finster schaute Amanda auf die Tür, durch die Max verschwunden war. »Deshalb ist es umso wichtiger, dass wir Feli da rausbekommen, bevor wir alle Dinge tun, die wir nachher bereuen.«

Annie schaute auf einen der Monitore. Sie zeigten einen unbekannten Steinkreis aus verschiedenen Perspektiven. Der Mann, der vor den Bildschirmen saß, war gerade in ein hitziges Telefongespräch vertieft.

Langsam nickte Annie. Eine grimmige Entschlossenheit ballte sich in ihrem Bauch zu einem harten, pulsierenden Knoten zusammen.

Sie würde alles tun, um Feli wieder zurück in die Welt zu holen, in die sie gehörte.

fortsetzung folgt ...

Glossar der Feen

Rayanne – Königin der Sidhe
Tamea – Enkelin von Rayanne
Muirne – Enkelin von Rayanne, Taméas jüngere
Schwester
Aoife – Muirnes Gefährtin, Küchenchefin
Arianwen – Heilerin
Adhamh – Weber und Gerber

Cael – Sprecher der Sidhe auf dem Festland

Bei den Tylwyth Teg:

Eurin – König der Tylwyth Teg

Myrddin – Mächtigstes Wechselbalg, das je existierte,
auch bekannt als Merlin (tot)
Nimue – Myrddins Schwester (tot)

Bei den Tuatha de Danann:

Aoibheall – Königin der Túatha Dé Danann

Unbekannt:

Tadhg – Fee in der Menschenwelt (tot)

Glossar der Wesen der Anderswelt

Aeria – Göttin der Luft, Tochter von Danu

Brollachan – Gestaltloser Geist in den Highlands

Brunaidh – Koboldartiges Wesen, das für Met und Honig alles aufräumt, auch Brownie genannt

Cu Sich – Grüner Hund in der Größe einer Kuh, bewacht das Tal der Feen

Danu – Göttin der Erde, Tochter von Grian und Gealach, Gefährtin der Zeit

Each Uisge – Wassergeist und Gestaltwandler, oft in der Gestalt eines Pferdes, bewohnt die stehenden Gewässer der Highlands

Gealach – Gälisch für Mond, Gott

Grian – Gälisch für Sonne, Göttin

Faie – Feenstamm in Albion

Kelpie – Wassergeist und Gestaltwandler, oft in der Gestalt eines Pferdes, bewohnt die fließenden Gewässer der Highlands

Nuckelavee – Monster, halb Pferd, halb Mensch, das Jagd auf Feen macht

Redcap – Koboldartiges Wesen, das Fleisch frisst und seine Mütze im Blut seiner Opfer tränkt

Sea Mither – unbekannter Wassergeist, kämpft jeden Frühling und Herbst mit Teran um die Herrschaft im Meer, hält den Nuckelavee gefangen

Selkies – Gestaltwandler, die zwischen Menschen- und Robbengestalt wechseln können

Sidhe – Feenstamm in Alba

Tenia – Göttin des Feuers, Tochter von Danu

Tuatha De Danann – Feenstamm in Èirinn

Tylwych Teg – Feenstamm in Annwn

Uisgia – Gott des Wassers, Sohn von Danu

Glossar gälischer Wörter und Orte

Annwn – Feenreich, vergleichbar mit Wales

Alba – Name für Schottland

Albion – Feenreich, vergleichbar mit England

An Banrigh – Die Königin

Atharrachadh – Wechselbalg oder Veränderung

Boltano Keltisches Fest

Caraid - Freund

Èirinn – Name für Irland

Gaidhlig – Gälisch

Gleann nan Sidhe – Tal der Sidhe, Bezeichnung für
Fairy Glenn

Imbolg – Keltisches Fest

Lughnasad – Keltisches Fest

Mna sid – Feenfrauen

Orkun Eilean – fiktive historische Bezeichnung der
Orkneys

Samhain – Keltisches Fest

Sid – Feenhügel, unterirdische Wohnstätte der Sidhe

Slainte - Prost

Tir na nÓg – Das Land der ewigen Jugend, anderer
Name für die Anderswelt

Bauplan für eine Veröffentlichung

Ein Buch zu schreiben ist wie ein Haus zu bauen. Ein Haus, bei dem sich mehrmals der Bauplan ändert …

Zuerst braucht es ein gutes Fundament aus Ideen, Inspiration, Recherche und Menschen, die an den Bau glauben. Mein erster Dank geht deshalb wieder an meine Familie für die stetige Bauunterstützung und den Bauplatz.

Steht der Rohbau, braucht es Tipps und Ideen, wie das Haus mal aussehen kann. Danke an Lukas und Sarah, dass ihr meinen Rohbau begutachtet und mir Stellen gezeigt habt, an denen die Mauern bröckeln.

Danke an meine Lektorin Alina für die Tipps, Inspiration, das erneute Aufbrechen so mancher Wände und Stopfen letzter Löcher. Du hast den Rohbau bewohnbar gemacht.

Danke an meine Innenarchitektin Anna für die warme Gestaltung der Räume, das Aufhängen der Deko und die Installation der Lampen. Du hast das Haus zu einem Zuhause gemacht.

Jaqueline danke ich für das Verputzen der Außenwände und die großartige Gestaltung des einladenden Hofes, damit das Haus auch von außen strahlt.

So ein Haus baut sich nicht gut allein. Danke deshalb auch an das wundervolle Bauteam aus euch vielen Schreibenden und Lesenden, mit Bautipps, Liebe zur Geschichte und Motivation. Und Danke an alle Zaungucker, die neugierig den Bau des Hauses Schritt für Schritt beobachten.

Danke auch dir! Du mit dem neugierigen Blick. Vielen Dank, dass du mein Haus besucht hast. Schreib mir gerne eine Rückmeldung, ob es dir gefallen hat.

Über die Autorin

Mary Wyllt steht für: Fantasyautorin, Künstlerin und Cosplayerin. Ihre Bücher handeln von Themen, die sie selbst gern liest: Tiefgehende platonische Liebe, emotionale Figurendynamiken, fesselnde Magie und vielschichtige Charaktere. Aufgewachsen in einem kleinen Dorf in der Nähe von Marburg, umgeben von vielen Wäldern, entdeckte sie schnell ihre Faszination zum Genre Fantasy. Inspiration findet sie vor allem die Weiten der schottischen Highlands, der keltischen Mythologie und der Artussage.

Mehr Infos unter:
www.mary-wyllt.de
Instagram: @maryw.rites_
TikTok: @maryw.rites

Oder folge mir auf Amazon